Herzensschwestern

Das Buch

Mit siebzig ist das Leben vorbei? Von wegen! Elsa Johansson ist auf der Suche nach Freundinnen. Allein ist ihr das Leben zu langweilig geworden. Zum Glück kann man sich in ihrem Alter endlich verrückte Ideen erlauben. Und so stellt Elsa sich an eine Straßenkreuzung und folgt fremden Frauen in den Urlaub. Sie landet in Västerås, London und sogar in New York. Und lernt Isabella und Carina kennen, die mit Mitte fünfzig ebenfalls beschlossen haben, dass endlich etwas passieren muss. Die drei Freundinnen stellen fest, dass das Leben eine Menge zu bieten hat – Abenteuer, Liebe und Freundschaften, die sie sich schon immer gewünscht haben. Und sie merken: Es ist nie zu spät, sein Leben zu ändern.

Die Autorin

Åsa Hellberg wurde 1962 in Fjällbacka geboren. Heute lebt sie mit Sohn, Katze und ihrem Lebensgefährten in Stockholm. Sie arbeitete unter anderem als Flugbegleiterin, Coach und Dozentin, bevor sie mit dem Schreiben begann. Ihr erster Roman *Sommerfreundinnen* war in Schweden ein großer Überraschungserfolg und stand in Deutschland monatelang auf der Bestsellerliste.

Von Åsa Hellberg sind in unserem Hause erschienen:

Sommerfreundinnen
Herzensschwestern

Åsa Hellberg

Herzensschwestern

Roman

Aus dem Schwedischen
von Sarah Houtermans

List Taschenbuch

Besuchen Sie uns im Internet:
www.list-taschenbuch.de

Deutsche Erstausgabe im List Taschenbuch
List ist ein Verlag der Ullstein Buchverlage GmbH, Berlin.
1. Auflage Mai 2015
© für die deutsche Ausgabe Ullstein Buchverlage GmbH, Berlin 2015
© Åsa Hellberg 2014
Titel der schwedischen Originalausgabe: *En liten värld*
(Bokförlaget Forum 2014)
Umschlaggestaltung: bürosüd° GmbH, München
Titelabbildung: © Flora Press
Satz: Pinkuin Satz und Datentechnik, Berlin
Gesetzt aus der Stempel Garamond
Papier: Holmen Paper Hallsta, Hallstavik, Schweden
Druck und Bindearbeiten: CPI books GmbH, Leck
Printed in Germany
ISBN 978-3-548-61247-8

Für Sverker, meinen kleinen Bruder

1

Sie hätte nicht sagen können, warum sie sich gerade in diesem Moment an die Kreuzung vor Stockholms Hauptbahnhof gestellt hatte. Weshalb sie der blonden Frau gefolgt war, die mit einer kleinen Reisetasche in der Hand herangeeilt gekommen war, wusste sie dagegen ganz genau.

Wenn sie jemals etwas anderes als Farsta zu Gesicht bekommen wollte, dann musste sie in die Welt hinaus. Warum sollte sie da nicht einfach der dritten Person hinterhergehen, die den Zebrastreifen überquerte?

Allein hätte sie sich niemals getraut.

Als die Frau Richtung Arlanda-Express abbog, klopfte Elsas Herz so sehr, dass ihr die Beine zitterten.

Vielleicht wurde dieses Mal ja wirklich etwas aus ihrer Auslandsreise.

2

Ein idealer Morgen begann für Isabella mit einem ausgiebigen Frühstück, bei dem sie die Tageszeitung *Dagens Nyheter* las und Radio hörte. Ein Sprint zur U-Bahn-Station Odenplan, noch dazu auf hohen Absätzen, war dagegen alles andere als ideal. Sie fluchte laut, als sie sah, dass die Bahn schon in den Bahnhof eingefahren war, schlüpfte aus ihren Schuhen und rannte schneller.

Schnaufend lehnte sie sich in der Bahn an. Der Mann neben ihr schaute belustigt, und Isabella warf ihm einen bösen Blick zu, bevor sie sich setzte und die Schuhe wieder anzog. Jetzt würde sie es rechtzeitig zum Arlanda-Express schaffen. Das war wichtiger als schmutzige Füße. Und glotzende Männer.

»Stress heute Morgen?«, fragte der Mann.

»Ja«, antwortete Isabella knapp. Sie hatte überhaupt keine Lust, sich zu unterhalten. Im Gegenteil. Sie setzte ihre Sonnenbrille auf. Nicht weil sie sie gebraucht hätte, sondern um die Leute auf Abstand zu halten.

Vier Minuten später stieg sie bei der Station T-Centralen aus. Vor lauter Eile nahm sie den falschen Ausgang und kam an der Kreuzung Vattugränd-Vasagatan heraus, statt unterirdisch Stockholms Hauptbahnhof zu erreichen, wo der Arlanda-Express abfuhr. Fluchend rannte sie wieder los.

Zum ersten Mal an diesem Tag hatte sie Glück, und als sie sich im Arlanda-Express in dem bequemen Sitz zurücklehnte, war ihre Gereiztheit wie weggeblasen.

Dass ihr der Schweiß nur so herunterlief, war egal. Ob das nun an ihrem Dauerlauf lag oder an den mittlerweile so wohlbekannten Hitzewallungen, kümmerte sie genauso wenig. Sie würde ihren Flug nach London kriegen.

Sam ließ die Zeitung sinken. Die blonde Frau war wirklich außergewöhnlich schön, wie er bemerkte, als sie kurz ihre Sonnenbrille hochschob. Er genoss den Anblick einen Moment lang, dann wandte er sich wieder seiner Zeitung zu. Schöne Frauen waren nicht unbedingt auch freundlich, meistens eher das Gegenteil. Ihm reichte es gut und gerne, eine Frau von fern zu bewundern. Weiter würde Sam nicht gehen. Er suchte nicht einmal Blickkontakt. Am besten fing er damit gar nicht erst an.

In Arlanda ließ er sich Zeit. Der Flug nach New York würde laut Anzeige pünktlich sein, und Sam blieb eine Stunde, um sich bei einem Kaffee alles erneut durch den Kopf gehen zu lassen.

Er hatte immer noch nicht entschieden, ob er nun eine Wohnung in Stockholm kaufen sollte oder nicht. Hätte er Verwandte in Schweden gehabt, wäre die Sache klar gewesen. Aber er kannte hier niemanden mehr. Trotzdem zog Schweden ihn auf unerklärliche Weise an, obwohl Stockholm abgesehen von den Sommermonaten nun wirklich keine besonders reizvolle Stadt war.

Der Anlass für seine Überlegungen, eine Wohnung in Stockholm zu kaufen, war sein Sohn Alexander. Er wollte einige Semester in der Stadt studieren, um besser Schwedisch zu lernen. Sam und sein Sohn sprachen miteinander in einer Phantasiesprache, die mit Schwedisch kaum etwas zu tun hatte. Beim Anblick der Maklerunterlagen hatte Sam grinsen müssen. Er hätte selbst einen Sprachkurs nötig gehabt. Schon in Sams Kindheit hatte seine Mutter Englisch und Schwedisch vermischt, wie es ihr gerade in den Sinn gekommen war, und als ihr Enkel Alexander geboren wurde, hatte sie ihre Muttersprache fast vergessen.

Jedenfalls musste er bald eine Entscheidung treffen. Das Semester begann in einem Monat, und wenn Sam keine Wohnung kaufte, musste er seinem Sohn helfen, eine Mietwohnung zu finden.

Isabella vermied es, zu den Zeitungsregalen hinüberzuschauen. Wie immer blickte sie von den Titelseiten der Illustrierten das Gesicht ihres Exmannes an, und ob seine Neue nun einundzwanzig oder ein paar Jahre älter war, interessierte sie nun wirklich nicht. Sie wollte nichts davon hören.

Tatsächlich getroffen hatten die Schlagzeilen sie, als sie noch mit ihm verheiratet gewesen war. Wie hatte sie das bloß ausgehalten? Der Klatsch enthielt zwar höchstens ein Fitzelchen Wahrheit, aber das hatte ihr gereicht, um sich richtig schlecht zu fühlen. Obwohl sie ihren Mann liebte, hatte sie nach fünfzehn Jahren aufgegeben. Er würde sich nie ändern, ganz gleich, wie sehr sie ihn liebte.

Die Frau im Duty-free-Shop lächelte, als sie Isabellas Bordkarte entgegennahm.

»Ich habe Sie gleich erkannt«, flüsterte sie. »Wie schade, dass Sie damals ihre Karriere aufgegeben haben. Sie waren doch noch so jung.«

Isabella lächelte zurück. Mittlerweile wurde sie nur mehr selten erkannt, was ihr sehr recht war. Vor dreißig Jahren war das ganz anders gewesen. Ihr einziger Film hatte einen derartigen Erfolg gehabt, dass sie auf Schritt und Tritt angesprochen worden war.

»Danke, aber ich bin eigentlich sehr froh darüber«, flüsterte Isabella zurück und zwinkerte der Frau zu. Sie steckte das Parfüm zusammen mit der Bordkarte in ihre Handtasche. Sie meinte, was sie gesagt hatte. Für ein Leben in der Öffentlichkeit war sie nicht gemacht, das hatte sie bereits damals bei der Filmpremiere gemerkt, und dieses Gefühl hatte sich noch verstärkt, als sie ein Interview nach dem anderen geben musste. Sie fand es furchtbar, dass ihr Gesicht von jeder Zeitschrift herunterlächelte.

Isabella schüttelte sich, um die Erinnerungen zu verscheuchen. Ein schüchternes junges Mädchen hatte nichts auf einer Filmleinwand zu suchen, aber mit zwanzig hatte sie es nicht besser gewusst. Ihre Eltern hatten sich nicht eingemischt, sie waren viel zu sehr mit sich selbst beschäftigt und ineinander versunken gewesen, bei ihnen hatte sie keinen Schutz gefunden. Stattdessen hatte sie einen Mann geheiratet, der es liebte, im Rampenlicht zu stehen. In seinem Schatten hatte sie sich merkwürdig sicher gefühlt.

Als zwischen Gate eins und Gate zwei Isabella Håkebackens Blick den von Samuel Duncan traf, wandte keiner von beiden den Kopf ab. Isabella war wie gelähmt. Erst als jemand sie anrempelte und sich entschuldigte, erwachte sie aus ihrer Starre und eilte weiter zum Boarding.

Was war denn das gewesen? Hatte sie ein Verlangen verspürt?

Na, so was. Sie war also doch noch lebendig.

»Tausend Dank«, sagte sie, als hätte man ihr das Flugticket gerade geschenkt. Dabei war das nun wirklich nicht der Fall. Aber sie hoffte, dass sich die Reise auszahlen würde.

Verkaufte sie ihre kleine Firma, dann könnte sie mit zweiundfünfzig in Rente gehen.

3

Über vieles hatte Elsa sich noch keine Gedanken gemacht. Wie sie an ein Flugticket kommen sollte, zum Beispiel. Soviel sie wusste, waren die meisten Flüge ausgebucht, und sie musste schon ein unerhörtes Glück haben, um im selben Flugzeug zu landen wie die Frau, die sie sich als Begleitung – oder eher als Reiseleiterin – ausgeguckt hatte.

Sie hatte bereits drei Versuche an der Kreuzung vorm Hauptbahnhof hinter sich, die alle damit geendet hatten, dass sie wieder nach Hause gefahren war, da ihre Auserwählten keine Reise angetreten hatten, sondern nur auf dem Weg zur Arbeit waren. Aber diesmal hatte sie das Gefühl, dass es klappen würde.

»Und wohin sind Sie unterwegs?«, fragte sie die blonde Frau unvermittelt, die sich gestresst auf den Sitz ihr gegenüber fallen ließ. Sie trug eine große schwarze Sonnenbrille, so dass Elsa ihr nicht in die Augen schauen konnte.

»Nach London. Und Sie?«, fragte die Frau zurück und lächelte.

»Auch nach London. Wann fliegen Sie?«

»Um Viertel nach zwölf.«

»Aha, dann haben wir wohl denselben Flug gebucht«, sagte Elsa und hoffte mit klopfendem Herzen, dass es noch freie Plätze gab. Waren sie erst in Arlanda angekommen, würde sie ganz in Ruhe versuchen, ein Ticket zu bekommen.

Seit ihrer Mallorca-Reise 1975 war sie nicht mehr geflogen. Eigentlich gab es keinen Grund dafür, dass sie später keine Reisen mehr unternommen hatten. Lennart und sie hatten nicht gerade am Hungertuch genagt. Ganz im Gegenteil, sie hatten sogar eine hübsche Summe angespart. Nach seinem Tod hatte sie das Haus verkauft und war in eine kleine Wohnung ein paar Straßen weiter gezogen. Seitdem wuchsen ihre Ersparnisse stetig. Trotzdem hatte sie ihre Gewohnheiten beibehalten. Als halte sie so die Erinnerung an ihn lebendig, machte sie alles genau wie früher mit Lennart. Tee und ein Schinkenbrot zum Frühstück, dann ein Spaziergang durch Farsta. Vormittagskaffee mit Gebäck um elf Uhr. Nach dem Mittagessen um eins hatten sie immer anderthalb Stunden geschlafen. Bei schönem Wetter hatten sie danach im Garten gearbeitet; wenn es regnete, spielten sie Karten oder hörten Musik.

»Hattest du nie das Gefühl, immer nur Lennart zu umsorgen, statt dein eigenes Leben zu leben?«, fragte ihre Freundin Siri einmal. Da wurde Elsa wütend. Zwar war ihr Mann zwanzig Jahre älter als sie gewesen, aber sie hatte ihn doch wohl nicht umsorgt? Nein, sie hatte ihn geliebt. Von ganzem Herzen. Natürlich hätte sie mit gerade mal sechzig auch ganz andere Dinge unternehmen können, aber sie wollte lieber bei ihrem Mann sein. Zeit mit ihm verbringen.

»Und was ist mit Sex? Hast du jede Lust einfach aufgegeben?«, fragte die Freundin trotz Elsas bösem Blick weiter. »Oder hast du dir einen heimlichen Liebhaber genommen?«, fuhr sie fort und zwinkerte Elsa zu. Wie albern das aussah.

»Schluss jetzt, lass uns über etwas anderes sprechen. Wie wäre es mit einem Stück Nusskuchen?«, wechselte Elsa entschieden das Gesprächsthema, während sie versuchte, die Bilder von dem zu verscheuchen, was ihre Freundin angedeutet hatte.

Sie bewunderte Frauen, die sich, sobald sie Witwen geworden waren, in jede Menge Unternehmungen stürzten. Einige fanden sogar einen neuen Mann. Elsa konnte sich das nur schwer vorstellen. Sie schauderte bei dem Gedanken. Es war ihr unangenehm, sich nackt zu zeigen. Das war schon immer so gewesen. Lennart hatte es nichts ausgemacht, dass sie sich nur im Dunkeln auszog. Ihm hatte es nichts ausgemacht, wenn sie das Licht ausschaltete und sich zudeckte. Selbst wenn sie sich liebten, hatte Elsa dafür gesorgt, dass das meiste verborgen blieb.

Manchmal erhaschte sie einen Blick auf ihren nackten Körper in dem großen Spiegel hinter der Schlafzimmertür. Dann betrachtete sie sich. Dabei musste sie sogar zugeben, dass es nicht so schlimm um sie bestellt war. Oft hatte sie darüber nachgedacht, woher ihre Prüderie kam. Vermutlich war ihre Mutter schuld daran, die genauso gewesen war. Nie hatte Elsa ihre Eltern nackt gesehen, ihre Mutter hatte sich ihr stets komplett angezogen gezeigt.

Bei dem zwanzig Jahre älteren Lennart, der mehr darauf hörte, was sie sagte, als darauf, was ihr Körper möglicherweise suggerierte, verspürte sie Sicherheit. Da er ihre Schüchternheit akzeptierte, fühlte sie sich respektiert. Andere Bedürfnisse hatte sie nie gehabt, und im Alter von einundzwanzig Jahren hatte sie geschworen, diesen Mann nie zu verlassen. Diesen Schwur hatte sie gehalten.

»Möchten Sie Kaffee oder Tee?« Die Stewardess lächelte freundlich.

»Kaffee, bitte«, antwortete Elsa und legte ihre Zeitung auf den freien Nachbarsitz. Ihre Begleiterin konnte sie nicht entdecken. Elsa saß direkt hinter der Trennwand und hatte ein wenig Angst, dass sie die Frau in London am Flughafen aus den Augen verlieren würde. Sie hatte keine Ahnung, was sie dann tun würde.

Elsa war schon einmal in London gewesen. 1978. Damals hatten Lennart und sie die Fähre von Göteborg nach Newcastle genommen und von dort aus den Bus nach London. Sie waren am Piccadilly Circus gewesen, hatten Madame Tussauds besucht und waren durch den Hyde Park geschlendert. Vor dem Park gab es ein paar Stände, eine Art Flohmarkt, und Lennart hatte darauf bestanden, eine kleine Schneekugel als Andenken zu kaufen. Sie stand noch immer in einem der Küchenregale. Nach ihrem Umzug hatte Elsa alles wieder genau so hingestellt wie in ihrem Haus, inklusive der Nippessachen.

»Kiefernmöbel waren in den Siebzigern modern, Süße«, hatte Siri gesagt. So nannte Siri sie, seit sie eine Woche in New York gewesen war, und Elsa tat, als hätte sie nichts gehört. Vielleicht waren ihre Küchenregale unmodern, aber das war ihr egal. Ihr gefiel, wenn alles aussah wie immer, so fühlte es sich vertraut an. Ihre Gewohnheiten dagegen musste sie schnellstens ändern, sonst würde sie noch verrückt werden.

In ihrer Jugend hatte sie oft davon geträumt, einfach loszuziehen. Abzuhauen, ohne ein schlechtes Gewissen ihren Eltern gegenüber. Das hatte sie natürlich nie getan. So etwas machte man einfach nicht, zumindest nicht in ihrer Familie. Außerdem hätte sie sich vermutlich ohnehin nicht getraut. Aber geträumt hatte sie trotzdem weiter, vor allem von Indien. Sie erinnerte sich nicht mehr, wann sie ihren ersten Bollywoodfilm gesehen hatte, nur dass sie ihn allein gesehen hatte, wusste sie noch. Lennart interessierte sich kein bisschen dafür. »Das ist doch wirklich Zeitverschwendung«, hatte er manchmal gesagt, und Elsa hatte ihren Film ausgemacht. Sie erzählte ihm nie von ihrer Traumreise. Vermutlich hätte er sie ohnehin ausgelacht.

Aber jetzt gab es niemanden mehr, vor dem sie sich rechtfertigen musste, und aus irgendeinem Grund war sie mutig wie nie zuvor. Falls die Reise schieflief, würde sie eben zurück nach Hause zu ihren Nippessachen fahren. Und falls London ein Erfolg wurde, dann würde sie es wieder probieren.

In Heathrow herrschte Chaos, und Elsa bemerkte zu ihrem Schrecken, dass sie die Frau verloren hatte, der sie folgen wollte. Sie wurde angerempelt, und weil sie sich einfach von der Masse mitziehen ließ, gelangte sie schließlich zur Sicherheitskontrolle und zu den Gepäckbändern.

Lennarts alte rotkarierte Tasche, die nur selten benutzt worden war, landete ganz zum Schluss auf dem Band. Vergeblich hielt Elsa nach der Blondine Ausschau. Was sollte sie nun tun? Ein Ticket zurück nach Stockholm kaufen oder ganz allein in die Stadt fahren? Sie war ängstlich und verwirrt, als sie sich auf den Weg zum Ausgang machte. Wie hatte sie bloß so dumm sein können, einfach nach London zu fliegen?

»Kann ich Ihnen helfen? Sie sehen ein wenig verloren aus.«

Elsa zuckte zusammen. Hatte der Mann sie gemeint? Sie schaute ihn an und blickte in ein Paar dunkle, freundliche Augen. Er war nicht viel größer als sie, stellte sie fest. Und auch kein bisschen breiter. Aus irgendeinem Grund beruhigte sie das.

»Ich habe meine Begleitung verloren«, antwortete sie. Sie musste sich anstrengen, um nicht loszuweinen. »Und jetzt weiß ich nicht, wo ich hinmuss. Sie hat nämlich alle Unterlagen.«

»Oje, aber wissen Sie denn, in welchem Hotel Sie wohnen?«

Elsa nickte. Sie erinnerte sich, wo Lennart und sie damals untergekommen waren, und antwortete deshalb: »Im Morgan Hotel«, ohne zu wissen, ob es das überhaupt noch gab.

»Oh, das kenne ich, ein nettes Hotel. Wollen Sie die

Bahn nehmen, die Underground, ein Taxi, oder darf ich Sie vielleicht mitnehmen? Ich muss sowieso in die Nähe.« Er lächelte, um zu zeigen, wie ungefährlich er war.

Also würde sie bleiben. Eine Nacht würde sie es schon aushalten. Morgen konnte sie zurückfliegen. Sie brauchte das Hotel gar nicht zu verlassen, fiel ihr ein, und sie fühlte sich gleich besser.

Und warum sollte sie sich nicht von einem fremden Mann mit Turban und dunklen Augen mitnehmen lassen? Wenn sie sich schon traut hierzubleiben, dann konnte sie das Schicksal auch gleich noch einmal herausfordern.

»Danke, das ist wirklich sehr freundlich«, antwortete sie und lächelte. »Ich bin schon ewig nicht mehr hier gewesen und fühle mich wirklich ein bisschen verloren.«

Er war sehr nett und zuvorkommend. Was habe ich doch für ein Glück, dachte Elsa, als der Mann – Bernhard hieß er – sie vor dem Hotel aussteigen ließ. Auf der Fahrt hatte er ihr erzählt, dass er in London lebte, eine kleine Firma besaß und einmal im Jahr seine Familie in Indien besuchte, wo er mitunter für mehrere Monate blieb. Er hatte seine Schwester zum Flughafen gebracht, als er Elsa gefunden hatte, wie er sagte.

Elsa erzählte ihm von ihrem Traum, einmal sein Heimatland zu besuchen, um sich die Orte anzuschauen, wo ihre Lieblingsfilme gedreht worden waren. Und sie erzählte ihm, dass sie vor kurzem ihren Mann verloren hatte. In Wirklichkeit war das zwar schon eine Weile her, aber es fühlte sich an, als wäre es erst gestern passiert.

Sich mit Bernhard zu unterhalten war so einfach, dass sie völlig vergaß, dass sie ja Englisch sprachen.

»Tausend Dank«, sagte Elsa schließlich und hielt ihm ein Zettelchen hin. »Wenn du irgendwann einmal nach Schweden kommst, dann ruf mich an. Hier ist meine Nummer.«

»Elsa Johansson«, las Bernhard und lächelte. »Dann kriegst du auch meine Nummer«, sagte er und blinzelte ihr mit seinen schönen Augen zu. Er gab ihr seine Visitenkarte. »Wenn du das nächste Mal nach London kommst, meld dich bei mir.«

4

Am liebsten hätte Isabella in London gewohnt, und falls aus dem Geschäft etwas wurde, könnte sie diesen Wunsch verwirklichen.

Lange hatte sie davon geträumt, Schweden zu verlassen und neu anzufangen, aber bisher hatte dem allzu viel im Weg gestanden. Ihre Ehe zum Beispiel. Oder genauer gesagt: der Job ihres Mannes. Ihre eigene Karriere war nie wichtig gewesen, zumindest nicht im Vergleich zu seiner. Keine Frage, wonach sie ihr gemeinsames Leben ausrichteten. Aber das konnte sie ihm schwer vorwerfen. Sie hätte ihn einfach früher verlassen sollen, zu viel hatte zwischen ihnen nicht gestimmt. Eigentlich waren sie nur in sexueller Hinsicht absolut kompatibel gewesen.

Nach der Trennung war er noch fünf Jahre lang ihr Liebhaber geblieben, bis sie schließlich auch das beendet hatte. Obwohl sie ihm zu nichts mehr verpflichtet und er zu dem Zeitpunkt bereits mit einer der Frauen verheiratet gewesen war, mit denen er sie zuvor betrogen hatte, war sie immer wieder in alte Muster zurückgefallen. Jemandes Geliebte zu sein, war überhaupt nicht so luxuriös und unbeschwert, wie sie es sich immer vorgestellt hatte. Vor allem nicht, wenn es sich bei dem Jemand um den selbstverliebten Exmann handelte. Die vergangenen drei Jahre über hatte sie sich selbst genügt. Ihre Phantasiemänner besaßen all die Eigenschaften, die sie an ihrem Ehemann vermisst hatte.

Während sie die Badewanne in ihrem Hotelzimmer volllaufen ließ, dachte sie an das Kribbeln im Bauch, das der Blick des Mannes am Flughafen ausgelöst hatte. Kein Wunder eigentlich – er war ganz einfach ihr Typ gewesen. Sehr attraktiv, aber vermutlich ansonsten in jeglicher Hinsicht eine Katastrophe. Nach allzu vielen Versuchen glaubte Isabella, es endlich verstanden zu haben: Männer und sie waren einfach keine gute Kombination. Bei jeder Affäre hatte sie von Anfang an ein unbehagliches Gefühl, weil sie wusste, dass auch dieser Mann schon bald entdecken würde, dass sie gar nicht so unkompliziert war, wie er gedacht hatte.

Mit ihrem Singledasein war Isabella zufrieden. Jahrelang war sie in Therapie gewesen und hatte begriffen, dass sie die Männer von sich stieß, weil sie Angst hatte, verlassen zu werden. Aber eingeschliffene Verhaltensmuster ließen sich nur schwer durchbrechen. Ihr Therapeut nannte sie provozierend. Seiner Meinung nach hing alles mit ihrer Kindheit zusammen, mit ihrem selbstherrlichen Vater und der Mutter, die nur Augen für ihn gehabt hatte. Ein eingespieltes Team. In ihrem Leben war für die Tochter kein Platz gewesen. Isabella hielt das für Quatsch. Sie war erwachsen, und alles auf ihre Kindheit zu schieben, fand sie albern. Sie war ganz einfach keine Frau, mit der man zusammenblieb.

Sie ließ sich in die Badewanne sinken und freute sich, immerhin etwas empfunden zu haben, als sie in Arlanda diesen Mann entdeckt hatte. Am liebsten hätte sie ihren Therapeuten angerufen und ihm davon erzählt.

Eigentlich stand Nordic Sea Cosmetics nicht zum Verkauf. Zumindest nicht offiziell. Isabella hatte ihr kleines Unternehmen selbst aufgebaut, und erst jetzt, zehn Jahre nach der Gründung, schrieb sie schwarze Zahlen.

Sie hatte das Potential von Make-up mit natürlichen Inhaltsstoffen früh erkannt und sich anfangs auf einige wenige Produkte konzentriert. Wachsen konnte ihr Sortiment immer noch. Doch als Meryl Streep in einem Interview erwähnt hatte, wie gut ihre Augen die Meersalz-Wimperntusche vertrugen, war die Marke plötzlich in aller Munde gewesen. Auf einmal wollte jeder die schwedische Wimperntusche haben, und die Firma musste weitere Produkte entwickeln, um die Nachfrage der Kundinnen zu befriedigen.

Jetzt war eine größere Investition fällig. Wieder einmal. Das war nötig, wollte sie sich auf dem Markt neben den großen Konzernen behaupten.

Investieren oder verkaufen, das würde sich bald entscheiden.

Sie zog ihren marineblauen Bleistiftrock über die nackten Beine und steckte die Haare auf. Sie überlegte einen Augenblick lang, Strümpfe anzuziehen, ließ es aber nach einem Blick aus dem Fenster sein. Draußen schien die Sonne. Die Creme mit Goldschimmer wirkte ganz hervorragend auf nackten Beinen, warum sollte sie sie also verbergen? Sie musste es ausnutzen, dass sich keine Krampfadern bemerkbar machten. Unter der sonnengebräunten Haut war das haarfeine Netz von Äderchen auf der Innenseite ihrer Wade nicht zu erkennen.

Zufrieden mit ihrem Spiegelbild schnappte sie sich die Schlüsselkarte und steckte sie in ihre Handtasche. Sie stieg in die hochhackigen Pumps und warf sich die Handtasche über die Schulter. Ein aufregender Tag in London erwartete sie.

Nach dem Termin war ihr schwindelig. Man hatte ihr weitaus mehr Geld geboten, als sie und ihre Berater erwartet hatten. Vermutlich eine einmalige Chance. Vor allem war man hinter der Marke her, natürliche Schönheit aus Schweden war angesagter denn je.

»Schauen Sie doch bloß einmal in den Spiegel«, hatte der Geschäftsführer gesagt und dabei sehr zufrieden geguckt. Hätte Isabella diesen Kommentar nicht für völlig unpassend gehalten, hätte sie sich vielleicht sogar für das Kompliment bedankt. So schwieg sie. Sie wusste, dass andere sie für gut aussehend hielten, das hatte sie schon immer gewusst, und anscheinend hatte ihre Ausstrahlung nicht nachgelassen, nur weil sie fünfzig geworden war. Isabella legte keinen Wert darauf. Im Gegenteil, sie wünschte sich, nichts mehr davon hören zu müssen. An ihrem Aussehen konnte sie nichts ändern, also machte sie das Beste daraus. Die anderen interessierte ihr Äußeres weitaus mehr als sie selbst.

Die Marketingchefin hatte sich unbehaglich gewunden, ihr war der Kommentar des Kollegen offenbar peinlich. »Wir hätten sehr gerne, dass Sie weiter für Nordic Sea arbeiten. Eine Geschäftsführerposition können wir Ihnen leider nicht anbieten, aber es wäre großartig, wenn Sie die Produktentwicklung verantworten würden. Wir planen selbstverständlich, weiterhin in Schweden zu produzieren, auch wenn der Firmensitz London sein wird«, sagte sie.

»Und wo wäre dann mein Arbeitsplatz?«, fragte Isabella.

»Sowohl hier als auch in Schweden. Ich will ganz offen zu Ihnen sein: Falls Sie sich nicht vorstellen können, die Hälfte der Zeit im Londoner Hauptsitz zu arbeiten, könnte das problematisch werden. Wir sind kein Unternehmen, das per Telefon und E-Mail kommuniziert. Wir möchten unsere Mitarbeiter vor Ort wissen«, sagte sie mit einem beschämten Lächeln.

Anscheinend war der jungen Marketingchefin klar, wie altmodisch das klang. Bei Nordic Sea Cosmetics hielten sie die Sitzungen via Skype ab. Das war sowohl effektiv als auch umweltfreundlich, so wie es dem Selbstbild des Unternehmens entsprach.

»Ich verstehe«, sagte Isabella. Mehr brauchte sie nicht hinzuzufügen. Zuallererst musste sie entscheiden, ob sie verkaufen wollte. Halb hier und halb dort zu wohnen, konnte sie sich jedenfalls nicht vorstellen.

Entweder – oder. Ein Zuhause. Eine Festung. Ein Versteck. Das reichte. Wo dieses Zuhause lag, war fast egal. Sie hätte natürlich nichts gegen einen Balkon mit Meerblick gehabt, wichtiger aber war ihr die Wohnung selbst. Sie durfte nicht zu groß sein. Isabella brauchte den vollen Überblick. Die volle Kontrolle. Überraschungen waren gefährlich. Isabella war da ganz anders als ihre beste Freundin Carina, sie wollte noch nicht einmal Geburtstagsgeschenke haben. Daran würde sie vermutlich arbeiten müssen, wenn sie nach London zöge. Dort würde sie nicht alles vorhersehen können. Einerseits fand sie das furchtbar, andererseits stellte es eine Herausforderung dar. Wenn sie darüber nachdachte, war ihre Dreizimmerwohnung in Stockholm absolut perfekt. Das dritte Zimmer benutzte sie für ihre Fitnessübungen und als Büro; bevor sie morgens den Computer einschaltete, ging sie eine halbe Stunde aufs Laufband. So einen Raum würde sie auch in London brauchen. Sie war überzeugt, dass Bewegung ihr guttat, vor allem jetzt, wo ihre Periode nicht mehr pünktlich kam.

Eigentlich machten Isabella die Wechseljahre nichts aus. Bisher hatte sie nur wenig davon mitbekommen, mal abgesehen von den Hitzewallungen und ein paar zusätzlichen Kilos. Sie konnte nicht viel beitragen, wenn andere Frauen von Stimmungsschwankungen und abnehmender Libido berichteten. Sie war noch nie besonders launisch gewesen, und ohne ein regelmäßiges Sexleben war es schwer zu sagen, ob sie ihre Lust verloren hatte oder nicht. Wahrscheinlich eher nicht. Die Begegnung mit dem Mann auf dem Flughafen ließ dies zumindest vermuten, dachte sie, als sie ihren Rock nach dem Meeting in den Schrank ihres Hotelzimmers hängte.

Carina schrie beinahe ins Telefon.

»Das ist ja großartig, vielleicht ziehst du wirklich hierher, stell dir bloß vor!« Isabellas beste Freundin war außer sich vor Freude, und Isabella lachte, als sie hörte, wie sich Carinas Stimme vor Aufregung überschlug.

»Ganz ruhig, noch ist überhaupt nichts entschieden. Wann kommst du?« Sie hatten verabredet, sich vor dem Abendessen in Isabellas Hotel zu treffen.

»Bald. Andrew ist gerade reingekommen. In ungefähr einer Stunde bin ich da.«

Sie hatten sich drei Monate nicht gesehen. Isabella freute sich fast genauso sehr, ihre Freundin wiederzutreffen, wie über die Millionen, die sie erwarteten, wenn sie ihre Firma verkaufte.

Seit sie sich als Fünfzehnjährige beim Jugendtheater kennengelernt hatten, waren sie unzertrennlich. Die extrovertierte Carina hatte in der Maske gearbeitet, und Isabella hatte gerade ihre erste Rolle am Theater bekommen. Es war Liebe auf den ersten Blick gewesen. Carina übernahm sofort den Part als Isabellas Beschützerin. Sie sprach für Isabella und ließ niemanden in ihre Garderobe, wenn Isabella ihre Ruhe vor pickeligen Teenagerjungs haben wollte.

Als Carina einige Jahre später Andrew kennengelernt hatte und nach England gezogen war, versprachen sie, einander immer beizustehen, und das hatten sie auch getan. Obwohl sie in verschiedenen Ländern lebten, kümmerte sich die Freundin darum, dass Isabella in Ruhe gelassen wurde. Als die Scheidung öffentlich geworden war, hatte Carina die Presse angerufen und mit Klagen gedroht, während Isabella sich einschloss und vor der Welt versteckte.

Isabella saß in der Lobby und las Zeitung, als erst Chanel No. 5 angerauscht kam und dann Carina. Zur Feier des Tages hatte sie ihrem Outfit einen afrikanischen Touch verliehen, was eigentlich gar nicht zu ihrem kupferroten Haar passte, ihr aber ausgezeichnet stand. Jeder drehte sich nach ihr um.

»Komm her«, sagte Isabella und breitete die Arme aus. Die Freundin warf sich hinein und begann zu weinen. »Aber was hast du denn, Carina? Was ist los?« Das waren keine Freudentränen. Irgendetwas musste passiert sein. Sie schob die Freundin von sich, damit sie ihr in die Augen sehen konnte. »Was ist bloß passiert? Du bist doch nicht etwa krank?«

»Andrew hat eine andere. Er will sich scheiden lassen«, wimmerte Carina. »Er hat vor, das Haus zu verkaufen und mich rauszuschmeißen. Kann ich für ein paar Tage zu dir nach Stockholm kommen?«

5

Elsa war dankbar für die Abendkurse, die sie jahrelang besucht hatte. Englisch zu sprechen fiel ihr gar nicht schwer, bemerkte sie, als sie die Oxford Street entlangspazierte. Später würde sie sich ein Taxi zum Flughafen nehmen, um zurück nach Stockholm zu fliegen. Sie hatte angenommen, dass Bernhard ihr zuliebe extra langsam und deutlich gesprochen hatte, aber so war es wohl nicht gewesen, dachte sie. Vielleicht konnte sie mehr, als sie geglaubt hatte?

Eigentlich schade, dass sie nicht länger bleiben würde. Hätte sie doch wie geplant jemanden gehabt, dem sie folgen könnte! Aber ganz allein wusste sie nicht, was sie hier tun sollte. Sie würde einfach zurückfliegen und noch einmal von vorn anfangen. Immerhin hatte sie ein anderes Land besucht. Sie wünschte sich, Lennart wäre am Leben, und sie könnte ihm von ihrer Reise erzählen. Dass er sie verstanden hätte, bezweifelte sie allerdings. Vermutlich hätte er sie für verrückt gehalten, weil sie sich unter fremden Leuten nach einer Reisebegleitung umsah. Erzählt hätte sie es ihm trotzdem gerne. Fast spürte Elsa ein wenig Trotz in sich aufsteigen, als sie darüber nachdachte.

Sie hatte schon überlegt, ob sie vielleicht dabei war, seltsam zu werden. Aber eigentlich hatte sie nicht das Gefühl. Sie war weder vergesslich noch aggressiv, und es fiel ihr auch nicht schwer, Gesprächen zu folgen. Sie war jedoch einsam, seit Lennart gestorben war. Zwar glaubte sie nicht, dass sie auf ihren Reisen neue Freunde finden würde, doch sie bekäme wenigstens etwas anderes zu Gesicht.

Wie zum Beispiel London. Wenn auch nur für vierundzwanzig Stunden, aber immerhin. Sie hatte ein Bier getrunken, Fish und Chips gegessen und war vom Hotel zur Oxford Street spaziert. Dort war sie schon einmal gewesen, und auch wenn sie nichts wiedererkannte, so klang der Straßenname vertraut.

Sie wollte rechtzeitig in Heathrow sein. Die Kontrollen bei der Einreise hatten unglaublich lange gedauert, und vermutlich würde es bei der Abreise nicht schneller gehen.

Die Wohnung hatte sich in den letzten anderthalb Tagen kein bisschen verändert. Prüfend fuhr sie mit dem Finger über das Regal, in dem das Foto ihrer Eltern stand. Kein einziges Staubkörnchen.

Elsa fühlte sich rastlos, als wäre ihr das Abenteuer der letzten vierundzwanzig Stunden nicht genug gewesen. Sie wollte etwas unternehmen, aber außer Kreuzworträtsel fiel ihr nichts ein. Damit hatten Lennart und sie sich gerne die Zeit vertrieben. Als sie keinen Stift fand, holte sie stattdessen die Unterlagen hervor, die sie für ihre Reiseabenteuer besorgt hatte: Pass, Personalausweis, Auslandskrankenversicherung und Visum. Außerdem hatte sie Euro, US-Dollar und Bath eingewechselt. Nicht dass es sie nach Thailand gezogen hätte, aber sie entschied ja nicht, wohin es gehen würde.

Sie konnte in insgesamt fünfzehn Länder reisen, inklusive Australien. Dahin wollte sie genauso wenig wie nach Thailand, dann schon lieber nach Neuseeland. Sie hatte so schöne Bilder von dort gesehen.

Ganz unten in ihrer Handtasche lag ein Stift, also machte sie sich doch an das Kreuzworträtsel. »Big Apple« – drei plus vier Buchstaben.

Siri hatte gesagt, Amerika sei einfach phantastisch, und Elsa müsse unbedingt hinfahren.

»Und da gehst du dann in einen Schwulenclub«, hatte sie gesagt. »Da muss man unbedingt hin.«

Weshalb genau sie in so einen Club sollte, wusste Elsa nicht. Bei solchen Behauptungen verzichtete sie lieber auf Nachfragen.

Die Freundin wollte sie nur schockieren, aber Elsa war schwer aus der Fassung zu bringen. Sollten die Leute doch in Clubs gehen, wie sie wollten, das war ihr völlig egal. Elsa war zwar selbst prüde, dabei aber kein bisschen konservativ oder verbohrt. Ganz im Gegenteil.

Im Jahr zuvor war sie auf dem Pride Festival gewesen, um die Parade anzuschauen. Sie hatte ganz hinten auf dem Bürgersteig gestanden und kaum etwas gesehen, aber sie hatte die Musik und fröhliches Lachen gehört. Heimlich hatte sie gewünscht, sie würde sich trauen, selbst mitzulaufen. Aber sie hatte keine homosexuellen Verwandten, niemanden, für dessen Rechte sie demonstrieren konnte, also stellte sie sich stattdessen an den Straßenrand, um so ihre Unterstützung zu zeigen. Innerlich feuerte sie lauthals diejenigen an, die zu offenbaren wagten, wer sie wirklich waren.

Sie selbst wusste nicht mehr, wer sie eigentlich war. Sie fühlte sich verloren zwischen dem jungen Mädchen, das nach Freiheit gelechzt hatte, und der Frau, zu der sie in ihrer Ehe geworden war.

Hätte sie doch nur eine Freundin gehabt, der sie sich hätte anvertrauen können. Als Lennart noch lebte, hatte es ihr nichts ausgemacht, dass sie keine eigenen engen Freunde hatte. Wenn sie andere Leute trafen, dann meistens Nachbarn, ein Paar in Lennarts Alter und ein junges Paar aus ihrer Straße, auf dessen

Kinder Elsa manchmal aufgepasst hatte. Damals hatte Elsa sich vorgestellt, sie übe für die Kinder, die ihr Sohn Claes einmal haben würde. Doch jetzt, wo er schon fast fünfzig war, glaubte sie nicht mehr daran. Sie hatte nie gefragt. Er war seit über zehn Jahren verheiratet, aber auf Enkelkinder würde sie wohl verzichten müssen.

Als Elsa das Haus verkauft hatte, war der Kontakt zu den Nachbarn eingeschlafen. Im ersten Jahr war sie noch zu einem Grillabend eingeladen worden, sie wohnte ja nicht weit weg, aber weil es sie so traurig gemacht hatte, ohne Lennart dorthin zu gehen, hatte sie alle weiteren Einladungen abgesagt. Seit ein paar Jahren hatte sie nichts mehr von den ehemaligen Nachbarn gehört. Und sie hatte sich genauso wenig gemeldet. Das war eben so, auch wenn es ihr manchmal ein bisschen leidtat.

Siri kannte Elsa schon seit Jahrzehnten. Sie hatten sich als junge Mädchen kennengelernt. Siri war das völlige Gegenteil von Elsa: extrovertiert, charmant und erfolgreich bei den Männern. Trotzdem war es oft Elsa gewesen, mit der sich die Männer bis in die frühen Morgenstunden unterhielten. Nicht um mit ihr zu flirten, sondern wegen ihrer warmherzigen und klugen Art. Jedenfalls hatte Siri sie früher so beschrieben. »Elsa, du solltest es zu deinem Beruf machen, mit den Leuten zu sprechen. Ich verstehe einfach nicht, wie du so ruhig und selbstsicher sein kannst. Woher weißt du das alles?«, hatte Siri gesagt, als sie noch jung waren, und dabei ihr rosa Kaugummi um den Zeigefinger gewickelt. Elsa fühlte sich alles andere als selbstsicher und gesprächig. Zuzuhören war eben einfacher.

Die Leute wussten meistens selbst, was sie brauchten, und wollten sich etwas von der Seele reden. Sie musste fast gar nichts sagen, sie ließ sie einfach immer weiter über ihre Sorgen plappern.

Als Elsa Lennart kennengelernt hatte, entfernten sich die Freundinnen voneinander, denn Siri blieb unverheiratet, während Elsa sich ins Familienleben stürzte. Der Kontakt riss trotzdem nicht ab, und als Lennart starb, war Siri eine wichtige Stütze für Elsa gewesen. »Du hast mir immer geholfen«, hatte Siri gesagt. »Jetzt kann ich mich endlich bei dir revanchieren.«

Siri hatte ein gutes Herz, doch trotz ihrer siebenundsechzig Jahre war sie vor allem hinter Männern her, und an denen war Elsa nun mal überhaupt nicht interessiert. Statt tanzen zu gehen, wie Siri immer wieder vorschlug, trafen sie sich zum Kaffee. Elsa hörte sich gerne Siris neueste Abenteuer an. Sie selbst hatte nicht so viel zu erzählen, aber eines Tages würde sie sicherlich auch Interessantes berichten können. Noch war es allerdings nicht so weit. Ihr würde es zwar nichts ausmachen, wenn jemand sie auslachte, weil sie fremde Menschen verfolgte, trotzdem verzichtete sie lieber auf gute Ratschläge. Sie hatte zu lange vom Reisen geträumt. Erst wollte sie noch ein paar Erfahrungen sammeln, dann konnte sie erzählen.

Problematisch würde es nur, falls sie längere Zeit fort sein sollte. Über diese Möglichkeit hatte sie lange nachgedacht. Im schlimmsten Fall würde sie eben Claes anrufen und ihn bitten, ihre Blumen zu gießen und sich um die Post zu kümmern. Aber das würde sie nur im Notfall tun. Ihre Rechnungen bezahlte sie online, an ihrer Tür hing ein Zettel, dass sie keine Reklamesendungen wollte, und dem Hausmeister hatte sie gesagt, dass sie in der nächsten Zeit viel verreist sein würde, falls er aus irgendeinem Grund in ihre Wohnung müsse. Sicherheitshalber hatte sie ihm Claes' Nummer gegeben und ein stilles Gebet losgeschickt, dass niemand ihn würde anrufen müssen.

Drei Wochen hielt Elsa es zu Hause aus, dann fuhr sie wieder zur Vasagatan.

Nach zwei erfolglosen Versuchen – einmal war sie in Bandhagen gelandet, das andere Mal in einem Bus Richtung Västerås – traf sie einen Entschluss. Sie würde nicht länger der dritten Person am Zebrastreifen vor dem Bahnhofsgebäude folgen, stattdessen würde sie sich einfach die dritte Person ausgucken, die den Arlanda-Express bestieg.

So schnell sie konnte, ging sie mit ihrer Reisetasche über der Schulter Richtung Zug. Sie beeilte sich, am Automaten ein Ticket zu kaufen. Vor Aufregung zitterten ihr die Knie. Kaum hielt sie das Ticket in der Hand, eilte sie zum richtigen Gleis. Eins, zwei, drei – zählte sie leise vor sich hin, bevor sie den Zug bestieg.

»Ist hier frei?«, fragte Elsa die Frau, der sie sich gegenübergesetzt hatte.

»Natürlich, bitte sehr«, antwortete die Frau.

Elsa lächelte. »Wohin sind Sie unterwegs?«

»Nach New York.«

»Ach, welch ein Zufall, ich auch.«

Am Flughafen ging Elsa viermal zur Toilette. Amerika. Dieses Mal durfte sie ihre Reisebegleiterin, die sie sich auserkoren hatte, nicht wieder verlieren. Zum Glück hatte sie kupferrotes Haar und trug Kleider, die eher nach Indien als nach Schweden gepasst hätten. Die Armreifen der Frau klirrten laut. Fast als würde man eine Kuh mit Glocke verfolgen, dachte Elsa zufrieden, als sie hinter der Frau her zum Gate ging.

Das Ticket nach New York war teuer. Fast zwanzigtausend Kronen. »So viel?«, hatte Elsa am Schalter gefragt und zu hören bekommen, welches Glück sie habe, überhaupt noch ein Ticket zu bekommen. Beim nächsten Mal solle sie doch einfach früher buchen, hatte die Frau gesagt und freundlich gelächelt, während sie Elsa die Unterlagen reichte.

Es war viel Geld, aber wenn Elsa mit der buntgekleideten Frau reisen wollte, blieb ihr keine andere Wahl. Sie hatte die Zähne zusammengebissen, ihre Kreditkarte gezückt und für den Hin- und Rückflug bezahlt. Die Rückreise in einer Woche. Am wichtigsten war, dass sich das Ticket umbuchen ließ.

Das Flugzeug war groß, viel größer als die Maschine, mit der sie nach London geflogen war. Um zu ihrem Platz zu gelangen, musste sie die Business Class durchqueren. Die Sitze hier sahen gemütlich aus, aber an ihrem eigenen Platz gab es auch nichts auszusetzen. Auf ihrem Sitz lagen eine Decke, ein Kissen und Kopfhörer. Elsa glaubte nicht, dass sie schlafen können würde. Ihre Gefühle schwankten zwischen totaler Panik und erwartungsvoller Aufregung. Vielleicht würde sie nie wieder zurückkehren. Was, wenn sie ermordet, zu Hackfleisch verarbeitet und in den Hudson River geworfen würde? Genauso gut konnte die Reise phantastisch werden. Falls die farbenfrohe

Dame unternehmungslustig genug war, würde sie eventuell sogar das Empire State Building besteigen.

Auf dem John F. Kennedy Airport herrschte Chaos. Das Wetter war schlecht. Anscheinend gebe es zu wenig Personal, hörte Elsa jemanden sagen. Bereits als sie aus dem Flugzeug stiegen, bildeten sich Schlangen.

Elsa passte das hervorragend. So konnte sie die Frau gut im Auge behalten, ihr ein freundliches Lächeln schenken und hoffentlich auch fragen, wo sie unterkommen würde. Sie verfluchte sich, weil sie nicht eher gefragt hatte. Diesen Fehler machte sie nun schon zum zweiten Mal. In Zukunft würde sie sich immer im selben Atemzug nach Reiseziel und Unterkunft erkundigen.

Zum ersten Mal in ihrem Leben drängelte Elsa. Rückwärts. Die anderen Passagiere schauten erstaunt, als Elsa Platz machte und ihnen den Vortritt ließ.

»Hallo, erinnern Sie sich noch an mich? Wir saßen zusammen im Arlanda-Express«, sagte sie lächelnd.

Die Frau mit den roten Haaren sah sie an, dann erschien ein freundlicher Ausdruck auf ihrem Gesicht. »Natürlich. Sie wollten auch nach New York. Hatten Sie eine gute Reise?«

»Danke, ja. Das Essen hätte besser sein können, aber alles andere war in Ordnung. Und Sie?«

»Ich habe fast die ganze Zeit geschlafen, so geht der Flug am schnellsten vorbei.« Sie strich sich übers Haar, das sie nun zu einer Banane aufgesteckt trug. Elsa schaute fasziniert zu. So eine Frisur hätte sie nie zu tragen gewagt, und sie bewunderte alle, die sich das trauten. Ihr eigenes Haar war mausgrau. Ungefähr wie ihre Augen, die auch keine richtige Farbe hatten. »Gesprenkelt« stand in ihrem Pass, wie sie heute Morgen gesehen hatte. Das war doch wohl keine Farbe? Elsa wusste, dass sie nicht hübsch war, und ihr war klar, dass sie sich das selbst Jahre zuvor so ausgesucht hatte. Sie benutzte nicht einmal mehr Lippenstift. Sie kam sich vor wie ein Clown, wenn sie sich das Gesicht anmalte. Es sollte so bleich bleiben, wie es war, auch wenn sie das unsichtbar machte.

Elsa räusperte sich. »Und in welchem Hotel werden Sie unterkommen?«, fragte sie so beiläufig, wie sie nur konnte.

»Ach, ich habe alte Freunde hier, bei denen ich wohne. Und Sie?«

Elsa antwortete nicht. Sie fiel in Ohnmacht.

6

Sam hatte schon immer in Manhattan gewohnt und konnte sich keinen besseren Ort vorstellen. An einem Herbstmorgen durch New York zu joggen war einfach das Größte. Dabei konnte er am besten nachdenken, und so ging es ihm auch heute.

Seine Gedanken drehten sich um die Wohnung in Stockholm. Alexander war es egal, ob er während seines Studiums in einer Miet- oder Eigentumswohnung wohnen würde.

»Du bist derjenige, dem so etwas wichtig ist, Papa.

Ich brauche einen Schreibtisch und ein Bett, mehr nicht.«

Sam war sich bewusst, dass er seinen Sohn verwöhnte. Nur wenige Studenten hatten die Qual der Wahl. Dabei trat sein Sohn alles andere als schnöselhaft auf, er war ein freundlicher, zuvorkommender junger Mann. Und das war schließlich das Wichtigste, überlegte Sam. Die Kinder von mehreren seiner Bekannten waren drogenabhängig, wofür er überhaupt kein Verständnis hatte. Aber er selbst war ja auch einer der wenigen, die nie Marihuana ausprobiert hatten, nicht einmal während seiner Highschoolzeit. Das war einfach nicht sein Ding, und anscheinend geriet Alexander nach ihm.

Während Sam immer schneller lief, dachte er, dass Vater und Sohn vermutlich zu viel schwedisches Blut in ihren Adern hatten. Er hatte nie das Bedürfnis gehabt, zu rebellieren, weil es nichts gab, wogegen er sich hätte auflehnen können. Obwohl er Anfang der siebziger Jahre Teenager gewesen war, hatte er moderne Eltern gehabt, die mit ihrem Sohn redeten und ihn in die Gespräche der Erwachsenen einbezogen. Sie hörten sich seine Ansichten an und respektierten sie. Sam war sich sicher, dass er das seiner Mutter zu verdanken hatte. »Deine Mutter ist eine sehr kluge Frau«, pflegte sein Vater zu sagen.

Erst als Sam einen leichten Blutgeschmack im Mund wahrnahm, verringerte er sein Tempo. Der Riverside Park war zu dieser Jahreszeit am schönsten, dachte er, während er langsam nach Hause joggte. Es war erst sieben Uhr, und abgesehen von ein paar Joggern war der Park menschenleer und friedlich. Er würde schnell frühstücken und dann mit dem Fahrrad Richtung Süden zur Arbeit fahren.

In dem großen Büro begrüßte Sam seine Angestellten. Als er sich auf seinem Schreibtischstuhl niedergelassen hatte, drehte er ihn so, dass er aus dem Fenster schauen konnte. Siebenunddreißigstes Stockwerk.

Seit dem 11. September war ein weit oben gelegenes Büro nicht mehr so erstrebenswert. Zumindest nicht für Sam. Trotzdem lebte er von diesen hohen Gebäuden. Er kaufte und verkaufte sie, genau wie sein Vater es getan hatte. Eines Tages würde das Unternehmen Alexander gehören, wenn er so weit war. Und wenn Alex überhaupt wollte natürlich. Genauso gut konnte man die Immobilien verkaufen, was aus Alexander einen ziemlich reichen jungen Mann machen würde. Er sollte sich selbst aussuchen, welches Leben er sich wünschte. Dem Alleinerben von Sams Immobilienimperium standen alle Türen offen.

Als Sam die Leitung der Firma übertragen bekam, hatte er keine Wahl gehabt. Er war zwanzig gewesen, als sein Vater starb, und er hatte keine Sekunde gezögert, die Verantwortung für Duncan's Inc. zu übernehmen. Seine praktisch veranlagte schwedische Mutter hatte zwar gemeint, er könne die Firma verkaufen und aus seinem Leben machen, was er wolle, aber auf dem Ohr war Sam taub gewesen. Jetzt stellte sich die Frage, was Alexander vorhatte. Sam versuchte, ihn nicht zu beeinflussen. Er sollte selbst über seine Zukunft bestimmen.

»Ja?« Sam drehte sich zur Tür.

»Eine Gloria Beal möchte Sie sprechen, Sir.«

Sam seufzte. »Danke, Jane. Und hören Sie bitte auf, mich ›Sir‹ zu nennen. Ich heiße Sam, wie Sie wissen.« Er lächelte seine neue Assistentin an. »Okay, schicken Sie sie rein. Aber nur, wenn Sie mir in fünf Minuten helfen, sie wieder loszuwerden.«

Jane nickte und lächelte.

Wenige Sekunden später kam Gloria hereingestürmt.

»Sam, Liebling, ich musste einfach herkommen, wenn du dich nicht bei mir meldest«, trompetete sie und zog einen Flunsch. Sie setzte sich auf die Schreibtischkante und ließ ihr mit Bedacht platziertes, wohlgeformtes Bein baumeln.

»Ich habe nie behauptet, dass ich mich melden würde«, sagte Sam, der zwar die Nacht mit ihr genossen hatte, nicht aber den Morgen danach. Gloria war einer seiner Fehlgriffe der letzten Zeit, und er hatte sich vorgenommen, sich nur noch mit Frauen zum Abendessen zu verabreden, mit denen er sich wirklich gerne unterhielt. Ansonsten musste er eben auf Sex verzichten. Er hatte ohnehin genug davon. Er hatte kein Bedürfnis mehr danach. Alle seine Beziehungen waren gescheitert. Allein ging es ihm besser. Nur er und Alex. Das reichte.

»Aber du wolltest mich doch anrufen«, sagte Gloria mit Kleinmädchenstimme. Sam erschauderte. Wie hatte er sie je attraktiv finden können?

»Nein, *du* wolltest, dass ich dich anrufe, und so leid es mir tut, jetzt habe ich wirklich keine Zeit mehr.« Er lächelte aufmunternd. »Such dir doch lieber einen Mann in deinem Alter«, schlug er vor. »Ich bin viel zu alt und desillusioniert für dich.« Er hielt ihr die Tür auf. Gloria war zwar nur ein paar Jahre jünger als er, aber das Kompliment schien sie zu freuen. »Du hast natürlich recht, Liebling. Ich brauche einen jüngeren Mann«, sagte sie, bevor sie aus seinem Büro rauschte.

Auf die Party am Abend hatte er überhaupt keine Lust, dachte er, als er die Tür hinter ihr schloss. Der Geruch ihres schweren Parfüms hing noch in der Luft. Lieber spendete er einer Wohltätigkeitsorganisation mehrere Tausend Dollar, als zu einer dieser langweiligen Dinnerpartys zu gehen. Auf genau so einer Veranstaltung hatte er Gloria kennengelernt, geschieden und mit mehr Geld, als sie jemals würde ausgeben können. Jetzt verfluchte er seine Tischnachbarin. Käme die Party am Abend nicht einem Projekt zugute, das seinem Vater unglaublich wichtig gewesen war, hätte er sich gedrückt und behauptet, er wäre in Europa, oder etwas in der Art. Er hatte überlegt, einen seiner Angestellten mitzunehmen, aber das wäre nicht besonders nett gewesen. Seine Mitarbeiter hatten etwas Besseres verdient als langweilige Charity-Veranstaltungen mit reichen Gästen.

Er würde einen Whiskey trinken, mehr nicht. Nach allzu vielen Gläsern landete er in den falschen Betten, und das wollte er von nun an vermeiden.

Er verstand einfach nicht, weshalb Männer unbedingt im Smoking zu erscheinen hatten. Die Fliege drückte ihm die Luft ab, der gestärkte Kragen kratzte – das war alles andere als bequem. Samuel Duncan war denkbar schlecht gelaunt. Helfen würde nur, so dachte er, als er ins Taxi stieg, wenn die Dinnerparty vorbei wäre, ehe sie angefangen hat. Die meisten Gäste fuhren in ihren

Limousinen vor. Sam war reich genug, um darauf zu pfeifen.

Auf der Suche nach seinem Platz nickte er bekannten Gesichtern zu, vermied aber jeglichen Blickkontakt. Er hatte keine Lust, sich zu unterhalten, und würde die Veranstaltung nach dem Dessert so früh wie möglich verlassen. Niemand sollte denken, dass er für irgendetwas zu haben war. Als Tanzpartner beispielsweise. Er hatte noch nie gerne getanzt, trotzdem war er meistens geblieben und hatte pflichtschuldig mit sämtlichen Damen seine Runden auf dem Parkett gedreht. Einige klebten an ihm, zeigten ihm, dass sie auch zu ganz anderen Walzern bereit waren. Von außen betrachtet mochten diese Partys nett sein, dachte Sam. Aber er verabscheute all das, was sich hinter den Juwelen und dem festen Händedruck versteckte. Die Männer waren nämlich kein bisschen besser als ihre Frauen. Alle spielten sie Theater, ein zynisches Stück, das Sam verachtete.

Wenn schon, dann tanzte er am liebsten mit den älteren Damen, die seine Mutter noch gekannt hatten. Sie waren meistens freundlich, und in ihrer Gesellschaft konnte Sam sogar lachen.

Seine Mutter hatte es nicht leicht mit der höheren Gesellschaft gehabt, als sie nach New York gekommen war. Es hatte viele Jahre gedauert, bis die alteingesessenen Familien der Upper East Side den jungen Duncan und seine schwedische Frau akzeptiert hatten.

Sam war so schnell wie möglich auf die andere Seite des Central Park gezogen. Natürlich war es angenehm, reich zu sein. Ein Leben in Armut war nicht gerade verlockend, aber er kam wirklich gut ohne das Gehabe der New Yorker Oberschicht aus. Seine schwedische Mutter hatte ihm Manieren beigebracht. So nannte sie es jedenfalls, wenn man alle Menschen gleich behandelte.

»Excuse me.« Die Frau sprach mit starkem Akzent, und Sam stand auf, um ihr den Stuhl zurechtzuschieben. Für eine Veranstaltung wie diese war die Frau unerhört bleich, fast farblos, dachte Sam verwundert, während er ihr half, Platz zu nehmen. Alle Frauen um ihn herum trugen etwas Glitzerndes. Außer dieser hier. Hätte er nicht gewusst, wie streng die Sicherheitskontrollen waren, hätte er geglaubt, sie habe sich im Lokal geirrt. Ihr Kleid schien eher für ein schmuddeliges Büro in Brooklyn gemacht als für eine Dinnerparty wie diese.

»Guten Abend«, sagte Sam, als er sich hinsetzte.

»Guten Abend«, antwortete die Frau und winkte einer anderen Dame zu, die in jeder Hinsicht ihr Gegenteil zu sein schien. Von der anderen Seite des Raums kam sie zusammen mit einem von Sams Geschäftspartnern auf ihren Tisch zumarschiert.

Sam stand auf, um sie zu begrüßen. Er mochte den Mann und seine Ehefrau, die offenbar an diesem Abend nicht dabei war.

»Nein, sie ist so erkältet, dass sie lieber zu Hause geblieben ist. Stattdessen begleiten mich diese charmanten Damen aus Schweden«, sagte er und stellte Sam Carina und Elsa vor. Sam verspürte Erleichterung. Carina war eine angenehme Person, er kannte sie bereits flüchtig von einem früheren Abend, und seine Tischnachbarin mochte zwar eine graue Maus sein, aber sie hatte etwas Unschuldiges an sich. Zumindest würde sie ihn nicht in den Hintern kneifen.

»Hej, Elsa, es freut mich, Sie kennenzulernen«, sagte er auf Schwedisch und streckte die Hand aus.

»Ebenso«, antwortete sie verwundert und setzte sich auf den Stuhl, den Sam ihr zurechtgerückt hatte.

»Sind Sie zu Besuch in New York?«, fragte er.

»Ja, das kann man so sagen.« Elsa lächelte.

»Woher kennen Sie die Johnsons?« Sam lächelte zurück.

»Gar nicht, sie sind Carinas Bekannte.«

Die sympathische, unprätentiöse Schwedin gefiel ihm. Etwas an ihr erinnerte ihn an seine Mutter. Vielleicht der warme Schimmer in ihren Augen oder ihre Art, ihm wirklich zuzuhören? Sie unterhielten sich über Alex, über Stockholm und darüber, dass sie beide einen geliebten Menschen verloren hatten. Nie zuvor hatte Sam einer wildfremden Person so viel von sich erzählt. Meistens drehten sich die Gespräche auf diesen Dinnerpartys um Investitionen, Urlaubsreisen und anstrengende Angestellte. Und meistens legte sich früher oder später unter dem Tisch eine Hand auf seinen Schenkel.

Mama hätte sie gemocht, dachte er, sie hätten beste Freundinnen sein können. Er wusste nicht genau, weshalb er sich ihr so vorbehaltlos öffnete, aber drei Stunden später wusste er, dass diese Frau noch eine wichtige Rolle in seinem Leben spielen würde. Und das, ohne dass er romantische Verirrungen fürchten musste.

»Was meinst du, Elsa, genehmigen wir uns einen Whiskey?«

7

Die Zeit raste nur so dahin. Isabella schüttelte den Kopf, als ihr klar wurde, dass ihr Besuch in London bereits über einen Monat her war. Sie hatte beschlossen, ihre Firma zu verkaufen und in Rente zu gehen, oder wie man das nun nennen sollte, wenn man mit Anfang fünfzig keine Lust mehr hatte, zu arbeiten. Sie würde nicht länger für die Firma tätig sein, dann hätte sie sie genauso gut weiterhin selbst leiten können. Nein, sie träumte von einem ruhigen Leben. Lange Fußbäder, viele Bücher und Spaziergänge. Sie musste nur noch entscheiden, ob sie in Stockholm bleiben oder zumindest für einige Zeit nach England gehen wollte.

Dreißig Jahre lang hatte sie in Vasastan gelebt. Die Wohnung hatte sie von dem Geld gekauft, das sie mit dem Film verdient hatte. Damals eine stolze Summe. Gott sei Dank hatten sie und ihr Mann einen Ehevertrag aufgesetzt, so dass ihr die Wohnung nach der Scheidung geblieben war. Es wäre schrecklich gewesen, hätte sie die Wohnung verloren. Dieser Ort war die Konstante in ihrem Leben, die ihr Sicherheit gab.

Auch wenn sie die falschen Entscheidungen, die sie im Leben getroffen hatte, nicht ihrer Kindheit anlastete, wusste sie tief im Innern doch, wie sehr sie von ihr geprägt war. Papa, der seiner süßen Tochter über den Kopf strich. Mama, die es am liebsten hatte, wenn Isabella unsichtbar oder zumindest unhörbar war. Die vergeblichen Versuche, mit ihren Eltern zu sprechen, die immer damit endeten, dass sie sich in ihrem Zimmer einschloss und weinte.

Ihre Eltern waren nur mit sich selbst beschäftigt gewesen, und in ihren Therapiesitzungen war sie so oft in ihre Kindheit zurückgekehrt, dass sie schließlich erkannt hatte, wie sehr ihre Männerwahl von dieser Zeit beeinflusst wurde. Eigentlich wählte sie nach ihrer gescheiterten Ehe keine Männer mehr, vielmehr wählte sie ein Leben ohne Männer. Sie versteckte sich in ihrer Wohnung, die sie so sehr liebte, wie andere Menschen ihren Partner liebten.

Die Wohnung aufzugeben würde ihre schwerer fallen, als Stockholm zu verlassen, dachte sie. Eigentlich merkwürdig. Sie war in der Stadt geboren und aufgewachsen, das sollte doch eigentlich etwas bedeuten. Aber das tat es nicht.

»Komm zu mir, ich brauche dich«, sagte Carina am Telefon. Isabella lachte. Ihre beste Freundin war nicht untätig gewesen, seit ihr Mann ihr eröffnet hatte, er wolle sich von ihr scheiden lassen.

»Und wie stellst du dir das vor, wann sollen wir uns denn sehen? Du bist doch nie zu Hause.«

»Das bin ich wohl, zumindest ab und zu. Außerdem würde ich viel mehr Zeit in London verbringen, wenn du hier wohnen würdest. Und was sagst du jetzt?«

Isabella setzte sich mit untergeschlagenen Beinen aufs Sofa.

»Erzähl mir von New York«, sagte sie. »Und zwar mit allen Details.«

»Was willst du wissen?«

»Alles, habe ich doch gesagt.«

»Dass ich mit einem Jüngling in einer Abstellkammer im Waldorf Astoria geknutscht habe?«

»Das hast du nicht!«

»Doch, das habe ich. Und dabei blieb es dann auch. Aber immerhin habe ich es getan. Einen anderen als meinen Mann geküsst.«

»War es schrecklich?« Isabella erschauerte beim Gedanken an unbeholfene Küsse.

»Nein, ganz wunderbar. Hätte ich nicht beschlossen, erst mit einem anderen ins Bett zu hüpfen, wenn ich ganz und gar geschieden bin, hätte ich diesen Jungen bestimmt ausprobiert, denn er konnte wirklich gut küssen.«

»Das klingt, als ginge es dir ein bisschen besser.«

»Nein, kein Stück. Aber ich tue, was ich kann. Ich liebe den Idioten noch immer. Es ist verdammt schwer zu verstehen, dass er nicht mehr mit mir zusammen sein will. Elsa sagt, das geht vorbei.«

»Elsa?«

»Eine Schwedin, die am JFK direkt vor meinen Füßen umgekippt ist. Ich konnte sie ja nicht da liegen lassen, deshalb habe ich sie mit zu den Johnsons genommen.« Sie lachte. »Zum Glück sind sie großzügige Menschen. Nicht jeder würde irgendeine Fremde bei sich aufnehmen, nicht einmal eine kleine, freundliche Dame aus Schweden.«

»Du bist wirklich verrückt, weißt du das eigentlich?«

»Ja, aber Elsa hat sich als echte Perle herausgestellt. Das war also eine gute Verrücktheit. Das nächste Mal, wenn ich in Stockholm bin, müssen wir uns unbedingt mit ihr treffen. Wir haben zwei Tage miteinander verbracht, und ich glaube, sie ist einer der klügsten, weisesten Menschen, denen ich je begegnet bin. Sie hat mir mehr geholfen als dieser Therapeut, zu dem

ich ein Jahr lang gegangen bin. Außerdem hat sie sich nach der Geschichte mit der Abstellkammer um mich gekümmert. Die meisten anderen hätten mich wohl einfach da zurückgelassen.« Carina räusperte sich. »Ich war ehrlich gesagt nicht ganz nüchtern.«
»Und wenn ich nach London ziehen würde?«
»Dann muss Elsa uns hier besuchen kommen.«
»Uns?«
»Ja, wir ziehen nämlich zusammen.«
»Soll das ein Witz sein?«
»Ich habe noch nie etwas ernster gemeint. Es ist doch klar: Wir sind beide Singles, in den Wechseljahren und ertragen fast niemanden außer einander. Das ist doch perfekt!«
Was für eine verrückte Idee. Isabella fragte sich, ob Carina im Alter von zweiundfünfzig Jahren etwa angefangen hatte, Drogen zu nehmen.
»Ganz im Gegenteil, meine Liebe, das ist ein ganz nüchterner Vorschlag. Denk darüber nach, und in der Zwischenzeit suche ich eine Wohnung für uns. Küsschen!« Und damit legte sie auf.
Isabella schüttelte den Kopf. Irgendwas stimmte mit Carina nicht. Isabella konnte das verstehen – sie war selbst betrogen worden und wusste, dass man dadurch merkwürdig werden konnte.
Sie lachte bei dem Gedanken, dass Carina und sie, beide über fünfzig, zusammenziehen sollten. Falls sie in London wohnen wollte, dann gerne in Carinas Nähe. Aber mit ihr zusammen? Nie im Leben.

Fünf Wochen später packte sie ihre Sachen und verabschiedete sich von ihrem Leben in Stockholm, ohne dass die Tränen aufhören wollten zu fließen. Carina, die zum Helfen gekommen war, ließ sie in Ruhe. Sie arbeiteten schweigend Seite an Seite, ab und zu reichte Carina Isabella ein neues Papiertaschentuch, damit sie sich schnäuzen konnte.

»Danke«, schluchzte sie. »Habe ich schon gesagt, wie froh ich bin, dass du hier bist?«

»Nicht nur einmal. Willst du das wirklich aufheben?«, fragte Carina und hielt Isabellas Hochzeitsfoto hoch. »Das Kleid ist furchtbar. Was hast du dir bloß dabei gedacht?«

»Lady Di ist schuld. Ihre Sahnetörtchen haben nicht nur mich inspiriert.« Isabella musste zum ersten Mal seit einer Stunde lächeln.

»Schlimm. Also: behalten oder wegwerfen?«

»Wirf es weg. Ich will doch ein neues Leben anfangen, stimmt's?«

»Wir können ein Foto von uns beiden machen und es im Flur aufhängen. Du und ich, für immer und ewig.«

»Ich habe genug von Paarfotografien, damit bin ich fertig«, sagte Isabella und warf ein ganzes Fotoalbum in den Müllsack. »Ich kann immer noch kaum glauben, dass wir zwei zusammenwohnen werden. Wie hast du es bloß geschafft, mich zu überreden?«

»Du bist meinem Charme erlegen«, antwortete Carina, die gerade ein Adressbuch ganz hinten in einer Küchenschublade gefunden hatte. »Kennst du wirklich alle schwedischen Schauspieler?«, fragte sie, nachdem sie es durchgeblättert hatte.

»Nicht die aktuellen«, antwortete Isabella.

»Aber C. G. Svartman?«

»Kennen wäre zu viel gesagt. Er ist mit meinem Exmann befreundet.«

»Ist er nett?«

»Ja, tatsächlich, er ist ein ganz normaler Typ.«

»Ich habe seit dreißig Jahren feuchte Träume von ihm. Er muss phantastisch im Bett sein.«

»Warum das?«

»In einem Film trägt er diese extrem engen T-Shirts. Und außerdem sehen Filmküsse immer völlig echt aus.«

»Sie sind echt. Zumindest bei ihm.«

»Woher weißt du das denn?«, fragte Carina aufgeregt. »Kennst du eine, die mal mit ihm geknutscht hat?«

»Ich kenne mehrere«, antwortete Isabella lachend. »Nach seinen Küssen waren alle so verliebt wie du, ehe du auch nur in seine Nähe gekommen bist. Etwas an ihm muss wohl besonders sein, nehme ich an.«

»Etwas? Alles«, sagte Carina verträumt.

Einige Sachen sollten nach London verschifft, andere eingelagert werden. Die Möbel blieben in der Wohnung. So war es einfacher, sie zu vermieten. Die Eigentümergemeinschaft hatte zum Glück eingewilligt, dass Isabella die Wohnung für ein Jahr vermietete, während sie probeweise in London lebte. Ein Jahr war eine lange Zeit. Danach würde sie auf jeden Fall wissen, ob sie nach Stockholm zurückwollte oder nicht. Sie hätte es sich leisten können, die Wohnung einfach leer stehen zu lassen, um zwischendurch nach Hause zu fahren. Doch sie sah ein, dass das keine gute Idee war. Wohnte jemand in ihrer Wohnung, dann würde sie weniger Heimweh haben, und das war wichtig, um London überhaupt eine Chance zu geben.

Ihr Leben lang hatte sie nach England ziehen wollen. Etwas reizte sie an diesem Land, ohne dass sie hätte sagen können, was genau. Aber jetzt, wo sie endlich auf dem Weg dorthin war, hatte sie gar kein so gutes Gefühl. Noch konnte sie einen Rückzieher machen. In einer Stunde würde jemand von der Wohnungsvermittlung kommen, um ihr einen möglichen Mieter vorzustellen. Falls sich dann alles ganz falsch anfühlte, konnte sie die Sache abblasen und zu Hause in Stockholm bleiben. Somit hätte sie zumindest eine wunderbare Entrümpelungsaktion gestartet. Eigentlich sollte man das öfter machen. So tun, als würde man umziehen, Sachen aussortieren und wegwerfen, und danach einfach bleiben. Die Wohnung fühlte sich fast wie neu an, jetzt, wo alles aufgeräumt war. Beinahe klinisch sauber. Das Badezimmer blitzte, und dank der Putzfirma waren sämtliche Spuren von Isabella verschwunden.

Es klingelte. Sie sah auf die Uhr. Er war fünf Minuten zu früh, dachte sie, als sie die Tür öffnete.

»Isabella?« Der kräftige Mann hielt ihr seine Hand hin, und erst als er die Wohnung betrat, sah sie den zweiten Mann hinter ihm. Er kam ihr bekannt vor, und als er ihr die Hand reichte und sich vorstellte, durchfuhr sie ein Zucken. Kein Ton kam über ihre Lippen. Erst als er ihre Hand losließ, konnte sie wieder sprechen.

»Hallo, Sam, ich bin Isabella.«

8

Die Reise nach New York war ihr gelinde gesagt eine Lehre gewesen. Nachdem Elsa auf dem Flughafen JFK umgekippt war, hatte sie beim Aufwachen nicht gewusst, wo sie sich befand. Während der paar Minuten, die sie bewusstlos gewesen war, hatte Carina bereits entschieden, sie mit zu ihren Freunden zu nehmen. So musste Elsa nicht von ihrem Plan erzählen, jemandem zu folgen.

Mehr als zwei Nächte hatte sie die Gastfreundschaft der Johnsons nicht ausnutzen wollen, das wäre ihr dann doch zu peinlich gewesen. Trotzdem hatte sie in den achtundvierzig Stunden eine Menge von New York gesehen. »Ich lasse dich auf keinen Fall allein losziehen. Stell dir vor, du kippst noch einmal um«, hatte Carina gesagt und sie begleitet.

Carina hatte sie mit zu dem Dinner mit all den feinen Leuten genommen. So viele schöne Kleider hatte Elsa noch nie zuvor gesehen. Und so elegante Herren. Lennart hatte zwar ein paarmal einen Frack getragen – bei ihrer Hochzeit, wenn Elsa sich recht erinnerte –, aber im Smoking hatte sie ihn nie gesehen. Nach dem Fest dachte sie, dass er der Eleganteste von allen gewesen wäre, hätte er dabei sein können.

Ihr Tischnachbar war sowohl höflich als auch sympathisch gewesen. Er war ebenso überrascht wie glücklich, neben einer Schwedin gelandet zu sein, und hatte den ganzen Abend mit ihr die Sprache seiner Mutter geübt. Sie hatten sich ernsthaft unterhalten, aber er hatte sie auch zum Lachen gebracht. Er hatte so warm und humorvoll von seiner schwedischen Mutter erzählt, dass Elsa wünschte, sie hätte sie kennenlernen können. Sie dachte bei sich, dass sie einander ein wenig ähnelten. Beide hatten sie es gewagt, auf gut Glück nach Amerika zu reisen, auch wenn Sams Mutter noch jung gewesen und Elsa schon alt war.

Beim Abschied hatten sie ihre Telefonnummern ausgetauscht. Er würde sich bei ihr melden, wenn er das nächste Mal in Stockholm war. Sein Sohn begann bald ein Studium dort, und natürlich wollte Sam ein Auge auf ihn haben.

Das konnte Elsa gut verstehen. Sie hatte ihren eigenen Sohn Claes nicht loslassen können, bis er seine zukünftige Ehefrau kennengelernt hatte. Dabei hatte sie ihn eigentlich gar nicht verwöhnen wollen, es war einfach so passiert, wenn er nach Hause kam und sich wie immer aufs Sofa warf. Während Lennart und er sich unterhielten, hatte Elsa seine Sachen gewaschen und ihm etwas zu essen gemacht.

Claes war immer Papas Junge gewesen. Viel mehr als ihrer, dachte sie. Vielleicht hatten sie deshalb seltener Kontakt, als Elsa es sich eigentlich wünschte. Lennart hatte sich viel weniger um Claes gesorgt als sie. Ob Claes sich die Nächte um die Ohren schlug, hatte ihren Mann herzlich wenig berührt. Sie hatte erst einschlafen können, wenn sie hörte, wie sich der Schlüssel im Schloss drehte. Claes hatte sich darüber natürlich aufgeregt und immer wieder gesagt, sie solle aufhören, so ängstlich zu sein.

Aber ängstliche Menschen standen nicht an Kreuzungen und hielten Ausschau nach jemandem, den sie in den Urlaub verfolgen konnten. Fast hatte sie

Lust, Claes zu erzählen, was sie alles erlebt hatte. Dass sie im Waldorf Astoria gewesen war und getanzt hatte, dass sie eine betrunkene Carina aus einer Abstellkammer geholt, sie in ein Taxi verfrachtet und sie in den Arm genommen und getröstet hatte, als Carina weinend erzählte, dass ihr Mann sie verlassen hatte.

Sie könnte ihm auch erzählen, dass ein sehr netter Amerikaner genau in diesem Moment auf dem Weg zu ihr nach Farsta war, den sie zu frischgebackenen Zimtschnecken einladen würde, dachte sie zufrieden. Da klingelte es an der Tür. Sie hängte ihre Schürze an den Haken in der Küche, strich ihren dunkelblauen Rock glatt und ging öffnen.

»Herzlich willkommen«, sagte Elsa und trat zur Seite, um Sam hereinzulassen.

»Danke dir, Elsa«, sagte er und umarmte sie. »Wie schön, dich wiederzusehen.«

Sie errötete und bat ihn ins Wohnzimmer. »Du brauchst bestimmt einen Kaffee nach der langen Reise«, sagte sie. Während Sam die Aussicht bewunderte, holte Elsa das Tablett, das in der Küche bereitstand. »Magst du Zimtschnecken, Sam?«, fragte sie, als sie Kaffee in die kleinen Tassen goss.

»Oh, ich liebe sie«, antwortete er. »Meine Oma hat uns früher einmal im Jahr besucht und dann immer in unserer Küche gebacken. Sie fand es furchtbar, dass wir Bedienstete hatten und meine Mutter nicht selber kochte und backte.« Sam nahm einen großen Bissen von dem Gebäck und seufzte zufrieden. Elsa lächelte über seinen genießerischen Gesichtsausdruck. Sie hatte zwei Bleche gebacken und den Rest eingefroren, so dass er die Zimtschnecken mit nach Amerika nehmen konnte. Vielleicht mochte sein Sohn sie ja auch.

»Ich habe heute eine Wohnung für Alexander gefunden«, sagte er. »Und eine Frau für mich.«

»Ach, das ist ja großartig«, antwortete Elsa lächelnd.

»Das wäre es, wenn sie nicht nach London umziehen würde. Ihr gehört die Wohnung, die wir mieten werden.« Er lächelte schief. »Andererseits ist es vielleicht ganz gut so. Ich bin wirklich schlecht darin, die richtige Frau zu finden.«

»Das glaube ich dir keine Sekunde. Du hast dir bestimmt absichtlich die falschen ausgesucht«, sagte Elsa, brach ein Stückchen von der Zimtschnecke ab und schob es sich in den Mund, während sie die Kaffeetasse hob.

»Glaubst du?«

Elsa trank in Ruhe einen Schluck Kaffee.

»Ja, das glaube ich«, sagte sie schließlich und stellte die Tasse ab.

»Warum denn?«

»Das weiß ich nicht. Aber ich weiß, dass wir manchmal das Falsche wählen, weil wir uns vor dem Richtigen fürchten.«

Sam sah nachdenklich aus.

»Jetzt hast du mich ins Grübeln gebracht«, sagte er und lächelte. »Wie auch immer – sie wird nach London ziehen, und ich lebe in New York. Du siehst also, dass aus uns unmöglich etwas werden kann.«

»Da wäre ich mir nicht so sicher. Solange du die Tür nicht schließt, kann ein winziger Windhauch sie sperrangelweit aufwehen.«

»Ich arbeite mit einem Maklerbüro in London zusammen. Vielleicht sollte ich meine Partner bitten, dort eine Wohnung für mich zu suchen«, sagte er im Scherz. »Apropos, wann sehen wir uns das nächste Mal in New York?«

»Ach, das dauert noch«, antwortete Elsa.

Sam lächelte und nahm eine weitere Zimtschnecke, die er sich sofort in den Mund steckte. »Jetzt, wo du mich zu dir eingeladen hast, darf ich mich doch wohl revanchieren. Und bring Carina mit, wenn du willst«, sagte er, als er fertiggekaut hatte.

»Die Ärmste. Dass ihr Mann sie verlassen hat, so eine reizende Frau. Sie hat fast ihr ganzes Leben in London verbracht.«

»London«, murmelte Sam. »Was wollen bloß alle dort? Hat New York für euch Europäer etwa seinen Reiz verloren?«

»Das glaube ich kaum«, antwortete Elsa und umfasste ihre Kaffeetasse mit beiden Händen. »Aber ich habe ja auch nie daran gedacht, Farsta zu verlassen. Ich würde nirgendwo anders leben wollen.«

»Nicht einmal für eine kurze Zeit?«

»Allerhöchstens für ein paar Wochen«, antwortete Elsa, der sich der Magen zusammenzog, wenn sie daran dachte, ihre Wohnung einfach so zurückzulassen.

»Gut. Dann komm doch für ein paar Wochen zu mir. Du bist die beste Schwedischlehrerin, der ich je begegnet bin«, sagte Sam, der höchstens fünf englische Wörter benutzt hatte, seit er Elsas Wohnung betreten hatte.

»Du hast ja vielleicht Ideen«, sagte Elsa und schüttelte den Kopf. »Nein, ich bleibe lieber hier.«

»Aber was hattest du denn vor in New York, als du da warst?«

»Kannst du ein Geheimnis für dich behalten? Ich habe keine Ahnung. Ich bin einfach aus einer Laune heraus losgefahren. Es ist mir plötzlich in den Sinn gekommen.« Elsa schaute Sam an, um zu sehen, ob er sie für verrückt hielt. Aber er lächelte und schien sich nicht zu wundern, dass sie einfach so in seine Heimatstadt gefahren war.

»Wunderbar. Dann warte ich, bis es dir das nächste Mal in den Sinn kommt. Ich wollte dich nämlich um etwas bitten.« Mit dem Zeigefinger sammelte er die letzten Krümel von seinem Kuchenteller.

»Natürlich«, antwortete Elsa. »Womit kann ich dir helfen?«

»Ich brauche jemanden hier in Stockholm, dem ich vertrauen kann, wenn Alexander im Herbst hierherzieht. Jemanden, den er anrufen kann, falls etwas sein sollte.«

»Selbstverständlich kann dein Junge mich immer anrufen. Richte ihm das ruhig aus.«

»Aber ich möchte, dass du vorher zu uns kommst und ihn triffst.« Sam grinste. »Ich kann dich zu einer dieser eleganten Dinnerpartys mitnehmen, wenn du Lust hast.«

Als Sam Elsas Wohnung verließ, wusste er, dass er Isabella unbedingt wiedersehen musste. Sie hatte gesagt, dass sie erst am nächsten Tag nach London fliegen würde, und er fragte sich, warum er ihr nicht sofort ein Treffen vorgeschlagen hatte. Aber sie hatte ihn einfach zu sehr verblüfft. Er fühlte sich wie ein Schuljunge, als er ihre Nummer wählte. Er würde es nicht ertragen, wenn sie ihm einen Korb gab.

9

Carina stocherte in ihrem Stück Fleisch herum. Drehte es mit der Gabel um, als wäre die andere Seite appetitlicher. Als das auch nicht half, schob sie den Teller von sich.

Sieben Kilo in wenigen Wochen. Erstaunlich, wie sich ein gebrochenes Herz auf die Figur auswirkte, dachte sie müde, als sie aufstand. Ihr graute vor dem Besuch bei ihrem Anwalt, der heute anstand. Immerhin musste sie sich keine Geldsorgen machen. Sie war wohlhabend, nicht er. Außerdem gehörte das meiste ihr allein. Nur das Haus nicht. Das sollte verkauft werden. Ohne ihn wollte sie dort ohnehin nicht leben, und er wollte sich anscheinend mit seiner neuen Frau ein neues Zuhause schaffen.

Abgesehen von dem, was er für seine Arbeit für die Stiftung seiner Mutter bekam, hatte Andrew keinerlei Einkünfte. Deshalb wollte er das Haus natürlich verkaufen und freute sich auf das Geld. Das konnte Carina verstehen, und nicht das war es, was am meisten wehtat; nur dass es so schnell gehen sollte. Weg mit dem alten, her mit dem neuen Leben. Sie hatten nicht einmal darüber geredet, was passiert war. Er war darüber hinweg. Basta.

»Carina.«

»Andrew.«

Sie nickten einander zu, als wären sie flüchtige Bekannte. Dabei kannte sie jeden Zentimeter seines Körpers. Wie oft war sie mit den Fingern durch die Locken in seinem Nacken gefahren? Sie liebte sein Haar, das, was davon übrig war. Er trug die Krawatte, die sie ihm zum Geburtstag geschenkt hatte, aber sein Jackett war neu. Und seine Haarfarbe. Was hatte er sich bloß dabei gedacht? Er sah doch so gut aus mit seinem salz- und pfefferfarbenen Haar. Sie sagte lieber nichts, es war besser, ihn nicht unnötig zu verärgern. Seit er ihr mitgeteilt hatte, dass er sich scheiden lassen wollte, war er kurz angebunden gewesen. Es schmerzte sie jedes Mal, wenn er den Mund aufmachte. Kein freundliches Wort hatte er mehr für sie übrig. Er klang kalt und fremd.

Hätte er es bloß bei einer Affäre belassen. Sie konnte verstehen, dass man nach langen Ehejahren fremdging, aber nicht, dass man sich scheiden lassen wollte. Das durfte man einfach nicht.

Er hätte sich quälen sollen, sowohl bleiben als auch gehen wollen sollen, sie beide gleich lieben sollen, nur auf unterschiedliche Weise. Und dann hätte er vor lauter Verzweiflung genauso viel abnehmen sollen wie Carina, statt so wohlgenährt daherzukommen. Fast sah er ein bisschen übergewichtig aus. Übergewichtig mit merkwürdig gefärbten Haaren. Darauf würde sie sich jetzt konzentrieren. Und nicht darauf, wie sehr sie seine Hände vermisste, mit dem dunklen Flaum auf jedem Finger. Und auf dem Handrücken. Sie liebte seine Hände. Sie waren schön. Und gepflegt.

»Carina?« Sie zuckte zusammen, als ihr Anwalt sie ansprach.

»Ja?«

»Was meinst du dazu?«

»Wozu?«

»Hör doch einfach zu, verdammt noch mal«, sagte Andrew verärgert und zeigte auf das Papier, das vor ihr lag. »Im Gegensatz zu dir kann ich es mir nicht leisten, ein Haus zu halten, wenn ich das Geld dafür brauche, mir ein anderes zu kaufen. Es fehlt nur noch deine Unterschrift, ich habe schon unterschrieben.« Er hielt ihr den Stift hin.

Carina Lauritzen, ehemals Mrs Andrew Cody, setzte ihren Namen unter das Schriftstück, ohne mit der Wimper zu zucken.

Danach ging sie ins Kino. *Hotel Marigold.* Vielleicht würde auch sie ihre Tage so beenden, einsam in einem Hotel in Indien. Voller Mitgefühl für die von Judy Dench verkörperte Figur begann sie zu weinen. Sie weinte so sehr, dass ihre Nase auf die doppelte Größe anschwoll, und konnte einfach nicht aufhören, obwohl der Film längst zu Ende war. Als sie zurück zu ihrem Haus kam, das nun sofort verkauft werden würde, schluchzte sie weiter. Die arme, arme Judy Dench.

Als Carina am nächsten Morgen aufwachte, war es vorbei. Sie suchte nach dem Gefühl der Leere, das sich in ihr ausgebreitet hatte, aber sie verspürte bloß Hunger. Während sie den Speck briet, merkte sie, dass sie genug geweint hatte. Er wollte sie nicht mehr, was furchtbar traurig war, doch sie konnte nun mal überhaupt nichts daran ändern. Mit ein bisschen Glück hatte sie noch dreißig wunderbare Jahre vor sich. Die wollte sie sich nicht von der Trauer über ihre gescheiterte Ehe verderben lassen. Dreißig Jahre waren nichts, inzwischen rasten die Jahre wie im Flug vorbei. Wenn Andrew sich mit einer Steckkartoffel begnügte, statt eine herrliche, mit Butter gefüllte gebackene Kartoffel zu genießen – dann bitte schön. Sie war sich sicher, dass er die falsche Entscheidung getroffen hatte.

Gestern hatte sie um sich selbst geweint, heute hatte sie vor allem Mitleid mit ihm. Was nützten ihm seine Herkunft, seine reichen Freunde und seine geliebte Mama, wenn doch die Mama erst einmal tot sein musste, bevor er auch nur einen Penny auf seinem Bankkonto hätte. Ja, er war zu bemitleiden, und Carina hoffte nur, dass dieses Gefühl bis morgen anhalten würde. Sie musste ihr Selbstbewusstsein wiedererlangen, es war einfach furchtbar, sich wie eine Versagerin zu fühlen.

Carina drehte sich um und betrachtete das Haus, bevor sie aus der Auffahrt bog. Ihr makellos gepflegter Garten, der gerade in voller Blüte stand, würde dafür sorgen, dass man ihnen den Preis, den sie verlangten, gerne bezahlte. Hoffentlich würde der Verkauf schnell über die Bühne gehen.

Sie hatte sich bereits verabschiedet. Materielle Dinge hatten ihr nie viel bedeutet, weshalb ihr der Umzug leichtfallen würde, auch wenn sie dreißig Jahre in diesem Viertel verbracht hatte. Dass sie ihre Nase in die Rosenbüsche gesteckt hatte, als sie an den Beeten vorbeiging, war mehr Gewohnheit denn Sentimentalität. Sie schaute lieber nach vorn. Sie hatte Isabella versprochen, sich um eine Wohnung zu kümmern, und es war höchste Zeit, sich für eine der Alternativen zu entscheiden.

Die Wohnung, die sie besichtigt hatte, lag im fünften Stock und hatte zwei große Schlafzimmer mit dazugehörigen Badezimmern, zwei Wohnzimmer und eine große Küche. Aber ob das reichen würde? Isabella hatte gesagt, sie wolle keine zu große Wohnung. Sie wäre bestimmt zufrieden damit. Und die Wohnung lag perfekt, mitten in der City. Carina hoffte, dass sie viele Kontakte pflegen würden, und da käme ihnen eine Wohnung in so zentraler Lage nur gelegen.

Im Gegensatz dazu konnte das Reihenhaus in Hampstead mit Natur und einem Garten aufwarten. Zwei Stockwerke, vier Schlafzimmer im ersten Stock. Bis in die Innenstadt waren es gerade mal zehn Kilometer, und die Leute in Hampstead waren sehr angenehm. Falls sie und Isabella sich Gesellschaft wünschten, so gab es in der Umgebung eine ganze Reihe freundlicher geschiedener Männer, wie Carina wusste. Noch erschauderte sie bei dem Gedanken, aber das würde sich hoffentlich ändern. Sie hatte nicht vor, den Rest ihres Lebens wie eine Nonne zu verbringen. Allerdings würde sie nicht den gleichen Fehler machen wie Isabella und die Liebhaberin ihres Exmannes werden. Nein, sie musste schon einen anderen kennenlernen. Das würde sich natürlich erst mal sehr merkwürdig anfühlen. Sie hatte in ihrem Leben mit insgesamt vier Männern Sex gehabt. Bei dreien von ihnen war sie noch keine zwanzig gewesen. Mehr als dreißig Jahre lang hatte sie sich mit Andrew begnügt, und sie hatte keine Ahnung, wie andere Männer funktionierten. Das würde sich zeigen, und zwar an dem Tag, wo ihr bei dem bloßen Gedanken daran nicht mehr schlecht werden würde.

Die dritte Wohnung, die Carina besichtigt hatte, war auch die teuerste: ein Loft in Soho, das sicherlich ziemlich hip, aber abgesehen davon nicht besonders gemütlich war. Sie hatte es trotzdem nicht von ihrer Liste gestrichen, weil sie dachte, dass es bestimmt Spaß machen würde, das Loft zusammen mit Isabella einzurichten. Es wohnlich zu machen. Mit zwei Schlafzimmern und zwei Badezimmern waren die Grundvoraussetzungen gegeben. Die Wohnung in der City dagegen war perfekt. Sie musste nur möbliert werden. Genau wie das Haus in Hampstead. Dort fehlten lediglich die Möbel und Holz für den offenen Kamin.

Carina hatte Geld. Viel Geld. Ihre Mutter hatte das Erbe ihrer Großmutter zu Carinas Gunsten ausgeschlagen. Carina konnte über das Vermögen frei verfügen, seit sie volljährig geworden war. Trotzdem hatte sie lange Zeit als Maskenbildnerin gearbeitet. Es machte ihr einfach Spaß. Ihrem letzten Auftraggeber zufolge war sie immer noch großartig, jedoch nicht mehr so gefragt wie die jüngeren Kolleginnen, die direkt von Fernsehshows wie *Britain's Best Make-up Artist* kamen. Die letzten Jahre hatte sie deshalb nicht mehr gearbeitet. Ab und an half sie Freunden in Einrichtungsfragen, aber dafür ließ sie sich nicht bezahlen.

Sie hatte darüber nachgedacht, erneut beim Theater anzufangen, vor allem, um etwas zu tun zu haben. Doch der Gedanke, unfreundliche Schauspieler zu schminken, die vor Nervosität kurz vorm Nervenzusammenbruch standen, machte ihr schlechte Laune. Da blieb sie lieber zu Hause und war glücklich. Sie stellte sich jedenfalls vor, dass sie wieder glücklich werden würde. Langsam. Die Frage war nur, ob ihr das besser in einem Loft in Soho oder in einem Reihenhaus in Hampstead gelingen würde.

»Hast du schon mal über ein Bed and Breakfast nachgedacht?«, fragte die Maklerin, als sie anrief. »Ich hätte da ein ganz phantastisches in Farnham Common.«

»Du machst wohl Witze! Meinst du etwa, dass ich ein Bed and Breakfast betreiben soll?«

Carina kannte die Maklerin schon ewig, weshalb sie über ihren Vorschlag umso lauter lachen musste.

»Tja, du hast doch gesagt, du suchst nach einer Beschäftigung, um dich abzulenken. Und das Haus ist wirklich einzigartig. Dreißig Gästezimmer, zehn davon mit eigenem Badezimmer, eine große Küche mit offenem Kamin, ein wunderschöner Salon, eine phantastische Bibliothek und ein wunderbarer Garten mit Obstbäumen. So eine Blumenpracht hast du noch nie gesehen, das kann ich dir versprechen.«

»Ich bin zwar nicht gerade knapp bei Kasse, aber was du da beschreibst, übersteigt wohl doch etwas meine Preisklasse.«

»Das Haus steht gar nicht zum Verkauf. Die Besitzer wollen es für einige Jahre vermieten, bevor sie sich entschließen, ob sie es verkaufen oder nicht.«

»Vielen Dank für den Vorschlag, aber das ist wirklich nichts für uns. Aber immerhin habe ich mich jetzt entschieden. Wir nehmen das Haus in Hampstead.«

10

Sich mit Sam zum Abendessen zu verabreden, war natürlich vollkommen verrückt. Aber den Mann kennenzulernen, der ihre Wohnung mieten würde, war vielleicht gar nicht schlecht, sagte sich Isabella. Das würde ihr ein sicheres Gefühl geben, redete sie sich ein, während sie die Treppen hinunterstieg. Er wartete schon unten beim Taxi.

Als sie ihn neben dem Auto stehen sah, erkannte sie die Gefahr. Ihr Körper gab ihr nur allzu deutliche Signale. *Du musst mit ihm schlafen*, sagte ihr verräterischer Körper, und Isabella dankte dem Himmel, dass sie ihn bereits bei zehn Metern Abstand zwischen sich und Sam vernahm und nicht im Taxi von ihrer Lust überrascht wurde. Dann hätte sie sich nicht mehr unter Kontrolle gehabt, da war sie sicher. Um noch ein wenig Zeit zu schinden, blieb sie stehen und holte ihr Telefon aus der Tasche. Sie starrte darauf, bis ihr Herzklopfen sich langsam beruhigt hatte und sie mit ausgestreckter Hand auf Sam zugehen konnte.

»Sam, wie schön«, sagte sie und lächelte. »Was für eine gute Idee, alles noch einmal bei einem Abendessen zu besprechen.«

Er nahm ihre Hand und räusperte sich. »Ich muss gestehen, dich zwar unter diesem Vorwand gefragt zu haben, aber eigentlich wollte ich nicht über die Wohnung sprechen, sondern dich wiedersehen, weil ich hin und weg von dir bin.« Seine intensiven dunklen Augen bohrten sich in ihre, und Isabella musste sich anstrengen, den Blick abzuwenden. Er war also hin und weg. Aha. Das waren schon andere Männer vor ihm gewesen. Damit kam man nicht weit, was sie natürlich nicht sagte. Stattdessen lächelte sie, während er die Autotür öffnete.

»Danke«, sagte sie und rückte so weit wie möglich von ihm ab. »Wohin fahren wir?«

»Ich habe einen Tisch im Le Rouge in Gamla Stan reserviert. Kennst du das?«

»Als ich das letzte Mal da war, hieß es noch Diana-Keller«, antwortete sie lächelnd und hoffte, dass das Lokal mit dem neuen Namen sein romantisches, gemütliches Flair verloren hatte und stattdessen vor Plexiglas und Neonlicht nur so strahlte.

Der rote Samt verlieh dem Restaurant die Atmosphäre eines Boudoirs, eines Orts für Liebende. Über Wohnungen und Mieten zu sprechen, war hier völlig fehl am Platz, das war Isabella klar. Unauffällig betrachtete sie Sam, der mit dem Kellner sprach, und überlegte, wie alt er wohl war. Höchstens fünfundfünfzig, entschied sie. Wenn er lächelte, zogen sich Fältchen von seinen Augenwinkeln über die Schläfen. Er sieht einfach unerhört gut aus, dachte sie, bevor sie sich schnell in die Speisekarte vertiefte, als er sich ihr zuwandte.

»Was denkst du darüber, dass ich nach einem Vorwand gesucht habe, um dich noch einmal zu treffen, bevor du nach London fährst?«

Er war geradeheraus. Normalerweise gefiel ihr das, aber er war fast zu direkt.

»Es ist sicher eine gute Idee, dass wir uns ein bisschen besser kennenlernen. Das macht es einfacher, wenn du meine Wohnung mietest.«

»Wieso einfacher?«

»Na ja, wenn irgendetwas nicht stimmen sollte oder du etwas wissen willst.«

»Ich will nur wissen, wann ich dich das nächste Mal sehen werde.«

»Jetzt schon? Der Abend hat doch gerade erst begonnen.«

»Ich weiß, dass er so angenehm verlaufen wird, dass ich ihn wiederholen möchte.« Er lächelte.

»Danke, für mich nur einen Schluck«, sagte sie mit einem Lächeln zum Kellner, der ihr einschenken wollte.

»Magst du keinen Wein?«, fragte Sam.

»Doch, aber ich möchte mich nicht betrinken«, sagte sie, ohne zu erwähnen, dass sie bereits ein großes Glas getrunken hatte, bevor er sie abholte. Ruhiger war sie davon nicht geworden, im Gegenteil, es schien ihre Gefühle verstärkt zu haben. Begierde und gleichzeitig eine vage Furcht – ein lebensgefährlicher Cocktail.

»Ich verstehe. Weißt du schon, was du willst? Ich nehme den Fisch.«

Drei Stunden später hielt das Taxi vor Isabellas Wohnung, und sie stiegen aus.

»Kommst du auf einen Kaffee mit hoch?«

Sam sah sie fragend an.

»Du weißt, dass es nicht bei einem Kaffee bleiben wird«, sagte er leise.

»Ja, das weiß ich.«

»Und bist du sicher, dass du das willst?«

»Im Moment schon.« Sie sah ihm in die Augen.

»Aber vielleicht lasse ich dich nie wieder los«, sagte Sam und drehte sich zu ihr um. Vorsichtig streichelte er ihre Wange, und als er mit seinem Zeigefinger über ihre leicht geöffneten Lippen strich, wusste Isabella, dass jetzt der Moment war, um nein zu sagen, sofern sie es wollte. In einer Minute würde es zu spät sein.

Als ihre Lippen sich zum ersten Mal trafen, wurde ihr schwindelig. Hätten sie nicht unter einer Straßenlaterne gestanden, hätte sie ihr Kleid aufgeknöpft, ihren Slip ausgezogen und ihn gebeten, sie jetzt sofort zu nehmen. Sein Kuss war nicht besonders heftig oder drängend, da war nichts, was Befriedigung versprach, und doch war es der wunderbarste, zärtlichste und erregendste Kuss ihres Lebens. Sie zitterte und drückte sich an ihn, als hätte sie Angst, dass seine Lippen von ihren verschwinden könnten.

»Isabella«, flüsterte Sam schließlich.

»Mhm«, murmelte sie.

»Sollen wir reingehen?«

Es fühlte sich kalt an, als er sie losließ. »Komm«, sagte er und nahm ihre Hand.

Im Aufzug knöpfte er ihr Kleid halb auf, den Rest erledigte sie selbst, noch bevor sie die Wohnungstür hinter sich geschlossen hatten. Jede Vorsicht war verschwunden, sie konnten sich nicht schnell genug aufeinander stürzen, und während Sam gierig Isabellas Zunge in sich aufnahm, riss er sich das Hemd vom Körper.

»Sag, dass du mich willst«, murmelte er.

»Ja, ich will dich«, antwortete sie. »Ja.«

»Sicher?«, fragte er und zog seine Hose aus. Sie

sanken auf den weichen Teppich im Flur. Er war mindestens genauso erregt wie sie. Ein Vorspiel brauchten sie nicht. Der ganze Abend war ein einziges langes Vorspiel gewesen, und als er nun langsam in sie eindrang, war sie mehr als bereit. Schon kam sie zum ersten Mal, obwohl sie sich noch kein bisschen bewegt hatten.

»Du bist wunderbar«, sagte Sam lächelnd und hielt inne.

»Nein, mach weiter«, bat sie. »Bitte, mach weiter.«

Er bewegte sich langsam, aber ihre Hüften bedeuteten ihm, dass er schneller machen sollte. »Härter?«, flüsterte er, und sie nickte. Er hörte auf. »Erst musst du mich küssen«, sagte er und kniete sich hin. Er zog sie hoch in seine Arme, ihre Beine umklammerten seine Hüften. Seine Zunge bahnte sich einen Weg zwischen ihre Lippen, und sie stöhnte, als sich ihre Zungen trafen.

»Willst du mich wirklich?« Er hielt ihren Hintern fest, als sie versuchte, sich zu bewegen. Ihr war schwindelig vor Lust.

»Ja, ich will dich. Nimm mich, Sam«, bat sie und hob ihre Hüften. Langsam glitt er wieder in sie hinein.

Endlich konnte sie sich bewegen, und während sie ihn immer schneller ritt, merkte sie, dass sie noch einmal kommen würde. Wellen der Lust durchliefen sie, und sie klammerte sich an seinen Schultern fest. Sie wusste, dass es zu spät war. Sie hatte sich verliebt.

11

Am Telefon hatte Claes niedergeschlagen geklungen, als wäre etwas nicht in Ordnung. In fünf Minuten würde er bei ihr sein, und Elsa war unruhig. Er hatte doch hoffentlich nicht seinen Job verloren? Sie öffnete den Backofen und stach in eine der Hähnchenkeulen. Fertig. Sie stellte den Ofen aus und holte Alufolie aus dem Schrank. Hoffentlich kommt er pünktlich, dachte sie. Trockenes Hühnchen schmeckt nicht besonders.

»Mama?«

Elsa zuckte erschrocken zusammen. »Himmel, habe ich etwa die Tür nicht abgeschlossen?«

Claes lachte. »Doch, aber ich habe ja einen Schlüssel. Mm, riecht das gut! Was gibt es?«

»Dein Lieblingsessen«, sagte sie lächelnd.

»Hühnchen mit Kartoffelbrei? Danke, genau das brauche ich jetzt!«

Elsa betrachtete ihren Sohn. »Das klingt, als hättest du Sorgen, Claes?«

»Ist das so offensichtlich?«

»Ich bin deine Mutter.«

»Wir lassen uns scheiden«, sagte er, atmete hörbar aus und setzte sich an den Küchentisch. »Und das macht mich natürlich fertig, auch wenn wir uns einig sind.« Er lächelte schief. »Die Hoffnung auf Enkelkinder musst du also leider aufgeben.«

Elsa legte die Topflappen beiseite und setzte sich ihm gegenüber.

»Das tut mir leid, Claes. Also nicht um die Enkelkinder, sondern dass ihr zwei euch trennt«, sagte sie betrübt. »Was ist passiert?«

»Es funktioniert einfach nicht mehr mit uns. Außerdem werde ich eine Weile im Ausland arbeiten, und das hat uns, glaube ich, den Rest gegeben. Es ist nicht einfach.«

»Das verstehe ich gut. Kann ich irgendwas für dich tun?«

»Ich wollte dich fragen, ob ich eventuell für ein paar Nächte bei dir schlafen kann, falls nötig. Ich weiß nicht, wie schnell ich eine neue Wohnung finde, und es ist sinnvoller, wenn sie die Wohnung behält, weil ich sowieso so viel unterwegs bin.«

»Aber natürlich kannst du hier schlafen.«

Sie hatten selten über seine Ehe gesprochen, und aus irgendeinem Grund hatte Elsa nie gefragt, wie es ihnen miteinander ging. Sie wollte sich nicht einmischen. Wenn Claes zu Besuch war, sprachen sie über alltägliche Dinge wie seine Arbeit. Manchmal wünschte sie, sie hätten über seinen Vater sprechen können, aber das wollte Claes nicht. Dafür wollte er jede Menge über sie wissen, stellte Fragen, die Elsa nie beantworten konnte. Ob sie glücklich sei, zum Beispiel, worauf sie jedes Mal antwortete, dass sie ohne seinen Vater nur schwer glücklich sein konnte. Dann schaute er sie immer kopfschüttelnd an. Sie fragte nie, was dieses Kopfschütteln zu bedeuten hatte. Vielleicht fand er, dass sie zu sehr an der Vergangenheit festhielt. Wenigstens hatte sie jetzt mit ihren Reisen einen Schritt in die richtige Richtung gemacht. Irgendwann würde sie ihm von ihren Abenteuern erzählen.

»Und wo wirst du dieses Mal arbeiten?«, fragte sie.

Während sie über seine Reise sprachen, sah Elsa ein Glitzern in seinen Augen, das sie freute, auch wenn sie ihn lange nicht sehen würde. Die Luftveränderung würde ihm guttun, da war sie sich sicher.

»Willst du vielleicht ein paar Sachen hier unterstellen? Die Wohnung ist zwar ziemlich voll, aber wir finden sicher irgendwo Platz. Ich habe hier ja leider nicht so viel Abstellraum wie früher im Haus. Würde ich noch da wohnen, könnten wir alles in die Garage stellen ...« Elsa unterbrach ihren Gedankengang und schluckte hart.

»Danke, Mama, aber ich werde meine Sachen irgendwo einlagern. Hoffentlich finde ich schnell eine Wohnung, wenn ich zurück bin.«

Als sie aufgegessen hatten und an der Tür standen, umarmte Claes sie. »Du bist eine gute Mutter. Das warst du schon immer.«

Hätte sie fragen sollen, wie es seiner Frau ging? Ihm eine Paartherapie vorschlagen, sagen sollen, dass man nicht so einfach aufgeben durfte? Ihre Gedanken rasten, als sie ihm vom Balkon winkte, während er zum Parkplatz hinüberging. Wie ähnlich er Lennart doch sah. Er war genauso elegant. Die Frauen waren Claes schon immer nachgerannt, besonders seit er so erfolgreich war. Aber Elsa war sich ziemlich sicher, dass er sich mit seiner Frau begnügt hatte. Wie die Zukunft aussehen würde, war natürlich schwer zu sagen. Sie hoffte, dass es für beide gut ausgehen würde. Vielleicht würden sie ja doch zueinander zurückfinden. Man hörte oft genug von Paaren, die nach einer Zeit der Trennung wieder glücklich miteinander waren.

Erst als sie die Balkontür geschlossen hatte, fiel ihr das Kompliment ein. Sie putzte sich die Nase mit dem frisch gewaschenen Taschentuch, das unter der Häkeldecke auf der Kommode lag, und verfluchte ihre Gefühlsduselei.

Eigentlich hatte Elsa für den nächsten Tag einen neuen Besuch beim Arlanda-Express geplant. Aber jetzt, wo Claes sie vielleicht brauchte, blieb sie lieber zu Hause, zumindest bis er abgereist war. Dass er die Möglichkeit hatte, einfach so in anderen Ländern zu arbeiten!

Das schien ihr ein unerhörter Luxus zu sein, doch sie wusste, dass er hart arbeitete und deshalb kaum etwas von Land und Leuten mitbekam. Trotzdem.

Elsa hatte früher bei der staatlichen schwedischen Telefongesellschaft Televerket gearbeitet. Dort hatten Lennart und sie sich kennengelernt. Damals war er Personalchef gewesen und sie seine Sekretärin. Als sie ein Paar wurden, wurde sie in eine andere Abteilung versetzt, obwohl sie nie auch nur einen Fehler gemacht hatte.

Er war ihr erster richtiger Freund gewesen. Sie hatte zuvor einige Verehrer gehabt, aber sich zu keinem von ihnen hingezogen gefühlt. Vielleicht konnte man sagen, dass Lennart sie im Sturm erobert hatte. So wollte sie sich zumindest daran erinnern. Sicher hatte es keine ganz unbedeutende Rolle gespielt, dass sie schwanger gewesen war, als er um ihre Hand anhielt, aber trotzdem war es das Romantischste, was ihr je passiert war. Er war so elegant und weltgewandt gewesen, ihr Lennart.

Er hatte den schmalen, glatten Goldring auf ihren Finger geschoben, und sie hatten ein paar Minuten lang die Aussicht genossen. Dass sie ihr ganzes Leben in Stockholm verbracht hatte, ohne je auf dem Fåfängen gewesen zu sein! »Jetzt heiraten wir«, hatte er gesagt. Es war eher eine Feststellung als eine Frage, aber wie so oft lächelte Elsa und fand, dass Lennart voll und ganz recht hatte. Nur zwei Wochen später hatte sie noch einen Ring bekommen. Im Rathaus.

Sie hatte nur ein einziges Foto von der Trauung. Der Beamte, der auch als Trauzeuge eingesprungen war, hatte freundlicherweise angeboten, sie zu knipsen. Das Foto hing immer noch im Schlafzimmer.

Sie hatte kein Hochzeitskleid angehabt. Natürlich hatte Lennart recht damit gehabt, dass sie lieber ein Kleid kaufen solle, in das sie auch mit dickerem Bauch passen würde. Auf dem Bild sah man, wie groß und unförmig das Kleid war, und hätte sie selbst entscheiden können, hätte sie sicher ein langes weißes Kleid gewählt. Aber in ihrem Zustand ...

Lennart sah dagegen unglaublich elegant aus in seinem dunklen Anzug. Ein wenig ähnelte er Elsas Vater, der ebenfalls von hochgewachsener, ehrfurchtgebietender Gestalt gewesen war.

Ihre Eltern waren bei der Trauung nicht dabei gewesen. Lennart hatte es nicht gewollt. Ihre Mutter war darüber so enttäuscht gewesen, dass sie bis zu Claes' Geburt ein halbes Jahr später nicht mehr mit Elsa gesprochen hatte.

»Deine Eltern gefallen mir nicht«, hatte Lennart gesagt und sie umarmt.

Elsa hatte sich in ihrer neuen Abteilung nie richtig

wohlgefühlt. Als Televerket privatisiert wurde und man ihr anbot, mit achtundfünfzig in den Vorruhestand zu gehen, willigte sie dankbar ein. Sie hatte ohnehin genug mit ihrem Mann zu tun, der bereits seit dreizehn Jahren in Rente war.

Ihnen blieben noch vier gemeinsame Jahre, bevor Lennart starb.

Elsa fragte sich, was er zu Claes' traurigen Neuigkeiten gesagt hätte. Vermutlich wäre er verstimmt gewesen. Er hatte stets die Meinung vertreten, dass die Heirat eine Entscheidung fürs Leben sei und die Menschen einfach nicht gut darin seien, schwierige Zeiten gemeinsam zu meistern. Eine Ehe bestand ihm zufolge zu gleichen Teilen aus harter Arbeit und aus Lust. Elsa hatte nie richtig verstanden, was Lennart damit meinte, denn harte Arbeit war ihre Ehe nie gewesen. Besonders lustvoll allerdings auch nicht, zumindest nicht körperlich. Aber zum Glück ging es ja im Leben nicht nur um Sex. Elsa gefiel es fast besser, wenn Lennart sie umarmte, so wie er es die letzten zehn Jahre lang getan hatte, als ihm die Kraft zu anderen Übungen ausgegangen war.

Als sie das letzte Mal miteinander schliefen, war Elsa fünfundfünfzig gewesen, und sie vermisste es kein bisschen. Andere Dinge hingegen vermisste sie sehr wohl. Gesellschaft. Sie fühlte sich einsam. Auch wenn Lennart die letzten Jahre krank gewesen und immer vergesslicher geworden war, so war er doch da gewesen. Wenn sie die Nachrichten schauten, rückte sie auf dem Sofa näher an ihn heran, und so saßen sie dicht beieinander, bis sie ihn ins Bett brachte.

Als sie so nachdachte, wurde ihr klar, dass sie keine

neuen Freunde finden würde, indem sie wildfremden Menschen hinterherlief. Bei der Seniorenvereinigung würde sie leichter fündig werden. Aber Busreisen zu Hälsingehöfen reizten sie kein bisschen. Und Bootstouren genauso wenig. Trotzdem sagte sie zu, als Siri fragte, ob sie mit nach Åland kommen wolle. Eine gute Entscheidung, das wurde ihr klar, als sie sah, wie sehr sich die Freundin freute. Siri war so froh, dass sie ein paar Schritte über Elsas Küchenboden steppte.

»Auf diesen Reisen sind meistens jede Menge Gentlemen dabei, von denen einige göttliche Tänzer sind«, sagte Siri und wackelte mit dem Hintern. »Ich sage immer, wer sein Tanzbein zu schwingen weiß, der kann auch anderes schwingen.« Sie lachte. »Das gilt auch für dich, Elsa.«

Elsa ignorierte den Kommentar. Sie würde mitkommen, aber tanzen würde sie nicht. Sie hatte nie getanzt, weil es ihr Spaß machte, sondern weil es in ihrer Jugend selbstverständlich gewesen war. Heutzutage durfte man ruhig ablehnen, wenn man aufgefordert wurde. Nicht dass sie eine besonders begehrte Tanzpartnerin gewesen wäre, aber in New York hatte sie tatsächlich mit Sam getanzt. Das hatte sie doch, oder nicht? Gerade kam ihr die ganze Reise vor wie ein Hirngespinst.

»Weißt du, wo man eine billige, aber gute Kamera herbekommt?«, fragte Elsa, der einfiel, dass sie sich länger an ihren Abenteuern würde erfreuen können, wenn sie sie auf Bildern verewigte. Auf der Reise nach Åland würde sie ausprobieren, ob sie überhaupt einen Blick für gute Fotos hatte.

Lennart und sie hatten natürlich eine Kamera be

sessen. Sie hatte viele Alben, die sie regelmäßig betrachtete. Aber wie um so vieles andere hatte er sich auch darum gekümmert. Heutzutage machten die meisten Leute Fotos mit ihren Handys, aber das war nichts für Elsa.

»Ja, klar weiß ich das. Karin Grankvists Sohn arbeitet im Elektromarkt in der Stadt, er hat mich beraten, als ich meine Kamera gekauft habe. Aber du brauchst einen Computer, wenn du die Fotos speichern willst.«

»Ich habe doch einen. Claes hat mir vor zwei Jahren einen geschenkt, allerdings benutze ich ihn nicht so oft. Manchmal suche ich nach Reisezielen und lese Nachrichten, aber das war's auch schon.«

»Du solltest eine Kontaktanzeige aufgeben: ›Eingerostete Alte sucht männliches Schmiermittel‹.« Siri lachte, und hätte Elsa nicht die Wärme in ihrer Stimme gehört, wäre sie vielleicht traurig geworden. So lächelte sie bloß.

»Der Technikladen ist sicher gut, wann gehen wir hin?«

12

Carina winkte mit beiden Armen, als Isabella durch die Glastüren in die Ankunftshalle kam. Dabei hätte Isabella sie auch so sofort gesehen. Carinas langes rotes Haar, die dunkle Sonnenbrille und ihr knallrotes Kleid waren auffällig genug. Genauso wie ihr Geschrei.

»Huraaa!«, hallte es durch Heathrow, und Isabella winkte zurück, um ihr zu zeigen, dass sie sie sowohl gehört als auch gesehen hatte.

»Du wirst Augen machen«, sagte Carina aufgeregt, als sie sich umarmten. »Und frag jetzt nichts, ich will, dass du erst alles selber siehst.« Sie hängte sich Isabellas Tasche über den einen Arm, unter dem anderen trug sie Poppy, ihren Terrier.

»Los, beeil dich«, trieb sie Isabella an und lief auf klappernden hohen Absätzen voraus. Isabella holte tief Luft, bevor sie ihrer zukünftigen Mitbewohnerin folgte.

Da sie keine Fragen über ihre neue Wohnung stellen durfte, schaute Isabella stattdessen durch das Autofenster auf die vorbeiziehende englische Landschaft. Auch hier wurde es langsam herbstlich, selbst wenn das Laub der Bäume noch nicht bunt war. Bald begann der September. Isabella seufzte. Die Zeit verging viel zu schnell. Demnächst wurde sie schon zweiundfünfzig.

»Herrje, was für ein Palast«, sagte sie und zeigte auf das große Schloss, das links an ihnen vorbeizog.

»Windsor. Wenn die Flagge gehisst ist, ist die Königin da.«

»Können wir hinfahren und nachschauen?«

»Das machen wir ein andermal«, sagte Carina. »Ich wusste nicht, dass alte Häuser dich interessieren. Aber das verheißt Gutes.«

»Mach die Augen zu«, sagte Carina, und Isabella tat, wie ihr geheißen. Sie war unglaublich neugierig auf die Wohnung. Dass sie ein bisschen außerhalb lag, erschien ihr nur vorteilhaft. Sie sehnte sich nach Ruhe und Frieden, was Carina genau wusste.

»Jetzt darfst du schauen. Tadaa!« Carina zog die Handbremse an und machte eine ausladende Handbewegung.

»Sollen wir etwa hier wohnen?« Isabella klang genauso skeptisch, wie sie war. Sie öffnete die Autotür und trat auf den Kies. Das alte Ziegelgebäude war riesig, und als sie sich umdrehte, sah sie, dass sie durch eine lange, von Rosenbüschen gesäumte Allee gefahren waren. Das hier war kein Haus, sondern ein Landgut. Ein Schloss, keine Wohnung für zwei alleinstehende Frauen. Der Garten sah aus, als hätte er einen Gärtner nötig, und den Kiesvorplatz zu rechen, würde einen ganzen Tag beanspruchen.

»Ja, aber wir werden hier nicht allein wohnen. Außer unseren Zimmern gibt es noch dreißig weitere. Es ist nämlich ein Bed and Breakfast, und wir werden es führen.« Carina hüpfte in die Luft, und Poppy folgte ihrem Beispiel.

»Du machst Witze!«

»Das habe ich auch gesagt, als meine Maklerin das vorschlug, aber je länger ich darüber nachgedacht habe, desto besser gefiel mir die Idee. Denk dir nur, du und ich. Das wird einfach super.« Sie zog Isabella am Arm. »Komm, wir gehen rein und schauen uns alles an. Du wirst es lieben.«

»Sag bloß, du hast schon alles entschieden, ohne mich auch nur zu fragen?« Isabella folgte Carina zur Eingangstür, die hinter Efeu verborgen lag. Das Schild »Bed and Breakfast« sah alt aus, bemerkte sie. Normalerweise liebte sie alte Dinge, auf einer Sightseeingtour hätte sie vor Begeisterung über das pittoreske Gebäude und das abgenutzte Schild in die Hände geklatscht. Aber jetzt konnte von Enthusiasmus keine Rede sein.

»Natürlich habe ich das. Du hast doch gesagt, ich solle mich um eine Unterkunft kümmern, bis du kommst, und hier ist sie!«, sagte Carina unbekümmert, während sie die Tür öffnete. »Bei Fuß, Poppy«, rief sie den Hund herbei und schlug gegen ihren Oberschenkel.

»Aber eine Unterkunft ist etwas anderes als ein Bed and Breakfast«, erwiderte Isabella und trat in die Eingangshalle, die größer war als ihre komplette Wohnung in Stockholm. In der Mitte führte eine Treppe nach oben, die aus einem Film zu stammen schien. Sie sah vor sich, wie Scarlett O'Hara auf der untersten Stufe zusammenbrach. Scarlett war nach Tara zurückgekehrt. Isabella würde nach Vasastan zurückkehren. Und zwar gleich mit dem nächsten Flug.

»Ja, vielleicht. Aber wenn wir hier wohnen wollen, müssen wir Zimmer vermieten. Allein werden wir beide uns einsam fühlen in dem großen Haus, außerdem brauche ich eine Beschäftigung.«

»Aber ich nicht! Ich habe meine Arbeit in der Firma aufgegeben, weil ich müde war. Überarbeitet. Fertig.« Isabella stellte ihre Tasche mit einem lauten Knall auf den Steinboden. Es hallte im ganzen Treppenhaus wider. Im Moment war sie vielleicht nicht besonders überarbeitet, aber wer weiß, was passiert wäre, hätte sie die Firma behalten …

»Pustekuchen. In einer Woche wirst du dich so sehr

langweilen, dass du die Wände hochgehst, und so eine Mitbewohnerin ertrage ich nicht.« Carina hängte ihren Mantel auf, streifte die High Heels ab und stieg in ein Paar Pantoffeln aus Schafwolle.

»Dann sollten wir vielleicht auseinanderziehen, bevor wir überhaupt zusammengezogen sind. Ich habe nämlich keine Lust, eine neue Firma zu gründen.« Isabella stampfte vor Wut mit dem Fuß auf. Ihr war bewusst, wie kindisch sie sich verhielt, aber das passte zu ihrem Gemütszustand.

»Die Firma wird uns nicht gehören, wir sind nur als Verwalterinnen angestellt.« Carina lächelte, als wären damit alle Probleme gelöst.

»Wir sind angestellt? Wie denn das? Ich habe keinen Vertrag unterschrieben.«

»Aber ich. Für uns beide.« Carina lächelte.

Isabella starrte ihre Freundin an. Carina hatte den Verstand verloren. Keine Spur mehr von ihrer üblichen Vorsicht, ihrer Vernunft und Loyalität. Sie war zwar spontan, jedoch selten impulsiv, und so etwas Irrsinniges hatte sie noch nie getan.

»Und bevor du noch etwas sagst, nein, ich bin nicht verrückt geworden. Das hier ist die beste Idee, die ich seit langem hatte, und es ist völlig in Ordnung, wenn du das nicht sofort einsiehst. Aber du wirst es lieben, das weiß ich. Und jetzt komm.«

Von innen war das Haus mindestens so phantastisch wie von außen. Isabellas Schlafzimmer war gigantisch. Abgesehen von dem großen Bett war genug Platz für eine moderne Sitzgruppe, einen offenen Kamin und einen prächtigen alten Schreibtisch.

Isabella ließ sich aufs Bett plumpsen. Zumindest schien es bequem zu sein. Sie seufzte laut. Hiermit hatte sie nun gar nicht gerechnet. Carina wusste genau, dass Isabella selten überstürzte Entscheidungen traf. Kein Wunder also, dass sie ihr nichts von den Plänen gesagt hatte. Sie hätte mit einer ablehnenden Antwort rechnen müssen. Stattdessen hatte sie Isabella hintergangen und sogar ihre Unterschrift gefälscht. Darüber war nicht hinwegzusehen, auch wenn Isabella klar war, dass Carina sich nur deshalb so verrückt verhielt, weil sie verlassen worden war.

Ihre Freundin kam herein. »Was meinst du? Superschön, oder? Komm, ich zeige dir mein Zimmer.«

Isabella zuckte mit den Schultern. Heute kam sie hier ohnehin nicht mehr weg. Morgen würde sie zurück nach Schweden fliegen. Sie würde Sam anrufen und ihm sagen müssen, dass die Wohnung doch nicht zu haben war.

Beim bloßen Gedanken an Sam machte ihr Herz einen Satz. Normalerweise hätte sie Carina von ihrem kleinen Abenteuer erzählt, aber aus irgendeinem Grund wollte sie das Erlebnis für sich behalten. Ohnehin war wohl kaum eine Romanze so unabwendbar zum Tode verurteilt. Er hatte sie wiedersehen wollen, aber sie hatte abgelehnt. Es ergab alles keinen Sinn. Zwischen ihnen lag ein ganzer Ozean, außerdem hätte er sowieso bald genug von ihr.

Mittlerweile wusste sie, wie es lief. Männer verliebten sich in sie, und irgendwann hatten sie die Nase voll. Ihrem Therapeuten zufolge lag die Verantwortung auch bei Isabella. Er hatte vorgeschlagen, sie solle das nächste Mal einfach abwarten, statt die Männer

Prüfungen zu unterziehen, die sie gar nicht bestehen konnten. Genau deshalb verließen die Männer sie nämlich, sagte er, weil sich niemand gerne als Versager fühlte. Isabella war ganz anderer Meinung. Sie wurde verlassen, weil sie nicht liebenswert war. So einfach war die Sache.

»Hallo, Isabella?« Carina schnippte mit den Fingern. »Wohin bist du verschwunden?«

»Ich bin hier. Oh, wie schön!«

Während Isabellas Schlafzimmer ganz in zarten Tönen gehalten war, herrschten hier kräftige Farben vor. Bordeauxrote und senfgelbe Samttapeten, ein großartiges Himmelbett sowie ein Sofa und Stühle im Rokokostil, die viel zu schön waren, um sie zu benutzen.

»Ich dachte mir, das andere Zimmer passt besser zu dir«, sagte Carina, warf sich auf das alte Sofa und legte die Füße auf den antiken Tisch. Sie wackelte mit den Füßen, die immer noch in Pantoffeln steckten. »Setz dich«, sagte sie und klopfte auf den Stuhl neben sich. »Bald kommen unsere Gäste, und vor ihrer Ankunft müssen wir noch einiges besprechen. Zum Beispiel, wer von uns beiden für die Küche zuständig sein wird.«

Isabella merkte, wie sie blass wurde. »Was soll das heißen, für die Küche?«, fragte sie.

»Wir müssen entscheiden, wer von uns für welche Bereiche verantwortlich sein wird.«

»Nein, zuerst müssen wir entscheiden, ob ich bleiben werde oder nicht. Im Moment sieht es stark nach Letzterem aus.«

Carina legte den Kopf zur Seite. »Bitte, Isabella,

nur für diese eine Reservierung«, bat sie. »Sie ist schon lange bei den Eigentümern eingegangen. Du kannst sie als Test nutzen. Wenn du es immer noch furchtbar findest, sobald die Gäste wieder abgereist sind, verspreche ich dir, dass wir kündigen.«

»Schwörst du mir das?«

»Ja.«

»Okay.«

»Okay?«

»Versprochen. Wie viele sind es, und wie lange bleiben sie?« Isabella stellte sich vor, dass sie in einer Woche zurück in Stockholm sein würde. Das hier wäre nicht ihr erster Fehlschlag im Leben. Sie musste Sam nicht einmal selbst anrufen, das konnte die Vermittlungsfirma machen. Sie würde sich in ihrer Wohnung einrichten, als wäre sie nie fort gewesen, würde vergessen, dass sie jemals einen Fuß in dieses Haus gesetzt hatte, und dann würde sie sich eine Beschäftigung suchen. Ein Monat war vergangen, seit sie ihre Firma verkauft hatte, und seitdem hatte sie nur mit ihrem Umzug zu tun gehabt. Vielleicht sollte sie in einem Amateurtheater mitspielen? Mit irgendwas musste sie sich schließlich beschäftigen, wenn sie sich genug ausgeruht hatte.

Carinas gemurmelte Antwort war nicht zu verstehen.

»Was hast du gesagt? Sind es fünf Personen?«

»Nein, es sind fünfundvierzig Personen, und sie bleiben knapp drei Monate.«

13

Isabella hatte natürlich recht. Die Situation war unmöglich und machte somit eine Beziehung unmöglich. Aber das hinderte Sam nicht daran, ständig an sie und ihre gemeinsame Nacht in Stockholm zu denken. Am Morgen danach hatte er sich nicht von ihr trennen mögen, und das war wirklich etwas Neues. Normalerweise floh er nach einer Liebesnacht im Laufschritt aus den fremden Wohnungen, seit vor zehn Jahren seine Frau gestorben war.

Mit einigen wenigen Frauen war er mehrere Monate zusammen gewesen, aber eher aus Bequemlichkeit als aus echten Gefühlen heraus. Isabella war alles andere als bequem. Der Gedanke an sie war verstörend, und es war schwer, damit klarzukommen. Zum ersten Mal überhaupt schien Samuel Duncan die Kontrolle zu verlieren.

»Ja«, antwortete er ungehalten, als es an seiner Bürotür klopfte. Nicht dass er bei etwas gestört worden wäre. Die Papiere auf dem Tisch hatte Sam nicht einmal angeschaut, er sah stattdessen aus dem Fenster.

»Bist du so weit?«

Sam hatte vergessen, dass er zum Mittagessen mit Alex verabredet war. Er schüttelte den Kopf und lächelte. »Noch lange nicht, ich bin heute wirklich nicht besonders produktiv.«

Er legte den Bericht in seine Schreibtischschublade, schloss sie ab und stand auf. »Wenn ich etwas gegessen habe, geht es bestimmt besser. Worauf hast du Lust?« Er hängte sich sein Sakko über die Schultern.

»Ist mir ganz egal. Pizza?«

»Warum nicht?« Sam legte seinem Sohn den Arm um die Schultern. »Noch eine Woche, dann fährst du nach Stockholm«, stellte er fest, während sie in den Aufzug traten.

»Stimmt.«

»Und wie fühlt sich das an?«

»Gut bisher. Das wird bestimmt toll.«

»Bist du gar nicht aufgeregt?«

»Sollte ich das sein?«

»Ja, ich denke schon. Du verheimlichst mir doch wohl nichts?« Sam verstrubbelte ihm das Haar. Alex duckte sich lachend, um mit wohlbehaltener Frisur zu entkommen, und rannte hinaus, sobald sich die Aufzugtüren öffneten.

»Nein, es ist schon in Ordnung, dass du nicht nervös bist«, fuhr Sam fort, als sie auf die Straße traten. »Ignorier einfach, was ich sage, ich bin auf meine alten Tage wohl gefühlsduselig geworden.« Er winkte ein Taxi heran.

»Das warst du immer schon.«

»War ich das?«

»Viel emotionaler als Mama jedenfalls, soweit ich mich an sie erinnern kann.« Alex lächelte Sam an und öffnete die Autotür.

»Das stimmt, deine Mutter war eine toughe Frau. Aber ich bin sicher, sie hätte sich auch ein bisschen Sorgen gemacht, dich so weit weg in Schweden zu wissen.« Sam wurde warm ums Herz, als er an seine Frau dachte. Immer wenn Alex seine Mutter erwähnte, schien sie ihm ganz nah zu sein, auch wenn sie schon so lange tot war.

Das Restaurant in der 17th Street machte einen etwas heruntergekommenen Eindruck, aber hier gab es die beste Pizza New Yorks. Sam und Alex waren Stammkunden.

»Hat dein College noch nicht angefangen?«, fragte der Kellner, ein älterer Mann, als er Alex Cola einschenkte.

»Ich werde in Schweden studieren«, antwortete Alex. »In Stockholm. Waren Sie mal dort?«

Der Kellner schüttelte den Kopf und wandte sich an Sam.

»Schweden? Was will er denn dort? Es gibt keine besseren Universitäten auf der Welt als die amerikanischen. Ihr reichen Leute macht alles immer so kompliziert.«

»Ich weiß«, antwortete Sam. »Aber was soll ein armer Vater bloß tun?«

Eine Woche später war Alex abgereist, und Sam war zum ersten Mal seit achtzehn Jahren allein. Eigentlich wollte er zur Arbeit, aber irgendwo zwischen Schranktür und Wohnungstür blieb er mit der Kaffeetasse in der Hand stehen.

Achtzehn Jahre.

Sam war siebenunddreißig gewesen, als seine Frau ihm erzählte, dass es nach fünf Jahren vergeblicher Anstrengungen endlich geklappt hatte. Und so bekam die Welt einen neuen Mittelpunkt. Es gab keine glücklicheren Eltern als sie, zumindest nicht auf dieser Seite von Manhattan. Andere Familien stellten Kindermädchen ein, nicht so die Duncans.

Als Alex' Mutter starb, blieb Sam ein Jahr lang

mit dem Sohn zu Hause, bis er langsam seine Arbeit wieder aufnahm, doch er arbeitete nie wieder Vollzeit. Das war die Sache nicht wert. Er wollte und musste für Alex da sein, gerade weil er ein alleinerziehender Vater war. Viele hatten seine Entscheidung nicht verstanden. Ein Geschäftsfreund schlug Sam vor, er solle wieder heiraten, Alex brauche schließlich eine Familie. Danach wurden zwischen ihnen keine weiteren Geschäfte abgeschlossen. Sobald jemand andeutete, dass Sam zu viel Zeit mit seinem Sohn verbrachte oder dass er eine Ehefrau, Nanny, Gouvernante und weiß Gott wen noch benötige, damit er sich auf die Firma konzentrieren könne, sah Sam rot.

Rückhalt bekam er nur von seinen Angestellten. Sie wussten, wo er war und wie sie ihn erreichen konnten, wenn sie ihn brauchten. Sie waren sehr wohl in der Lage, die alltägliche Arbeit ohne Sams ständige Kontrolle zu erledigen.

Außerdem unterstützte ihn seine Mutter, die damals noch lebte und gesund war. Sie schüttelte den Kopf über die amerikanischen Snobs und fand es richtig, dass Sam seine Familie an die erste Stelle setzte. Als bei ihrer Schwiegertochter Krebs diagnostiziert wurde, war sie am Boden zerstört gewesen und hatte all ihre Verpflichtungen abgesagt, um für die Familie da zu sein. Alex übernachtete häufig bei seiner Großmutter, vor allem wenn seine Mutter im Krankenhaus lag. In ihrem letzten Lebensjahr wurden die Krankenhausaufenthalte immer länger. Alex war erst acht Jahre alt gewesen und hatte nicht viel mehr verstanden, als dass seine Mama sehr krank war.

Sam war verwundert gewesen über die Art, wie sein

Sohn getrauert hatte. Manchmal hatte er gespielt wie immer, um in der nächsten Minute auf Sams Schoß zu kriechen und untröstlich zu schluchzen. Manchmal hatte er jede Menge Fragen gestellt, dann wieder war er vollkommen still geblieben. Sam hatte ihn in Ruhe gelassen, auch wenn viele eine Therapie vorschlugen, damit der Junge keinen Schaden fürs Leben davontrug. »Über den Tod eines Elternteils kommt man nie hinweg«, hatten diejenigen gesagt, die alles zu wissen glaubten.

Sam war sich nicht sicher gewesen, ob er richtig handelte. Genauso wenig wusste er jetzt, ob es richtig war, Alex allein nach Stockholm ziehen zu lassen. Es wäre so schön, gäbe es ein Richtig oder Falsch in der Kindererziehung.

Er öffnete die Schranktür und legte Alex' Pulli hinein, den sein Sohn achtlos auf den Küchentisch geworfen hatte. Achtzehn Jahre. Manchmal war das schwer zu glauben.

Draußen war schönes Wetter. Immer noch warm, aber nicht mehr so heiß wie Anfang August. Sam trat gemächlich in die Pedale. Er würde duschen, sobald er im Büro angekommen war, aber er hatte es nicht eilig. Morgens liebte er New York besonders. Meistens fuhr er mit dem Fahrrad am Fluss entlang. Wenn er sich beeilte, brauchte er nicht länger als zehn Minuten, an einem Tag wie heute, wenn er unterwegs anhielt, um über das Wasser nach New Jersey hinüberzusehen, vielleicht fünfzehn.

Ich sollte nach London fahren, dachte er und lehnte sich über das Geländer, das den Fahrradweg vom

Hudson River trennte. Ich sollte nach London fahren, sie mir über die Schulter werfen und mit hierhernehmen. Eine Woche. Danach hätte er genug von ihr. Selbst wenn er sich für diese Frau mehr interessierte als für irgendeine andere, mit Ausnahme seiner Ehefrau, so machte er sich keine Illusionen: Es ging um Lust, sonst gar nichts. Ihn hatte es erregt, wie sie gesagt hatte, was sie wollte und was ihr gefiel, was er mit ihr machen sollte, während er seine Zunge über ihren Körper wandern ließ. Er sah sie vor sich. Alles an ihr war weich. Isabella hatte keine harten Kanten. Als er mit der Hand über ihren Körper streichelte, hatte er keine Knochen gespürt, bloß warme, weiche Haut. Himmel, wie aufregend das war. Er presste die Augen fest zusammen, um die Bilder zu verscheuchen.

Bevor seine Gedanken nicht wieder zu Wohnungsbudgets und Eismeerfischerei gewandert waren, würde er sich nicht aufs Fahrrad setzen können.

14

Elsas erster und einziger Bootsausflug war vorbei. Gott sei Dank. Aber sie war trotzdem froh über die Erfahrung. Jetzt wusste sie, dass alte Leute sich wie hormongesteuerte Teenager verhalten konnten, und dieses Wissen reichte ihr voll und ganz.

Das Beste an der Reise war ihre Kamera gewesen. Sie hatte alles Unverfängliche fotografiert, das Buffet zum Beispiel und die Wellen. Sogar der Kapitän hatte freundlicherweise für sie posiert.

Der hilfsbereite Verkäufer im Elektroladen hatte ihr erklärt, wie sie die Bilder auf ihren Laptop übertragen konnte. Genau damit war Elsa an diesem Montagmorgen beschäftigt. Sie wollte sich ihre Bilder anschauen, auf der Kamera konnte sie ohne Vergrößerungsglas kaum etwas erkennen. Während sie sich zu erinnern versuchte, was genau der Verkäufer über die verschiedenen Kabel gesagt hatte, schenkte sie sich noch eine Tasse Kaffee ein. Sie würde sicher den ganzen Vormittag brauchen, aber das machte nichts. Auf diese Weise hatte sie immerhin etwas zu tun.

Doch sobald Elsa sah, dass dem Kapitän der Kopf fehlte, klappte sie enttäuscht den Laptop zu. Sie war sich sicher, dass sie ihn im Bild gehabt hatte, und verstand nicht, wie das hatte passieren können. Obwohl sie eigentlich keine Lust hatte, jemals wieder ein Foto zu machen, steckte sie die Kamera in ihre Handtasche, als sie zu ihrem Vormittagsspaziergang aufbrach. Die Kamera hatte immerhin zweitausend Kronen gekostet, also durfte sie nicht im Regal verstauben.

Niedergeschlagen machte sie ihre tägliche Runde um das Einkaufszentrum von Farsta. Sie hatte gehofft, ein neues Hobby gefunden zu haben. Doch was hieß überhaupt »neu«. Im Grunde hatte sie außer ihrer Familie nie irgendwelche Hobbys gehabt und auch nicht davon geträumt. Aber jetzt war alles anders. Das Gefühl der Einsamkeit nahm ihr den Atem. Sie musste stehen bleiben und die Hand in die Seite stützen. Es fühlte sich so an, als hätte sie Seitenstechen, aber sie wusste, dass hier die schmerzhaften Erinnerungen saßen. Die sie normalerweise mit Erfolg verdrängte, um nichts fühlen zu müssen. Sie war gut darin, unangenehme Gedanken beiseitezuschieben, sie hatte es lange genug geübt. Sehr lange.

Eigentlich sollte sie sich schämen, dass sie sich so einsam fühlte. Früher hatte sie Gesellschaft gehabt, dafür sollte sie jetzt lieber dankbar sein, statt wie ein Kind zu schmollen. Sie konnte an all die schönen Zeiten zurückdenken, an all das, wovon andere nur träumen konnten. Hatte sie etwa keinen guten Ehemann gehabt und keinen gesunden Sohn? Sie wollte lieber daran denken, statt die altbekannten düsteren Gedanken überhandnehmen zu lassen.

Vorsichtig ging Elsa weiter. Sie durfte sich nicht so anstellen. Über ein bisschen Seitenstechen brauchte man sich mit siebzig nicht zu beklagen.

Als sie am Farstaplan angekommen war, holte sie die Kamera heraus. Sie wollte üben, Dinge heranzuzoomen, und was eignete sich besser als die Reklameschilder an der Fassade des Einkaufszentrums? Während sie das Objektiv einstellte, überlegte sie, was sie am Nachmittag tun sollte. Putzen vielleicht, dachte sie, als sie die Anzeige der Reinigung sah. Oder in dem Billigladen ÖoB nach Shampoo suchen? Sie zoomte nur das Ö heran und versuchte scharf zu stellen. Erst als sie das Schild des Reisebüros sah, regte sich etwas in ihr. Vielleicht war es wieder an der Zeit? Claes hatte seine Arbeit im Ausland aufgenommen. Nichts hinderte sie daran, gleich morgen loszufahren. Sie könnte mit dem netten jungen Mädchen im Reisebüro sprechen. Sie hatte so freundlich gelächelt, als Elsa zuletzt nach Katalogen gefragt hatte.

Ihr war viel leichter zumute, als sie über den Parkplatz zurück nach Hause ging. Sie würde ein paar Kartoffeln kochen, eine Scheibe Lachs aus dem Kühlschrank holen und nachdenken.

Als das Telefon klingelte, befand sich Elsa in einem Zustand zwischen Schlaf und Wachsein. Mechanisch streckte sie den Arm nach dem Hörer aus. Eine Stunde später wurde sie richtig wach und glaubte beinahe, das Gespräch geträumt zu haben. Verwirrt setzte sie sich auf. Carinas Angebot hatte ganz einfach geklungen. »Wir brauchen jemanden, der sich um uns kümmert.« Mit »uns« hatte sie sich und ihre beste Freundin Isabella gemeint. Je wacher sie wurde, desto sicherer war sich Elsa, dass Carina genau das gesagt hatte. Anscheinend war die Stimmung zwischen den Freundinnen nicht gerade gut. Carina beharrte darauf, dass sie Elsa brauchten, um die Krise zu überstehen, wie sie es ausdrückte.

Elsa stand auf, strich den gestrickten Bettüberwurf glatt und legte die graue gewebte Wolldecke ans Fußende. England. War das wirklich möglich? Carina hatte von ein paar Monaten gesprochen, doch so lange wollte Elsa auf gar keinen Fall fort sein, das wusste sie jetzt schon. Aber was spräche gegen eine Woche?

Carina hatte sie mehrmals angerufen, seit sie zusammen in New York gewesen waren, und hatte mit Elsa gesprochen, als wären sie richtig gute Freundinnen. Elsa selbst hatte sich nicht getraut, Carina anzurufen. Ihr wäre das peinlich gewesen. Sie hatten nun wirklich nicht besonders viel gemeinsam. Carina war all das, was Elsa nie gewesen war: kontaktfreudig, auffällig, hochgewachsen, mutig, eitel ...

Um welche Aufgaben es sich genau handelte, hatte Elsa nicht verstanden, nur dass sie zwei erwachsenen Frauen helfen sollte, warum auch immer das nötig war. Carina war gesund und fit, soweit Elsa wusste. Aber vielleicht war sie zerbrechlicher, als ihr Auftreten und ihre Kleidung ahnen ließen?

Bei ihren Gesprächen in New York hatte sie erzählt, dass ihr Mann sie verlassen hatte, und davon konnte man natürlich krank werden, dachte Elsa, während sie exakt vier Löffel Kaffee in die Maschine gab. Im Kühlschrank hatte sie ein halbes Mandelhörnchen vom Vortag. Obwohl sie Süßes liebte, aß sie selten mehr als das. Irgendetwas hielt sie davon ab.

Elsa war immer schon maßvoll gewesen. Mit allem, hatte sie den Eindruck. Aber sie bewunderte diejenigen, die im Gegensatz zu ihr etwas wagten. So wie Carina, die auffällige Kleider trug und sich traute, die Haare rot zu färben. Oder diejenigen, die bei der Parade vom Stockholm Pride mitgingen. Was für Kostüme die getragen hatten! Das hätte Elsa nicht einmal in jungen Jahren gewagt. Aber auch sie hatte auffallen wollen, zumindest ein bisschen. Mit ihrer Frisur oder einem langen bunten Rock. Ihre Mutter hatte nichts davon gehalten. Mädchen sollten sich nicht herausputzen wie Pfingstochsen, und dabei war es natürlich geblieben. Elsa tat, was man ihr sagte, aber die Träume konnte ihr niemand nehmen. Und auch nicht die Anziehungskraft, die alles auf sie ausübte, was ihre Welt ein bisschen bunter machte, wie zum Beispiel ihre geliebten Filme.

Sie fragte sich, was Carinas Freundin für ein Mensch

war. Ob sie wohl auch so aufsehenerregend war wie Carina? Aber Menschen, die einander zu ähnlich waren, passten schlecht zusammen. Wahrscheinlich war Carinas Freundin normaler, was auch immer das bedeutete. Elsa ging jedenfalls nicht davon aus, dass sie zwei Frauen mit afrikanischen Turbanen begegnen würde, falls sie ihnen überhaupt begegnen würde. Sie brach das Mandelgebäck in winzig kleine Stücke, die sie sich nacheinander in den Mund schob. Eine Woche. Falls sie sich auf eine Woche einigen konnten, war sie bereit, morgen zu fahren. Die Pflanzen konnten so lange in der Badewanne stehen. Das hatte sie schon ausprobiert, und es funktionierte wunderbar. In die größeren Töpfe steckte sie mit Wasser gefüllte Plastikflaschen, das ging auch. Das Telefon würde sie auf ihr Handy umleiten, Claes hatte ihr gezeigt, wie das ging.

»Soso, England geht also, aber nicht New York«, lachte Sam, als Elsa ihn anrief. »Was hat Carina dir angeboten, woran ich nicht gedacht habe?«

»Gar nichts natürlich. Dich komme ich auch gerne besuchen, ich bleibe nur für eine Woche bei Carina.«

»Gut, ich möchte nämlich wirklich gerne, dass du herkommst«, sagte er bestimmt.

»Wie geht es Alex?«

»Er hat viel um die Ohren«, antwortete Sam. »Ich wollte ihn dazu bringen, dass er zugibt, Heimweh zu haben, aber das hat nicht geklappt. Außerdem will er, dass wir Schwedisch miteinander sprechen, und das fühlt sich etwas ungewohnt an.«

»Sein Schwedisch ist gut, finde ich. Ich habe neulich mit ihm telefoniert, und er scheint gut zurechtzukommen. Aber jetzt weißt du, dass ich nächste Woche nicht hier sein werde. Falls Alex versuchen sollte, mich zu erreichen, meine ich«, sagte Elsa.

»Ich werde es ihm sagen. Meldest du dich bei mir, wenn du zurückkommst? Und ehe ich's vergesse, sag Carina schöne Grüße. Sie ist eine lustige Person, es wäre schön, wenn wir uns einmal wiedersehen.«

Merkwürdigerweise war das Reisen wirklich nicht dasselbe, wenn man wusste, wohin man unterwegs war, dachte Elsa, die sich im Flugzeug fast ein bisschen langweilte. Carina zu besuchen, erforderte keinen Mut. Das Ticket war bezahlt, und Elsa wurde in Heathrow erwartet. Natürlich freute sie sich trotzdem auf die Woche in England. Aber das abenteuerliche Gefühl, das sie überkam, wenn sie Fremde verfolgte, fehlte.

Das hier war eine andere Art zu reisen, eigentlich recht angenehm im Vergleich zu der furchtbaren Bootstour neulich. Irgendetwas an Schiffen missfiel ihr. Es war fast, als hätte sie eine unangenehme Erinnerung an eine Schiffsreise, aber sie kam beim besten Willen nicht darauf, was das für eine Reise gewesen sein sollte. Nun ja, daran musste sie sich nicht ausgerechnet jetzt erinnern. Um den Schmerz, der ihr Seitenstechen verursachte, würde sie sich eines Tages kümmern, wenn sie bereit dazu war.

Sie lächelte die Stewardess an und ließ sich bereitwillig ihre Kaffeetasse auffüllen. Eigentlich mochte Elsa keinen Pulverkaffee, aber merkwürdigerweise schmeckte er im Flugzeug gut. Zu Hause wäre sie niemals auf die Idee gekommen. Das kleine rosa Küchlein dagegen rührte sie nicht an. Es mochte modern sein, doch Elsa fand, dass es ziemlich eklig aussah. Ihr Sitznachbar aß seinen Kuchen auf. Er stopfte alles auf einmal in den Mund und schmatzte laut. Elsa drehte den Kopf zum Fenster. Sie begriff nicht, worin nun der große Unterschied zwischen einem Sitzplatz vor und hinter dem Vorhang bestand, zumindest nicht auf diesem Flug nach London. Hier vorn sah es ganz genauso aus wie weiter hinten, wo sie bei ihrem ersten Flug gesessen hatte. Vielleicht machten das Essen und der rosa Kuchen den Unterschied aus? Es müsste unglaublich teures Essen sein, wenn es daran liegen sollte. Elsa würde mit Carina darüber sprechen. Sie würde ihr sagen, dass sie sie nie wieder besuchen käme, wenn sie ihr Ticket nicht selbst bezahlen und hinter dem Vorhang sitzen durfte.

15

Hoffentlich war diese Elsa zumindest eine sehr angenehme Person, denn wenn man Isabella fragte, so steckte Carina ganz schön in der Klemme.

Isabella hatte zwar versprochen, dass sie bleiben würde, bis die große Reisegesellschaft ausgecheckt hatte, aber nur unter Protest. Ihr war völlig klar, weshalb Carina so viel zu tun haben wollte. Sie versuchte, ihre Gefühle zu verdrängen, dachte Isabella und ließ sich tiefer in das Sofa sinken.

Sie musste die Ruhe nutzen. In einer Woche würde ihr Bed and Breakfast voll ausgebucht sein, und die Gelegenheiten, die Beine hochzulegen, würden höchst selten werden. Bevor Elsa ankam, würde sie keinen Finger rühren. Dann würde sie weitersehen. Die Bekanntschaft mit Elsa war immerhin Carinas Mitbringsel aus New York, und möglicherweise war Elsa ein völlig verrücktes Huhn.

Von denen hatte Isabella seit den Jahren mit ihrem Exmann genug. Im Vergleich zu seinen Theaterkollegen war er bei weitem nicht der schlimmste gewesen, aber im Vergleich zu normalen Männern – die Isabella nur vom Hörensagen kannte – hatte er ein gigantisches Ego.

»Gott sei Dank muss ich mich nicht mehr mit diesem Wahnsinn herumschlagen«, sagte sie laut, schob sich einen Keks in den Mund und zog fröstelnd die Decke bis ans Kinn. Dass Carina nun Anzeichen von Verrücktheit zeigte, darüber wollte sie lieber nicht nachdenken. Ihre beste Freundin war für sie all die Jahre ein Fels in der Brandung gewesen. Nur bei ihr fühlte sich Isabella vollkommen sicher, vor den meisten anderen Menschen fürchtete sie sich. Immer noch. Und jetzt machte auch Carina ihr Angst.

Isabella würde ein wenig schlafen. Sie würde Elsa begrüßen, wenn sie sich ausgeruht hatte. Schließlich war Isabella hintergangen worden. Das gab ihr doch wohl das Recht, noch ein wenig zu schmollen.

Drei Stunden später kroch sie völlig durchgeschwitzt mühsam vom Sofa. Sich mit einer Wolldecke zuzudecken, war nicht besonders clever gewesen. Isabellas

Körpertemperatur spielte vollkommen verrückt. Entweder fror sie, oder ihr war viel zu heiß. Unangenehme Körpergerüche stiegen ihr in die Nase, und sie stolperte zum Badezimmer. Dass ein einziger Mensch so schlecht riechen konnte. Sie würde sterben, wenn sie sich nicht sofort von Kopf bis Fuß wusch.

Carina kam, wie immer ohne anzuklopfen, herein. »Da bist du ja. Das ist Elsa. Elsa, das ist Isabella.« Carina lächelte.

Isabella schaute die graue Maus an Carinas Seite an.

»Hallo, Elsa«, sagte sie, ohne die Hand auszustrecken. »Ich bin völlig durchgeschwitzt von meinem Training. Wir begrüßen uns besser, wenn ich geduscht habe.« Sie lächelte freundlich, um Elsa nicht zu verärgern.

»Training? Wirklich?«, fragte Carina skeptisch.

»Ja, warum fragst du?«, antwortete Isabella. »Ich kann doch wohl trainieren, wenn ich Lust dazu habe? Wenn du es genau wissen willst, habe ich fast jeden Tag trainiert, bevor du mich unter Vorspiegelung falscher Tatsachen hierhergelockt hast.«

»Ach so. Du hast also trainiert. Na klar. Und deine Hitzewallungen haben nichts damit zu tun?«

Isabella wich Carinas Blick aus. Stattdessen wandte sie sich an Elsa, der die Sache peinlich zu sein schien.

»Ich hoffe, meine Freundin ist zu dir freundlicher als zu mir«, sagte sie. »Bitte entschuldigt mich, ich würde jetzt gerne in aller Ruhe duschen.«

Hätte sie sich nur ein neues Laufband gekauft, dann hätte sie wirklich trainieren können. Ihr altes hatte sie in der Wohnung in Stockholm zurückgelassen. Vielleicht war Sam gerade zu Besuch bei seinem Sohn und lief genau in diesem Augenblick auf ihrem Band? Die Vorstellung von ihm mit nacktem, verschwitztem Oberkörper ließ ihren Körper an diversen Stellen ganz heiß werden, und Isabella verfluchte sich dafür, dass sie nicht einfach mit dieser Sache abschließen konnte. An ihn zu denken brachte überhaupt nichts, er wohnte am anderen Ende der Welt. Sie hatte keine Lust, ihn zu treffen, wenn er in Europa war, wie er vorgeschlagen hatte.

Sie sehnte sich nun wirklich nicht nach einem Mann, aber *falls* sie jemals wieder einen in Erwägung ziehen würde, dann musste sie ihn auch treffen können, so oft sie wollte. Begegnungen in unregelmäßigen Abständen waren einfach nicht ihr Ding. Das wusste sie aus gutem Grund. Ihren Exmann hatte sie in unregelmäßigen Abständen getroffen. Diese Art von Beziehung war von Anfang an zum Scheitern verurteilt gewesen, zum einen, weil er mit einer anderen verheiratet war, zum anderen, weil sie sich nur selten trafen. Dabei hatte sie sich nach seinen Spielregeln richten müssen, statt gemeinsam mit ihm neue aufzustellen. Und genauso würde es mit Sam werden, falls sie einwilligte, ihn wiederzusehen. Wenn es *ihm* passte. Seine Englandreisen würden bestimmen, wann und wo sie sich sahen. Vermutlich würden sie sich vier-, höchstens fünfmal treffen, bevor er sich eine andere suchte. Die Frauen standen natürlich Schlange bei ihm. Ein gutaussehender und reicher Amerikaner – das sagte doch wohl alles.

Obwohl sie sich mit ihrem Badetuch abrieb, zitterte sie. Nie mehr würde sie sich auf die Bedingungen eines anderen einlassen. Nie im Leben. Ganz egal, wie unglaublich attraktiv dieser Jemand wäre, nie mehr würde sie sich selbst verleugnen.

Dabei machte sie im Augenblick genau das. Verleugnete sich selbst, weil Carina Verständnis und Trost brauchte. Sie rubbelte sich so hart ab, dass ihre Haut brannte. Das war das letzte Mal. Sie hatte versprochen zu bleiben, solange die Reisegesellschaft hier wohnte. Danach würde sie gründlich über ihre Zukunft nachdenken. Würde sich nicht Hals über Kopf in etwas Neues stürzen, bevor sie nicht sicher war, dass sie selbst das Ruder in der Hand hielt.

Sie sprühte sich Conditioner ins Haar und wickelte ein trockenes Handtuch darum. Ihre Haare konnten von selbst trocknen. Sie würde sie ohnehin zu ihrem ewigen Pferdeschwanz binden, und solange keine Gäste da waren – von Elsa mal abgesehen –, interessierte es niemanden, wie sie aussah. Jetzt brauchte sie nur noch ihr Deodorant und ein wenig Parfüm, um sich wieder frisch zu fühlen.

»Doch, das kannst du ganz bestimmt.«

»Was denn?«, fragte Isabella, die gerade in die Küche kam. »Was kann Elsa ganz bestimmt?«

»Hier sein, ohne zu arbeiten«, antwortete Carina.

»Aber ich muss etwas zu tun haben«, sagte Elsa.

»Du kannst mit meinem Hund spazieren gehen und Bücher lesen«, schlug Carina fröhlich vor. »Wir haben eine ganze Bibliothek hier, komm, ich zeige sie dir.«

Da Carinas Mann sie verlassen hatte, gestand Isabella ihr gewisse Verrücktheiten durchaus zu, aber diese Einfälle – das Bed and Breakfast und Elsa als eine Art Gesellschaftsdame nach England zu holen

– waren einfach unglaublich egoistisch. Isabella erkannte ihre beste Freundin überhaupt nicht wieder und wusste nicht, wie sie mit ihr umgehen sollte. Entweder sie ignorierte ihr Verhalten und hielt die drei versprochenen Monate mit zusammengebissenen Zähnen durch, oder sie stellte Carina zur Rede, wonach sie sich vermutlich noch mehr ärgern würde. Carina reagierte anscheinend auf alles nur noch mit einem Achselzucken.

Sie dachte an ihre eigene Scheidung zurück, die nicht nur eine persönliche Katastrophe gewesen, sondern außerdem von der Presse breitgetreten worden war. Es war erniedrigend gewesen. Peinlich. Der berühmte Schauspieler verlässt seine Ehefrau für eine jüngere Kollegin. So hatten die Schlagzeilen gelautet, auch wenn es überhaupt nicht stimmte. Es war Isabella gewesen, die ihn schließlich rausgeworfen hatte, als sie herausfand, dass er die Beziehung zu der anderen trotz aller Versprechungen nicht aufgegeben hatte.

Ein halbes Jahr lang war die Regenbogenpresse Isabella auf den Fersen geblieben, ständig hatten Reporter angerufen, dreimal musste sie die Nummer wechseln. Erst als die Journalisten endlich ihre Nasen in andere Tragödien steckten, hatte sie ihren Exmann zufällig auf einer Party wiedergetroffen. Sie erinnerte sich nicht mehr daran, wer eigentlich wen verführt hatte. Bloß dass es passiert war, wusste sie noch, und dass sie überhaupt kein schlechtes Gewissen gehabt hatte. Die ersten Monate glaubte sie, sie wolle ihn zurückhaben, aber diese Sehnsucht war bald verschwunden.

Damals. Jetzt wollte sie Sam Duncan. Verflucht. Verflucht. Verflucht.

»Isabella, was murmelst du da? Ich habe gefragt, ob du mit in die Bibliothek kommst.«

»Klar«, sagte Isabella wenig begeistert. »Na klar.«

»Oh, so viele Gäste werdet ihr haben?«, fragte Elsa. Sie tranken Tee in der Bibliothek. Carina hatte jede Menge Holzscheite herbeigeschleppt, bevor sie feststellte, dass der offene Kamin mit Gas beheizt wurde. Während sie den Hahn aufdrehte und die Flamme entzündete, warf sie Isabella einen wütenden Blick zu, weil diese über ihren Irrtum gelacht hatte.

»Ja, sie drehen hier in der Nähe einen Film«, sagte Carina, setzte sich in einen Sessel und streckte die Hand nach der Teekanne aus. »Bei einem Filmdreh sind immer jede Menge Leute involviert, sie bringen sogar ihren eigenen Koch mit, weil wir nur Frühstück servieren. Aber das weißt du ja am besten«, fuhr sie fort und wandte sich an Isabella.

»Filmleute? Machst du Witze? Das hast du gar nicht erzählt. Aus welchem Land?« Isabella war das Lachen vergangen. Sie stellte ihre Tasse ab und starrte Carina an.

»Schweden.« Carina strahlte wie die Sonne selbst. »Svartman ist auch mit dabei. Oh, Isabella, ich *muss* einfach Sex mit diesem Mann haben.«

Während Carinas Gesicht leuchtete, lief Elsa tomatenrot an und verschluckte sich an ihrem Tee.

16

Heathrow war chaotisch und voller Menschen, und wie immer übernahm CG das Kommando. »Hier lang.« Er winkte seinen Kollegen, die sich aufführten, als befänden sie sich zum ersten Mal auf einem Flughafen.

»Wer würde bloß auf uns aufpassen, wenn du nicht wärst, Svartman«, gurrte seine Filmpartnerin, die seit ihrem ersten gemeinsamen Dreh vor fünfzehn Jahren mit ihm immer in dieser Tonlage sprach, solange keine Kamera lief. Sie war eine brillante Schauspielerin, und bei ihrer allerersten intimen Szene vor vielen Jahren hatte auch er eine elektrische Spannung gespürt, die aber sofort verschwand, als sie sich abends voneinander verabschiedeten. Ganz eindeutig hätte sie gerne im richtigen Leben fortgesetzt, was vor der Kamera zwischen ihnen geschah. Ihn strengten ihre Avancen an. Sie ließ sich nicht abwimmeln, sondern machte einfach weiter, als würde sich irgendwann in seiner Unterhose etwas regen, wenn sie nur lange genug zwitscherte.

Aber dort regte sich zurzeit überhaupt nichts, und CG war überzeugt davon, dass niemand seine Männlichkeit von den Toten würde auferwecken können, zumindest keine gurrende Schauspielerin.

Nachdem er zwei Wochen lang mit den Kollegen in Irland isoliert gewesen war, freute sich CG darauf, in die Nähe von London zu gelangen. Die grünen Hügel waren zwar schön, aber er konnte langsam kein Gras mehr sehen. Für die Reitszenen war die Landschaft natürlich perfekt gewesen. Die Eröffnungsszene, in der er in vollem Galopp eine Stuntfrau auf sein Pferd zog, hatten sie zwanzigmal drehen müssen, doch dann hatte sie gesessen, wie der Regisseur es sich vorgestellt hatte. Sie würden weitere Außenaufnahmen drehen, brauchten aber nun typisch englische Landhäuser. Zum Glück war nicht weit von London ein Gutshof gefunden worden, der genau richtig für ihre Zwecke war.

Er wollte andere Menschen sehen. Im Übrigen verstand er nicht, warum die Produktion sie alle in einem Bed and Breakfast einquartiert hatte. Am Komfort der Schauspieler zu sparen, konnte verhängnisvoll sein. Einige nahmen jede Kleinigkeit zum Anlass, sich um den Verstand zu trinken. Außerdem konnte es sogar ganz normale Menschen verrückt machen, wenn ständig das Bad blockiert war, wie würde da erst ein egomanes Genie reagieren?

Als Hauptdarsteller war CG ein eigenes Zimmer mit Dusche und Toilette versprochen worden. Von etwas anderem war nie die Rede gewesen. Er stand in der Hierarchie ganz oben, so einfach war das.

Die Busfahrt würde etwa eine Stunde dauern, und CG wollte sich währenddessen eine Mütze Schlaf gönnen.

»Übst du mit mir meine Rolle? Bitte, du kannst das am besten von allen.« Sie legte den Kopf zur Seite, aber das Einzige, was sie bei ihm bewirkte, war ein Schaudern.

»Nein, frag jemand anderen. Ich will schlafen«, sagte CG und warf seine Tasche auf den Fensterplatz, ließ sich auf den Sitz daneben fallen und setzte seine Kopfhörer auf. Er kippte die Lehne nach hinten, machte die Augen zu und wusste, dass er in fünf Minuten eingeschlafen sein würde, sofern man ihn nicht störte.

»Herzlich willkommen! Stellen Sie sich bitte alle hierher, dann verteile ich die Schlüssel.«
CG schaute nicht einmal auf, als er seinen Schlüssel in Empfang nahm, er murmelte nur ein »Dankeschön«. Er war immer noch müde und plante, den Rest des Abends im Bett zu verbringen. Der Bus fuhr bereits um fünf Uhr am nächsten Morgen ab, und er wollte in Ruhe die Szenen durchgehen, die sie am nächsten Tag drehen würden.
»CG, kommst du noch mit auf ein Bier?«, fragte der Regisseur und zeigte in Richtung eines Raums neben der Eingangshalle.
»Nein danke. Ich bin todmüde. Vielleicht morgen?«
Nicht schlecht hier, dachte er, während er die breite, mit Teppich bedeckte Treppe zu seinem Zimmer hinaufstieg. Eher Schloss als Bed and Breakfast. Niemals würde er einen Kristallkronleuchter aufhängen, aber in dieser Umgebung hätte alles andere albern gewirkt. Er lachte laut auf, als er die Tür zu seinem Zimmer öffnete. Ein Himmelbett mit Samtvorhängen war vielleicht nicht gerade das männlichste Bett, das man sich vorstellen konnte, aber es sah unglaublich einladend aus. Sobald er ausgepackt hatte, würde er sich hineinwerfen. Er hörte Stimmen im Flur, was wohl bedeutete, dass die anderen auch auf dem Weg in ihre Zimmer waren. Er öffnete die Tür, um sie daran zu erinnern, dass er sich früh schlafen legen würde.
Die rothaarige Frau drehte sich um. »Oh, entschuldigen Sie. Ich habe wohl ein bisschen zu laut telefo-

niert«, sagte sie und wedelte mit ihrem Handy herum, wie um zu zeigen, dass sie die Wahrheit sagte.

»Und wer sind Sie?« Er lächelte.

»Ich heiße Carina Lauritzen und betreibe das Bed and Breakfast zusammen mit meiner Freundin. Ist alles zu Ihrer Zufriedenheit?«, fragte sie.

CG war wie gefangen von der Frau, sie sah einfach umwerfend aus. Von ihrem Haar bis zu dem enganliegenden Kleid, unter dem sich eine kurvige, reife Figur abzeichnete. An den Füßen trug sie hochhackige Schuhe, mit denen sie gut einen Meter achtzig groß war. CG, der sich mit seinen ein Meter vierundneunzig häufig wie ein Riese vorkam, merkte, dass er sich kaum herabbeugen musste, um ihr in die Augen zu sehen.

Er räusperte sich. »Danke, alles ist wunderbar. Was, wenn ich gerne noch ein Butterbrot hätte?« Sie duftete, als wäre sie gerade aus der Dusche gestiegen, dachte er.

»Wir werden heute Abend in der Küche sein, aber nur, um uns mit Ihnen bekannt zu machen und Ihnen alles zu zeigen. Brote müssen Sie sich selber schmieren«, antwortete sie lächelnd.

»Werden Sie so gekleidet sein wie jetzt?« Er lächelte zurück.

Sie lachte. »Vielleicht.«

»Das hoffe ich«, sagte er, bevor er die Tür schloss.

Du Idiot. Das Letzte, was du willst, ist, eine Frau zu verführen, die du nie wiedersehen wirst, verfluchte er sich selbst. Er schüttelte den Kopf angesichts dieser Unmöglichkeit. Drei Monate würde er hier sein. Die konnte er schlecht auf Flirten und Sex verwenden, egal wie verführerisch ihr Körper war. Er würde sich die Gefühle für seine Rolle aufheben, dachte er und ging zum Bett, wo seine Tasche lag. Darin war das Drehbuch. CG brauchte weder ein Butterbrot noch eine Frau. Er musste seinen Text lernen, duschen und dann schlafen, das war alles.

Wie CG vorhergesehen hatte, hatten einige aus dem Team nicht die Finger von der Flasche lassen können. Er wusste, dass ein paar von ihnen nach Hause geschickt werden würden, falls das noch einmal passierte.

Er selbst konnte sich wie ein Schwein aufführen, wenn er wollte. Als Star durfte man sich das leisten. Im Laufe der Jahre war er so vielen gestörten Arschlöchern begegnet, dass er sich fragte, ob überhaupt irgendein Schauspieler eine normale Kindheit gehabt hatte. Vielleicht war er der einzige. Wie auch immer, es war respektlos, einen ganzen Bus warten zu lassen, weil man am Abend zuvor gesoffen hatte.

»Sandwich, Ei und Kaffee oder Tee?« Die Produktionsassistentin hielt CG einen gut gefüllten Korb hin.

»Oh, danke, unbedingt. Habt ihr sie wach gekriegt?«, fragte er, während er sich ein Schinkenbrot nahm. Alle waren streng ermahnt worden, trotz der frühen Stunde rechtzeitig beim Bus zu sein. Um Zeit zu sparen, wurde das Frühstück im Bus verteilt.

»Fast«, antwortete sie lächelnd. »Kaffee?«

Er klappte den Tisch vor sich herunter, lehnte sich an und schaute aus dem Fenster, während er von seinem Brot abbiss. Erst als er eine wohlbekannte Stimme hörte, drehte er sich wieder um.

»Will jemand noch Kaffee?« Die Frau lächelte und blieb vor ihm stehen. »Hallo, CG, lange nicht gesehen.«

»Isabella? Du? Wie ist das denn möglich?« Er schob sein Frühstück auf den anderen Sitz, um aufstehen zu können. »Liebes Fräulein Håkebacken, was machst du hier in England?«, fragte er, während er sie umarmte. »Arbeitest du für unsere Produktion?«

Sie lachte. »Bist du verrückt, nein, meine alte Freundin Carina hat mich hierhergelockt, um ein Bed and Breakfast mit ihr zu betreiben. Du hast sie wohl noch nicht gesehen«, sagte sie.

»Schwedin, rothaarig und mit lebensgefährlicher Ausstrahlung?«

Isabella nickte. »Dann hast du sie getroffen.« Sie lächelte. »Ich muss später unbedingt vorbeikommen, um dich und den Rest der Bande willkommen zu heißen. Ist noch jemand dabei, den ich kenne?«

CG lachte. »Dann weißt du nichts davon?«

»Wovon?«

»Dass dein früherer Ehemann gerade drinnen die Langschläfer weckt?«

17

Sam fühlte sich rastlos. So sehr, dass er nicht mehr still sitzen konnte. Verärgert ging er im Büro auf und ab. Den ganzen Vormittag hatte ihn niemand gestört. Niemand hatte es gewagt. Er schnaubte, sobald sich die Tür öffnete.

»Was gibt's?«

Seine Assistentin blieb in der Tür stehen.

»London ist am Apparat, Sir.«

»Hören Sie auf mit diesem ›Sir‹, wie oft soll ich das noch sagen. Was will London?«

»Ihre Maklerin möchte mit Ihnen über die Objekte sprechen, die sie gefunden hat.«

Sam seufzte, als wäre jemand am Telefon, der ihm etwas aufschwatzen wollte, und nicht die Frau, die auf seinen Auftrag hin handelte.

»Stellen Sie sie durch. Und danke. Ich weiß, dass ich mich heute wie ein Arschloch benehme.«

»Überhaupt nicht, Sir. Leitung vier, Sir.«

Sie sah so verschreckt aus, dass Sam nichts erwiderte und stattdessen das Gespräch mit Miss Watts entgegennahm.

»Ich habe furchtbar schlechte Laune, wenn Sie also keine guten Nachrichten für mich haben, will ich nicht mit Ihnen sprechen«, sagte Sam.

»Ich fasse mich kurz, oder eigentlich – schauen Sie lieber in Ihre Mails. Ich habe Informationen zu allen Objekten geschickt, die mir geeignet schienen. Rufen Sie mich einfach an, wenn etwas von Interesse ist.«

Miss Watts war effektiv wie immer. Sams Firma hatte ihr Immobilienbüro schon häufig beauftragt, weil keiner der Makler Zeit verschwendete, sondern sie sich voll und ganz für die Kunden einsetzten. Er versuchte so zu tun, als hätte sein neuerwachtes Interesse an Immobilien in England einen geschäftlichen Hintergrund, doch eigentlich war es ihm vollkommen egal, ob er dabei Millionen verlor. Er brauchte lediglich einen guten Vorwand, und wenn Isabella nichts von ihm wissen wollte, konnte er immer noch so tun, als sei er dienstlich angereist und nicht, weil er sie wiedersehen wollte.

Natürlich könnte er sie anrufen und fragen, ob sie mit ihm in London ausgehen wollte, aber Sam glaubte nicht, dass sie sich darauf einließe. Wie sie klipp und klar gesagt hatte, wollte sie keine Beziehung, in der man sich nur ab und zu sah.

Jetzt, wo Alex in Stockholm wohnte, war es eigentlich nachvollziehbar, wenn Sam nach London zog, dachte er und öffnete sein Postfach. Er würde ja nicht für immer umziehen, nur für eine Weile, um Isabella kennenzulernen. Er war ziemlich sicher, dass es wie üblich bei einer kurzen Romanze bleiben würde, aber er wollte es wenigstens ausprobieren, bevor er den Fall abhakte.

War er ganz ehrlich, so fühlte er sich fast wie besessen. Er dachte ständig an sie. Es war wirklich merkwürdig und sogar ein wenig unheimlich, dass er einfach nicht loslassen konnte. Er erkannte sich selbst nicht wieder. Nach England zu fahren war möglicherweise einer der größten Fehler, die er je gemacht hatte. Aber er konnte nicht anders.

Dankbar sah er, dass die Maklerin ins Schwarze getroffen hatte, und er lächelte vor sich hin, als er bemerkte, dass sie unter anderem ein Objekt in Devon vorschlug. Der Meerblick war ihr offensichtlich reizvoll erschienen, sicherlich wäre das eine gute Investition. Ob Sam sich vorstellen konnte, dort zu wohnen, stand jedoch auf einem anderen Blatt.

Wasser hatte ihn nie besonders beeindruckt, und die Urlaube, die er am Meer verbracht hatte, hatte nicht er geplant. Sam wollte sich bewegen, wenn er freihatte. Fahrradfahren, Skifahren oder irgendetwas anderes, das sein Herz auf Trab brachte. Seine Frau hatte gesagt, er müsste mal abschalten, und hatte nie verstanden, dass er genau das tat, wenn er seine Skischuhe anzog oder eine Bergwand hinaufkletterte.

Vermutlich wäre er zurück in den USA, wenn die Skisaison begann. Seit zwei Jahren war er nicht mehr in dem Haus in Aspen gewesen, aber es zu verkaufen, brachte er nicht übers Herz. Seine Eltern hatten es in den fünfziger Jahren gebaut, und Sam wusste, wie viel es ihnen bedeutet hatte. Es war nicht besonders groß, und obwohl die Möglichkeit bestand, hatte Sam nie daran gedacht, es auszubauen. Er liebte das Haus noch genauso wie früher, aber er hatte zu wenig Zeit, hinzufahren, seit Alex in die Schule ging. Die kleine Hütte war so klein wie eh und je geblieben, weil er so selten dort war.

Vor drei Jahren hatte er sich zuletzt in eine Frau verguckt, überlegte er, während er die Bilder von einer der Londoner Wohnungen Raum für Raum betrachtete. Für längere Zeit verguckt. Nämlich für drei Monate. Sie war bezaubernd gewesen, es war nicht ihre Schuld, dass es nicht funktioniert hatte. Sam hatte nicht mehr ertragen. Mehr wovon?, fragte er sich manchmal. Im Nachhinein betrachtet, hatte er alles bekommen, was er sich nur hätte wünschen können, trotzdem war etwas in ihm vollkommen erstarrt.

Er schüttelte den Kopf und klappte seinen Laptop zu. Ihm wurde plötzlich klar, dass er Isabella vielleicht verletzen würde, und das wollte er auf gar keinen Fall.

Daran hatte er überhaupt nicht gedacht. Er hatte

lange geglaubt, wenn es für ihn vorbei war, wäre es auch für seine Partnerin vorbei. Das hatte sich schon früher als Irrtum herausgestellt, weshalb er den Frauen mittlerweile deutlich sagte, woran sie waren, damit sie sich keine falschen Hoffnungen auf eine gemeinsame Zukunft machten. Denn eine Zukunft gab es nicht. Zumindest keine gemeinsame Zukunft.

Es war trotz aller Warnungen häufiger schiefgelaufen. Er war nicht zu Hause gewesen, als eines Tages jemand eine offene Tüte mit Hundescheiße vor seine Tür gestellt hatte. Die arme Mrs Goldsmith aus der Wohnung unter ihm hatte Hilfe hinzuziehen müssen, weil das ganze Treppenhaus stank.

Der Hundekacke war keine Nachricht beigefügt gewesen, trotzdem hatte er natürlich verstanden, wer die Absenderin war. Das wirkte wie eine kalte Dusche. Danach hatte Sam mehrere Monate lang niemanden mehr getroffen.

In London schien das Wetter wie immer schlecht zu sein, dachte Sam, als er all die regennassen Mäntel in Heathrow sah. Vom Essen ganz zu schweigen, davon hatte er genug, seit er sich bei früheren Besuchen durch die Lieblingsgerichte der Briten probiert hatte. Ihre Yorkshirepuddings konnten sie ruhig behalten. Genau wie den Linksverkehr. Für Sam war das ein Ausdruck des britischen Unwillens, dem Rest der Welt auf Augenhöhe zu begegnen.

Trotz dieser Nachteile war es ein angenehmes Land mit anständigen Menschen, dachte er, als er in der langen Schlange am Flugplatz wartete. Vor ihm stand ein französisches Paar, beide einen Kopf kleiner als er, das abwechselnd stritt und sich küsste. Sam befand sich so nah hinter ihnen, dass er sah, wie sich die Zunge der Frau vorsichtig in den Mund ihres Partners vortastete. Er musste den Blick abwenden. So albern es war, er spürte einen Stich. Er war in England, in London – genau wie Isabella. Das glaubte er zumindest. Wo sollte sie sonst sein? Er lächelte vor sich hin. Daran hatte er gar nicht gedacht.

Er hatte einiges als selbstverständlich vorausgesetzt. Es bestand immerhin das Risiko, dass alles ganz anders würde, als er es sich zusammenphantasiert hatte. Dass sie jubeln würde, weil er gekommen war. Dass sie sofort ihre Arme und Beine um ihn schlingen würde. Dass sie nackt sein würde. Feucht. Bereit.

Sam schüttelte sich. Er würde noch einen Ständer bekommen, und das war wohl nicht gerade angemessen, wenn man durch die Passkontrolle ging. Das knutschende Paar war schuld, hätten sie doch bloß ihre Zungen im Zaum gehalten ...

Sam war mehrmals im Jahr in der Stadt und wohnte immer in Sonjas London, einem Hotel in der Portobello Road, wo das Personal ihn schon kannte.

»Hallo und herzlich willkommen in London«, sagte die Maklerin, die ihn vor dem Hoteleingang erwartete.

Sam nickte zur Rezeption hinüber. »Danke. Kommen Sie mit rein, damit ich einchecken kann?«

»Ein nettes Hotel«, sagte sie fünf Minuten später im Aufzug, auf dem Weg in den vierten Stock. »Die Besitzer sind anscheinend Schweden.«

»Ja«, antwortete Sam, der keine Lust auf Small Talk

hatte. Er wusste eigentlich nicht, warum er so kurz angebunden zu ihr war. Sie war sowohl klug als auch freundlich, trotzdem war er sich nicht sicher, ob er sie mochte.

Sie brauchten nicht mehr als eine Stunde, um alle Immobilien durchzugehen, und als die Maklerin vorschlug, zusammen zu Abend zu essen, lächelte Sam steif. »Danke, aber heute Abend möchte ich allein essen.«

18

Carina hatte zwar geschmollt, aber nichts hatte Elsa in England halten können. Svartman und seine Kollegen wollte sie wirklich nicht treffen, im Gegenteil.

»Willst du mich etwa mit Carina, diesem verrückten Huhn, allein lassen?«, hatte Isabella gefragt und Elsa zugeflüstert, dass sie sie sehr gut verstand.

Irgendwie kam ihr Isabella bekannt vor, aber sosehr Elsa sich auch zu erinnern versuchte, wo sie sich schon einmal begegnet sein konnten – es fiel ihr einfach nicht ein. Isabella schien sie nicht zu erkennen, deshalb hatte Elsa auch nichts gesagt. Vielleicht bildete sie es sich auch nur ein.

Das wäre immerhin nicht das erste Mal. Einmal hatte sie fröhlich die Schauspieler Ulf Brunnberg und Christina Schollin gegrüßt, weil sie glaubte, sie wären Bekannte von ihr. Das war an einem Samstag im Kaufhaus NK gewesen. Elsa verstand nicht, was sie dort überhaupt zu suchen gehabt hatte. Eigentlich mochte sie die Kaufhäuser in der Innenstadt gar nicht, sondern kaufte lieber bei sich in der Vorstadt ein. In Farsta konnte es zumindest nicht passieren, dass man Schauspieler mit Nachbarn verwechselte, kein Star würde sich jemals in die Gegend südlich von Enskede verirren.

Elsa wäre lieber zu Hause geblieben, aber Siri wollte unbedingt ins Kino und ließ nicht locker. Hatte sie sich etwas in den Kopf gesetzt, dann nützte kein Protest, und Elsa hörte selbst, wie lahm ihre Einwände klangen, sobald sie sie ausgesprochen hatte.

»Wenn du unbedingt *Auf Antiquitätenjagd* im Fernsehen sehen willst, dann guck dir doch die Wiederholung an. Alle sprechen über *Hotel Marigold*. Alle«, sagte Siri mit Nachdruck, als würde es Elsa interessieren, was alle anderen taten. Aber sie kam mit. Siri war in Ordnung, und dass sie an Elsa dachte, wenn sie ins Kino wollte, war nett.

»Popcorn? Wollen wir uns eine Tüte teilen?«, schlug Siri vor, als sie im Kino angekommen waren. Sie zeigte auf das Popcorn hinter dem Tresen.

Elsa nickte. »Aber dann brauche ich auch ein Wasser.«

Als sie das letzte Mal im Kino gewesen war, hatte sie *Mamma Mia* gesehen. Sie hatte jede Sekunde genossen. Zu Weihnachten in demselben Jahr hatte Claes ihr einen DVD-Player geschenkt, und sie hatte sich die DVD seitdem mehrmals angeschaut.

»Hilf mir tragen.« Siri hielt ihr das Wasser hin. »Du

musst aus der Flasche trinken, ich habe keine Becher mitgenommen.«

Elsa versank voll und ganz in dem Film. Er war einfach wunderbar. Die Frau, die von Judi Dench verkörpert wurde, ähnelte Elsa so sehr, dass es fast unheimlich war. Auch sie trat ohne Rücksicht auf Verluste eine Reise an, vielleicht mit dem Unterschied, dass Judi nicht vorhatte, zurückzukehren. Sie blieb in Indien, im Hotel Marigold. So weit hatte Elsa noch nie gedacht. Niemals könnte sie Farsta für immer verlassen.

»Ach, ich würde gerne mal nach Indien fahren«, sagte Siri träumerisch, als sie aus dem Kino auf die Kungsgata traten. »Glaubst du, ich würde den Indern gefallen?«

»Aber ja, das glaube ich ganz bestimmt.« Elsa meinte, was sie sagte. Siri war farbenfroh genug, um dort hinzupassen.

»Fahren wir zusammen?«

Elsa blieb stehen. »Nach Indien? Aber warum denn das?«

»Als Abenteuer, Elsa, als Abenteuer. Wann hast du zuletzt eins erlebt? Es wäre doch wirklich schön, mal rauszukommen und etwas anderes zu sehen.«

»Ja, mein letztes Abenteuer war wohl unsere Bootstour«, log Elsa und war ein wenig gerührt, dass ihre Freundin ihr ein aufregenderes Leben wünschte.

»Genau. Und außerdem war das gar kein Abenteuer, du hast ja noch nicht mal getanzt.« Siri grinste. Es schien ihr überhaupt nichts auszumachen, dass ihr schreiend roter, gerade aufgefrischter Lippenstift auf ihre Zähne abgefärbt hatte. »Du hast doch einen Computer. Ich schlage vor, wir fahren jetzt zu dir nach Hause, trinken Kaffee und essen ein paar gute Zimtschnecken, die du bestimmt irgendwo versteckt hast. Wir brauchen Energie für unsere Recherche. Oh Elsa, ist das nicht aufregend?« Sie hörte sich an, als wäre bereits alles entschieden.

Während sie in die U-Bahn stiegen, dachte Elsa, dass sie eine Ausrede suchen sollte; Claes, Geldsorgen oder irgendetwas anderes Glaubwürdiges, aber ihr fiel nichts ein. Deshalb saßen sie eine halbe Stunde später an ihrem Küchentisch und öffneten ihren Laptop.

»Du musst googeln, Elsa. Jaipur. Tipp das ein. Und dann klickst du auf ›Bilder‹. Wir wollen doch wissen, wie es da aussieht.«

Elsa tat, was Siri sagte. Sie musste sowieso üben, im Internet zu suchen. Sie war immer noch ein wenig ängstlich, dass der Computer kaputtgehen könnte, obwohl Claes gesagt hatte, das sei im Prinzip unmöglich, wenn sie nur ihr Virenprogramm aktualisierte. Und nicht auf merkwürdige E-Mails antwortete. Dabei antwortete Elsa überhaupt nicht auf E-Mails, denn sie bekam gar keine. Wenn sich ihre Bekannten meldeten, dann mit einer Weihnachtskarte. Und Elsa selbst war natürlich kein Stück besser. Auch sie verschickte nur Karten zu Weihnachten. Wenn es hochkam, außerdem zu Geburtstagen.

»Oh, schau bloß hier. Hawa Mahal. Das sieht aus wie ein Schloss, warte … Haha, das ist ein Palast für Haremsdamen. Da müssen wir natürlich hin«, stellte Siri fest.

»Liegt Bollywood in Jaipur?«

Elsa überließ Siri die Tastatur. Sie hatte ganz augenscheinlich mehr Übung darin.

»Nein, hier steht, dass die Filme in Mumbai gedreht werden. Magst du Bollywoodfilme?«, fragte Siri erstaunt.

»Ja, ich finde sie wunderschön, aber auch sehr traurig.« Elsa stand vom Küchenstuhl auf und ging ins Wohnzimmer. »Ich habe ein paar hier, wenn du welche ausleihen möchtest«, rief sie, während sie die Filme durchsah, die sie von Claes bekommen hatte. »Ich habe auch *Vom Winde verweht*.«

»Oh, Clark Gable«, sagte Siri, die ihr gefolgt war. »Schade bloß, dass er angeblich einen furchtbar schlechten Atem hatte.«

»Schade für wen?«, sagte Elsa lächelnd.

»Für Vivien und alle anderen Frauen, die ihn küssen wollten. Das hätte ich auch gewollt«, sagte sie und schaute verträumt auf die DVD-Hülle. »Er hätte mich genauso nach hinten geworfen wie Scarlett, und ich glaube, das hätte ich auch ausgehalten, wenn er vorher keine Pfefferminzpastillen gelutscht hätte.«

Elsa lachte.

»Weshalb lachst du? Hast du etwa nie davon geträumt, einen amerikanischen Filmstar zu treffen?«

»Nein.«

»Jetzt sei nicht so streng. Nur weil man jemand anderen attraktiv findet, ist man noch lange nicht untreu. Irgendjemanden musst du doch wohl gerne angeschaut haben?«

»Ja, aber nicht wie du, die hinten übergeworfen und geküsst werden will. Davon habe ich nie geträumt.«

»Wovon hast du denn dann geträumt, Elsa? Ich habe dich nie darüber sprechen hören. Wolltest du wirklich immer nur für Lennart da sein?«

»Ja. War das so falsch? Er war mein Mann.«

»Aber was war mit dir? Hat sich Lennart für dich und deine Träume aufgeopfert?«

»Ich hatte keine anderen Träume, als mit ihm zusammen zu sein. Das hat mir voll und ganz gereicht.«

»Aber jetzt ist er schon so viele Jahre tot. Vermisst du es nicht, mit jemandem Händchen zu halten? Willst du wirklich den Rest deines Lebens allein sein?«

»Können wir bitte über etwas anderes reden? Du wolltest Clark Gable küssen, ich wollte meinen Mann küssen. Zeig mir lieber ein paar Bilder von Bollywood«, sagte Elsa entschieden und reichte Siri die Filme, die sie ihr ausleihen wollte.

Stimmte es wirklich, dass sie keine eigenen Träume gehabt, dass sich alles immer nur nach Lennart und seinem Willen gerichtet hatte? So wie Siri es darstellte, klang es schlimmer, als es in Wirklichkeit gewesen war, fand Elsa. Wenn man zusammenlebte, dann musste man zu Opfern bereit sein. So ging es doch allen.

Zu Beginn ihrer Ehe waren sie manchmal aneinandergeraten, aber Elsa konnte es nur schwer ertragen, wenn ihr Mann ärgerlich und mürrisch war. Also hatte sie nachgegeben. Sie musste nicht jedes Mal recht haben, sie brauchte einen Mann, der sie liebte und gute Laune hatte.

Aber natürlich hatte die Ehe sie verändert. Das hatte sie erst richtig nach Lennarts Tod bemerkt. Der Alltag, in dem sie sich so sicher gefühlt hatte, erstickte sie in den letzten Jahren mehr und mehr.

Wie merkwürdig das war. Dass sich etwas so angenehm und gewohnt anfühlen konnte und man es doch am nächsten Tag nur noch loswerden wollte.

Mumbai. Wenn ich nur den Mut hätte, dachte sie, als Siri nach Hause gegangen war. Sie betrachtete das große Foto von Lennart, das auf dem kleinen Tischchen neben dem Sofa stand. Ohne zu wissen, was sie tat, streckte sie ihm die Zunge heraus.

Erschrocken hielt sie sich den Mund zu.

War sie verrückt geworden?

Sie begann beinahe zu weinen, als sie Lennarts vorwurfsvollen Blick sah. »Verzeih, Liebling, verzeih mir«, flüsterte sie und streichelte mit den Fingern über das Bild, bevor sie es auf den Tisch legte.

19

Carina saß schon am Frühstückstisch, als Isabella in die Küche kam.

»Noch ein Wort über CG Svartman, und mir wird schlecht. Ich will in Ruhe frühstücken«, sagte Isabella und setzte sich.

Sie streckte die Hand nach der Butter aus. Sie versuchte, mit dem Messer das Loch zu füllen, das Carina mitten in die Butter gegraben hatte. »So viel, wie du über ihn redest, könnte man glatt meinen, dass du über Andrew hinweg bist.«

»Wäre das etwa falsch? Willst du, dass ich meinem betrügerischen Ehemann bis in alle Ewigkeit nachweine?« Carina hatte den Mund voller Toast, und Krümel flogen heraus, als sie ihre beste Freundin so anfuhr.

»Sei nicht albern. So habe ich das nicht gemeint. Aber ich bin mit dir zusammengezogen – weit weg von meiner geliebten Wohnung –, weil du verzweifelt und einsam warst. Falls du über die Scheidung hinweg bist, muss ich kein schlechtes Gewissen haben, wenn ich zurück nach Schweden ziehe.«

»Meine liebe Isabella, wenn es denn so furchtbar hier ist, dann fahr lieber jetzt gleich. Du verdirbst allen anderen die Laune. Sogar Elsa ist abgefahren, weil du so unfreundlich warst.«

»Elsa ist abgereist, weil sie keine Lust auf deine Schaustellertruppe hatte.«

»Woher weißt du das? Hat sie das etwa gesagt? Außerdem ist das nicht meine Truppe, sie haben über die Besitzer gebucht.«

»Ich habe gesehen, wie sie reagiert hat, als du über Sex mit CG gesprochen hast.«

»Das war doch nur ein Scherz.«

»Na.«

»Was soll das heißen, ›na‹? Natürlich war das ein Scherz. Er ist ein Halbgott, aber soweit ich weiß verheiratet, und auf verheiratete Männer lasse ich mich nicht ein.« Sie stand abrupt auf und nahm ihre Kaffeetasse mit zur Spüle.

Isabella erzählte ihr nicht, dass CG geschieden war. Weshalb sollte sie tratschen, darin war die Filmcrew auch ohne ihre Hilfe gut genug.

Isabella wusste, dass über sie und Herman geredet wurde, was nicht verwunderlich war, da ihr theatralischer Exmann lauthals verkündet hatte, wie sehr er Isabella vermisst habe und dass er dadurch fast Probleme mit seiner Potenz bekommen habe. »Aber wie gesagt, nur fast«, hatte er hinzugefügt und einer der jüngeren Frauen aus dem Team zugezwinkert; sie war sofort rot angelaufen.

Isabella hatte nicht vor, England schon zu verlassen, auch wenn Carina gesagt hatte, sie könne sofort fahren. Klammheimlich gefiel ihr diese Verrücktheit mittlerweile sogar. Dabei war Herman hier, und sie hatte Jahre gebraucht, um über diesen Mann hinwegzukommen. Sollte sie nicht eigentlich nervös sein seinetwegen? Ein wenig zittern, wenn sie ihm Kaffee servierte? Aber so war es überhaupt nicht. Ganz im Gegenteil, sie schenkte ihm ein echtes Lächeln. Er war harmlos und kein bisschen sexy. Weshalb hatte sie nur so lange gebraucht, um das einzusehen?

Isabella betrachtete den Rücken ihrer Freundin. Sie hegte keinerlei Groll gegen Carina. Es gab nichts, was sie beide nicht zusammen durchgemacht hätten. Sie hatten sich Schwestern genannt, weil Isabella mehr und mehr Zeit bei Carinas Familie verbracht hatte. Zu Hause hatte sie ohnehin niemand vermisst. Jetzt, wo sie daran dachte, erinnerte dieses Haus sie an das Haus aus Carinas Kindheit. Hier wie dort gab es diese Wärme, die Isabella damals ein Gefühl von Sicherheit gegeben hatte.

»Meine Zusatztochter ist immer willkommen«, hatte Carinas Papa gesagt und Isabella über den Kopf gestrichen. Sie hatte ein eigenes Zimmer neben dem von Carina bekommen. Das war vollkommen überflüssig, weil die beiden sowieso in einem Bett schliefen, da ihre Unterhaltungen nie ein Ende fanden. Anders als Isabellas Eltern schauten sich die Eltern von Carina die Aufführungen der Mädchen an.

Als sie fünfzehn waren, hatte Carina Isabella gedrängt, in der kleinen Theatergruppe ihre erste Hauptrolle zu spielen. Schnell hatte Isabella gemerkt, dass sie auf der Bühne sie selbst sein konnte und wie angenehm es war, sich nicht mehr anders und seltsam vorzukommen. Nur auf der Bühne konnte sie alle Gefühle loslassen, die sie mit sich herumtrug.

Bis sie durch ihren Film bekannt wurde und Herman heiratete. Da hatte das Theater seine Faszination verloren, und die Einzige, die verstand, wie Isabella all die Aufmerksamkeit verkraftete, war Carina. Sie wusste, dass Isabella sich am liebsten versteckt hätte.

Isabella würde Carina ihr Leben lang lieben und ihr alles verzeihen, auch wenn sie im Moment unerträglich war. Sie würde Carina noch eine Weile zappeln lassen. Diese Rache musste sie sich gönnen, bevor sie wieder sein würde wie immer. So bald wollte sie nicht verraten, wie sehr ihr das Haus gefiel, stattdessen bestaunte sie das alte Gebäude im Stillen. Und den wunderbaren Garten, in den sie heimlich huschte, bevor alle anderen aufwachten. Frühmorgens war die Welt besonders. Diese Stunde hatte sie auch in Stockholm genossen, obwohl die Gerüche in Vasastan nicht mit der reinen, guten Luft hier zu vergleichen waren.

Es bestand kein Zweifel daran, dass Carina ein schlechtes Gewissen hatte. Nie im Leben hätte sie angeboten, alle Betten allein zu machen, das Frühstück für die Gäste und sie beide vorzubereiten und abzuräumen oder das ganze Haus zu saugen, sobald das Filmteam zu seinem Drehort gefahren war, wenn sie sich nicht dafür schämte, Isabella hierhergelockt zu haben.

»Danke fürs Frühstück«, sagte Isabella und stand auf. »Ich lege mich noch einen Moment aufs Ohr, wenn das in Ordnung ist.«

»Mach ruhig. Ich kümmere mich um das hier«, sagte Carina und wischte heftig mit dem Schwamm über die Spüle.

Carina war es vollkommen ernst damit, dass Isabella nach Hause fahren konnte. Sie war einfach nur unfreundlich. Außerdem war sie faul. Dass Carina diese Seite an ihr nie vorher gesehen hatte, immerhin hatten sie schon einmal zusammengewohnt! Das war zwar lange her, und keine von ihnen tat sich leicht mit Hausarbeit, aber damals hatten sie sich wenigstens gegenseitig geholfen. Bei allem. Sorgen, Verliebtheiten, Kleidungsfragen und dem Abwasch. Auch das Glück hatten sie miteinander geteilt. Niemand hatte sich so sehr über Carinas Hochzeit mit Andrew gefreut wie Isabella. Gleichzeitig waren sie beide am Boden zerstört gewesen wegen Carinas Umzug nach London. Carina musste lächeln, als sie daran dachte, dass Isabella all die Jahre ihr Zimmer bei ihren Eltern behalten hatte und sie regelmäßig besuchte, obwohl Carina schon lange nicht mehr dort wohnte. Sie hatte ihre Eltern gerne Isabella anvertraut und war selbst glücklich mit ihrem Andrew in London gewesen.

Aber seit damals hatte Isabella sich ganz offensichtlich seltsame Manieren angewöhnt. Sich nach dem Frühstück hinzulegen und vorher noch nicht einmal beim Abwasch zu helfen, war wirklich ein merkwürdiges Verhalten, dachte Carina müde und öffnete die Spülmaschine. Sie seufzte, als sie sah, dass sie voll war. Natürlich. Niemand außer ihr räumte die Spülmaschine aus. Wut durchfuhr sie, und um kein Geschirr zu zerschlagen, wandte sie sich lieber anderen Aufgaben zu.

Sie räumte die Lebensmittel rasch in den Kühlschrank, nahm ihre Schürze ab und ging in die Eingangshalle, um ihre Stiefel und die Jacke anzuziehen. Luft.

Seit über dreißig Jahren liebte sie die englische Landluft, so lange wie ihr Exmann ganz oben auf der Liste ihrer Lieblingsmänner gestanden hatte. Seltsamerweise hatte sein Verhalten in den letzten Monaten nichts daran geändert. Er stand immer noch ganz oben, auch wenn sein Name nun mit einem »Arschloch«-Vermerk versehen war.

Besser, sie harkte die Kieswege, statt die Steinchen durch die Luft zu kicken. Als Carina den Rechen holen ging, sah sie zum Himmel auf. Eher um nach dem Wetter zu sehen, als ein Gebet nach oben zu schicken, aber für den Fall, dass es doch funktionierte, bat sie darum, ihren Mann zurückzubekommen. Ohne all das, was passiert war.

»Kaffee?«

»Ja, danke. Was für rosige Wangen du hast.« Isabella gähnte und setzte sich an den Küchentisch. Sie hatte wirklich noch einmal geschlafen. Die Landluft erschöpfte sie eher, als dass sie ihr guttat, wie es immer hieß.

»Ich war draußen.«

»Du klingst verärgert.«

»Ja, ich bin müde, Isabella. Ich bin es müde, mich

um alles allein zu kümmern. Müde davon, ständig an Andrew zu denken und zu hoffen, dass er es plötzlich kapiert. Müde, ich bin einfach nur müde.«

»Dann leg dich doch hin. Um die Küche kannst du dich später immer noch kümmern.«

Carina warf ihr einen wütenden Blick zu. »Yes, ma'am. Wünschst du noch etwas, bevor ich mich zurückziehe?«

»Nein, danke, ich habe alles, was ich brauche. Geh nur«, antwortete Isabella.

Carina *war* müde, das war ihr trotz der gesunden Gesichtsfarbe anzusehen. Isabella entschied, die Küche aufzuräumen, sobald die Freundin verschwunden war. Eine klinisch saubere Küche würde ihre Chancen erhöhen, Carinas Range Rover ausleihen zu dürfen.

Isabella sehnte sich nach London. Asphalt. Gedränge in den Läden. Eigentlich wäre sie gerne über Nacht weggeblieben, und Carina sollte problemlos allein klarkommen. Die Filmleute brauchten sie im Grunde nicht, genau wie es geplant gewesen war. Carina war selbst schuld, wenn sie herumsaßen und darauf warteten, von ihr bedient zu werden. Das machte deren Köchin auch nicht. Wenn die das Essen brachte, mussten sich alle anstellen und sich der Reihe nach selbst auffüllen.

Isabella hatte Carina mehrmals darauf angesprochen, doch sie schien es nicht hören zu wollen, und wenn Isabella darüber nachdachte, war Carina immer schon so gewesen. Übertrieben fürsorglich. Solange sie nur Andrew zu bemuttern gehabt hatte, war das kein Problem, aber eine ganze Reisegruppe? Und noch dazu lauter egomane Schauspieler, die nur allzu gerne mit leeren Frühstückstellern winkten. Zumindest die meisten. CG war anders, obwohl er der Star unter ihnen war, und Isabella verstand, weshalb Carina so entzückt von ihm war.

Als Isabella ihn kennengelernt hatte, war CG jung und genauso unprätentiös gewesen wie heute. Damals war er verheiratet gewesen und hatte viel um die Ohren gehabt, und sie hatte gerade ihre Firma gegründet.

Aus der Zeit mit Herman waren nur noch wenige Freunde übrig geblieben. Carina war die Einzige, die ihr nahestand, aber mit den Jahren war Andrew ebenfalls ein richtiger Freund geworden, auch wenn seine Neigung zum Drama sie irritierte. Seit der Scheidung hatte Isabella nicht mehr mit ihm gesprochen. Carina hatte sie zwar nicht aufgefordert, sich für eine Seite zu entscheiden, aber für Isabella war das selbstverständlich. Er hatte ihrer besten Freundin übel mitgespielt, und ihr war es vollkommen egal, ob er glaubte, gute Gründe dafür zu haben. Wer sich mit Carina anlegte, der legte sich auch mit Isabella an. So war es schon immer gewesen. Nur sie durfte Carina kritisieren. Was sie nicht besonders häufig tat. Und niemals hinter ihrem Rücken. Sie hatte Freunde gehabt, die das taten, aber derer hatte sie sich entledigt. Vermutlich war das einer der Gründe, weshalb sie nur so wenige nahe Freunde hatte. Entweder man war loyal oder man war es nicht – und leider waren es die meisten nicht.

Ihr Exmann, der gerade durch die Tür hereinkam, war da keine Ausnahme. Sie spülte den Lappen aus und hängte ihn an den Haken über der Spüle, als Herman ihr auf den Hintern schlug. Verärgert sah sie zu, wie er zum Kühlschrank ging und die Tür öffnete. Er schloss sie wieder und setzte sich an den Esstisch. »Wo du schon dabei bist, sei doch so lieb und mach mir ein Brot.« Er lächelte und legte den Kopf auf die Seite. »Mit Leberwurst und einem Essiggürkchen, falls es welche gibt. Und dazu ein Glas Milch. Aber keine Vollmilch, die ist zu fett«, fügte er hinzu und wedelte mit der Hand, als wäre sie sein Dienstmädchen.

Isabella sah ihn ruhig an und bewegte sich nicht vom Fleck. Sie wusste, weshalb er sie darum bat. Vor nicht allzu vielen Jahren hätte so ein Wedeln handfeste Resultate gezeigt. Während Isabella sich weiterentwickelt und neue Einsichten gewonnen hatte, dachte Herman noch in den alten Mustern von *Upstairs, Downstairs*, einem Stück, das er sowohl auf der Bühne wie zu Hause gespielt hatte.

Als Isabella auf die Küchentür zuging, sah ihr Exmann sie fragend an. »Und was ist mit meinem Brot?«

Isabella tat, als hätte sie nichts gehört. Sie wollte jetzt zu Carina, um sie zu umarmen und ihr zu sagen, dass sie nicht mehr sauer war. Und dann würde sie fragen, ob sie das Auto leihen könne. Auf jeden Fall würde Isabella heute nach London fahren.

20

€s war ein strahlender Tag, stellte Sam fest, als er die Vorhänge aufzog. Strahlend zumindest für London, was bedeutete, dass es nicht regnete; ihm reichte das, um sich auf einen Spaziergang nach dem Frühstück zu freuen. Erst später am Tag hatte er einen Termin mit der Maklerin. Er konnte es also ruhig angehen lassen, ein paar Bekannte anrufen und darüber nachdenken, wie bald er Isabella kontaktieren sollte.

Sam war ein ungeduldiger Mensch und daran gewöhnt, alles zu bekommen, was er wollte. Hier befand er sich auf unbekanntem Terrain, was ihm gar nicht unangenehm war. Weil er sich unsicher fühlte, musste er sich konzentrieren und sich auf taktische Veränderungen gefasst machen, dachte er und hängte seine Krawatte zurück in den Schrank. Er ging seine Jacketts durch. Warum besaß er so wenig Freizeitkleidung? Er musste sich welche besorgen, während er hier wohnte. Einfache Pullover. Ein paar Jeans. Seine waren sicher inzwischen aus der Mode, auch wenn sie immer noch passten. Er konnte Alex' raues Lachen hören. »Ganz ehrlich, Papa, aber Batikjeans mit weitem Bein und hoher Taille sind wirklich voriges Jahrhundert«, hatte er gesagt. Sam, der von vielem eine Ahnung hatte, aber nicht von Mode, hatte seinen Sohn beleidigt angeschaut.

»Auch mit einem schönen Pullover dazu?«
»Völlig unmöglich.«
»Aber das sind Levi's.«
»Das spielt keine Rolle.«

Als Sam zuletzt bei Selfridges gewesen war, hatte er ein Geschenk für seine Frau gekauft. Schmerz durchfuhr ihn einen Augenblick lang, aber anstatt sich den Erinnerungen hinzugeben, eilte er an der Schmuckabteilung vorbei nach oben zur Herrenbekleidung. Er wunderte sich, dass er nach all den Jahren immer noch diese schmerzhaften Stiche spürte.

Er ging Richtung Jeansabteilung und wurde unterwegs von einem geschäftigen Verkäufer abgefangen. Eine Minute später befand er sich in einer Umkleidekabine, der Fluchtweg war ihm abgeschnitten.

Der junge Mann drehte Sam, fasste ihm an den Hintern und zog sein Hemd und seinen Pullover hoch, um zu sehen, wie die Hose saß. Das sagte er zumindest, als Sam verschreckt zurückwich.

»Ich muss doch Ihren Körper sehen können, um Sie richtig zu beraten«, sagte der Verkäufer gekränkt, während er Sam studierte. »Sie sehen gut aus. Wie alt sind Sie? Gut gebaut, schöne Haut. Ist Ihre Mutter oder Ihr Vater schwarz?«, plapperte er weiter, während er Sam vom Schritt nach unten vermaß.

Sam war es unangenehm, dass der Jüngling seine unteren Körperteile betatschte, aber vermutlich war das normal. Wenn er eine Jeans fand, die ihm passte, würde er gleich drei Paar kaufen, und wenn sie aus der Mode waren, bei seinen Anzughosen bleiben. Da kannte er jedenfalls seine Größe.

»Wie ist das nun? Ihre Mutter oder Ihr Vater?«

»Was meinen Sie?«

»Wer von Ihren Eltern schwarz ist. Sie sind hellhäutiger als ich.«

»Das geht Sie ja wohl wirklich nichts an.« Sam war genervt von dem Plappermaul. Noch ein Fauxpas, und er würde den Laden verlassen.

»Nein, da haben Sie natürlich recht. Ich finde nur, dass Sie gut aussehen. Ein bisschen wie Harry Belafonte. Meine Mutter hat ihn geliebt. Sie hätte bestimmt nichts gegen ein kleines Abenteuer mit ihm gehabt, wenn es sich ergeben hätte. Warten Sie hier. Ich weiß genau, welche Hosen wie gemacht sind für ihren hübschen Körper.«

Der junge Mann verschwand, und Sam setzte sich auf einen der Sessel in der Umkleide, schlug die Beine übereinander und war nicht mehr von seiner Jeans-Idee überzeugt. Er hätte seine Zeit auch sinnvoller verbringen können. Rastlos wippte er mit dem Fuß, während er auf die Hosen wartete, die für seinen »hübschen Körper« wie gemacht waren. Sam lächelte. Für solche Komplimente war er zu alt. Allerdings sollte sich Isabella natürlich nicht vor ihm ekeln, denn dann wäre die ganze Londonreise umsonst gewesen.

»Probieren Sie diese drei«, sagte der Verkäufer und reichte ihm die Jeans.

Sam schaffte es kaum, die Hose zuzuknöpfen, bevor der Vorhang beiseitegerissen wurde. Der junge Mann schnalzte entzückt und klatschte lautlos in die Hände. »Genau so sollen Jeans sitzen. Wunderbar. Nicht zu eng im Schritt?«, fragte er und drehte Sam herum, der verärgert die Hände des Mannes abschüttelte. »Danke, sie passen, ich nehme sie.«

»Nun habe ich ja zufällig Ihre Unterwäsche gesehen. Die können Sie unter diesen Jeans natürlich nicht tragen. Ich gehe davon aus, dass Sie straight sind?«

»Wie bitte?«, fragte Sam.

»Ach, vergessen Sie's. Ich stecke Ihnen ein paar Slips in die Tüte, da wird Ihre Frau in Ohnmacht fallen. Sie bekommen sie gratis dazu.«

»Danke, wie freundlich.«

Während der Mann verschwand, um die Unterhosen zu holen, zog Sam seine Kreditkarte heraus. Er würde es in Zukunft wie Alex machen und seine Kleider im Internet bestellen. Mit Ausnahme seiner handgenähten Anzüge. Die Natur hatte es gut mit ihm gemeint, und seine Maße hatten sich in den letzten zwanzig Jahren nicht großartig verändert.

Sam verließ Selfridges eilig und stolperte auf die Oxford Street hinaus. Jetzt konnte er darüber lachen. Man wurde schließlich nicht jeden Tag so offenkundig angegraben. Schade nur, dass diese Person ihn so gar nicht angemacht hatte. Wäre Isabella die Verkäuferin gewesen, hätte er sie wahrscheinlich in die Umkleidekabine hineingezogen.

Er war zum Lunch mit Miss Watts, der Maklerin, verabredet, und danach würde er Isabella anrufen. Wenn er sie unter ihrer schwedischen Nummer nicht erreichte, würde er Alex fragen, ob er eine andere Nummer von ihr hatte. Eine Alternative war, die schwedische Maklerin anzurufen, die den Kontakt ursprünglich vermittelt hatte. Irgendwie würde Sam Isabella erreichen, er musste nur erst bereit sein.

»Danke, ich habe genug«, sagte Sam zu der Bedienung und legte die Hand über sein Glas. »Miss Watts?«

»Danke, ich habe noch, aber ich hätte gerne noch einen Schluck Wasser«, sagte sie lächelnd. »Also, zurück zu den Objekten. Um drei Uhr ist die Wohnungsbesichtigung in Knightsbridge und um fünf in Kensington. Morgen beginnen wir in Belgravia, wenn Ihnen das passt, und nehmen uns dann das Haus am

Meer vor. Das letzte Objekt, das ich Ihnen zeigen möchte, liegt ein paar Stunden in die andere Richtung, das schaffen wir nicht an einem Tag.« Sie nickte der Bedienung zu, die ihr Wasserglas auffüllte. »Wenn Sie wollen, können wir natürlich in Devon übernachten, es ist ein Stück zu fahren.«

Sam antwortete nicht. Wollte sie ihn verführen? Das wäre nun wirklich seltsam. Und unprofessionell. Er hatte eine Phase gehabt, wo er solche Angebote nicht ausschlug, kurz nachdem seine Frau gestorben war. Jeder mögliche Trost kam ihm recht. Aber das wäre ihm heute nie eingefallen. Zurzeit konnte er an niemanden außer an Isabella denken. Besser, er machte Miss Watts das klar.

»Ich weiß nicht, ob ich das Haus in Devon überhaupt sehen will«, sagte er. »Und wenn ich das wollte, dann schaffen wir die Hin- und Rückfahrt doch wohl an einem Tag?«

»Natürlich schaffen wir das, ich dachte nur …«

»Denken Sie nicht so viel, Miss Watts. Ein Objekt nach dem anderen, so gefällt es mir.« Er glaubte nicht, dass sie die Doppeldeutigkeit verstehen würde. Sie hatte keine Ahnung von seinem Privatleben, und er hatte nicht vor, das zu ändern.

»Natürlich.« Sie lächelte entwaffnend. »Sie sind der Kunde, Sie bestimmen. Können wir los?«

21

Siri und Elsa würden nach Indien fahren, und bis zur Abreise in zwei Wochen war noch jede Menge zu tun. Impfungen, Visum, Reiseversicherung, Anrufe. Tausend Dinge mussten vor dem Abflug erledigt werden, und Elsa hakte systematisch ihre Liste ab. Am meisten graute ihr davor, Claes anzurufen. Nachdem das getan war, fühlte sich alles andere viel leichter an. Er hatte sich gefreut und gesagt, es sei höchste Zeit, dass sie sich ein wenig in der Welt umschaute. Elsa hatte das erstaunt. Sie hatte zwar nicht geglaubt, dass Claes verärgert sein würde, aber vielleicht, dass er eine so weite Reise unnötig fände. Als sie ihm das erzählte, lachte er. »Manchmal glaube ich, du verwechselst mich mit Papa«, sagte er. »Im Gegensatz zu ihm finde ich es großartig, wenn du ein eigenes Leben hast, Mama.«

Das war ein merkwürdiger Kommentar, vor allem von Claes, doch Elsa sagte nichts dazu. Er klang froh. Da fiel es ihr viel leichter, zu verreisen.

Ihre Gedanken wurden vom Klingeln des Telefons unterbrochen.

»Wollen wir unsere Saris hier oder dort kaufen?«, schrie Siri, die nicht mehr in normalem Ton sprach, seit sie die Reise gebucht hatten.

»Mir war nicht klar, dass wir überhaupt welche kaufen. Mir steht das auf keinen Fall«, antwortete Elsa und dachte an ihre erste Begegnung mit Carina.

»Unfug!«, rief Siri. »Saris stehen jeder Frau. Ich will mehrere haben und außerdem einen Punkt auf der Stirn. Was für eine Farbe muss man als Ausländerin haben? Die Frau aus der *Superstar*-Sendung hatte einen roten. Und sie sollte es wohl wissen, oder? Ist sie nicht mit einem Indianer verheiratet?«

»Inder.«

»Verbesser mich nicht immer. Ist sie das nicht?«

»Ich weiß nicht, ich hab die Sendung noch nie gesehen.«

»Da hast du was verpasst! Na gut. Ich finde es irgendwie heraus. Wir sehen uns im Reisebüro. Tschüs, tschüs.«

Das Ticket kostete 4998 Kronen. Ein Sonderangebot. Hin und zurück. Fast dreizehn Stunden würde der Flug dauern. Einmal umsteigen. Swissair. Die junge Frau im Reisebüro war sehr zuvorkommend gewesen und hatte genauso freundlich gelächelt wie zuvor. Sie hatte ihnen den günstigsten Preis herausgesucht und war sehr sorgfältig mit dem Papierkram umgegangen. Wer war zum Beispiel der nächste Angehörige, falls etwas schiefgehen sollte? Siri hatte geseufzt und gesagt, sie habe keinen, und als sie dann gefragt hatte, ob sie Claes ausleihen dürfe, nur für diese eine Reise natürlich, hatte Elsa lächelnd geantwortet, das sei überhaupt kein Problem.

Ihr schien es vernünftiger und sicherer, das Ticket in einem Reisebüro bei einem freundlichen Menschen zu kaufen statt im Internet, wie sie es zuerst vorgehabt hatten. Und sie war überzeugt, dass es Claes nichts ausmachte, auch Siris Angehöriger zu sein, nur für dieses eine Mal.

Elsa hatte lange gezögert, bis sie sich traute, Bernhard anzurufen, den freundlichen Mann aus London.

Seit ihrer Begegnung hatten sie ein paar SMS hin- und hergeschickt, und nun wollte sie ihn um Empfehlungen für Hotels bitten. Dass es so nette Menschen gab, dachte sie, als sie nach über einer halben Stunde den Hörer auflegte. Sie hatte eine lange Liste mit Hotels, Restaurants und Sehenswürdigkeiten bekommen. Mit ihren planlosen Reisen war sie bisher wirklich erfolgreich gewesen, zumindest was die neuen Bekanntschaften anging.

Da sie ohnehin ins Reisebüro gegangen waren, hatten sie gleich ein Hotel gebucht, das Bernhard empfohlen hatte, und auch das war überhaupt kein Problem gewesen. Siri und Elsa waren beide sehr zufrieden, als sie sich im Einkaufszentrum ein Stockwerk höher ins Café setzten und jede eine Tasse Kaffee bestellten. Drei Wochen würden sie unterwegs sein. *Drei Wochen.* Elsa fühlte ein Stechen im Magen, wenn sie daran dachte. So lange war sie noch nie von zu Hause fort gewesen. Aber schon wegen der Zeitverschiebung ergab es nun wirklich keinen Sinn, bloß für eine Woche nach Indien zu fahren. Zwar war sie auch nur ein paar Tage in New York geblieben, aber danach hatte sie sich erst einmal erholen müssen.

Siri dagegen war viel gereist in ihrem Leben, wofür Elsa dankbar war. Asien war allerdings für sie beide neu.

»Ich habe schon oft überlegt, nach Thailand zu fahren«, sagte Siri. »Aber dann fahre ich doch immer wieder nach Teneriffa. Es ist mittlerweile zu meiner Insel geworden. Weißt du noch, als plötzlich alle nach Ibiza flogen? Zum ersten Mal, meine ich, in den Siebzigern?«

Daran erinnerte Elsa sich nicht, da sie überhaupt nie ins Ausland gefahren war, mit Ausnahme von Norwegen, wo Lennart, Claes und sie mehrmals Urlaub gemacht hatten. Nach einem Mallorca-Urlaub und einer schaukelnden Überfahrt nach England hatten sie keine längeren Reisen mehr unternommen. Lennart reichte Norwegen gut und gerne. Auf der Hurtigruten war sie mit Lennart allein gewesen, da war Claes schon aus dem Haus. Es war vermutlich Elsas schönste Reise, auch wenn sie seekrank geworden war. Dabei schaukelte es nur auf offener See, aber Elsa war noch Stunden später übel. Lennart dagegen ging es großartig, zum Glück. Denn Elsa hatte genug mit sich selbst zu tun, wenn ihr schlecht war.

Als sie vom Einkaufszentrum in Farsta nach Hause kam, fiel ihr ein, dass sie sich schon ewig nicht mehr die Fotos von der Norwegenreise angeschaut hatte. Beinahe hatte sie vergessen, dass Lennart und sie überhaupt dorthin gereist waren. Was hatte sie bloß mit den ganzen Fotos gemacht? Ob sie in einer Kiste auf dem Dachboden lagen? Sie musste sie finden. Aus irgendeinem Grund schien es ihr wichtig, sie anzusehen, bevor sie nach Mumbai fuhr.

Elsa steckte den Schlüssel in ihre Schürzentasche. Als sie gerade die Tür hinter sich zumachen wollte, fiel ihr ein, dass sie eine Taschenlampe brauchen würde. Die hing wie immer am Haken im Flur, und Elsa nickte zufrieden. Gut, dass Ordnung bei ihr herrschte.

In ihrem Dachbodenverschlag setzte sie sich auf eine wackelige Klappleiter, die sie früher im Haus gehabt hatten. In der Küche. Die gelbe Farbe war abgeblättert. Sie hatte immer darauf gesessen, wenn sie Kartoffeln schälte. Und die Zeitung las. Natürlich hätte sie sie vor dem Umzug wegwerfen sollen, aber das galt auch für viele andere Dinge hier. Lennarts Skier. Claes' alten Schlitten. Gott, der musste beinahe fünfzig Jahre alt sein, dachte Elsa und streichelte das weiche Holz. Sie hatte ihn für die Enkelkinder aufgehoben. Hatte sie vor sich gesehen, wie sie sich über etwas freuten, das ihrem Vater als Kind gehört hatte. Alberne Gedanken. Vermutlich würde sie nie Enkelkinder bekommen, und außerdem stellten die Kinder heute ganz andere Ansprüche an Spielsachen. Ein alter Holzschlitten interessierte wahrscheinlich niemanden.

Seufzend stand sie auf. Das Fotoalbum. Wenn sie es gefunden hatte, würde sie sich ins Wohnzimmer setzen und dort die Bilder anschauen.

Elsa hatte völlig verdrängt, weshalb sie das Album versteckt hatte. Bereits auf der dritten Seite zeigte sich die Wirklichkeit, und alles kam zurück. Wie ihr Mann ... Sie warf das Album mit einer Wut beiseite, vor der sie selbst erschrak. Zitternd stand sie auf, um ein Glas Wasser zu holen. Ihr Herz klopfte, und ihr Atem ging stoßweise. Elsa blieb in der Tür zwischen Wohnzimmer und Küche stehen und lehnte sich an den Türrahmen, weil sie ihren Beinen nicht mehr traute. Als würde die Wut ihren ganzen Körper ausfüllen, ohne dass sie ihr Einhalt gebieten konnte.

»Das ist lange her«, sagte sie laut zu sich selbst. »Beruhig dich, es ist lange her. Danach war es besser. Du weißt, dass es besser wurde«, sagte sie und öffnete die oberste Küchenschublade, um die Schere herauszuholen.

Sie nahm eine Papiertüte mit und ging zurück ins Wohnzimmer, wo sie sich auf den Fußboden setzte und das Fotoalbum öffnete. Sie begann mit der ersten Seite und zerschnitt systematisch Seite für Seite, Bild für Bild, bis nur noch der Einband übrig geblieben war. Ruhig und mit einem Gefühl der Zufriedenheit stopfte sie die Überreste in die Papiertüte.

Gehörten Fotos ins Altpapier? Vielleicht enthielt das Fotopapier gefährliche Chemikalien? Kurz dachte Elsa darüber nach, dann entschied sie, dass es sich ganz klar um Müll handelte. Dort gehörte die Tüte hin. Sie machte sich mit entschlossenen Schritten auf den Weg nach unten zu den Mülleimern, ohne erst ihre Schürze oder die Pantoffeln auszuziehen. Die Tüte wollte sie keine Sekunde länger in der Wohnung haben.

Danach setzte sie Kaffee auf und holte Kekse hervor, ohne die ihr der Kaffee nicht schmeckte. Sie war zufrieden. Als hätte sie ihm endlich die Meinung gesagt, wenn auch zwanzig Jahre zu spät.

»Glauben Sie wirklich, der Reißverschluss hält?«, fragte Elsa beunruhigt, als sie den Koffer sah.

»Ja, auf jeden Fall. Außerdem ist darauf eine Garantie, falls etwas kaputtgehen sollte.«

»Aber das hilft mir ja nicht, wenn ich auf Reisen bin«, antwortete Elsa und zog ein anderes, deutlich teureres Modell hervor. Vielleicht sollte sie doch lieber so einen Koffer nehmen.

»Einen besseren Koffer als diesen finden Sie natürlich nicht«, sagte die Verkäuferin. Elsa fragte sich, warum sie ihr nicht direkt den besseren gezeigt hatte, als sie sich nach dem besten Koffer für eine weite Reise erkundigt hatte.

»Den nehme ich«, sagte Elsa.

Die Verkäuferin schien plötzlich ein gutes Geschäft zu wittern und holte ein passendes Bordcase hervor. »Und wie finden Sie das hier?«, sagte sie. »Ein sehr hübsches Set, wenn ich das sagen darf.«

»Natürlich dürfen Sie das sagen«, antwortete Elsa. »Aber nein danke, meine Handtasche reicht mir.«

Elsa hatte Siris Rat befolgt, so wenig wie möglich einzupacken.

»Es wird sowieso so heiß sein, dass wir am liebsten nackt rumlaufen würden«, hatte Siri lachend gesagt und im nächsten Atemzug vorgeschlagen, dass Elsa sich einen Bikini kaufen solle. »Nicht um darin im Ganges zu baden, sondern für den Hotelpool, du Dummkopf«, hatte die Freundin geantwortet, als Elsa eingewandt hatte, dass ein Bikini sowohl wenig ansehnlich als auch respektlos sei. »Du willst doch wohl braun werden?«

Daran hatte Elsa kein bisschen gedacht, und sie hoffte, dass Siri nichts dagegen hatte, sich vom Hotel wegzubewegen. Das Hotel lag drei Kilometer vom Zentrum entfernt, stand auf der Webseite, ein ganz schön weiter Spaziergang, dachte Elsa. Während ihre Bekannten unter kaputten Hüften und Hühneraugen litten, merkte Elsa kaum etwas davon, dass ihr Körper sich veränderte. Sie war immer noch schlank, und weder Hitze noch Spaziergänge machten ihr etwas aus. Kriminalität hatte sie bisher nicht erleben müssen, nicht einmal einen Kellereinbruch in all den Jahren. Das war ein gutes Zeichen, und wenn sie vorsichtig war, würde auch diesmal alles gutgehen.

Das hoffte sie zumindest.

22

Sie war erleichtert, als Isabella gefahren war. Carina hatte nicht die Kraft, die Maske aufrechtzuerhalten. Isabella meinte es nur gut, wenn sie sie zu trösten versuchte, aber Carina wollte keinen Trost. Sie wollte traurig sein dürfen.

Das Filmteam würde woanders übernachten, sie musste also am nächsten Morgen kein Frühstück machen. Als Isabella sagte, dass sie gegen acht zurück sein würde, hatte Carina ihr vorgeschlagen, in London zu übernachten. »Die Gäste sind sowieso weg, nutz das doch aus.«

»Willst du nicht mitkommen?«

»Nein, ich bleibe hier. Ich will endlich diesen Roman zu Ende lesen, der auf meinem Nachttisch liegt, seit wir eingezogen sind.«

»Das sieht dir gar nicht ähnlich«, hatte Isabella beunruhigt gesagt und ihre beste Freundin scharf angesehen. »Wie geht es dir eigentlich?«

»Gut, aber müde und ein bisschen schlapp. Es wird mir guttun, einen Tag allein zu sein.«

»Bist du dir sicher?«

»Ganz sicher.« Sie hatte versucht, ein überzeugendes Gesicht zu machen. »Fahr jetzt.«

Carina dachte immer wieder darüber nach. Was hatte sie bloß falsch gemacht? Was war im Laufe der Jahre passiert, was sie nicht gesehen hatte? Wann hatte er aufgehört, sie zu lieben? Was hatte die neue Frau, was sie nicht hatte?

Natürlich hatte sie sich in den letzten zehn Jahren verändert. Sie hatte einen Bauch bekommen. Und Cellulitis. An diversen Stellen graue Haare, die sich nicht färben, sondern nur wegrasieren ließen. Aber in ihrem Innern war sie genau dieselbe geblieben, die Andrew dreißig Jahre lang geliebt hatte. Sie hatten nicht einmal eine Beziehungskrise gehabt, bevor er sie verlassen hatte. Wäre das nicht normal gewesen? Wie konnte er sie einfach von einem Tag auf den anderen gegen eine andere austauschen?

Ihn danach zu fragen brachte nichts, da wurde er bloß sauer. Als ob sie ihn verlassen hätte. Das Haus war verkauft, es musste nur noch leergeräumt werden, und trotzdem kamen fast täglich wütende SMS von Andrew. Beschwerte er sich nicht über die Aufteilung ihrer gemeinsamen Sachen, dann warf er ihr vor, nicht schnell genug zu antworten. Das tat weh. Sie wollte das alles nicht, er war es, der ihr Zuhause verlassen hatte. Mit einer neuen Frau an seiner Seite.

Sie rief nach Poppy. »Komm, wir gehen nach draußen.« Während der Hund ihr um die Beine sprang, zog sie ein Paar kniehohe Gummistiefel mit Leopardenmuster an. Genau das richtige Schuhwerk für einen Waldspaziergang.

Die Wege waren inzwischen fast vertraut. Gingen sie nach rechts, so kamen sie nach ein paar Kilometern zu einem der Dorfpubs, wo gut gekocht wurde und wo die Filmleute aßen, wenn die Köchin ihren freien Tag hatte. In der anderen Richtung lagen die Spazierwege, die sie und Poppy bisher gegangen waren, die ihr aber heute langweilig erschienen.

»Nein, hier entlang«, sagte Carina und ging geradeaus. Direkt in den Wald hinein, das schien ihr heute der richtige Ort zu sein. Sie würde sich auf einen Baumstumpf setzen und weinen. Lange.

Poppy lief wie gewöhnlich voraus. Carina wusste, dass die Hündin bald anhalten und sich nur so weit vorwagen würde, wie sie ihr Frauchen noch sehen konnte.

Carina hatte lange gebraucht, um sich an Laubwald zu gewöhnen. Bevor sie nach England zog, war sie nie in so einem Wald gewesen. Als Kind hatte man sie zu »erfrischenden Spaziergängen« gezwungen, weshalb sie als Erwachsene schnell die Augen schloss, sobald sie etwas Grünes erblickte.

Die Blätter wurden gerade bunt, nicht mehr lange, und alle würden zu Boden fallen. Der Herbst war ihre und Andrews Lieblingsjahreszeit gewesen. Dann hatten sie Glühwein getrunken und Feuer im Kamin gemacht.

Carina war so in Gedanken versunken, dass sie Poppy vergaß, die nicht mehr zu sehen war.

»Poppy«, lockte sie mit einer Stimme, die der Hündin vorbehalten war. Und Andrew, solange er sie noch geliebt hatte. Es war albern, mit einem erwachsenen Mann in Babysprache zu reden, dachte sie, als sie tiefer in den Wald hineinging. »Poppy«, rief sie noch einmal. »Komm zu Frauchen!«

Dann brach sie in Tränen aus. Heimlich gab sie Isabella recht. Es war idiotisch gewesen, dieses Haus zu mieten mit all der Verantwortung, die es mit sich brachte. Sie hatte nicht einmal daran gedacht, wie viel Bettwäsche fünfundvierzig Personen benötigten. Kissenbezüge, Bettbezüge, Laken – in der Waschküche stapelten sich gigantische Berge. Carina hatte fast eine Woche gebraucht, um zu begreifen, dass sie nicht alles allein waschen konnten, sondern eine Wäscherei anheuern mussten. Die Waschküche reichte für solche Mengen nicht aus, vor allem nicht, wenn ihre Freundin sich weigerte, mitzuhelfen.

Wäre Isabella doch nur etwas kooperativer, dann wäre alles einfacher. So stand Carina mit ihrer verrückten Idee allein da und hatte schwer daran zu tragen. Sehr schwer. Und noch dazu war sie Englands betrogenste Ehefrau, weshalb sie wirklich gute Gründe hatte, auf einem Baumstumpf zu sitzen und traurig zu sein. Lange. Zumindest bis die Leute von der Wäscherei kamen, um schmutzige Bettwäsche und Handtücher abzuholen.

CG spielte in fast jeder Szene mit. Das machte ihm nichts aus, man musste ohnehin immer lange genug warten. Wohnwagen wie bei amerikanischen Produktionen konnten sie sich nicht leisten, aber wenn es zu kalt wurde, setzten sie sich in den Bus.

Die SMS war am Morgen gekommen, und er hatte nicht darauf geantwortet. Sie hatten sich entschieden. Das Haus war verkauft, und die Scheidung war problemlos über die Bühne gegangen, da sie keine Kinder hatten, die die Sache verkompliziert hätten. Sie waren frei. Und nun wollte sie es nicht mehr sein. CG war gerührt. Das tat weh. Sie schrieb, dass sie traurig sei.

Sie waren so viele Jahre zusammen gewesen, dass es für beide seltsam war, einander nicht mehr zu haben. Aber einen Weg zurück gab es nicht. Was glaubte sie denn? Dass plötzlich alles wie von selbst funktionieren würde? War es nicht besser, dieses Kapitel für immer abzuschließen? Und selbst wenn sie noch eine Chance hätten, wollte er sie überhaupt noch?

Ihre Ehe war nicht schlecht gewesen, sie waren sogar unglaublich verliebt damals. CG wusste nicht genau, was im Laufe der Jahre passiert war, aber irgendwie ging die Anziehungskraft zwischen ihnen verloren. Sie vergaßen ihre Sehnsucht. Fanden es angenehm, allein zu Hause zu sein. Dabei gab es keine anderen, sie waren einander nicht untreu gewesen. Ab und zu schliefen sie noch miteinander, wenn auch fast aus Pflichtschuldigkeit. Als sie beschlossen hatten, sich scheiden zu lassen, war die Lust für kurze Zeit zurückgekommen. Aber das hielt nur eine Woche an, als beide noch in Panik waren, weil zwanzig gemeinsame Jahre, zehn davon als Ehepaar, vorbei sein sollten. Danach war alles wieder wie immer gewesen, und sie teilten ihr Zuhause auf, ohne sich gegenseitig zu berühren.

Er versuchte tief im Inneren nachzuspüren, ob er noch Zweifel daran hatte, dass ihre Beziehung gestorben war. Woher sollte man das wissen? Er hasste sie ja nicht, im Gegenteil. Aber das Altbekannte wieder aufleben lassen?

»Weißt du was, CG, ich gebe dir den Rest des Tages frei«, unterbrach Herman seine Gedanken. »Du kannst ja zurück zum Gutshof fahren, ich bin sicher, Carina freut sich, dich für sich allein zu haben.«

Der Regisseur lachte laut über seinen Vorschlag. Augenscheinlich war er überzeugt, dass es nur eine Frage der Zeit war, bis sein guter Freund und Carina miteinander im Bett landen würden.

Vielleicht stimmte das. CG mochte Carina. An den meisten Abenden saßen die beiden zur Freude aller anderen zusammen im Salon und unterhielten sich. Ihm war das Getratsche egal. Sie war eine wunderbare Frau, und dass sie einander bislang nicht einmal berührt hatten, wusste niemand. Ob mehr daraus werden würde, musste sich erst noch zeigen. Obwohl es verrückt war, weil er England in wenigen Wochen verlassen würde, hoffte CG zugegebenermaßen darauf.

»Du kannst mein Auto nehmen«, sagte Herman, der einen Mietwagen fuhr, statt mit den anderen in den Bus zu steigen. Er nannte das ein Privileg des Regisseurs. Außerdem konnte er sich im Auto in Ruhe mit seinen Schauspielern unterhalten. Das hatte er bisher mit einer Person getan. Sie hatte die nächste Nacht in seinem Bett verbracht.

Das Auto verlieh er nur, weil CG einer seiner besten Freunde war. Und der Star des Films. Diese zwei Gründe waren schwerwiegend genug.

»Nett von dir«, antwortete CG und reagierte nicht auf Hermans Kommentar über Carina. »Wann soll ich wiederkommen?«

»Wir kommen ja morgen zurück, behalt das Auto ruhig solange.«

CG entdeckte Poppy auf der Treppe, als er aus dem Auto stieg.

»Was machst du denn hier? Lässt dich niemand ins Haus?«, sagte er zu dem kleinen Hund, der um seine Beine sprang, augenscheinlich froh darüber, dass jemand gekommen war. »Wo ist denn dein Frauchen? Sollen wir reingehen und nachsehen, ob sie etwas Essbares für uns hat?«, sagte er und drückte die Türklinke hinunter. Verdutzt merkte er, dass die Tür abgeschlossen war. »Komm, vielleicht ist sie im Garten«, sagte er zu Poppy. Eigentlich mochte CG keine Hunde, um ehrlich zu sein hatte er sogar ein bisschen Angst vor ihnen, aber dieser kleine Hund gefiel ihm. Poppy war außerdem großzügig genug, so zu tun, als möge sie ihn.

Sie waren gerade um die Hausecke gebogen, als Poppy losrannte. Bellend machte der Hund eine Vollbremsung, drehte um und rannte zurück zur Vorderseite des Hauses. Anscheinend hatte er etwas gehört, das CG entgangen war. Lachend ging er dem Hund hinterher.

Er hatte geglaubt, Carina sei gekommen, stattdessen bellte der Hund vor Freude und sprang an einem Mann im grauen Anzug hoch, der neben einem Cabriolet stand.

Der Mann starrte CG an. »Und wer sind Sie, wenn ich fragen darf?«, sagte er und nahm Poppy auf den Arm.

»Ich heiße CG, ich bin auf dem Gut zu Gast. Der Hund und ich suchen nach seinem Frauchen. Kennen Sie Carina?« Auf jeden Fall kannte er den Hund. Poppy leckte ihm das Gesicht und schien genau zu wissen, wer der Mann war.

»Sie ist meine Frau, oder besser gesagt meine Exfrau. Und da sie Poppy sich selbst überlassen hat, nehme ich sie mit.«

»Aber das können Sie doch nicht machen. Gehört Poppy nicht Carina?«

»Sie gehört uns beiden, und wir teilen uns die Verantwortung. Und da Carina nicht hier zu sein scheint, nehme ich Poppy jetzt mit zu mir nach Hause.«

»Ja, das müssen Sie natürlich unter sich regeln«, sagte CG, der einsah, dass ihn die Sache nichts anging.

»Schlaft ihr miteinander?«

CG sah ihn fragend an.

»Antworte mir. Schläfst du mit meiner Frau?«

»Ist sie nicht Ihre Exfrau?« Erstaunlich, wie schnell dieser Mensch seinen Ehering wieder angesteckt hatte.

Der Mann drückte Poppy an seine Brust.

»So, mein Schatz, Herrchen hat dich gerettet. Ich weiß, welche Angst du vor Fremden hast«, sagte Andrew mit alberner Stimme und öffnete die Autotür. Er setzte Poppy auf den Beifahrersitz und ging um das Auto herum.

»Wenn sie den Hund zurückhaben will, dann sollte sie besser ihr Auftreten überdenken«, sagte er und setzte sich hinter das Lenkrad.

Carinas Mann, oder Exmann, nahm keinerlei Rücksicht auf den frisch geharkten Vorplatz. Er gab Gas, dass der Kies nur so davonspritzte. Erstaunlicherweise benutzte er den schmalen Weg, der vom Haus zur Straße führte.

Aber wo zum Teufel war Carina?

23

Isabella rief aus dem Auto im Hotel Melia an und buchte ein Zimmer, und sobald sie angekommen war, ließ sie die Autoschlüssel an der Rezeption. Sie hatte nicht vor, in London herumzufahren, sie wollte lieber zu Fuß gehen.

Summend fuhr sie im Aufzug nach oben zu ihrem Zimmer und dachte darüber nach, wie sie ihre freien Stunden nutzen sollte. Natürlich würde sie ihren Lieblingsläden einen Besuch abstatten. Für ihr englisches Landabenteuer brauchte sie zwar keine neuen Sachen, aber es gab ja noch ein anderes Leben. Danach.

An dieses »Danach« zu denken hatte Isabella bisher vermieden. Die letzten Monate über hatte sie so viele verrückte Entscheidungen getroffen, dass es langsam reichte. Es war wohl fürs Erste abenteuerlich genug, wenn man seine Firma verkauft, sein Zuhause verlassen hatte und mit der besten Freundin in einem anderen Land zusammengezogen war.

Und dann war da noch die Sache mit Sam. Nach drei Jahren als Single ohne die unschuldigste Knutscherei und ohne Sex war es wohl verständlich, dass sie sich auf ihn geworfen hatte, aber war das wirklich *nötig* gewesen? Als hätte es sie umgebracht, keinen Sex mit ihm zu haben.

Egal wie sie darüber dachte, was passiert war, war passiert. Und es war wirklich wild gewesen.

Isabella genoss es, die dünnen Strümpfe anzuziehen und sie am Halter zu befestigen. Sie wollte fein sein, wenn sie durch London flanierte. Nach mehreren

Wochen in Jeans und T-Shirt ohne jede Schminke im Gesicht brauchte sie Glitter und Glamour. Anders als Carina, die selbst in ihren Gummistiefeln noch glitzerte, hatte Isabella das nicht nötig. Nur manchmal. So wie jetzt.

Sie zog den Rock über die Hüften und stellte sich vor den Spiegel. Gar nicht schlecht. Überhaupt nicht schlecht, dachte sie.

Regen. Damit hatte Isabella nicht gerechnet. Säuerlich winkte sie ein Taxi herbei und ließ sich zu Harrods fahren. Sie würde ein oder sogar zwei Glas Champagner in der Bar im ersten Stock leeren, bevor sie sich mit ihrer Kreditkarte bewaffnet auf die anderen Stockwerke stürzte. Viel mehr konnte sie nicht machen, wollte sie nicht ihre Schuhe und Strümpfe den Regenpfützen aussetzen.

An der Bar war ein Hocker frei, was Isabella gut passte, sie saß lieber hier als an einem der Tische, wo sich jemand zu ihr gesellen konnte. Sie hatte keine Lust, sich zu unterhalten, wollte nur die anderen Gäste beobachten. Ein angenehmer Zeitvertreib. Alte Damen mit blau getönten Haaren, anscheinend Amerikanerinnen, mischten sich mit jungen Mädchen, die Nieten auf ihren Schulterstücken trugen. In der Bar befanden sich erstaunlich wenige Männer.

»Bitte sehr«, sagte der Kellner und stellte einen Waldorfsalat vor ihr ab. »Sind Sie zum ersten Mal hier?«, fragte er lächelnd.

»Danke. Nein, ich bin schon früher hier gewesen.« Sie betrachtete den erbärmlichen Salat. Gab es Menschen, die davon satt wurden? Sie stellte die

Frage lieber nicht laut, weil sie keine Lust hatte, mit dem Kellner zu reden. Stattdessen lächelte sie, legte die Serviette auf ihren Schoß und nahm das Besteck in die Hand. Die armselige Portion auf ihrem Teller musste fürs Erste reichen, sie konnte später anderswo etwas essen. Eifrig begann sie, den Salat in sich hineinzuschaufeln.

»Genauso hungrig wie eh und je?« Isabella drehte sich abrupt um, als sie die Stimme erkannte. Lars Jacobsson, einer ihrer geliebten Mitarbeiter aus der Firma, die sie verkauft hatte, stand neben ihr. Isabella freute sich so sehr, dass sie aufschrie und sich ihm an den Hals warf.

»Mein Lieber, was machst du hier? Bei Harrods, meine ich? Oh, wie schön, dich zu sehen! Wie geht es meiner Firma? Nein, ich will es gar nicht wissen. Ich werde noch nicht einmal in der Kosmetikabteilung vorbeigehen. Aber erzähl, wie geht es dir?« Isabella musste durchatmen. Dafür, dass sie mit niemandem sprechen wollte, hatte sie ganz schön drauflosgeplappert.

Lars lachte. »Danke, mir geht es sehr gut und deiner Firma auch. Ich bin hier, um Weihnachtsgeschenke zu kaufen. Dachte, es wäre eine gute Idee, das Ende September zu tun, bevor alle anderen dieselbe Idee haben.«

»Machst du Urlaub hier?«

»Nein, ich habe ein paar Stunden frei vor meinem nächsten Termin heute Nachmittag. Morgen früh fliege ich zurück nach Stockholm. Und du? Wie ist es, mit Carina zusammenzuwohnen? Seid ihr genauso verrückt und unvernünftig, wie ich es mir vorstelle?«

Er nickte, als ihn der Barkeeper fragte, ob er auch ein Glas Champagner wolle.

»Ich weiß nicht. Jedenfalls fühlt es sich so an, als sei ich von Verrücktheiten umgeben.«

»Ich mag Carina. Wie geht es ihr?«

»Es geht so. Sie hält sich tapfer, aber heute Morgen, als ich fuhr, war sie ziemlich niedergeschlagen. Wie geht es dir und Calle?«

Lars schüttelte den Kopf. »Ich weiß nicht. *We are on a break*, wie man so schön sagt.«

»Was? Ihr beide? Die ganze Welt scheint durchgedreht zu sein. Ihr wart immer mein Traumpaar! Das tut mir leid, Lars. Wie geht es dir damit?«

»Einigermaßen gut. Wir haben uns nicht zerstritten, aber man kann wohl sagen, dass wir über andere Alternativen nachdenken.«

»Aha. Was bedeutet das? Dass es in Ordnung ist, wenn ihr mit anderen rummacht?«

»So in etwa.«

»Macht das denn Spaß? Mir läuft es kalt den Rücken hinunter, wenn ich nur an neue Körper denke.« Das galt für alle mit Ausnahme von Sams, dachte Isabella und musste lächeln.

»Oha, habe ich da ein Lächeln gesehen? Erzähl!«

»Ach, da gibt es nichts zu erzählen. Ich habe einen Mann kennengelernt, es hat gefunkt, wir hatten Sex, und dann fuhr er zurück nach New York.«

»Und gegen seinen Körper hattest du nichts einzuwenden?«

»Ganz im Gegenteil«, stöhnte Isabella. »Er würde uns beide zum Sabbern bringen. Aber jetzt sprechen wir über dich.«

»Wow, dreh dich mal um.«

Isabella vollführte gleich zwei Pirouetten. Der weite Rock schwang ganz wunderbar. Wie gemacht, um sich darin zu drehen.

Lars nickte zufrieden. »Schön. Ist das alles neu? Tiermuster sind wirklich immer in Mode.« Er kam näher und beugte sich zu ihren kniehohen Stiefeln hinunter. »Was ist das für ein Material? Das sieht fast wie Kalbsleder aus.«

»Ja, ich glaube, das ist es. Also meinst du, so kann ich als dein Dinnerdate gehen?«

Lars schenkte ihr ein warmes Lächeln. »Auf jeden Fall.« Er selbst sah wie immer korrekt aus in seinem Anzug und mit zurückgegelten Haaren. Als i-Tüpfelchen hatte er einen roten Schlips umgebunden und ein Tuch in derselben Farbe eingesteckt. Er hielt ihr seinen Arm hin. »Madame, gehen wir?«

»Wohin wollen wir?«

Lars antwortete nicht, sondern führte sie aus dem Hotelfoyer zum Taxi, das draußen wartete.

»Eine Überraschung?«

Lars lächelte und nickte, während er sich anschnallte. »Genau. Du musst dich gedulden«, sagte er und lehnte sich zurück.

»Was ist zwischen dir und Calle passiert, Lars?«

»Du willst also wirklich in meinen Wunden bohren?«

»Natürlich, das muss ich. Als ich die Firma verlassen habe, wart ihr – und ich glaube, da zitiere ich dich richtig – glücklicher denn je. Was ist passiert?« Isabella mochte Calle fast ebenso gerne wie Lars. Sie hatte viele Abende mit den beiden verbracht und hatte sie schon lange gekannt, bevor sie ihre Firma gründete und ihr klar wurde, dass Lars ein perfekter kaufmännischer Geschäftsführer sein würde. Dass sie seine Chefin geworden war, hatte an ihrer Beziehung nichts geändert, sie war ganz im Gegenteil nur noch inniger geworden. Lars war einer der wenigen Menschen, denen Isabella voll und ganz vertraute. Er wusste fast alles über sie und sie über ihn.

»Er hat sich in einen anderen verliebt. Da bin ich wütend geworden und habe ihn rausgeworfen. Er will zurückkommen, weil er mit mir zusammen sein will, aber mir fällt es schwer, ihm zu verzeihen und nicht jeden Tag etwa hundertmal an ihn und den anderen zu denken. Ich sehe Bilder vor mir, furchtbare Bilder. Pfui.« Lars schüttelte sich. »Bevor ich das auch nur in Betracht ziehen kann, muss ich Sex mit einem anderen gehabt haben.«

»Auge um Auge?«

»Genau.«

»Wenn du mich fragst, so wird das nicht helfen.«

»Aber ich frage dich nicht«, sagte er lächelnd. »Ich muss mich rächen, mich mit ihm auf eine Stufe stellen. Im Moment fühlt es sich so an, als stünde er auf dem Siegertreppchen ganz oben, während ich eine Urkunde für den letzten Platz bekommen habe.«

»Und du glaubst, das ändert sich, wenn du mit einem anderen Sex hast?«

»Ja.«

»Hast du darüber mit einem Psychologen gesprochen?« Isabella lächelte ihn an.

Lars lachte.

»Nein. Ich habe keinen Psychologen. Ich weiß, was

gut für mich ist, und für den Moment wäre es gut für mich, einen wunderhübschen Fremden flachzulegen. Aber nicht heute Abend, da will ich nur Zeit mit meiner Freundin verbringen.« Lars legte seine Hand auf Isabellas. »Dass wir uns heute getroffen haben, war Schicksal.«

Fünf Stunden später hob Lars Isabella in die Luft und trug sie ins Foyer von Sonjas London, wo er übernachtete.

»Doch, das habe ich doch gesagt. Wir *nehmen* noch einen Absacker in meinem Zimmer.«

Isabella kicherte. »Die Leute werden denken, wir hätten was miteinander. Soll ich nicht besser in mein Hotel fahren?«

»Aber wir haben doch zumindest etwas gemeinsam«, sagte Lars und torkelte Richtung Aufzug. »Wir sind ungefähr gleich betrunken.«

Isabella seufzte tief und legte den Kopf an seine Schulter.

»Ich liebe dich, Lars.«

»Ich dich auch, Isabella.«

24

»*Ich liebe dich, Lars.*«

Sam sollte dankbar dafür sein, dass er sie im Foyer gesehen und gehört hatte, so dass er sich nicht völlig zum Idioten gemacht hatte. Was hatte er sich nur eingebildet? Dass sie auf ihn warten würde? Sie hatten doch beschlossen, dass sie sich nicht mehr sehen würden, dass das, was in Stockholm passiert war, eine einmalige Sache bleiben sollte.

Sam würde nicht um sie kämpfen. Höchstwahrscheinlich war er ohnehin nicht mehr zu tieferen Gefühlen fähig. Isabella liebte diesen Mann. Was sollte Sam dagegen tun? Er konnte froh sein, dass sie ihn nicht gesehen hatte.

Er konnte nicht einschlafen. Stattdessen stellte er sich mit einem Glas Whisky ans Fenster. Er musste einige Entscheidungen treffen. So wie der Abend sich entwickelt hatte, hatte er kein Interesse mehr an einer Wohnung hier, wie er es gerade noch seinen Londoner Freunden erzählt hatte.

Sam war eifersüchtig. Das Gefühl war so neu für ihn, dass er kurz überlegte, ob er wohl einen Herzinfarkt bekam. Erst als er überlegte, ihr nachzuspionieren, herauszufinden, in welchem Zimmer sie war, verstand er, was mit ihm los war. Panik, ausgelöst von Eifersucht. Ein widerwärtiges Gefühl, und statt im Hotel herumzuschleichen, beschloss er, sich richtig volllaufen zu lassen. Dann würde er zumindest einschlafen können.

Er trank das Glas aus und wollte sich gerade vom Fenster abwenden, als er sah, wie sie aus dem Hotel kam. Man merkte ihr nicht an, dass sie Sex gehabt hatte. Sie hatte ganz einfach Klasse, dachte Sam.

Als merkte sie, dass sie beobachtet wurde, drehte sie sich um und sah zum zweiten Stock und zu seinem Fenster hinauf. Sam bewegte sich nicht vom Fleck.

Sollte sie ihn doch sehen. Wahrscheinlich konnte sie aus der Entfernung in der Dunkelheit ohnehin nichts erkennen. Schade. Fast wünschte er, dass sie wusste, dass er wusste.

Als er wach wurde, rief er sofort die Maklerin an.
»Miss Watts, was halten Sie davon, wenn wir heute unseren Ausflug an die Küste machen?«, fragte Sam. Er wusste, dass sie einwilligen würde, genauso wie sie zulassen würde, dass er sie verführte.
»Wie schön, dass Sie das Haus sehen wollen, es ist wirklich ein großartiger Ort«, sagte sie.
»Und vielleicht sollten wir doch dort übernachten?«, schlug Sam vor.
Falls sie das verwunderte, so ließ sie es sich nicht anmerken. Er wusste sehr gut, dass er sich ihr gegenüber nicht besonders freundlich verhalten hatte, aber er wusste auch, dass ihr das gleichgültig war, solange sie miteinander ins Geschäft kamen. Und auch wenn das Geschäft mehr als Wohnungsbesichtigungen erforderte, würde sie einwilligen. Und zwar nur zu gern, glaubte er.
»Soll ich uns Zimmer reservieren?«, fragte sie, als er eine Stunde später in ihr Auto stieg. Er hoffte, dass ihr Rock etwas länger war, wenn sie stand. So wie sie jetzt saß, bedeckte er kaum ihre Oberschenkel. Sein Blick wanderte langsam von ihren Beinen zu ihren Augen.
»Brauchen wir mehr als ein Zimmer?«
Ihr Blick flackerte fast unmerklich.
»Ein Zimmer. Selbstverständlich. Ein Zimmer.«
Sie fuhr mit ihrem Zeigefinger über seinen Ober-

schenkel. »Wir sind bald da«, sagte sie, während ihr Finger sich seinem Schritt näherte.

Er wünschte, er würde wenigstens ein bisschen steif oder irgendetwas würde sich in ihm regen, aber sein Körper reagierte überhaupt nicht auf ihre Berührung. Später würde es schon klappen. Ein paar Glas Wein, eine nackte Miss Watts – und die Sache wäre geritzt. Sam war nicht blöd, er wusste, dass er sich rächen wollte. Allerdings würde Isabella nichts davon erfahren, weshalb es möglicherweise gar nicht als Rache zählte. Sexuelle Genugtuung vielleicht? Eine Bestätigung, dass er doch zu etwas gut war?

Sam hatte früher an Minderwertigkeitskomplexen gelitten, vor allem als junger Mann. Er erkannte das Gefühl deshalb wieder. Das Bedürfnis, eine Niederlage wettzumachen. Sich zu rächen. Die Brust herauszustrecken und sich zu beweisen.

Ein Psychologe hätte sicher den Kopf geschüttelt und gesagt, das läge an seinem familiären Hintergrund. Daran glaubte Sam kein bisschen. Manchmal wurde das Selbstbewusstsein eben geschwächt, aber in diesem Fall würde eine sexuelle Begegnung helfen, bei der jemand geradezu um Sex mit ihm bat. Er dachte lieber nicht darüber nach, dass er sich mehr nach dem Betteln sehnte als nach dem Sex selbst.

Als er nicht reagierte, wie Miss Watts es sich erhofft hatte, legte sie die Hand zurück aufs Lenkrad, und die letzten paar Meilen sprachen sie über ungefährliche Dinge.

»Worüber lächelst du?«, fragte sie.
»Ich habe an meinen Sohn in Schweden gedacht.«
»In Schweden?«

»Bist du schon mal da gewesen?«

»Nein, und es zieht mich auch gar nicht dorthin.«

»Ich bin Halbschwede«, lächelte Sam. Jetzt, wo er beschlossen hatte, Sex mit ihr zu haben, schadete es wohl nicht, etwas mehr über sich zu erzählen. »Meine Mutter kam aus Stockholm.«

»Und dein Vater war Amerikaner? Wie interessant. Wo haben sie sich kennengelernt?«

»Meine Mutter hat für eine Familie gearbeitet, die Bekannte der Familie meines Vaters waren. Sie haben sich verliebt, haben geheiratet und mich bekommen.«

»Hast du keine Geschwister?«

»Nein.«

Er wünschte, er wäre ein wenig neugieriger, etwas über sie zu erfahren, wo sie herkam, wer ihre Familie war. Aber er war vollkommen desinteressiert, obwohl er plante, sie zu verführen. Eigentlich war es widerlich, sich so zu verhalten, aber daran wollte Sam gerade nicht denken.

Sie fuhren direkt zu dem Haus, wo der ortsansässige Makler bereits wartete. Es war wirklich hübsch. Zehn kleine Räume mit fünf klaustrophobischen Badezimmern. Etwas in der Art hatte Sam von den Fotos her erwartet. Natürlich erweckte der Weitwinkel einen anderen Eindruck, aber Sam verkaufte selbst Immobilien, weshalb er sich nicht weiter ärgerte. Er hatte gewusst, was er zu sehen bekommen würde.

»Was meinst du?«, fragte Miss Watts, als sie im Hotel eingecheckt hatten.

»Sehr englisch«, sagte Sam lächelnd.

»Ist das gut?«

»Na ja, das würde ich nicht unbedingt sagen«, antwortete Sam. »Ich verstehe nicht, wie ihr es in diesen kleinen Räumen bloß aushaltet.«

»Wir haben es gerne gemütlich«, sagte sie lächelnd.

»Da weiß ich etwas, was gemütlich wäre«, sagte Sam und lockerte seine Krawatte.

»Ach ja, was denn?«

»Hm, die Frage ist nur, ob wir erst zu Abend essen sollen oder später?« Er nahm die Krawatte ab.

»Von mir aus gerne später«, sagte Miss Watts. Sie schaute ihm in die Augen, während sie den Reißverschluss ihres Rocks hinunterzog und ihn auf den Boden fallen ließ. Dann öffnete sie die Bluse und ließ sie den gleichen Weg nehmen. Sie behielt ihre Stay-ups und die High Heels an, und Sam stellte fest, dass sie eine hübsche Figur hatte. Die sexy Unterwäsche saß wie angegossen. Schon lange hatte er keine Frau mehr in einem Body gesehen, und während sie langsam auf ihn zuging, überlegte er, ob es wohl Knöpfe im Schritt gab.

Fünf Minuten später wusste er es. Und weitere fünf Minuten später wusste Sam, dass er impotent geworden war. Weder Küsse noch Gestreichel oder aufgeknöpfte Bodyknöpfe ließen seinen Körper reagieren.

Der Teufel sollte sie holen. Der Teufel sollte Isabella Håkebacken holen, die alles kaputtgemacht hatte.

25

»Aber warum hast du ihn nicht zurückgehalten«, weinte Carina. »Du hättest ihn festhalten sollen.«

CG saß auf einem Küchenstuhl und war verzweifelt, während Carina mit fünf Taschentüchern in der Hand um den Tisch tigerte. Er hatte sich so gefreut, als sie nach einer Weile zurückgekommen war, aber als sie erfuhr, dass ihr Exmann Poppy mitgenommen hatte, nahm das Unheil seinen Lauf. Und sie gab CG die Schuld. Er war da gewesen. Er hätte Andrew zum Teufel schicken können, während sie im Wald herumgeirrt war und geglaubt hatte, Poppy stecke in einem Fuchsloch fest.

»Woher hätte ich wissen sollen, dass er den Hund nicht mitnehmen durfte? Er konnte mir noch nicht einmal sagen, ob ihr verheiratet oder geschieden seid.«

»Wir sind *definitiv* geschieden«, sagte Carina und klang für einen Augenblick eher wütend als traurig. »Hatte er seine Neue nicht dabei? Falls du sie nicht bemerkt hast, dann saß sie vielleicht hinten auf dem Kindersitz.«

CG lachte, war aber sofort still, als Carina ihn wütend anfunkelte.

»Oje. Nein, er war allein, und er schien sich Gedanken darüber zu machen, wer ich wohl sein könnte«, sagte er, während er versuchte, sein Lachen unter Kontrolle zu bringen.

»Er ist Brite, er kennt keine schwedischen Schauspieler.«

»So habe ich das nicht gemeint. Er dachte eher, dass du und ich ... du weißt schon.«

»Das ist ja interessant. Was hast du zu ihm gesagt?«

»Nicht viel, was hätte ich sagen sollen?«

»Du hättest ja andeuten können, dass zwischen uns etwas läuft«, sagte Carina und lächelte zum ersten Mal, seit sie aus dem Wald gekommen war.

»Wäre das denn wahr?« Er sah sie vorsichtig an.

»Wir könnten es wahr machen.« Sie erwiderte seinen Blick mit glitzernden Augen. »Guck nicht so ängstlich, CG, das war nur ein Scherz. Ich weiß, dass du verheiratet bist. Anders als mein Exmann weiß ich ganz genau, wer du bist.«

CG stand auf und ging zum Herd hinüber, wo Carina stand.

»Das habe ich wohl vergessen zu erzählen«, sagte er, streckte die Hand aus und erwischte eine Haarsträhne, die sich aus ihrem Dutt gelöst hatte. »Ich bin genau wie du Single.« Carina stockte der Atem. Ihr Brustkorb hob sich mit jedem Atemzug, und mit leicht geöffneten Lippen sah sie zu, wie CG näher und näher kam. Schließlich war er so nah, dass sie die Wärme seines Atems spürte.

»Wir sind also beide Single«, sagte er leise. »Heißt das, wir können machen, was wir wollen?« Er legte seine Hand in ihren Nacken, wo er etwas mit seinen Fingerspitzen anstellte, das ihren ganzen Körper wohlig schaudern ließ.

Carina konnte nicht antworten. Als CG sie an sich zog und den anderen Arm um ihre Taille legte, wusste sie, dass er sie küssen würde. Sie schloss die Augen und wartete.

Der Kuss auf ihre Nasenspitze kam so unerwartet, dass sie zusammenzuckte und die Augen öffnete.

CG legte den Kopf zur Seite. »Bist du jetzt froher?«, fragte er munter.

»Das war frech.«

»Warum?«

»Weil ich mir etwas anderes erhofft hatte«, antwortete sie. »Nämlich, dass du mich verführen würdest. Aber daraus wird wohl nichts. Dann gehe ich jetzt in mein Zimmer und mache mich frisch, ich muss wach sein, wenn ich mich in den Kampf mit Andrew um Poppy werfe«, sagte Carina. Und so schwebte sie erhobenen Hauptes, so würdevoll sie nur konnte, aus der Küche und hielt ihre frisch geküsste Nase in den Wind.

Wenn er sie geküsst hätte, wonach sich sein ganzer Körper bis ins feinste Blutgefäß sehnte, dann würden sie jetzt in diesem Moment Sex miteinander haben. Das wusste er.

Aber Carina war keine Frau, mit der man spielte. Die man verführte und dann wie eine heiße Kartoffel fallen ließ. Vor allem nicht, weil sie frisch geschieden war und, wie CG mitbekommen hatte, ziemlich verbittert darüber, dass ihr Exmann sich in eine andere, jüngere Frau verliebt hatte. Was für ein Idiot. Carina war nun wirklich keine Frau wie tausend andere. Der Mann, der in seinem albernen Cabriolet vom Hof gefahren war, war viel zu beschränkt und gewöhnlich, um zu verstehen, was er an ihr gehabt hatte.

Aber vielleicht hatte er es jetzt kapiert. CG hatte ein Gespür für eifersüchtige Männer, und Andrew gehörte ganz offensichtlich dazu.

Er stieg langsam die Treppe hinauf. Sollte er an Carinas Tür klopfen und fragen, wie es ihr ging?

Die Entscheidung wurde ihm abgenommen, denn sie kam ihm auf dem Flur entgegen. Sie war in ein Handtuch eingewickelt, und der Duft ihrer frisch gewaschenen Haut schlug ihm entgegen, lange bevor sie vor ihrer Tür aufeinandertrafen.

»Himmel, wie gut du duftest«, murmelte er.

»Riech mal hier«, flüsterte sie und deutete auf ihren Hals.

In dem Moment, als seine Nase ihren Hals berührte, wusste er, dass es um ihn geschehen war. Langsam näherte er sich ihrem Mund. Sein Dreitagebart kratzte ihre Wange, und als ihre Münder endlich aufeinandertrafen, stöhnten sie beide auf. Langsam erforschten sie einander, ihre Zungen berührten sich, was sich weich und unglaublich aufregend anfühlte. Er drückte Carina gegen die Wand und bedeckte ihren Hals mit Küssen. Als seine Zunge über ihr Schlüsselbein glitt, atmete sie laut ein und öffnete ihr Handtuch, so dass er ihre Brüste berühren konnte. CG merkte, wie sehr er sich danach gesehnt hatte, ihre Rundungen ganz ohne Kleider sehen zu dürfen. Er musste einen Schritt zurücktreten, um ihren gesamten Körper zu betrachten. Sie schaute ihm voller Stolz in die Augen, und während er sich auszog, ließen ihre Blicke einander nicht los. Als er genauso nackt war wie sie, öffnete Carina ihre Zimmertür.

»Ich will dich überall küssen, darf ich das?«, fragte er, während sein Mund sich ihren Brüsten näherte.

Sie nickte.

Er befeuchtete ihre Brustwarze und ließ dann seine Zunge darum kreisen, bis sie sich ganz aufgerichtet hatte. Danach machte er dasselbe mit ihrer anderen Brustwarze und legte sich zugleich auf sie, seinen steifen Penis an ihr Bein gedrückt. Vorsichtig küsste er ihren weichen Bauch, wanderte immer weiter nach unten. Als seine Zunge ihre Leisten berührte, seufzte sie laut auf, damit er verstand, dass er genau das Richtige tat. Er ließ seine Lippen über ihrem Bein auf und ab streifen. Hielt an der Innenseite ihrer Oberschenkel inne. Führte vorsichtig einen Finger in ihren feuchten Spalt und ließ seine Zunge folgen. Ihr Geschmack erregte ihn noch mehr, und er spürte, wie sein Penis sich weiter aufrichtete, als sie ihre Beine spreizte. Sie war wunderbar.

Als er merkte, dass sie kam, hielt er seine Zunge ganz still, während eine Welle nach der anderen durch ihren Körper lief. Er hörte sie ausatmen und bewegte vorsichtig seine Zungenspitze – ihr nächster Orgasmus kam sofort.

»Schaffst du noch einen dritten?«, fragte er lächelnd, während er nach oben kroch und ihr in die Augen schaute. Sie hob ihm ihre Hüften entgegen, und beide zitterten, als er in sie eindrang.

»Du bist phantastisch«, flüsterte er und strich ihr eine Haarsträhne aus dem Gesicht, während er sich langsam auf ihr bewegte.

»Du auch«, sagte Carina und hielt den Blick fest auf ihre beiden Körper gerichtet. »Ich glaube, ich komme noch einmal, wenn ich dich bloß anschaue«, murmelte sie.

CG konnte sich nicht länger zurückhalten, und als

er immer schneller und heftiger zustieß, wanderten Carinas Finger zwischen ihre beiden Körper. Er flüsterte, dass er bald so weit sei, und sie streichelte sich selbst, so dass sie gemeinsam kamen.

»Haben wir da jetzt etwas angerichtet?«, fragte CG, während er mit ihrer Brust in seiner Hand verschnaufte.

»Angerichtet? Für wen?«

»Uns?«

»Ich finde, wir haben etwas ziemlich Gutes angerichtet. Weißt du, wie lange ich nicht mehr drei Orgasmen hintereinander hatte? Wenn ich darüber nachdenke, habe ich das eigentlich noch nie erlebt. Wie hast du das bloß gemacht?«

Er drückte sie an sich. »Das kann ich nicht erklären«, flüsterte er und streichelte ihre Kurven. »Aber wenn du so schwer von Begriff bist, kann ich es dir natürlich noch einmal zeigen.«

»Ich bin sehr schwer von Begriff. Richtig beschränkt«, keuchte Carina, als sie seinen heißen Atem an ihrer Brust spürte. »Richtig total komplett beschränkt.«

26

Elsa hatte Sam angerufen. Sie war ihm gegenüber zu nichts verpflichtet, aber sie hatte ihm immerhin versprochen, da zu sein, falls sein Sohn sie kontaktieren wollte. Er hatte sich für sie gefreut und ihr eine gute Reise gewünscht. Und gesagt, sie solle sich melden und erzählen, wie es ihr erging. Falls ihr Handy in Indien überhaupt funktionieren würde, dachte Elsa. Aber heutzutage schien man mit so einem Telefon jederzeit überall anrufen zu können, ganz egal wo man sich gerade befand. Merkwürdig, dass das so ganz ohne Telefonleitungen ging.

Sie schielte zu Siri hinüber, die vollauf mit ihrer Shoppingliste für den Bordshop beschäftigt war, während sie zu ihren Sitzen gingen. »Schade, dass man kein Parfüm ausprobieren kann. Woher soll man da wissen, welches einem gefällt?«, sagte sie, als sie über den Sitzen nach ihren Nummern suchten.

»Vielleicht hättest du lieber im Duty-free-Shop am Flughafen einkaufen sollen«, sagte Elsa. »Oder später in Mumbai?«

»Ja, aber ich will doch gut riechen, wenn wir landen. Nach so vielen Stunden Flug werden wir uns schmutzig fühlen und nach Schweiß stinken.«

Elsa traute sich nicht zu sagen, dass Siri schon jetzt wie eine ganze Parfümerie stank und dass es nur gut war, wenn der Geruch ein wenig verflog.

»Du weißt schon, dass Mumbai jetzt Mumbai heißt?«, fragte Siri.

»Ja, das weiß ich. Meinst du, wir sollten lieber Mumbai sagen?«

»Nein, für mich ist Mumbai völlig in Ordnung. Ich wollte nur testen, ob du weißt, wohin wir unterwegs sind.« Siri lachte. »Du bist nun mal eine alte Tante, darauf muss ich Rücksicht nehmen.« Sie pikte Elsa mit ihrem Zeigefinger in den Bauch.

»Du bist doch nicht sauer, wenn ich Spaß mache, oder?«

Elsa lächelte. »Nein, natürlich nicht, du darfst so viel Spaß machen, wie du willst. Und du hast ja recht, ich bin eine alte Tante. Aber das wird uns hoffentlich nicht von dem abhalten, was wir geplant haben.«

Der Flug war lang und anstrengend gewesen. Im Flugzeug war es eng, und trotz ihrer Spaziergänge durch den Mittelgang fühlten sich Elsas Beine bleischwer an.

»Sollen wir ein Taxi nehmen?«, fragte Elsa. Obwohl sie so wenig wie möglich eingepackt hatte, war ihre Tasche schwer, und sie war schon jetzt völlig durchgeschwitzt.

»Ein Taxi? Machst du Witze? Ich habe doch gesagt, dass ich ein Auto gemietet habe.«

»Nein, Siri, das hast du nicht gesagt. Ich bin vielleicht drei Jahre älter als du, aber daran würde ich mich erinnern.« Elsa war nicht in der Laune für einen von Siris Einfällen. Wie sollte sie bloß ausgerechnet in Mumbai Auto fahren? »Weißt du, dass hier Linksverkehr herrscht?«, fügte sie hinzu.

»Natürlich weiß ich das, und als ich meinen Führerschein gemacht habe, war auch in Schweden noch Linksverkehr. Das kann ich, mach dir keine Sorgen.«

»Wie alt warst du 1968?«, fragte Elsa mit hochgezogenen Augenbrauen.

»Genau achtzehn«, antwortete Siri zufrieden lächelnd, als wäre das gerade einmal fünf Jahre her. Außerdem war das gelogen. 1968 war Siri eher zweiundzwanzig Jahre alt gewesen.

»Das war vor fünfundvierzig Jahren, das ist dir hoffentlich bewusst.« Elsa hatte keine Lust auf diese Diskussion, aber sie war selbst schuld. Sie wusste genau, wozu Siri fähig war. Typisch, dass sie nichts von dem Mietwagen erzählt hatte. Allerdings brauchte Elsa ja nicht mitzufahren. Sie konnte trotzdem ein Taxi nehmen, damit sie keine Angst haben musste.

»Mach das, ich fahre mit dem Auto«, sagte Siri dickköpfig. »Wir sehen uns im Hotel.« Sie wartete ein paar Sekunden, ob Elsa es sich nicht doch anders überlegen würde, dann stolzierte sie auf ihren hohen Absätzen davon.

Auf solche Zwischenfälle war Elsa vorbereitet. Siri und sie waren so verschieden wie Tag und Nacht, und zu glauben, dass sie sich auf dieser Reise in allem einig sein würden, wäre utopisch. Allerdings hatte sie nicht damit gerechnet, dass sie bereits auf dem Flughafen aneinandergeraten würden, nur eine Stunde nachdem sie gelandet waren.

Die Fahrt vom Flughafen dauerte nicht länger als eine halbe Stunde, aber der Taxifahrer hatte die ganze Zeit gehupt, als hätten sie es furchtbar eilig. Und nicht nur er, alle Autofahrer schienen ständig zu hupen.

Mit hinuntergelassenem Fenster verpasste Elsa kein einziges Geräusch von draußen. Sie war völlig verschwitzt und froh, dass der Taxifahrer die Fenster hinuntergekurbelt hatte, auch wenn die Luft zu stehen schien, obwohl sich das Taxi bewegte. Ein Moped knatterte vorbei, und Elsa lächelte, als sie sah, dass eine ganze Familie daraufsaß. Der Mann hatte ein Mädchen auf dem Schoß, und hinter ihm saß eine Frau mit einem Jungen in den Armen. Wie schön sie war mit all ihren Schals, dachte Elsa, und ihre Blicke trafen sich durch das offene Fenster. Beide lächelten, und Elsa wurde vor Freude ganz rot. Es fühlte sich an, als hieße die Frau sie willkommen.

Die Straße, die zum Hotel führte, wurde von Essensständen gesäumt, vor denen Gruppen von Männern standen. Elsa fragte sich, wo die Frauen wohl waren. Vielleicht zu Hause bei den Kindern? Es war mitten am Tag, vielleicht aßen Arbeiter in diesen einfachen Garküchen zu Mittag?

Als Elsa im Hotel eincheckte, war sie völlig erschöpft von der langen Reise und all den Eindrücken, außerdem machte sie sich Sorgen um Siri. Es war dumm gewesen, sie allein ziehen zu lassen, Elsa hätte mit ihr fahren sollen. Andererseits hatte Elsas Meinung ja wohl auch etwas zu bedeuten. Aber es war, als lasse sie das selbst nicht zu. Sobald sie sich an die erste Stelle setzte, begann das schlechte Gewissen an ihr zu nagen. Ließ sie ihre Gefühle einmal beiseite, so war es doch so, dass Siri einfach einen Mietwagen bestellt hatte, ohne Elsa etwas davon zu sagen. Es tat gut, sich an die Tatsachen zu halten. Aber Sorgen machte sie sich trotzdem.

Ihr Zimmer war schön. Zwei breite Betten mit einem Nachttisch dazwischen. Elsa wählte das Bett an der Tür und wuchtete mit Mühe ihren Koffer darauf. Kaum eine Minute später war alles ausgepackt, und sie stellte den leeren Koffer in den Schrank unter ihre Kleider, die sie aufgehängt hatte. Sie würde duschen und sich eine Weile hinlegen, bis Siri ankam.

Völlig benommen wachte Elsa auf und brauchte einige Zeit, um sich in dem dunklen Zimmer zu orientieren.

Sie knipste die Nachttischlampe an. Wie spät war es? Sie schaute zu Siris Bett hinüber und erstarrte, als sie sah, dass es völlig unberührt war. Sie hatte drei Stunden geschlafen, und Siri hätte schon längst da sein sollen.

Ich muss mit der Rezeption sprechen, dachte sie, während sie sich ein Kleid über den Kopf zog. Vielleicht war Siri unten im Hotel. Sie saß sicher an der Bar und hatte einen hübschen Mann kennengelernt, darin war sie ja besonders gut. Elsa versuchte, positiv zu denken und all die Gedanken an eine Katastrophe beiseitezuschieben. Entschlossen drückte sie auf den Fahrstuhlknopf. Kopf hoch, sagte sie zu sich selbst, als sie ihr Spiegelbild sah.

Der Rezeptionist schüttelte den Kopf. »Nein, leider habe ich Madame ... Siri Persson nicht gesehen«, sagte er und schaute ins Gästebuch. »Sie hat auch keine Nachricht hinterlassen«, fügte er hinzu.

»Können Sie mir helfen, bei den Verleihfirmen anzurufen, um zu hören, ob sie das Auto überhaupt abgeholt hat?« Elsa sah vor sich, wie Siris Abmarsch am Flughafen mit einem gebrochenen Fuß endete, bei solchen Absätzen war das schnell passiert.

»Bei welcher Firma hat sie den Wagen gemietet?«, fragte der Mann freundlich.

Elsa schüttelte den Kopf. Das hätte sie natürlich sicherheitshalber fragen sollen.

»Es gibt viele verschiedene Firmen, aber wenn Sie in der Bar warten wollen, Madame, mache ich solange ein paar Anrufe.«

»In der Bar?«

»Geradeaus und dann rechts, Madame.«

Die Bar war voll, überall saßen Grüppchen von

Menschen und unterhielten sich. Elsa kam sich blöd vor, hier ganz allein aufzutauchen. Sie war den Tränen nahe. Was war Siri bloß passiert, und was sollte sie bloß tun, wenn die Freundin nicht auftauchte?

Ganz hinten stand ein kleiner Tisch für zwei, und als Elsa sich setzte, merkte sie, dass sie etwas essen musste. Ihr war schwindelig, wahrscheinlich brauchte sie dringend Wasser und Nahrung.

»Bitte nichts zu Scharfes«, sagte sie zu dem Kellner, der ihr ein Hühnchengericht vorschlug, nachdem Elsa um eine Kleinigkeit gebeten hatte.

»Nein, das ist nur ein kleines bisschen scharf.« Er lächelte und nickte. »Dazu passt ein Bier.«

»Nein danke. Nur eine Flasche kaltes Wasser.«

Als der Kellner mit ihrer Bestellung davonging, betrachtete Elsa diskret die anderen Gäste. An einem Tisch saßen mehrere Personen mit genauso heller Haut wie sie, allerdings konnte sie nicht hören, in welcher Sprache sie sich unterhielten. Elsa sah ein, dass ihr hier kaum andere Schweden begegnen würden, und wäre Siri nicht verschwunden, hätte sie das auch gar nicht gewollt. Jetzt sehnte sie sich nach dem trägen Stockholmer Dialekt. Der hätte sie beruhigt.

Sie wollte gerade um Besteck bitten, da sah sie, dass alle anderen mit den Händen aßen. Sie wickelte den Hähnchenschenkel in ihre Serviette und biss vorsichtig ab. Der Kellner hatte recht gehabt, es war nicht zu scharf, und Elsa verputzte rasch beide Keulen. Während er abräumte, bat Elsa den Kellner um eine Tasse Kaffee.

Sie musste etwas zu tun haben, bis der Rezeptionist den Autoverleih erreicht hatte.

Als er kam, um ihr Bericht zu erstatten, hielt sie die Tasse gerade in der Hand. Eine Sekunde später lag sie in Scherben auf dem Marmorboden.

27

»Carinaaa! Halloooo!«, rief Isabella.

Sie ließ die Tasche auf den Boden in der Eingangshalle fallen und legte den Autoschlüssel in das Körbchen auf der Kommode, bevor sie ihre Jacke auszog und sie an die Garderobe hängte.

Wo waren bloß alle? Sie hätten längst zurück sein müssen. »Carina!«, rief sie noch einmal. »Wo bist du?«

Sie öffnete die Küchentür. Hier fand sie Carina auch nicht, dafür aber Andrew. Er saß am Küchentisch, das Gesicht in den Händen verborgen, und schluchzte.

»Andrew?« Isabella war noch nie so verwundert gewesen. Was machte er hier? Und weshalb heulte er?

»Hallo, Andrew«, sagte sie und schnippte mit den Fingern vor seinem Gesicht. »Reiß dich zusammen. Was ist passiert?«

»Sie hat einen anderen!«, schrie er fast. »Alles ist aus, alles.«

Isabella fand es ein starkes Stück, dass Andrew in ihrer Küche saß und eine Szene machte, weil seine neue Freundin anscheinend einen anderen hatte. Völlig geschmacklos, und das sagte sie ihm auch.

»Nein, nicht sie, Carina hat einen anderen.« Er

flüsterte plötzlich. »Carina, meine Carina.« Er setzte sich auf und ließ die Tränen herabströmen, ohne sie wegzuwischen.

Zugegebenermaßen sehr wirkungsvoll. Hätte Isabella nicht gewusst, dass die Scheidung seine Idee gewesen war, hätte sie Mitleid mit ihm gehabt. Aber so, wie die Dinge lagen, tat er ihr kein bisschen leid.

»Mach dich nicht lächerlich, Andrew«, zischte sie. »Erstens hat Carina keinen anderen, aber hätte sie einen, dann würde ich ihr gratulieren. Sie hat schon viel zu lange um dich getrauert.«

»Keinen anderen«, sagte er mit brechender Stimme, »und wie kommt es dann, dass ich sie mit einem fremden Mann zwischen den Beinen gefunden habe? Kannst du mir das mal erklären?«

Er reckte die Faust in den Himmel, als wäre der für sein Unglück verantwortlich. Er war so theatralisch, dass Isabella lachen musste.

»Das kann nicht sein, ich war kaum einen Tag lang weg«, sagte sie, während sie versuchte, ihr Lachen zu unterdrücken. »Vielleicht machen sie Yoga? Unter den Gästen ist ein Yogalehrer«, fuhr sie fort.

»Sie waren nackt, und ich habe gehört, wie sehr sie genoss, was er mit ihr machte. Ich ertrage das nicht. Ich ertrage das ganz einfach nicht.« Er fasste sich ans Herz.

»Wo ist sie?«, fragte Isabella. »Wo ist Carina?«

»Ich weiß nicht. Ich muss hier weg, ich kann ihr nicht mehr in die Augen sehen, nach dem, was passiert ist. Verstehst du, wie weh das tut, Isabella, verstehst du das?«

»Nein, Andrew, das verstehe ich überhaupt nicht«, antwortete sie und ging aus der Küche.

Vielleicht war er verrückt geworden, dachte sie, während sie die Treppe zu Carinas Zimmer hinaufstieg. Ein Gehirntumor? Sie hatte gehört, dass sich in solchen Fällen die Persönlichkeit verändern konnte. Oder war er depressiv? Ob er Carina deshalb verlassen hatte? Gerade hatte es sich so angehört, als bereue er die Scheidung. Sie musste nicht lange darüber nachdenken, wer der Mann war, mit dem Andrew Carina gesehen hatte.

Sie klopfte vorsichtig an die Tür. »Hallo, darf ich reinkommen?«

»Ja klar, komm rein.«

»Bist du angezogen? Oder sollte ich lieber fragen, ob *ihr* angezogen seid?«

Sie hörte die Freundin kichern. »Angezogen sind wir nun nicht gerade, aber komm doch trotzdem rein.«

Isabella blieb in der Tür stehen und betrachtete das Paar im Bett. Sie musste einfach lächeln. Carinas Haar stand in alle Richtungen ab, und sie war völlig ungeschminkt. CG schaute sie glücklich und verliebt an.

»Aha«, sagte Isabella. »Wann ist denn das passiert?«

»Du meinst der ganze Sex? Damit haben wir gestern angefangen«, antwortete Carina zufrieden.

»Bitte erspare mir die Details«, sagte Isabella und hob abwehrend die Hand. Bei Carina konnte man nie wissen. Ohne jemals darum gebeten zu haben, hatte Isabella in regelmäßigen Abständen Einzelheiten aus Carinas entweder nicht vorhandenem oder allzu präsentem Liebesleben serviert bekommen. Isabella hatte ihrerseits Carina nie etwas in der Art erzählt.

»Ich verrate nur eins«, sagte Carina. »Mehrmals, Darling, mehrmals.«

»Jetzt gehe ich«, erwiderte Isabella und machte einen Schritt nach hinten.

»Nein, entschuldige, ich halte schon den Mund. Komm, setz dich zu uns und erzähl von London.«

»Erst mal musst du dich um deinen Exmann kümmern, der in der Küche sitzt und heult. Er hat euch anscheinend gesehen, und damit ist für ihn eine Welt zusammengebrochen.«

Carina setzte sich auf. »Andrew? War er hier? Wo ist er jetzt?« Sie schwang die Beine über die Bettkante, und Isabella hielt sich die Augen zu. Sie hatte keine Lust, die Freundin nackt zu sehen.

Sie drehte dem Paar den Rücken zu. »Eben saß er noch in der Küche«, antwortete sie und ging aus dem Zimmer.

Isabella war ein kleines bisschen neidisch, aber sie gönnte der Freundin ihr Glück. Sie hätte nur gerne selbst ein bisschen davon gehabt. Sie bewunderte die Selbstsicherheit, mit der Carina sich nahm, was sie haben wollte. Isabella wünschte, genauso zufrieden mit ihrem Körper zu sein wie die Freundin.

Isabella gefielen all die Veränderungen nicht, die ihr Körper durchmachte, seit sie fünfzig geworden war. Sie hatte zugenommen, ihre Brüste wurden immer größer und die Falten im Gesicht immer tiefer. Carina ging es ganz genauso, aber sie machte sich nichts daraus. Die Haare auf dem Kopf färbte sie, die Haare zwischen den Beinen rasierte sie, und damit war sie zufrieden. »Ich bin doch trotz allem recht wohlgeraten«, pflegte sie fröhlich zu sagen und dabei über ihren Rettungsring zu streicheln. Auf die Idee würde

Isabella nie kommen. Zumindest noch nicht. Sie bemühte sich, all die Veränderungen zu akzeptieren, aber ihrer Freundin fiel das ganz augenscheinlich leichter. »Ich war nie so eine Naturschönheit wie du«, hatte Carina gesagt. »Und außerdem habe ich Andrew, dem gefalle ich so, wie ich bin«, war sie fortgefahren. Aber das war damals gewesen.

Später hatte sie erzählt, wie sehr ihr Selbstwertgefühl unter seiner Untreue gelitten hatte. »Liegt es an mir?«, hatte sie gefragt. »Glaubst du, er hat sich eine andere gesucht, weil er mich hässlich findet? Ich meine, so ein junges Mädchen. Ist doch klar, dass sie viel besser aussieht als ich.«

Jetzt, wo sie Carina im Bett mit CG gesehen hatte, war sich Isabella sicher, dass sie wieder zu ihrer alten Hochform zurückgefunden hatte.

»Mehrmals.« Vielleicht brauchte sie auch einfach ein paar Orgasmen, dachte Isabella, während sie die Kleider aus ihrer Tasche in den Wäschekorb warf. Den neuen Rock legte sie beiseite, sie hatte keine Ahnung, wo die nächste Reinigung war. Leider würde es nicht reichen, den Rock zu lüften. Aus irgendeinem Grund hatten Lars und sie Gefallen an Zigarillos gefunden, und der Rauchgeruch hing immer noch in dem Stoff.

Isabella erschauderte. Manchmal musste man über die Stränge schlagen, aber gestern war es zu viel des Guten gewesen. Sie war betrunken gewesen wie schon seit vielen, vielen Jahren nicht mehr. Die Kontrolle zu verlieren war ihr unangenehm, das sollte nicht mehr passieren, beschloss sie. In Zukunft würde sie sich mit Wasser begnügen.

Jetzt brauche ich einen Kaffee, dachte sie. Und Wasser. Nie mehr Alkohol zu trinken war eine großartige Idee. Zufrieden vor sich hin summend ging sie nach unten Richtung Küche. Hoffentlich war Andrew inzwischen verschwunden. Carina hatte ihn wahrscheinlich hinausgeworfen, falls er nicht freiwillig gegangen war.

Aus der Küche war kein Geräusch zu hören, und wie Isabella gehofft hatte, war sie leer. Wie schön. Sie würde in Ruhe ihren Kaffee trinken und dann den Staubsauger hervorholen. Sie schaute auf die Uhr an der Wand. Das Filmteam würde gegen acht zurückkommen, hatte Carina gesagt, also hatte sie ein paar Stunden Zeit. Sie öffnete die Vorratskammer, um den Kaffee herauszuholen, und erschrak so sehr, dass sie beinahe in die Hose machte.

In der zwei Quadratmeter kleinen Kammer, zwischen Marmelade, Brot und Möhren, standen Carina und Andrew und schafften es nicht schnell genug, sich voneinander zu lösen, als Isabella die Tür aufmachte.

»Ihr seid ja alle nicht ganz bei Trost.« Sie warf die Tür zu, so fest sie konnte.

28

Sich in das Auto der Maklerin zu setzen und an die Küste zu fahren war dumm gewesen. Und noch dümmer sein Versuch, sie zu verführen.

Sam war froh, wieder zurück in London zu sein.

Miss Watts hatte gefragt, ob in Zukunft ein Kollege von ihr die Besichtigungen mit Sam übernehmen sollte, und er hatte geantwortet, das sei sicher eine gute Idee.

Er wollte sie nicht mehr sehen. Die Ärmste, sie glaubte bestimmt, es läge an ihr. Dass Sam ihr das Gegenteil versichert hatte, war vermutlich nicht bei ihr angekommen. Die Stimmung zwischen ihnen war auf dem Nullpunkt gewesen, auch wenn er versucht hatte, über sein Alter zu scherzen, sie sei viel zu gutaussehend für ihn und er sei es einfach nicht gewohnt, mit so jungen Frauen zu schlafen. Schließlich hatte er lieber geschwiegen. Es hatte ohnehin nichts genützt, und eigentlich wollte er auch nicht lügen.

Er war nach London gekommen, um Isabella zu treffen, damit er nicht ständig an sie denken musste, nichts anderes hatte er im Sinn gehabt. Nach ihr würden andere Frauen kommen, das wusste er ganz sicher, deshalb verstand er nicht ganz, was für einen Streich sein Körper ihm da spielte.

Vielleicht war es wirklich das Alter? Er würde seinen Arzt fragen, wenn er wieder zu Hause war. Ob er Viagra nehmen sollte? Das machten einige seiner Bekannten, warum sollte er es nicht auch probieren, wenn sein Körper nicht mehr mitspielte?

Sam hatte beschlossen, noch zwei weitere Objekte zu besichtigen. Trotz der hohen Londoner Immobilienpreise wäre sicher eine gute Investition darunter. Dann würde er sehen, ob Alex etwas gegen einen Besuch seines Vaters in Stockholm einzuwenden hatte.

Der joviale, kahlköpfige Makler war eine willkommene Abwechslung nach Miss Watts. Vor allem war er Sam sympathisch.

»Ich bekomme nur selten Dollarmillionäre zu Gesicht«, sagte Robert. »Miss Watts kümmert sich normalerweise um sie.«

»Wie seltsam, wie kommt denn das?«

»Tja«, antwortete der Makler und kratzte sich am Bauch, »man könnte vielleicht sagen, dass ich die Paare übernehmen darf, aber für alle alleinstehenden Männer ist Miss Watts zuständig.«

»Was wollen Sie damit sagen?« Sam wurde neugierig, weil Robert freiherzig erzählte, was eigentlich ein Betriebsgeheimnis hätte sein müssen. »Flirtet sie mit den Kunden?«

»Nein, um Himmels willen, das würde ich nie im Leben sagen«, antwortete Robert und hielt zwei gekreuzte Finger in die Luft. »Aber ist es nicht seltsam, dass ihr Bonus dreimal so hoch ist wie meiner und dass sie ständig Urlaub nimmt und auf Wochenendtrips geht, während wir anderen froh sind, unsere Familien versorgen zu können?« Ihm schien bewusst zu werden, was er da gerade gesagt hatte. »Entschuldigen Sie, was stehe ich hier und erzähle Blödsinn. Sie wollen natürlich die Wohnung sehen. Wo habe ich denn bloß die Schlüssel … Ah, hier sind sie.« Er schloss auf und ließ Sam hinein. »Der Aufzug ist hier rechts«, sagte er und zeigte darauf. Hinter ihnen fiel die schwere Eingangstür zu.

»Marmorboden im Hausflur sieht man nicht alle Tage«, bemerkte Sam.

»Das Haus hat mal einem Spanier gehört, ich bin

sicher, das ist sein Werk«, sagte Robert lächelnd. »Spanier sind da eben ein bisschen speziell. Seltsame Einrichtungsideen, auch wenn der Marmorboden natürlich zu dem luxuriösen Eindruck beiträgt.« Er öffnete die Tür zum Aufzug und zog das Gitter auseinander. »So, einen Moment, für das oberste Stockwerk brauchen wir einen Schlüssel«, sagte er und durchsuchte den Schlüsselbund. »Ich glaube, es ist der hier.«

Sam war überrascht von den offenen Räumen. Falls das das Werk des Spaniers war, dann hatte er Geschmack gehabt, dachte Sam, während er sich neugierig in der großen Wohnung umsah. Gemütlich wäre vielleicht zu viel gesagt, aber wer auch immer sie eingerichtet hatte, hatte das zumindest im Sinn gehabt, glaubte er. Alle Räume waren in warmen Tönen gehalten, nicht einmal die Küche war weiß. Das machte einen behaglichen Eindruck, genau wie der Holzfußboden. Nur die Badezimmer waren nicht geschmackvoll, sondern überladen. Wie jemand goldene Armaturen aussuchen konnte, überstieg Sams Verstand, aber im Vergleich zum großen Ganzen war das nur eine Kleinigkeit.

»Sie können die Wohnung auch möbliert bekommen«, sagte Robert. »Die Möbel sind unbenutzt«, fügte er hinzu, als verstünde Sam nicht, dass ein Designer die Wohnung für die Besichtigung eingerichtet hatte.

Sam gefiel, was er sah. Eine schöne Wohnung, dachte er. Und der Preis war vernünftig, beachtete man, wie der Markt noch vor einigen Jahren ausgesehen hatte. Das rechtfertigte einen Kauf viel besser als seine ursprüngliche Idee, dass Isabella und er einen Ort brauchten, um sich zu treffen. Er war ernüchtert. Sie war nicht zu haben, und das war vielleicht auch gut so.

Er war viel zu weit gegangen mit seinen Phantasien, das wurde ihm jetzt klar. Eine beunruhigende Einsicht für ihn, der immer so stolz auf seine Selbstbeherrschung war. Wie hatte er sie bloß so leichtfertig verlieren können, und noch dazu wegen einer Frau? Bei Geschäftsverhandlungen wäre ihm das nie passiert.

Es hieß, man solle seinen Gefühlen folgen, was natürlich der reinste Quatsch war. Gefühle führten einen in die Irre. Mitunter sagte einem das Gefühl, man solle vollkommen idiotisch handeln, wie zum Beispiel quer über den Atlantik fliegen, ohne zu wissen, ob sie überhaupt an einem interessiert war. *Ich liebe dich, Lars.* Daran zu denken tat weh, warum tat er es dann trotzdem? Warum rief er sich diesen Satz trotz des Schmerzes, den er verursachte, immer wieder in Erinnerung?

»Und, was sagen Sie?«, fragte Robert, begleitet von einem lauten Magenknurren.

Der Ärmste hatte Hunger, stellte Sam fest, dankbar für die Unterbrechung in seinen Gedankengängen. »Die Wohnung ist gut. Mehr kann ich im Moment noch nicht sagen«, antwortete Sam und ging Richtung Eingangstür. »Schauen wir uns gleich das letzte Objekt an, dann können wir auf dem Weg dorthin einen Happen essen.«

Das letzte Objekt war ein Haus auf dem Land. Sam war eigentlich nicht an weiteren Häusern interessiert, aber es fühlte sich gut an, die Stadt zu verlassen, in der Isabella sich befand.

»Es sind nur noch ein paar Meilen«, sagte Robert.

Sam, dem es nach wie vor schwerfiel, sich im Linksverkehr zu entspannen, nickte und schaute aus dem Fenster, wo gerade eine Art Park vorbeizog.

»Das gehört zum Schloss«, sagte Robert und zeigte mit dem Finger in die Richtung. »Da zwischen den Bäumen können Sie es erkennen.«

»Können Sie kurz anhalten?«

»Natürlich.« Robert hielt am Straßenrand, und die beiden Männer stiegen aus. »Ich gehe solange nach den Pferden schauen«, sagte Robert. »Oder müssen Sie auch?«

»Nein, aber danke.« Sam lachte.

Während Robert verschwand, spazierte Sam weiter, bis er das Schloss zwischen den Bäumen erspähte. Es war wirklich prächtig. Vielleicht sollte er lieber ein Schloss statt eine Wohnung kaufen? Er lächelte vor sich hin.

»Können wir es uns anschauen?«, fragte Sam, als sie wieder im Auto saßen.

Robert nickte. »Ja, ich denke schon.« Er ließ den Wagen an und fuhr auf die Straße. »Es sind nur ein paar Kilometer bis dorthin«, sagte er. Kaum eine Sekunde später fluchte er laut: »Verdammt noch mal, der Wagen zieht nach rechts.« Er fuhr wieder an den Straßenrand. »Verflucht, wir müssen einen Platten haben.« Bevor Sam reagieren konnte, war Robert bereits ausgestiegen. »Genau wie ich gedacht habe«, rief er und machte eine hilflose Geste. »Der Reifen vorn rechts ist platt.«

Reifen und Autos waren nicht gerade Sams Spezialgebiet, und er hoffte innig, dass Robert sich besser auskannte als er, sonst würden sie hier stranden, und darauf hatte er nun wirklich keine Lust.

Der Makler öffnete den Kofferraum und holte ein Reserverad heraus.

»So, jetzt muss ich nur noch jemanden finden, der mir hilft, es aufzuziehen«, sagte er und winkte mit beiden Armen, als er einen Jeep sah, der sich ihnen näherte. »Hallo, halten Sie an!«, rief er und hüpfte auf und ab.

Die Frau machte eine Vollbremsung und stieg aus. »Oje«, sagte sie. »Haben Sie keinen Wagenheber?«

»Ich weiß nicht«, sagte er verlegen lächelnd. »Und ich wüsste sowieso nicht, wie man ihn benutzt.«

»Aber Sie wissen, dass man ihn braucht, um das Auto in die Höhe zu heben?«, fragte die Frau mit einem Lächeln. »Ich bilde mir ein, Reifenwechsel gehörte zur Ausbildung, als ich in den siebziger Jahren in Schweden in die Fahrschule ging. Aber vielleicht bilde ich mir das auch nur ein, es ist ja ein paar Jahre her«, sagte sie und lachte.

Sam war bisher im Auto sitzen geblieben – ein peinlich unfähiger Mann reichte voll und ganz –, aber als er das Wort »Schweden« hörte, wurde er neugierig, wer da angehalten hatte.

Er starrte sie an. War man Carina einmal begegnet, vergaß man sie so schnell nicht wieder.

»Ist das denn die Möglichkeit? Carina! Was machst du denn hier?«

Carina schüttelte den Kopf und lachte. »Ja, gibt's denn das? Ein amerikanischer Millionär auf dem

Rücksitz!«, rief sie und breitete die Arme aus. »Komm, lass dich umarmen, Harry.«

»Harry?«, fragte Robert.

»Belafonte. Er ist sein Doppelgänger«, sagte Carina lachend, während sie Sam umarmte.

»Ihr kennt euch also?«

»Wir sind uns ein paarmal begegnet. In New York«, sagte Sam und grinste breit.

»Steigt ein, ich schicke jemanden, der sich um euren Reifen kümmert«, sagte Carina. »Ich wohne nur ein paar Kilometer von hier, und jetzt kommt ihr mit und trinkt einen Tee mit mir.«

29

Elsa kämpfte gegen die Panik an. Am liebsten hätte sie ihre Tasche gepackt und wäre nach Hause gefahren. Sie konnte ohnehin nichts tun.

Der Rezeptionist hatte herausgefunden, dass Siri das bestellte Auto nie abgeholt hatte, was allerhand Nachforschungen unter anderem in den Krankenhäusern der Stadt nach sich gezogen hatte. Sie war nicht mehr jung, sie konnte umgekippt sein, nachdem Elsa am Flughafen ein Taxi genommen hatte.

Siri war nicht krank, und sie hatte auch nicht das Land verlassen, auch das hatte Elsa herausgefunden. Bei der Polizei. Sie fühlte sich dumm und fürchtete, der Polizei auf die Nerven zu gehen, als sie zusammen mit dem Hotelchef auf dem Revier eintraf, aber sie hatte keine anderen Alternativen, sie musste sie um Hilfe bitten.

»Mehr können wir nicht tun«, sagte der Polizist schließlich. »Wir melden uns, wenn die Leiche auftaucht.«

Er sagte das, *als wäre Siri tot*.

Der Freundin half es kein bisschen, wenn Elsa zusammenbrach. Was sollte sie also tun? Wie sollte sie sie finden? Elsa war eine siebzigjährige Rentnerin aus Farsta. Und im Moment der einsamste Mensch der Welt. Aber Siri war vielleicht noch schlimmer dran, dachte Elsa. Vielleicht war sie entführt worden. All die Farbe, die sie sich ins Gesicht geschmiert hatte, hatte hier vielleicht eine bestimmte Bedeutung, dass sie reich war zum Beispiel. Elsa versuchte sich zu erinnern, welche Farbe der Punkt gehabt hatte, den Siri auf der Stirn getragen hatte, als sie aus dem Flugzeug stiegen. Aber es fiel ihr einfach nicht mehr ein. Sie hatte Siri auf deren Wunsch hin fotografiert, aber das Bild war so verschwommen, dass nur zu sehen war, dass sie irgendetwas auf der Stirn hatte.

Elsa hatte sich die Fotos ganz genau angeschaut, vielleicht war darauf ein Verdächtiger zu sehen. Aber sie fand nichts. Davon abgesehen war schwer zu sagen, wer nun verdächtig war und wer nicht, dachte Elsa. Sogar alte Tanten wie sie konnten sich als kriminell herausstellen.

Sie hatte zwar nie von Banden alter indischer Damen gehört, die schwedische Rentnerinnen kidnappten, aber ausgeschlossen war auch das nicht. Es gab so viele einsame alte Menschen. Die ganz ohne Angehörige lebten, weil sie nie Kinder bekommen hatten. Siri zum Beispiel. Sie hatte viele Männer gehabt, aber Kinder waren aus den Beziehungen nie entstanden. Siri war das perfekte Opfer von jemandem, der eine schwedische alte Tante entführen wollte, weil er sie für reich hielt. Man würde sie natürlich zwingen, den PIN-Code ihrer Kreditkarte herauszugeben.

Elsa schluchzte. Es war ihre Schuld. Alles war ihre Schuld. Sie war dumm genug gewesen, diese Reise mit der Freundin zu planen. Die Elsa, die sie früher gewesen war, hätte so einen Vorschlag nur lachend abgelehnt. Die Abenteurerin, die sie geworden war, die sich ohne nachzudenken auf solche Sachen einließ, brachte mit ihrer Dummdreistigkeit leichtsinnig andere Menschen in Gefahr.

Sie holte noch ein Paket Taschentücher heraus und schnäuzte sich lautstark. Seit drei Tagen hatte sie das Hotel nicht verlassen, weil sie Angst hatte, dass Siri in ihrer Abwesenheit auftauchen könnte, aber heute musste sie einfach nach draußen. Nachdem Lennart gestorben war, hatte sie so lange still gesessen, dass sie Verstopfung bekommen hatte. Die Krankenschwester hatte ihr damals gesagt, dass sie sich bewegen müsse, und deshalb hatte Elsa sich dazu gezwungen, jeden Morgen durch ihr Viertel zu spazieren, bevor irgendjemand sonst aufgestanden war.

In Indien an Verstopfung zu leiden war eine furchtbare Vorstellung, und Elsa wollte nun wirklich keinem ausländischen Arzt von derartigen Problemen berichten, das wäre wirklich zu peinlich. Sie würde eine Runde um das Hotel drehen, entschied sie, während sie ein weiteres Taschentuch zu der Ansammlung auf den Tisch legte. Zwei Runden dauerten vierzig Minuten. Sie hatte sich an der Rezeption erkundigt. Zum Hotel gehörte ein großes Gelände. Bei genauerem Nachdenken ebenso groß wie das Einkaufszentrum in Farsta. Sie musste erneut aufschluchzen. Noch nie hatte sie sich so sehr nach ihrem altvertrauten Vorort gesehnt.

»Hühnchen, bitte.«
»Dasselbe wie immer?«
»Ja, bitte.«
»Noch keine Neuigkeiten von Ihrer Freundin?«
»Nein.«
Ihr war der Gedanke gekommen, dass Siri vielleicht freiwillig verschwunden sein könnte. Selbst wenn Elsa das nicht glauben wollte, wusste sie aus bitterer Erfahrung, dass den Menschen nicht zu trauen war.

Jahrzehntelang hatte sie dieses Wissen verdrängt. Sowohl vor als auch nach Lennarts Tod hatte sie es vermieden, nachzudenken. Solange sie nicht dachte, spürte sie auch nichts. Trotzdem hatte sie ihr gemeinsames Leben so organisiert, als hätte sie alles genau durchdacht. Sie trafen niemanden mehr und blieben meist zu Hause. Glücklicherweise arbeiteten sie im selben Unternehmen, wenn auch nicht auf einer Etage, so dass sie gemeinsam Mittag essen konnten. Das gab Elsa etwas mehr Sicherheit.

Schon als er ihr den Hof gemacht hatte, hätte sie wissen müssen, dass sie nicht die Einzige war. Er sah so gut aus, wie konnte er sich da nur mit ihr begnügen? Elsa wusste um ihre Unzulänglichkeiten und bemühte sich wirklich, sich zu ändern. Aber damals war an einigen Dingen nichts zu ändern gewesen. Heimlich musterte sie die Frauen, denen Lennart hinterherstarrte. Meistens hatten sie große Brüste. Leider war Elsas Busen erst voller geworden, als sie sechzig war, und damals war ihr Mann schon lange impotent.

Geschah ihm recht, dachte Elsa und spürte wieder diese Wut in sich aufsteigen. Die Wut drückte ihr Zwerchfell zusammen, und sie bekam eine unbeschreibliche Lust, zuzuschlagen, egal was, nur schlagen. Sie fühlte ihr Herz klopfen, und ihr wurde schwindelig. Ganz ruhig atmen, Elsa, ganz ruhig, sagte sie sich.

Sie verstand diese Wut nicht. Ihr Mann war schon lange tot, und die letzten Jahre war er ihr genau der Mann gewesen, den sie sich immer gewünscht hatte. Woher kam jetzt plötzlich diese Wut? Warum war ich damals nicht wütend, bin es aber jetzt auf einmal? Habe ich vielleicht die Wahrheit verdrängt, solange er noch lebte?, dachte sie.

Elsa war niemals launisch gewesen und wurde nur selten wütend. Höchstens wenn ein anderes Kind mit Claes stritt, aber ärgerlich auf ihren Mann war sie nie gewesen. Obwohl sie allen Grund gehabt hätte, ihm mit einem harten Gegenstand auf den Kopf zu schlagen, hatte sie stets versucht, die guten Seiten zu sehen. Immerhin war er bei seiner Familie geblieben, auch wenn er sie für eine der anderen Frauen hätte verlassen können.

»Danke«, sagte sie und lächelte den Kellner an, der ihr eine Tasse Kaffee anbot. Man war hier wirklich sehr nett zu ihr. Siris Verschwinden war ein Rätsel, das alle zu lösen versuchten.

Eine Woche war sie nun bereits wie vom Erdboden verschluckt. Vor ein paar Tagen hatte Elsa sogar die Dreistigkeit besessen, Bernhard anzurufen, da er nun mal aus Mumbai kam. Sie hatte sich für die Umstände entschuldigt und gefragt, ob er vielleicht eine Idee habe, was passiert sein könne. Die hatte er natürlich nicht. Als er fragte, wie es Elsa gehe, hatte sie angefangen zu schluchzen. Dafür schämte sie sich. Um sie brauche es niemandem leidzutun. Das sagte sie Bernhard. Der erwiderte, für sie sei es wohl auch nicht leicht. Ungewissheit war seiner Meinung nach furchtbar. Sie gab ihm recht, aber Weinen helfe nun wirklich niemandem, sagte sie bestimmt. Da hatte Bernhard ein wenig gelacht und gesagt, er komme in ein paar Wochen nach Mumbai, und falls Elsa dann noch da sei, wolle er sie zum Essen einladen. Ein schrecklicher Gedanke, dass sie gezwungen sein könnte, noch so lange hierzubleiben. Aber ihn würde sie natürlich gerne treffen, so habe sie das nicht gemeint, sagte sie ins Telefon zu einem lachenden Bernhard. Sein Lachen war befreiend. Die meisten anderen Leute klangen eher besorgt.

»Ich verspreche Ihnen, Sie sofort anzurufen, wenn ich etwas hören sollte«, sagte die Rezeptionistin, als Elsa nach dem Mittagessen fragte, ob sie für einige Stunden verschwinden könne. »Machen Sie ruhig Ihre Besorgungen. Unser Chauffeur fährt Sie, er ist absolut zuverlässig.«

Elsa hatte sich informiert. Und jede Menge Bilder gesehen. Ekelhafte Bilder von Kindern, denen Schlimmes widerfahren war. Sie las über Familien, die ihre

Kinder nicht versorgen konnten. Töchter, die man mutwillig sterben ließ. Sie sah Bilder von Palästen. Aus purem Gold. Und sie sah Bilder von protzigen wochenlangen Hochzeitsfeierlichkeiten, die einem ihrer Bollywoodfilme entsprungen zu sein schienen.

»Meine Familie ist nicht reich«, erzählte der Fahrer, als er geschickt das Auto durch den dichten Verkehr Richtung Innenstadt steuerte, »aber wir sind immer klargekommen. Viele Verwandte sind ausgewandert. Aber niemand von ihnen wohnt in Schweden, soweit ich weiß.« Er lächelte. »Viele von ihnen leben in England. Sobald ich ein bisschen gespart habe, fahre ich sie besuchen. Mein Onkel will mir die Reise bezahlen, aber das möchte ich nicht.«

»Waren Sie mal in Bollywood?«, fragte Elsa neugierig.

»Na klar, interessiert Sie das? Ein Cousin von mir arbeitet in dem größten der Studios, zumindest sagt er, es sei das größte. Soll ich mal fragen, ob Sie es besichtigen können?«

»Ich weiß nicht recht«, antwortete Elsa. »Es fühlt sich verkehrt an ohne meine Freundin. Wir wollten uns alles zusammen anschauen.«

»Oder es ist genau das Richtige, um für eine Weile auf andere Gedanken zu kommen. Wenn Ihre Freundin wieder aufgetaucht ist, können Sie doch zusammen hinfahren, auch wenn Sie schon dort gewesen sind.«

»Da haben Sie natürlich recht. Vielleicht ein andermal.«

Elsa hatte den Fahrer gebeten, sie bei einem Markt herauszulassen. Auf Schritt und Tritt wurde sie daran erinnert, dass Siri nicht bei ihr war. Ihre Freundin wäre in Begeisterungsstürme ausgebrochen angesichts all der Schmuckstände und der Frauen, die Hennamalerei anboten. Elsa selbst war zu feige dafür. Langsam ging sie über den Markt. Die schönen Frauen hielten ihr Waren entgegen, aber sie schüttelte den Kopf. Hier ohne die Freundin einzukaufen fühlte sich grundverkehrt an.

Düfte stiegen ihr in die Nase, als sie an den Gewürzständen vorbeikam. Hätte es solche Gewürze bei ihr zu Hause auf dem Markt gegeben, dann hätte sogar sie ihren gemahlenen weißen Pfeffer aufgegeben, so verlockend wie die großen Schalen mit den farbenfrohen Zutaten aussahen.

Sie lächelte, als der Verkäufer am Stand nebenan ein Brett mit glitzerndem Schmuck hochhob. Siri hätte diesen Markt geliebt. Elsa dagegen hatte nicht besonders viel dafür übrig, sich mit Schmuck zu behängen. Sie befühlte einen Schal, der zusammen mit hundert anderen über einem Holzstab hing. Die Goldfäden funkelten. Die Farben glichen einem Haufen Herbstlaub. Elsa legte ihre Hand an das Tuch. Bleich wie sie war, würde sie natürlich sehr seltsam mit so einem Schal aussehen.

Die Frau lächelte sie an, holte den Schal herunter und legte ihn Elsa um den Hals.

»Schauen Sie«, sagte sie und hielt Elsa einen Spiegel hin. »Schauen Sie, wie hübsch.«

Der Schal war wirklich sehr hübsch, da musste Elsa ihr recht geben. Aber war er nicht viel zu auffällig? Sie musste ihn natürlich nicht tragen, sondern konnte ihn als Andenken kaufen. Kaufte sie etwas für sich, dann musste sie auch etwas für Siri mitnehmen. Sie wählte einen Schal in wunderschönen blauen Tönen aus, diese Farbe mochte die Freundin besonders.

»Schauen Sie.« Die Frau hielt zwei Paar Ohrringe, passend zu den Schals, in die Luft. »Schauen Sie, wie hübsch.« Sie lächelte wieder, und da sah Elsa, dass ihr einige Zähne fehlten. Damit war das Geschäft besiegelt. Tausendfünfhundert Rupien. Knapp hundertfünfzig Kronen. Elsa hatte nicht einmal Löcher in den Ohren. Wahrscheinlich würde sie sich nie welche stechen lassen, auch wenn sie es sich viele Jahre lang gewünscht hatte. Hier hatte sie viele Frauen mit kleinen Perlen in der Nase gesehen. Das sah richtig hübsch aus. Elsa lächelte vor sich hin. Was, wenn sie mit so einem Schmuck zurück nach Farsta käme!

Als sie auf die Uhr sah, erschrak sie. Eilig bahnte sie sich einen Weg durch die Menschenmassen und fand leicht dorthin zurück, woher sie gekommen war. Das Auto parkte am vereinbarten Treffpunkt, und der Fahrer stand draußen mit einer Zigarette im Mund.

»Elsa, ich bin kurz zurück zum Hotel gefahren, und dort war jemand, der unbedingt wollte, dass ich ihn zu dir bringe«, sagte er und öffnete die Autotür.

Elsa beugte sich hinein und war so überrascht, dass sie zurückfuhr und sich den Kopf am Türrahmen stieß.

»Pass auf deinen Kopf auf«, sagte Bernhard lächelnd. »Wie schön, dich wiederzusehen. Setz dich zu mir. Und nein, ich bin nicht extra deinetwegen hergekommen, es war sowieso an der Zeit, nach dem Haus zu sehen, und eine Woche früher oder später macht ja wohl keinen Unterschied. Jetzt bin ich jedenfalls hier und werde dir helfen.«

30

Carina freute sich wirklich, Sam wiederzusehen, aber das war nicht der einzige Grund, weshalb sie ihn eingeladen hatte. Sie hatte sich in Schwierigkeiten gebracht.

Nach ihrem phantastischen Rendezvous mit CG hatte sie mit ihrem Exmann herumgeknutscht, der anscheinend nicht sicher war, ob er immer noch ihr Ex sein wollte. Zumindest hatte es so ausgesehen, als sie zusammen in der Vorratskammer standen. Zwei Männer in einer Stunde. Am schlimmsten war wohl, dass sie sicher auch mit Andrew Sex gehabt hätte, wäre Isabella nicht rechtzeitig aufgetaucht. Das hätte sie der Freundin gegenüber niemals zugegeben, Isabella hatte nämlich genau danach gefragt. Aber zumindest zu sich selbst musste sie ehrlich sein.

Es war erschreckend, dass Andrew bloß einmal mit den Fingern schnippen brauchte, und schon war sie da. Natürlich wusste Carina, dass sie noch lange nicht über die Scheidung hinweg war, aber dass sie sich ihm so schnell in die Arme werfen würde? Und das nach diesem wunderbaren Erlebnis mit CG? Mit Andrew hatte sie nie so guten Sex gehabt, nicht einmal ganz am Anfang, als sie noch jung und gelenkig gewesen waren. Und nachdem sie die beiden Männer direkt nacheinander geküsst hatte, musste Carina feststellen, dass ihr von CGs Küssen die Beine schwach wurden, während Andrews sich altbekannt anfühlten, auch wenn sie sich so leidenschaftlich geküsst hatten wie seit Jahren nicht mehr.

Carina konnte Isabellas Frage, was sie denn nun wolle, nicht beantworten. Deshalb hoffte sie, durch den Besuch von Sam und seinem Makler auf andere Gedanken zu kommen.

Sam war ein guter Bekannter von Carinas New Yorker Freunden, und bei dem Abendessen zusammen mit Elsa hatten sie viel Spaß gehabt. Er war anders und sehr viel angenehmer als viele Freunde der Johnsons, die Carina in New York kennengelernt hatte. Ruhig, besonnen, und außerdem sprach er Schwedisch. Weil sie schon so lange im Ausland lebte, freute es Carina immer, sich in ihrer Muttersprache unterhalten zu können.

»Stell dir vor, dass wir ausgerechnet hier aufeinandertreffen!«, sagte Sam lachend. »Nennt man so etwas nicht Vorsehung? Vielleicht ist das eine schicksalhafte Begegnung?«

»Gott bewahre«, sagte Carina, die vom Schicksal die Nase voll hatte. »Können wir uns nicht darauf einigen, dass es ein glücklicher Zufall war?« Sie lachte und schaute Sam im Rückspiegel an.

»Auf jeden Fall. Wie geht es dir, hast du etwas von Elsa gehört?«

»Nein, ich habe vor ein paar Tagen versucht, sie anzurufen, aber es sprang nur der Anrufbeantworter an. Ich bin nicht sicher, ob sie weiß, wie man ihn abhört«, antwortete Carina mit einem Lächeln. »Dort hinten ist übrigens die Einfahrt zu unserem Häuschen.« Sie wechselte ins Englische, damit der Makler sie auch verstand.

»Das ist ja eine kleinere Ausgabe des Schlosses von eben«, sagte Robert bewundernd, als sie angehalten hatten und ausgestiegen waren.

»Ich weiß, es ist riesig«, sagte Carina und öffnete den Kofferraum. »Wärt ihr so nett, mir mit den Einkäufen zu helfen?« Sie holte eine Tüte nach der anderen heraus und stellte sie auf den Kies.

»Himmel, zu wievielt wohnt ihr hier?«, fragte Sam.

»Zu zweit. Aber wir betreiben ein Bed and Breakfast, und gerade sind wir etwa fünfzig, wir haben ein komplettes Filmteam zu Gast. Das hier ist bloß fürs Frühstück und ein paar Snacks. Sie haben eine großartige Köchin dabei, die sich ums Mittag- und Abendessen kümmert. Ich sehe sie kaum, nur was sie in der Küche hinterlässt, wenn ich dort aufräume. Unter uns gesagt kocht sie phantastisch, ist aber recht schlampig. Hier«, sagte sie und reichte Sam zwei Tüten. »Die Haustür ist offen, und die Küche liegt gleich rechts, wenn du reinkommst.«

Dass er beide Tüten auf den Steinboden in der Küche fallen ließ, war eindeutig Isabellas Schuld. Während grüne Oliven aus den zerbrochenen Gläsern über den Boden rollten, starrte er sie an, als wäre sie eine Erscheinung.

»Oje«, sagte Carina, als sie die Küche betrat, »was ist passiert, Sam? Hast du dich verletzt?«

Sam stand immer noch wie versteinert da, und das Gleiche galt für Isabella.

»Was ist denn los mit euch? Macht euch miteinander bekannt, dann wische ich das solange auf. Isabella, das ist Sam, ein Freund von mir aus New York.« Mit diesen Worten verließ sie die Küche.

»Kennst du etwa Carina? Sie hat dich nie erwähnt«, sagte Isabella und zog die Gummihandschuhe aus.

»Dich hat sie auch nie erwähnt. Also hier wohnst du jetzt.«

»Genau. Und du? Was machst du hier?«

»Ich schaue mir Immobilien an. Das ist mein Makler. Robert, das ist Isabella.«

Robert stellte die Lebensmittel auf der Arbeitsplatte ab und reichte Isabella die Hand.

»Wie ich sehe, ist hier wohl ein Unglück geschehen.« Er lächelte. »Wir hatten einen Platten, als Carina gerade vorbeikam. Dies ist also schon das zweite Unglück heute. Ob uns wohl noch ein drittes erwartet, bevor wir wieder abfahren?«, sagte er lachend.

Sam wusste bereits, was das dritte Unglück war. Nämlich, dass er im selben Raum wie Isabella stand, mit klopfendem Herzen, das sich einfach nicht beruhigen wollte.

Wie konnte das Zufall sein?

Als Carina zurückkam, schob sie Sam beiseite, damit sie die Bescherung aufwischen konnte. »Robert, ich habe Mr Douglas angerufen, er holt dich ab und wird dir mit dem Ersatzrad helfen. Isabella, kannst du Sam in der Zwischenzeit das Haus zeigen? Ihr bleibt doch wohl zum Essen? Das Filmteam kommt heute Abend zurück, aber wir haben noch ein kleines Zimmer übrig, wenn es euch nichts ausmacht, im selben Zimmer zu schlafen?«

»Vielen Dank, das ist wirklich sehr nett, aber ich muss nach Hause zu meiner Frau«, sagte Robert.

»Ich auch«, sagte Sam schnell. »Also nach Hause. Ich muss auch nach Hause.«

»Zuerst musst du dir auf jeden Fall unser Haus ansehen«, entschied Carina. »Isabella, weshalb stehst du da so rum, was ist bloß mit dir los?«

Isabella zuckte die Achseln und seufzte. »Dann komm, Sam.«

Er roch sogar so, wie sie es in Erinnerung hatte. Obwohl sie zwei Meter voneinander entfernt standen, fühlte sie, wie seine männlichen Hormone ihr entgegen-, um sie herum und in sie hineinströmten.

»Du musst mich nicht herumführen«, sagte er auf dem Weg zur Bibliothek. »Ich sehe ja, dass dir das unangenehm ist.«

»Ich stehe wohl ein bisschen unter Schock. Ich wollte nicht unfreundlich sein«, antwortete sie und öffnete die Tür.

»Wie ist es dir ergangen, seit wir uns zuletzt gesehen haben?«, fragte er leise, und Isabellas Körper sprang sofort auf den Unterton in seiner Stimme an. Sie hatte gehofft, dass er die Gemälde und den Stuck bewundern würde, statt sie anzuschauen und Fragen zu stellen.

Sie räusperte sich. »Ich hatte ziemlich viel zu tun mit dem Umzug und so weiter, aber ansonsten geht es mir gut, danke. Wie geht es deinem Sohn?«, fragte sie lächelnd. »Gefällt es ihm in meiner Wohnung?«

»Davon gehe ich aus, aber lass uns nicht über ihn sprechen. Lass uns über dich sprechen.«

Isabella hatte seine direkte Art völlig vergessen und wusste nicht, was sie antworten sollte. Weshalb sollten sie über sie sprechen? Was gab es da zu sagen?

»Hast du einen neuen Mann?«, fragte Sam.

Isabella lachte auf. »Nein, ich habe alle Hände voll zu tun mit dem Bed and Breakfast.«

»Bist du denn immer nur hier? Ich meine, London ist nun wirklich nicht weit.«

»Das stimmt, ich war erst vor ein paar Tagen dort und habe einen früheren Kollegen getroffen. Ein bisschen Abwechslung tut manchmal gut.«

Wenn er sie doch nur nicht so ansehen würde. Genau dieser Blick hatte sie in Stockholm schon verrückt gemacht. Wenn er nicht aufhörte, so zu schauen, war sie ernsthaft in Versuchung, ihn mit auf ihr Zimmer zu nehmen. Das wäre wirklich schön. Und völlig unpassend. Unglaublich dumm. Und höchstwahrscheinlich wahnsinnig aufregend. Sie seufzte.

»Was hast du?«, fragte Sam.

Das wüsstest du wohl gerne, dachte Isabella, während Sam einen Schritt auf sie zu machte. Und noch einen Schritt. Schließlich stand er so dicht bei ihr, dass sie seinen warmen Atem an ihrer Schläfe spürte.

»Ich musste dich wiedersehen«, flüsterte er. Er hob ihr Kinn an, so dass sie ihm in die Augen sah. »Ich musste einfach«, sagte er, während er seinen Mund auf ihre Lippen presste.

Ohne Vorwarnung öffnete sich die Tür, und Herman kam herein. Er blieb wie angewurzelt stehen, als er seine Exfrau und Sam erblickte. Er starrte sie einen Moment lang an, dann sah Isabella ein Funkeln in seinen Augen.

»Hier bist du. Liebling, vielen Dank für gestern. Oh, ich sollte mich vielleicht vorstellen. Ich bin Isabellas Mann«, sagte Herman fröhlich und streckte Sam seine Hand entgegen.

31

Carina machte ein Nickerchen, während Isabella Sam das Haus zeigte. Als sie aufwachte, fiel ihr wieder ein, was Andrew getan hatte. Poppy zu entführen war ein mieser Trick. Es war doch wohl selbstverständlich, dass Carina sich um sie kümmern würde, wenn Andrew sich eine neue Frau zulegte. Seine inzwischen kalt gewordenen Füße sollte er an einem anderen Hund wärmen. Carina würde sich ihren zurückholen. Sie stand rasch auf und zog sich an.

Die Hin- und Rückfahrt würde ein paar Stunden dauern, aber besser, sie erledigte es gleich, dachte sie und nahm den Autoschlüssel. Um Sam würde Isabella sich sicherlich kümmern, und der Makler war mit dem Reifen beschäftigt. Niemand würde Carina in der Zwischenzeit vermissen.

»Wo willst du hin?« CG kam die Treppe herunter, als sie gerade ihre Stiefel anzog.

Carina versetzte es einen Stich. Himmel, wie unglaublich gut er aussah. »Ich hole meinen Hund zurück«, sagte sie und nahm ihren Regenmantel vom Haken.

»Brauchst du Hilfe?«, fragte er.

»Ich glaube, ich fahre besser allein«, sagte Carina und spürte, wie sie rot wurde.

Verflixt noch mal, sie hatte wirklich nichts anderes vor, als Poppy zu holen, aber sie sah sicher unglaublich schuldbewusst aus.

»In ein paar Stunden bin ich wieder da.«

Er kam zu ihr und half ihr in den Mantel. »Du passt doch gut auf dich auf?«, sagte er und strich ihr mit dem Zeigefinger über die Wange.

Sie wünschte, sie hätte mit »natürlich« antworten können, stattdessen lächelte sie nur und öffnete die Tür.

Sein Aston Martin stand auf dem Parkplatz. Andrew litt sicher darunter, hier zu wohnen, dachte Carina und schaute sich um, während sie aus dem Auto stieg. Der Snob hatte die Leiter ein paar Sprossen hinabklettern müssen, ob ihn das inzwischen schmerzte? Andrew hatte sich bestimmt nicht vorgestellt, jemals in einem dieser Kästen zu wohnen. Eine junge, hübsche und willige Frau passte ihm vermutlich sehr gut, aber an den Kosten beteiligte sie sich wohl kaum, so dass sie in dieser Gegend wohnen mussten, wo sogar die Bäume trist aussahen. Carina war klar, dass ihr Geld eine Versuchung für Andrew darstellte, jetzt, wo er ausprobiert hatte, ohne es auszukommen.

Sie schnaubte. Von ihr würde er keinen Penny mehr kriegen. Und gab er ihr Poppy nicht sofort heraus, dann würde sie ihn verklagen. Je länger sie darüber nachdachte, wie unmöglich er sie behandelt hatte, desto mehr verblasste der Kuss in der Vorratskammer. Von ihren eigenen Gedanken bestärkt, klingelte sie an der Tür, die seit Ewigkeiten keinen neuen Anstrich mehr bekommen hatte.

Die Neue war höchstens fünfundzwanzig, und der Mut, den Carina auf dem Parkplatz aufgebracht hatte, verließ sie auf einen Schlag.

»Ich möchte zu Andrew«, sagte Carina und straffte die Schultern, obwohl sie am liebsten weggelaufen wäre.

»Er ist unter der Dusche«, sagte die junge Frau freundlich. »Willst du solange warten, oder soll ich ihm etwas ausrichten? Du bist sicherlich Carina, nicht wahr?«

Verdammt. Sie war nett. Das tat noch mehr weh als ihr langes dunkles Haar.

»Eigentlich bin ich nur gekommen, um Poppy abzuholen«, sagte Carina. »Wenn du sie holst, dann muss ich Andrew gar nicht sehen.« Sie lächelte schief.

»Oh, Poppy ist nicht hier, sollte sie das sein?«

»Ja, Andrew hat sie vor ein paar Tagen bei mir abgeholt. Ist sie wirklich nicht hier?«

Carina wusste, dass die Frau die Wahrheit sagte. Wäre Poppy in der Wohnung gewesen, wäre ihr kleiner Liebling längst auf ihren Arm gesprungen und hätte sie eifrig abgeleckt, um seine Freude zu zeigen.

»Komm doch lieber rein. Ich heiße übrigens Mary.« Sie reichte Carina eine gepflegte schmale Hand. »Ich freue mich, dich endlich kennenzulernen, Andrew hat mir nur Gutes von dir erzählt.«

Carina glaubte ihr. Warum hätte er auch etwas anderes erzählen sollen? Sie war ihm eine gute Ehefrau gewesen, hatte ihn nie so verletzt wie er sie. Mit Hilfe ebendieser Frau.

»Carina«, sagte sie steif und tat, als sähe sie Marys ausgestreckte Hand nicht.

»Lass uns in die Küche gehen. Du bist ein ganzes Stück gefahren, möchtest du eine Tasse Tee?«, fragte die Frau und öffnete einen der Küchenschränke.

Carina schüttelte den Kopf. »Nein, vielen Dank. Glaubst du, dass Andrew noch lange brauchen wird?«

Mary drehte sich um und lächelte. »Du weißt doch, wie er ist«, sagte sie und blinzelte ihr zu. »Aber so haben wir wenigstens die Chance, uns ein wenig kennenzulernen«, fügte sie hinzu, als wäre das eine großartige Idee.

Carina hatte andere davon sprechen hören, dass die »Neue«, die eine Ehe zerstört hatte, es selbstverständlich fand, sich mit der Exfrau auszutauschen, gemeinsam über die Unzulänglichkeiten des Mannes zu lachen und Kaffee zu trinken wie mit der besten Freundin.

»Ehrlich gesagt habe ich kein Interesse daran, dich kennenzulernen«, sagte Carina. »Ich hoffe, das kannst du verstehen.«

Immerhin war sie klug genug, eine schuldbewusste Miene aufzusetzen. Aber auch daran störte Carina sich. Sie wünschte, Andrew hätte sich eine richtige Schreckschraube ausgesucht, aber das schien leider wirklich nicht der Fall zu sein.

»Es tut mir leid, dass unsere Liebe dich verletzt hat«, sagte Mary. »Ich kann nur ahnen, wie sich das anfühlen muss.«

Carina stand auf. »Na so ein Glück. Ich wäre dir dankbar, wenn du mir erklärst, wo ich Andrew finde. Wie du weißt, habe ich ihn nackt gesehen, seit er so alt war wie du und auch die nächsten dreißig Jahre danach. Es macht wohl nichts, wenn ich seinen Hintern zu Gesicht bekomme.«

»Zwanzig Jahre«, sagte Mary. »Ihr wart zwanzig Jahre verheiratet.«

Carina musste lachen. »Hat er das gesagt? Was glaubst du denn, wie alt er ist?«

»Vierundfünfzig.«

Das war nun wirklich zu albern. Andrew hatte sich zehn Jahre jünger gemacht, und jetzt stand seine Exfrau in der Küche und entlarvte ihn.

»Oh, vielleicht solltest du ihn noch einmal danach fragen und ihn um seinen Ausweis bitten oder so«, sagte Carina, der die Lügen ihres Exmanns neue Energie verliehen. »Und zieh ihm mal an den Haaren, dann kannst du eine Überraschung erleben. Falls er es sich nicht hat implantieren lassen, dann trägt er ein Toupet, das seine Glatze verdeckt.«

Andrews Freundin antwortete nicht. Stattdessen zeigte sie auf die Treppe im Flur.

Carina ging einfach ins Bad. »Mach das Wasser aus«, brüllte sie. »Wo hast du Poppy versteckt?«

Andrew öffnete die Duschkabine und steckte sein nasses Gesicht heraus. »Carina«, sagte er erstaunt. »Was machst du denn hier?«

»Ich suche nach Poppy und habe gerade deine neue Freundin getroffen, die du angeblich verlassen willst. Hast du ihr eigentlich erzählt, dass du vor ein paar

Tagen in einer Vorratskammer auf die Knie gegangen bist und mich angefleht hast, zu dir zurückzukommen?«

Andrew streckte den Arm nach einem Handtuch aus. »Nein, darüber habe ich nicht mit ihr gesprochen«, sagte er. »Eins nach dem anderen.«

»Du wirst es ihr also erzählen, falls ich dich zurückhaben will, und falls nicht, dann hältst du einfach die Klappe und bleibst bei ihr?«

Er seufzte. »Ich weiß nicht, Carina, ich bin verwirrt. Ich vermisse dich und unser Leben so sehr, dass es wehtut.«

»Du vermisst mein Geld, Andrew, das ist es, was dir fehlt.«

»Das stimmt nicht. Ich vermisse uns. Ich kann mich nicht mehr erinnern, warum wir uns haben scheiden lassen.«

»Das kann ich dir sagen. Du hast eine andere kennengelernt, eine dreißig Jahre jüngere Frau.«

»Aber warum?«

»Weil du ein Idiot bist, Andrew. Und jetzt will ich wissen, wo Poppy ist.«

»Das sage ich dir nicht. Erst musst du über mein Angebot nachdenken.«

»Du bist wohl nicht ganz dicht. Gib mir meinen *Hund* zurück!« Carina schrie jetzt fast. Er musste verrückt sein, das war doch Erpressung.

»Sie ist nicht hier.«

»Aber wo ist sie dann? Kapierst du nicht, dass sie traurig ist ohne mich? Wo ist sie, sag mir das endlich!«

Am liebsten hätte Carina ihn geohrfeigt. Oder ihn in sein lächerlich kleines Gemächt getreten. Wie konnte er bloß so etwas tun? Er bestrafte Poppy, die nun wirklich nichts dafür konnte.

»Sie ist bei meiner Mutter.«

Er hätte genauso gut sagen können, dass Poppy in Sibirien sei.

»Da hole ich sie ganz bestimmt nicht ab, das kannst du schön selber machen«, zischte Carina. »Und zwar heute, sonst erzähle ich deiner süßen kleinen Mary, wie gerne du neulich mit mir Sex gehabt hättest. Noch heute holst du sie ab, hast du das verstanden?«

32

»Oh Bernhard, wie froh ich bin, dich zu sehen.« Elsa schnallte sich an und konnte zum ersten Mal seit Tagen wieder lächeln.

»Ich auch, Elsa. Als du erzählt hast, dass du deine Freundin verloren hast, dachte ich daran, dass dir genau dasselbe passiert ist, als wir uns in London begegnet sind. Damals konnte ich dir helfen, und ich hoffe, das kann ich auch jetzt wieder.« Er lächelte.

»Ich war nicht richtig ehrlich zu dir damals in London.« Elsa wandte ihr Gesicht ab und holte tief Luft, bevor sie mit leiserer Stimme fortfuhr: »Nach London bin ich nicht zusammen mit einer Freundin gefahren. Man könnte wohl sagen, dass ich jemanden verfolgt habe, den ich dann in Heathrow aus den Augen verloren habe.«

Elsa errötete vor Scham. War er ihretwegen früher nach Indien gekommen? Das wäre ihr furchtbar peinlich. Wenn irgendjemand verdient hatte, die Wahrheit zu hören, dann er.

Zum ersten Mal erzählte Elsa jemandem von ihren Verrücktheiten. Das Gefühl der Scham mischte sich mit Erleichterung. Ihre Abenteuerreisen waren hiermit beendet. Sobald Siri wieder aufgetaucht war, würde sie Farsta nie mehr verlassen. Alte Menschen sollten nicht auf solche Gedanken kommen. Sie war selbst schuld, warum hatte sie auch keine Reisen unternommen, als sie jung gewesen war und die Möglichkeit dazu gehabt hatte?

Während der Fahrer sie aus Mumbais Innenstadt hinausbrachte, erzählte Elsa von ihren Reisen. Sobald sie einmal damit begonnen hatte, konnte sie nicht mehr aufhören. Schließlich holte sie tief Luft, und ihr wurde bewusst, dass sie auch von Lennart gesprochen hatte und davon, dass ihr Mann sich nicht immer vorbildlich verhalten hatte. Sie schlug die Hand vor den Mund. Es musste an der Sprache liegen, dass alles nur so aus ihr heraussprudelte. Auf Schwedisch hätte sie nie eine Andeutung darüber gemacht, was Lennart getan hatte.

»Entschuldige«, sagte sie. »Ich erzähle nur Blödsinn. Entschuldige bitte.«

Bernhard legte eine Hand auf ihren Arm. »Sprich dich ruhig aus, Elsa, mir scheint, das hast du bitter nötig.« Er beugte sich vor, sagte etwas Unverständliches zu dem Fahrer und schaute sie dann forschend an. »Komm mit zu mir nach Hause. Dann können wir etwas essen und uns unterhalten«, sagte er.

Elsa protestierte nicht. Bernhard wiederzusehen fühlte sich an, als träfe sie einen alten Freund.

Wie merkwürdig doch alles war. Sie befand sich mitten in einer der größten Städte der Welt, und neben ihr saß der freundliche Mann aus London, um ihr zu helfen. Sie hatte ihn zwar angerufen und um Rat gefragt, zwei Mal sogar, aber sie hatte ihn nicht gebeten, ihr zu Hilfe zu kommen. Sie hatte keine Angst. In Stockholm hätte sie sich gefürchtet, aber hier vertraute sie den Menschen. Was blieb ihr sonst übrig? Ohne Siri konnte sie nicht zurückfliegen.

»Danke, Bernhard.«

Elsa hoffte, dass seine Frau nicht ärgerlich werden würde, wenn er einfach eine alte schwedische Tante mit nach Hause brachte. Aber so ein netter Mann war vermutlich mit einer ebenso netten Frau verheiratet.

Sie fuhren Richtung Süden, erzählte ihr Bernhard. Das Haus hatte er gekauft, als er in London angefangen hatte, Geld zu verdienen. Einmal pro Jahr flog er nach Indien und blieb mehrere Monate. Solange er nicht da war, kümmerte sich seine Familie um das Haus.

»Einundzwanzig«, beantwortete er ihre Frage. »Ich war einundzwanzig, als ich fortging. Noch viel zu jung, aber ich war ein ehrgeiziger junger Mann, der etwas von der Welt sehen wollte, und ein Studium in England war schon als Kind mein Traum.«

Elsa fragte sich, wie alt er wohl sein mochte. Vielleicht in ihrem Alter, um die siebzig?

»Hast du Kinder?«, fragte sie.

»Nein, du?«

»Ja, einen Sohn. Wir sehen uns nur selten. Er reist

sehr viel«, sagte sie, um zu entschuldigen, dass Claes und sie sich nicht besonders nahestanden.

Sie merkte, wie plötzlich das inzwischen so bekannte Gefühl in ihr aufstieg, und bohrte ihre Fingernägel fest in den Handballen, um es zu verscheuchen. Verlor sie jetzt die Kontrolle, dann würde sie laut schreien. Das Gefühl war so stark, dass sie Angst bekam. Was war bloß mit ihr los? War sie etwa krank, dass sie so eine Wut verspürte? Vielleicht hatte sie Alzheimer? Sie hatte gelesen, dass die Krankheit Gefühle auslösen konnte, die man nie zuvor empfunden hatte. Elsa starrte angestrengt aus dem Fenster, damit Bernhard nicht an ihrem rot angelaufenen Hals sah, wie es um sie stand. Auf ihn war sie jedenfalls nicht wütend. Sie wusste nicht, wem ihre Wut galt. Nur dass diese Wut heftig und unkontrolliert in ihr aufstieg und dass es sich um eine völlig neue Erfahrung handelte.

Hatte sie jemals die Stimme erhoben? Sie glaubte nicht. Im Gegenteil, sie war immer freundlich geblieben, auch wenn sie Grund genug gehabt hatte, sich zu ärgern. Sie hatte sich sehr darum bemüht. Lennart hatte ihr freundliches Wesen gefallen, also hatte sie alles getan, ihm diese Seite zu zeigen, damit ... Ihr Gedankengang wurde von Bernhards Stimme unterbrochen, die sagte: »Jetzt sind wir da.«

Elsa wusste nicht, was sie erwartet hatte, aber sicher nicht dieses Haus. Dann schon eher einen Schuppen oder einen richtigen Palast. Aber dieses Haus ähnelte am ehesten den Einfamilienhäusern in Farsta; ein zweistöckiges, weiß gestrichenes Holzhaus mit Carport und Rasen. Bernhard war eindeutig sehr stolz auf sein

Haus. »Komm herein, Elsa, komm herein«, sagte er und lächelte breit, während er ihr die Haustür aufhielt.

Von innen war das Haus allerdings kein bisschen schwedisch. Die Wände wurden von Bildern geschmückt, die, nahm Elsa an, indische Götter darstellten. Und ein Kreuz mit Jesus daran hing daneben. Sie lächelte und wandte sich Bernhard zu. »Kannst du dich nicht entscheiden, woran du glauben sollst?«, fragte sie.

»Ich glaube an alle, die Güte predigen«, antwortete er und lächelte zurück.

»Glaubst du, es war ein guter Mensch, der Siri mitgenommen hat?«

»Warum glaubst du, dass sie entführt worden ist? Könnte sie nicht freiwillig verschwunden sein?«

»Möglich ist das natürlich, aber es wäre doch sehr unwahrscheinlich, meinst du nicht? Sie war erst seit zwei Stunden im Land, und wir hatten diese Reise lange gemeinsam geplant. Warum sollte sie also plötzlich verschwinden?« Elsa hätte am liebsten geweint und sich vor den Göttern und Jesus aufgebaut und sie zur Rede gestellt. Was hatten sie sich bloß dabei gedacht? Und wenn sie schon nicht für Siris Verschwinden verantwortlich waren, konnten sie ihr dann nicht wenigstens sagen, wo sie sich aufhielt? Waren Götter nicht für so etwas zuständig?

»Ich weiß nicht, was deiner Freundin zugestoßen ist, aber ich werde dir helfen, es herauszufinden«, sagte Bernhard. »Aber erst mal müssen wir etwas essen.« Er bedeutete Elsa, ihm zu folgen.

»Wo ist eigentlich der Fahrer?«, fragte sie, nachdem sie sich in der Küche umgesehen hatte. Sie gefiel ihr.

Offene Regale, in denen man das schöne Porzellan sehen konnte. Ein großer Gasherd. Ein einfacher, großer Tisch. Zwei Stühle.

»Er holt meinen Bruder Labib und seine Frau Uma ab. Je mehr Gehirne wir sind, desto schärfer werden wir denken, glaube ich.«

Vor sich hin summend öffnete er den Kühlschrank. »Hier«, sagte er und schob ihr eine Schale zu, »Joghurt mit Minze. Tunk das darin ein.« Er gab ihr ein Stück Naan-Brot, das unter einem Tuch gelegen hatte. »Hat deine Frau das gebacken? Wo ist sie überhaupt?«, fragte Elsa.

Bernhard lachte. »Ich habe keine Frau«, sagte er. »Kurz bevor ich nach England ging, habe ich die Frau abgelehnt, die meine Eltern mir ausgesucht hatten. Ich wollte noch ein wenig warten, und plötzlich war ich zu alt.«

»Und hast du dir keine Kinder gewünscht?«

»Natürlich wäre ich froh über Kinder gewesen, aber es sollte nun mal nicht sein, also bin ich trotzdem glücklich. Mein Bruder hier hat Kinder und Enkelkinder, und meine Schwester in England auch. Ich habe eine große Familie, ohne selbst dazu beigetragen zu haben. Noch ein bisschen Brot?«

Elsa schüttelte den Kopf.

»Komm, wir gehen nach draußen und kümmern uns um das Tandoori. Dann ist es fertig, wenn meine Familie kommt.«

Alle hatten ihre Geschichte gehört. Sie fanden es erstaunlich, dass Bernhard und Elsa sich zufällig in London kennengelernt hatten und sie jetzt hier an seinem

Tisch in Mumbai saß. Aber völlig abwegig schien es ihnen nicht vorzukommen, auch wenn Elsa selbst so darüber dachte.

»Vielleicht habt ihr noch etwas miteinander zu regeln«, sagte Labib und wischte sich den Mund ab.

»Was meinst du?«, fragte Elsa.

»Ihr könntet euch in einem früheren Leben begegnet sein, ohne dass ihr zusammen sein konntet. Kennst du unsere Filme?« Elsa nickte. »Dann weißt du, dass wir solche Gedanken nicht ungewöhnlich finden«, fuhr er mit einem Lächeln fort.

Elsa lief tomatenrot an. Sie glaubten doch wohl nicht, dass sie und er ... oh, wie peinlich!

Um diesem furchtbaren Gespräch zu entkommen, beugte sie sich hinab, um in ihrer Handtasche nach einem Taschentuch zu suchen. Da sah sie plötzlich, dass ihr Handy blinkte.

Jemand hatte angerufen, während sie Brot mit Joghurtsauce gegessen hatte.

Siri.

33

Hermans Behauptung darüber, was ihn und Isabella verbände, schwebte noch in der Luft. Sam sah, wie sich Isabellas Hände verkrampften.

»Nein, Herman, du bist nicht mein Mann. Was soll das?«

Obwohl sie das auf Schwedisch gefaucht hatte, verstand Sam sehr wohl, was sie sagte. So ein Glück, dass es nicht auch noch einen Ehemann gab, dachte Sam erleichtert. Der Liebhaber, mit dem er sie gesehen hatte, reichte voll und ganz.

Herman hatte Charisma. Solcherlei dramatische Gesten deuteten ganz klar auf eine Sucht nach Aufmerksamkeit hin, und während Isabella mit ihm sprach, überlegte Sam, wer der Mann sein konnte. Er sah aus, als sei er gewohnt zu bekommen, oder sich vielmehr zu nehmen, was er wollte. Isabella schien jedenfalls in der Lage zu sein, ihn auf Abstand zu halten, dachte Sam, als er sah, wie sie zur Tür zeigte.

»Jetzt, Herman. Nein, es gibt nichts zu bereden«, sagte sie verärgert und wies weiterhin in Richtung Tür.

Der Mann verbeugte sich vor Sam, als wünschte er, in einem Cape aufgetreten zu sein. »Sie gehört dir, wenn du sie haben willst«, sagte er und ging rückwärts aus dem Raum.

»Himmel«, sagte Sam. »Deine Typen sind wirklich ... speziell. Und irgendwie ähneln sie sich. Der Mann, mit dem ich dich in London gesehen habe, in dessen Hotelzimmer du verschwunden bist, hat sich ja auch recht dramatisch aufgeführt. Ich meine, eine erwachsene Frau trägt man doch wohl nur, um die eigenen Muskeln vorzuführen.«

»In London? Du hast mich gesehen? Warum hast du mich nicht begrüßt?«

»Weil du diesem ›Lars, ich liebe dich‹ über der Schulter hingst. Das schien mir nicht der passende Moment.«

Isabella lachte. »Das kann ich verstehen. Wir waren beide ein wenig benebelt, nachdem wir viel zu früh angefangen hatten, Champagner zu trinken.«

»Aber anscheinend hattet ihr Spaß.«

»Sehr viel sogar. Seit ich hier wohne, sehen wir uns nicht mehr so oft, da kann es leicht passieren, dass ein paar Gläser zu viel getrunken werden, wenn wir uns treffen.«

Wie seltsam, dachte Sam. Sie wollte doch keine Fernbeziehung, das hatte sie so deutlich gesagt, dass Sam beinahe eine Wohnung in London gekauft hätte, damit sie zufrieden war. Und jetzt schien sie trotzdem eine solche Beziehung zu führen. Mit »Lars«. Sam hasste Lars. Tief im Innern.

»Ich bin froh, dass Lars bei meiner alten Firma geblieben ist. Es fühlt sich richtig an, auch wenn es mir eigentlich egal sein sollte. Er weiß genau, wie ich mir die Marke vorgestellt habe, und führt die Arbeit in meinem Sinne weiter, Gott sei Dank.« Isabella lachte und legte den Kopf schief. Sie blinzelte ihm zu. »Nein, Sam, er ist nicht mein Liebhaber. Ich liebe Lars, aber platonisch. Außerdem findet er Frauenkörper abstoßend.«

»Das gibt's doch nicht.« Wie hatte er die Situation so falsch verstehen können? Wäre er tatsächlich aufgrund eines Missverständnisses beinahe mit einer anderen Frau ins Bett gegangen?

»Natürlich gibt's das.« Isabella lächelte süß. »Ich bin ein braves Mädchen und habe nur alle drei Jahre Sex mit einem neuen Mann. Bis zum nächsten wird es also noch zwei Jahre und zehn Monate dauern.«

Sam machte einen Schritt auf sie zu. »Weißt du, wie

ich mich mit den Gedanken über euch zwei gequält habe?«

Er streckte die Arme nach ihr aus und zog sie an sich. »Tu mir das bloß nicht noch mal an.«

Isabella räusperte sich und schob ihn weg. »Soweit ich weiß, habe ich dir überhaupt nichts angetan«, sagte sie. »Das ist in deinem Kopf passiert.«

»Da hast du recht. Komm zurück, mir wird kalt.« Er breitete die Arme aus.

Isabella schüttelte den Kopf. »Ich friere kein bisschen. Jetzt sag mir endlich, Sam, weshalb bist du hier?«

»Und was machen wir jetzt?«

Er war ehrlich gewesen. Hatte die Karten auf den Tisch gelegt. Hatte gesagt: »Ich bin deinetwegen hier.« Das fühlte sich gut an. Wenn sie ihn nicht mehr wiedersehen wollte, würde sie es sagen, so ehrlich war sie.

»Ich weiß, was ich mache. Ich betreibe ein Bed and Breakfast zusammen mit einer Verrückten, gerade haben wir fünfundvierzig mindestens genauso verrückte Gäste inklusive meines Exmannes, dem du soeben begegnet bist. Man kann behaupten, ich habe alle Hände voll zu tun«, sagte sie und lächelte. »Und das hat im Moment für mich höchste Priorität, wie du vielleicht verstehst.«

Sam verstand. Ihm machte es nichts aus, nicht an allererster Stelle zu stehen, solange keine anderen Männer der Grund dafür waren. Sein Ziel war nach wie vor, Isabella kennenzulernen. An Liebe wagte er gar nicht zu denken, so weit war er noch nicht. An Lust dagegen schon. Und an Nähe.

Der Gedanke, dass er beim letzten Mal keine Erektion bekommen hatte, ängstigte ihn. Aus dieser Misere wollte er unbedingt hinaus, je schneller, desto besser. Er hatte zwar nicht vor, mit einer anderen Frau als Isabella zu schlafen, aber er fürchtete seine Gefühle. Isabella könnte so wichtig werden, dass er sich ein Leben ohne sie nicht mehr vorstellen konnte. Das würde natürlich nicht passieren, doch sich auf das Schlimmste vorzubereiten war sicher nicht verkehrt.

»Natürlich musst du dich auf euren Betrieb konzentrieren. Ich bin schon froh, wenn du mich irgendwo auf deiner Prioritätenliste unterbringen kannst, und sei es ganz unten.«

Sie saßen nebeneinander auf dem alten Sofa, und Sam legte versuchsweise eine Hand auf ihren Schenkel. Als sie daraufhin ihre Hand auf seine legte, merkte er, dass es nicht unmöglich war. Vielleicht würde sie ihn auch haben wollen.

»Komm mit«, sagte sie. »Ich habe dir noch nicht mein Schlafzimmer gezeigt.«

Sie blieb im Bett liegen und betrachtete ihn, während er sich anzog. Sein Körper passte zu ihrem, dachte sie. Als hätten sie diesen besonderen Paartanz schon hundertmal geübt.

»Wann sehen wir uns wieder?«, fragte er und setzte sich mit seinen Strümpfen in der Hand auf die Bettkante.

»Ich weiß nicht«, antwortete Isabella. Er hat sogar schöne Füße, dachte sie, als er das eine Bein auf dem anderen ablegte, um sich den Strumpf anzuziehen. Sie erschauerte vor Wohlbehagen beim Anblick seiner kräftigen Handgelenke.

»Kannst du Robert nicht anrufen und ihn bitten, noch eine Weile im Auto auf dich zu warten?«

»Warum denn das?« Er lächelte und beugte sich über sie.

Sie fuhr mit den Händen unter seinen Hemdkragen und streichelte seinen Hals, bevor sie ihn zu sich herabzog.

»Fühl mal«, sagte sie und führte seine Hand zwischen ihre Beine. »Fühl mal, was du angerichtet hast.«

»Eine Frau in Not?«

»In größter Not.«

»In der allergrößten Not bin ich genau der Richtige«, sagte er heiser und bewegte vorsichtig seine Finger, während er seinen Mund auf ihren drückte.

34

Carina genoss es, die ganze Bande um sich zu haben. Auch wenn es sich um einen Haufen Egoisten handelte. Angefangen bei der Requisiteurin mit der Piepsstimme, deren Arbeit von allen unterschätzt wurde, bis zu Herman, dem Regisseur, dessen große Gesten alle überschätzten. Zusammen waren sie eine wirklich amüsante Truppe.

Sie beobachtete CG. Er erinnerte sie an einen Panther, wie er von einem Ende des Salons zum anderen ging. Ihr gefielen seine geschmeidigen Bewegungen. Plötzlich wandte er sich um, als hätte sie seinen Namen gerufen. Er sah, dass sie ihn beobachtete, lächelte und zwinkerte ihr zu. Vor aller Augen herumzuknutschen kam nicht in Frage, dazu waren sie beide noch nicht bereit. Aber eine diskrete Affäre konnte niemandem schaden. Sie waren beide geschieden und mussten nur sich selbst Rechenschaft ablegen.

Sie winkte ihm unauffällig zu und verließ den Raum. Ihre Gäste hatten alles, was sie benötigten, nun mussten sie allein zurechtkommen. Carina brauchte ein wenig Zeit für sich. Vor kaum zwei Wochen noch hätte sie alles getan, um zu bekommen, was ihr Exmann ihr jetzt angeboten hatte: eine zweite Chance. Eine Rückkehr zu ihrem alten Leben, das sie so geschätzt hatte. Andrew und sie, so sollte es doch sein. Für alle Ewigkeit?

Sie liebte ihn, dessen war sie sich zumindest *fast* sicher. Er hatte einen Fehler gemacht, aber wer machte das nicht? Sie war alt genug, um zu wissen, dass Fehler nur allzu menschlich waren. Dumm, schmerzhaft, vielleicht unverzeihlich, aber menschlich. Andrew war kein schlechter Mensch, aber schwach war er und auf Carinas Stärke angewiesen. Und auf ihr Geld. Das hatte er wohl vergessen, als er diese verfluchte Mary getroffen hatte, dachte Carina wütend.

Es störte sie ungemein, dass die junge Frau so freundlich war. Gegenüber der Exfrau des Partners war man einfach nicht zuvorkommend, das wusste doch wohl jeder. Mary hätte sauer dreinschauen sollen, anstatt Carina hereinzubitten. Irgendetwas stimmte mit der Frau nicht, das war klar.

Carina hatte gerade ihr Zimmer betreten, da rief Andrew an.

»Mama ist verschwunden«, schrie er fast in den Hörer. »Ich war sogar in ihrem Haus. Sowohl sie als auch Poppy sind weg.«

»Dann musst du wohl herausfinden, wo sie sind«, antwortete Carina. »Für dich steht viel auf dem Spiel, Andrew.«

»Eigentlich nicht, Mary werde ich ohnehin verlassen. Wenn du es ihr sagst, muss ich es ihr nicht mal selber beibringen. Aber wo ist meine Mutter?« Nun weinte er beinahe.

Andrew war schon immer empfindlich gewesen, und zwei Dinge brachten ihn besonders leicht aus dem Gleichgewicht: seine Mutter und sein Auto. Zu allem anderen hatte er ein recht normales Verhältnis. Normal bedeutete in Andrews Fall, romantische Komödien harten Thrillern vorzuziehen, sich jede Woche die Nägel maniküren zu lassen und den Geburtstag der Queen zu feiern.

Carina liebte Andrews feminine Seiten und war froh, dass er sie auslebte, auch wenn sie ihr im Schlafzimmer nicht immer gelegen kamen. Nie kam es vor, dass er sie hart anfasste oder gar aufs Bett drückte. Stattdessen wurde an Ohrläppchen geknabbert, und Küsse wurden auf die Stirn gedrückt. Carina mochte es nicht, wenn man an ihrem Ohrläppchen knabberte, aber das hatte sie ihm nur ein einziges Mal gesagt. Andrew war zusammengebrochen, weil er versagt hatte, und hatte sich nicht mehr erholt, so dass Carina ihn schließlich gebeten hatte, Hilfe zu suchen.

Aber das war nichts verglichen mit allem, was seine Mutter betraf. Die Eiskönigin. Intrigantin. Wenn Carina sich darauf einließ, Andrew zurückzunehmen, dann durfte seine Mutter keine Rolle mehr spielen. Wenn er sie treffen wollte, dann ohne dass Carina etwas davon mitbekam.

»Ich weiß nicht, wo deine Mutter ist, und davon abgesehen ist es mir auch scheißegal. Aber aus irgendeinem Grund hast du Poppy zu dieser gefühlskalten Person gebracht, und jetzt sieh gefälligst zu, dass mein Hund wieder auftaucht. Ich gebe dir Zeit bis morgen, danach kümmere ich mich selbst darum. Und du weißt, was dann passiert.«

»Ich habe letzte Nacht an deine Tür geklopft«, flüsterte CG, als er ein frisch gekochtes Ei aus dem Korb nahm, den Carina neben den Herd gestellt hatte. »Es war so leer im Salon, nachdem du gegangen warst.«
Carina fühlte, wie sich die Haare auf ihren Armen aufrichteten. Er war wundervoll.
»Ich hatte einen Streit mit meinem Exmann wegen des Hundes. Ich fürchte, deshalb hätte ich nicht gerade die beste Gesellschaft abgegeben.«
»Ich darf dich also nur treffen, wenn alles in Ordnung ist?«, sagte er lächelnd. »Wann lerne ich denn dann die richtige Carina kennen?«
»Bist du sicher, dass du sie überhaupt kennenlernen willst?« Sie schielte zu ihm hinüber.
»Ja, ich bin sicher, sie ist genauso faszinierend wie die Carina, die ich bisher kennengelernt habe.« Er pustete ihr leicht in den Nacken, dann setzte er sich zu seinen Kollegen.
Das gesamte Filmteam würde zwei Tage fort sein,

und auch wenn Carina CG vermissen würde, brauchte sie die Zeit vielleicht, um sich über das eine oder andere klar zu werden. Nicht zuletzt über ihre Gefühle für Andrew.

Sie musste mit Isabella sprechen. Die Gelegenheit würde sich sicher ergeben, sobald sie allein im Haus waren.

Während einer nach dem anderen sein Gepäck zum Bus brachte, zog CG Carina hinter den Samtvorhang in die Garderobe. Mit sanfter Gewalt drückte er sie gegen die Wand, presste seinen Körper an ihren und küsste sie, dass ihr schwindelig wurde. Als er sie schließlich losließ, keuchte sie.

»Verabschiedest du dich immer so?«, fragte Carina, während sie versuchte, zu Atem zu kommen.

»Abschied? Ich sage nur auf Wiedersehen«, antwortete CG und zog den Vorhang beiseite. »Wir sehen uns bald, denk daran«, sagte er.

»Wie könnte ich nicht daran denken«, erwiderte sie und lächelte.

»Woran könntest du nicht denken?«

Carina hatte Isabella nicht die Treppe herunterkommen sehen.

»Ach nichts«, beeilte sie sich zu sagen. »Wo bist du gewesen?«

»Ich hab geschlafen wie ein Stein. Ich hatte nicht vor, dich mit dem Frühstück allein zu lassen«, sagte Isabella. »Aber dafür räume ich jetzt auf, wenn du dich ausruhen willst.«

»Nein, ich will mich nicht ausruhen. Ich muss mit dir reden.« Carina zog Isabella mit sich in Richtung

Küche. »Ich kann erzählen, während du frühstückst und aufräumst.«

Nachdem sie einmal angefangen hatte, redete sie wie aufgezogen. Erst als sie von jedem einzelnen Gedanken erzählt hatte, der ihr gekommen war seit der idiotischen Idee, mit Andrew zu knutschen, holte sie Luft.

»Also, was meinst du?«

»Wozu?« Isabella räumte die letzte Teetasse in die Spülmaschine und drehte sich zu Carina um.

»Zu allem natürlich. Was soll ich tun?«

»Ich weiß nicht«, antwortete Isabella. »Das musst du selbst wissen.«

»Aber was würdest du an meiner Stelle tun?«

»Du weißt, wie ich bin. Ich brauche Hosenträger und Gürtel zugleich. Du warst schon immer sehr viel mutiger als ich.« Isabella setzte sich Carina gegenüber an den Küchentisch. »Es geht nicht nur um die Männer. Wir müssen auch entscheiden, was wir mit all dem hier machen wollen«, sagte sie und vollführte eine weit ausholende Armbewegung.

»Was meinst du?«

»Geht es weiter, wenn Herman und sein Filmteam verschwunden sind, oder machen wir den Laden dann dicht?«

Carina starrte sie an.

»Also gefällt es dir doch? Ich dachte, du könntest es nicht erwarten, zurück nach Hause zu fahren.«

»Das stimmt auch. Manchmal. Aber mir gefällt dieses alte Haus«, sagte Isabella lächelnd. »Und jetzt, wo wir eingespielt sind, kommt mir alles nicht mehr so schwierig vor. Davon abgesehen finde ich es schön, so viel mit dir zusammen zu sein.«

Sie hatten abgesprochen, sich morgens abzuwechseln, aber meistens waren sie trotzdem beide um sechs Uhr in der Küche. Um sieben kamen die ersten Gäste, und um acht war es an der Zeit, aufzuräumen. Nach ein paar Wochen fühlte es sich schon richtig vertraut an, ein Bed and Breakfast zu führen, und Carina freute sich, dass es Isabella auch so ging.

Aus irgendeinem Grund fühlte es sich genauso vertraut an, wenn sie mit CG zusammen war. Sie hatten den gleichen trockenen Humor, waren in den Kniekehlen kitzelig und konnten über Gefühle reden, ohne zu übertreiben oder dramatisch zu werden. Carina brauchte nicht zu lügen, und als sie CG erzählt hatte, was sie spürte, war jedes Wort ehrlich gemeint gewesen. Sie hatte sich in ihn verliebt, und das sagte sie ihm auch.

Von ihren Gedanken über Andrew sagte sie dagegen nichts. Darüber konnte sie nur mit Isabella sprechen.

»Aber ist es wirklich richtig, Andrew abzuschreiben? Dreißig Jahre ganz ohne Überraschungen sind nicht zu verachten.«

»Dass er sich scheiden lassen wollte, war doch wohl eine Überraschung?«

»Ja, aber das war die allererste.« Carina lächelte und nahm ihr Telefon in die Hand, als es anfing zu klingeln. Sie reichte das Telefon an Isabella weiter.

»Kannst du ihn fragen, was er will? Ich ertrage kein Wort mehr über seine schreckliche Mutter.«

Isabella nahm ab, aber auch Carina hörte Andrew schreien, dass seine Mutter tot sei.

35

»Bernhard, kannst du mir hiermit helfen? Vielleicht hat Siri eine Nachricht hinterlassen.« Elsa reichte Bernhard das Telefon, der es an Labib weitergab. »Schau du nach«, sagte Bernhard.

Rund um den Tandoori-Ofen herrschte Schweigen. Alle merkten, wie wichtig dieser Moment war. Als Labib die Mailbox erreicht hatte, gab er Elsa das Telefon zurück. Die Nachricht war auf Englisch. Es war nicht Siris Stimme, die sprach. Stattdessen nannte ein Mann eine Summe, die er als Lösegeld forderte. So viel verstand Elsa, bevor sie in Ohnmacht fiel.

Bernhard wedelte Elsa mit einem Fächer Luft zu.

»Wach auf, Elsa, wach auf«, sagte er besorgt. Uma holte ein Glas Wasser, und Labib hörte die Mailbox ab.

»Oje«, sagte er. »Siri scheint gekidnappt worden zu sein. Ein Mann fordert für ihre Freilassung hunderttausend Pfund.«

Elsa hörte, was sie sagten, aber ihr war schwindelig. War sie in Ohnmacht gefallen? Schon wieder? Mühsam versuchte sie, sich aufzurichten. Jemand holte ihr einen Stuhl, eine Hand hielt ihr ein Wasserglas hin.

»Ein Mann hat Siri entführt«, sagte sie und holte tief Luft. Sie spürte einen Druck auf der Brust, und es fiel ihr schwer, ihre Lungen mit Luft zu füllen. »Was soll ich tun?«

»Wir werden dir natürlich helfen«, sagte Bernhard. »Zuerst müssen wir die Polizei rufen.«

»Du bist wohl verrückt, das können wir nicht machen«, sagte Labib. »Er hat in der Nachricht ausdrücklich gesagt, keine Polizei.«

»Nun gut. Zuerst essen wir, dann entscheiden wir, wie wir vorgehen«, sagte Bernhard. »Du hast auf dem Markt wohl nichts gegessen, nehme ich an«, sagte er und sah Elsa streng an.

»Essen? Wir können doch jetzt nicht essen, während Siri irgendwo eingesperrt ist«, sagte Elsa, und ein Schluchzen stieg in ihr auf.

Arme, arme Siri. Vielleicht hatte sie seit Tagen nichts zu essen bekommen, vielleicht nicht einmal etwas zu trinken? Wer hatte sie entführt und warum? Hunderttausend Pfund waren etwa eine Million Kronen. Wer konnte bloß glauben, dass Siri so viel Geld hatte? Elsa schüttelte den Kopf. Sie konnte Siri nicht helfen, das war unmöglich. Siri würde in Gefangenschaft bleiben, und es gab nichts, was Elsa tun konnte.

»Iss das«, forderte Bernhard sie auf und gab ihr einen vollen Teller. »Noch einmal fällst du mir nicht in Ohnmacht. Wasser oder Wein?«

»Ein winzig kleines Glas Wein, bitte«, antwortete Elsa. Ihre Stimme klang so schwach, wie sie sich fühlte.

Bernhard goss ein großes Glas ein. »Trink«, sagte er, und während Elsa brav tat, was er sagte, schaute er die anderen an. »Ihr versteht sicher, dass unsere Hilfe gebraucht wird. Einer von uns sollte immer bei Elsa sein, sie darf keine Sekunde allein bleiben. Das ist unsere erste Priorität. Eine verschwundene Schwedin reicht.«

»Entführt, nicht verschwunden«, sagte Labib.

»Du weißt, was ich meine«, sagte Bernhard und schaute seinen Bruder an. »Jetzt müssen wir uns über die Lage klar werden. In der Nachricht hieß es, dass sie Siri nicht freilassen werden, bevor sie nicht hunderttausend Pfund erhalten haben, und da stellen sich mir einige Fragen. Warum die Währung Pfund? Und warum Siri? Was wissen wir über ihre finanzielle Lage, was können wir herausfinden?« Er trank einen Schluck Wein, bevor er fortfuhr: »Warum wurde sie hier entführt und nicht in Schweden? Ist es wahrscheinlicher, dass die Forderungen hier erfüllt werden? Ist es hier leichter, jemanden zu verstecken? Was passiert mit Siri, wenn wir das Geld nicht zusammenbringen? Sie werden sie nicht freilassen, aber was werden sie mit ihr tun? Darüber hat der Entführer nichts gesagt. Labib, meinst du, dass er mit indischem Akzent gesprochen hat?«

Bernhard, der aufgestanden war, setzte sich jetzt neben Elsa. Er streichelte ihre Hand.

»Nein, ich würde eher sagen, er klang wie ein Engländer, aber hören wir uns die Nachricht doch noch einmal an. Ich stelle auf laut, dann können alle mithören.«

Sie waren sich einig, dass der Mann ein sehr britisches Englisch sprach. Das bedeutete natürlich nicht mehr, als dass er wahrscheinlich in England aufgewachsen war und nicht in Indien, was auch immer das heißen mochte.

»Er muss jedenfalls von hier aus angerufen haben«, sagte Elsa.

Bernhard nickte. »Vermutlich, denn Siri hat, soweit wir wissen, das Land nicht verlassen. Andererseits könnte der Entführer einen Komplizen in London haben, jemanden, den er nur dafür bezahlt, anzurufen und die Verhandlungen zu führen.«

In Elsas Kopf drehte sich alles. Sie war nicht dafür gemacht, solche Situationen zu meistern. Ihr war das zu viel. Sie wollte nach Hause. Vielleicht war Claes schon wieder da? Sie hatte ihn nicht angerufen, wollte ihn nicht unnötig beunruhigen. Sie hatte niemanden, den sie anrufen konnte, außer Bernhard, den sie nicht einmal besonders gut kannte. Ein schreckliches Gefühl. War sie wirklich so einsam, dass sie niemanden hatte, an den sie sich wenden konnte, wenn sie in der Klemme steckte?

Sam. Ihn konnte sie um Hilfe bitten. Er hatte natürlich genug zu tun, aber er hatte gesagt, er sei immer für sie da.

Als Elsas Telefon noch einmal klingelte, schauten alle darauf. Auf dem Display leuchtete »Siri«. Zitternd hob Elsa das Telefon ans Ohr.

»Hallo?«

»Elsa, hilf mir, du musst mir helfen«, weinte Siri, bevor die Verbindung beendet wurde.

Elsa verlor alle Hoffnung. Vor einer Minute nur hatte sie noch gedacht, dass Siri sich mit ihrem Charme schon herausreden würde, im schlimmsten Fall wäre ihre unersättliche Lust auf Männer endlich einmal zu etwas nütze. Aber so hatte Elsa die Freundin noch nie gehört. Die starke Siri, die weinend um Hilfe bat.

Elsa stand auf. Eine ältere Frau behandelte man einfach nicht so. Hier saß Elsa und war verzagt, während Siri von jemandem festgehalten wurde. Wie egoistisch von ihr. Die letzten paar Monate hatte Elsa eine unbekannte Wut in sich verspürt. Die konnte sie jetzt gut gebrauchen. Sie schaute auf ihr unmodernes Kleid mit Gürtel und die unbequemen Schuhe hinab. Warum zog sie sich so an? Viel lieber würde sie eine lose sitzende Hose mit Tunika darüber tragen, so wie Bernhards Schwägerin, mit Turnschuhen dazu. Elsa war überzeugt, dass neue Kleider ihr Mut machen würden und dass sie endlich wissen würde, wohin mit all ihrer Wut.

»Bernhard, kannst du mich zu einem Geschäft bringen, wo ich so etwas finde?«, fragte sie und zeigte auf die Kleidung seiner Schwägerin.

»Jetzt?«

»Jetzt. Das ist sehr wichtig.«

Er sah hilflos zu Uma hinüber, die lächelnd aufstand. »Komm, Elsa, ich fahre dich«, sagte sie, und an die Männer gewandt: »In ein paar Stunden sind wir zurück.«

Die Kleider waren unglaublich bequem. Nichts lag mehr eng an, abgesehen von Elsas BH. Keine schrecklichen Strumpfhosen mehr, in den neuen Schuhen trug sie Söckchen. Um ihr graues Haar hatte Uma ihr ein buntes Tuch gewickelt, das ihr die Locken aus der Stirn hielt, und als Elsa sich im Spiegel sah, fand sie sich richtig hübsch. Ein unbekanntes Gefühl. Wer bist du eigentlich, Elsa?, fragte sie sich. Was steckt da tief in dir drin und wartet darauf, aufzublühen, bevor du zu deinem Mann ins Grab gelegt wirst?

Ihr ganzer Körper verkrampfte sich beim Gedanken an ihn. Ich will nicht neben Lennart liegen, dachte sie. *O Gott, ich will nicht neben Lennart begraben werden.*

Diese Erkenntnis war so schmerzhaft, dass sie sich in der Umkleidekabine zusammenkauerte. Vor ein paar Jahren noch hatte sie sterben wollen, um an seiner Seite zu sein. Und jetzt? Sie wollte sich übergeben, aber sie zwang sich zu einer aufrechten Haltung. Sie hatte genug gelitten. Jetzt reichte es. Sie war noch lange nicht auf dem Weg ins Grab. Jetzt galt es, Siri zu befreien, und sonst nichts.

»Hör mal«, sagte sie, als sie wieder in Bernhards Haus angekommen waren. »Ich habe einen Freund in Amerika, den ich anrufen will. Ich weiß zwar nicht, wie er uns helfen kann, aber er ist sehr nett. Manchmal hilft das schon weiter.«

Aber zuerst musste sie Claes anrufen. Auch wenn sie ihn schützen wollte, musste er doch erfahren, was passiert war. Er war schon immer kreativ gewesen, vielleicht hatte er eine Idee, was sie tun konnten.

Gerade hatte sie das Telefon in die Hand genommen, um ihren Sohn anzurufen, da kam eine SMS. Die Nachricht war auf Englisch, und sie übersetzte sie im Kopf, während sie sie den anderen vorlas.

»Elsa. Siris Entführung ist deine Schuld. Nimm die hunderttausend Pfund vom Erbe deines Mannes. Du weißt, warum. Meld dich per SMS, sobald du das Geld hast.«

36

Isabella wusste, dass sie strahlte wie die Sonne selbst. Das war natürlich völlig unpassend, da Carina gerade ihre Schwiegermutter verloren hatte. Laut Carina kein größerer Verlust, Andrew hatte es dagegen schwer mitgenommen. Das wiederum hatte Folgen für Carina, die nicht herausfinden konnte, wo sich ihr Hund befand, nachdem die alte Hexe das Zeitliche gesegnet hatte.

Carina und Isabella wollten spazieren gehen, und während Isabella passende Kleidung heraussuchte, spürte sie wieder Sams Berührungen aus der Nacht zuvor. Sie erschauerte. Es war magisch gewesen, das war das einzig passende Wort dafür. Gehemmt war sie zwar nie gewesen, aber bei Sam nahm sie sich, was sie brauchte, und das erlebte sie so zum ersten Mal. Isabella wurde rot, als sie daran dachte, wie sie ihn herumkommandiert hatte: nach oben, nach unten, schneller, härter, nein, nicht da, ja, ja, da. Aber das Resultat war nicht ausgeblieben. Für beide. Er war laut geworden, was Isabella gefiel. »Willst du mich umbringen, Frau?«, hatte er gestöhnt, während er keuchend versuchte, die Kontrolle nicht ganz an ihren eifrigen Mund abzugeben. Isabella hatte gewollt, dass er es genoss, und soweit sie hatte sehen können, hatte er das auch getan.

Sie sang vor sich hin und durchsuchte ihren Schrank, bis sie darauf kam, dass bequeme Jeans und ein weites Hemd wohl die beste Wahl waren. Sie lief die Treppe hinunter und in die Küche, wo Carina fast genauso gekleidet am Küchentisch saß. Der einzige Unterschied war, dass Carina sich Jeans und Hemd hatte nähen lassen, was unglaublich elegant aussah.

»Der Kaffee ist fertig«, sagte Carina und zeigte auf die Kanne.

»Danke. Hast du noch mal mit Andrew gesprochen?«, fragte Isabella.

Carina verdrehte die Augen. »Er schreit bloß. Am liebsten würde ich ihn in den Arm nehmen und trösten, im nächsten Augenblick bin ich versucht, ihm eine Ohrfeige zu verpassen.« Sie lächelte traurig. »Glaubst du, ich komme je über ihn hinweg?«

»Ich weiß nicht. Willst du das denn?«

Carina machte eine hilflose Geste. »Wenn ich das wüsste. Ich probiere verschiedene Möglichkeiten aus, um zu spüren, ob sich die eine besser anfühlt als die andere. Nachdem mich CG heute Morgen an die Wand gedrückt hat, sagt mein Körper, ich solle Andrew bloß ziehen lassen. Ist das nicht furchtbar?«

Isabella schnaubte. »Wieso furchtbar? Darf ich dich daran erinnern, wer hier wen verlassen hat?«

»Und noch dazu für eine reizende Person«, sagte Carina und erzählte von ihrer Begegnung. »Fast zu reizend, falls du verstehst, was ich meine.«

»Hat sie sich bei dir eingeschleimt?«

»Genau.«

»Ein gefährlicher Typ Frau«, stellte Isabella fest. »Einer der gefährlichsten.«

»Das denke ich auch«, sagte Carina, aufgemuntert von dem Gedanken, dass Andrews Neue mit ihrer Freundlichkeit einen hinterhältigen Plan verfolgte. »Was will sie damit erreichen, was glaubst du?«, fragte sie und stand auf. Sie stellte ihre Tasse in die Spüle und drehte sich zu Isabella um. »Antworte nicht. Ich höre selbst, wie dumm das klingt. Nur weil jemand nett ist, glauben wir, da sei etwas im Busch. Das verrät vermutlich mehr über dich und mich als über sie.« Sie lächelte. »Stattdessen sollte ich mir ihre Freundlichkeit zunutze machen, um Poppy zurückzukriegen.« Isabella ging zur Tür. »Komm jetzt. Wir brauchen einen Plan, und ich kann am besten nachdenken, wenn ich spazieren gehe. Zieh dir eine warme Jacke über. Jetzt fängt der Herbst richtig an«, sagte sie und zeigte auf ein rotes Blatt, das vor dem Fenster nach unten segelte.

Isabella musste keine Fragen nach Sam fürchten. Carina ahnte nicht, dass er bei Isabella übernachtet hatte und Robert zurückgekommen war, um ihn abzuholen. Sie glaubte immer noch, Sam sei ihr Bekannter und nicht Isabellas, und so konnte es ruhig weiterhin bleiben. Die Romanze würde sowieso nicht lange andauern, Carina brauchte nichts davon zu wissen. Sie würde sie bloß bemitleiden, und etwas Schlimmeres konnte Isabella sich kaum vorstellen.

Sie wusste genau, was sie erwartete. Einen Monat würde die Leidenschaft zwischen ihnen brennen, dann würden die Gespräche verstummen. Entschuldigungen würden vorgebracht werden, bis schließlich die Wahrheit ans Licht käme, da Isabella darauf bestand. Er würde sagen, dass er nicht genug fühle und nicht bereit sei für eine Beziehung, wie Isabella sie sich wünschte, auch wenn Isabella niemals gesagt hätte, dass sie sich eine Beziehung wünsche. Dann würde er hinzufügen, sie sei eine der schönsten und besten Frauen, die er je getroffen habe, und er wünsche nichts mehr, als dass er ihre Gefühle erwidern könnte.

Danach würde ein weiterer Monat vergehen, und dann würde er sich wieder bei ihr melden. Reuevoll. Er würde sagen, dass er sie vermisse. Dass er verstanden habe, dass sie und keine andere die Richtige sei. Aber dann wäre es zu spät. Was in Isabella zerbrochen war, könnte er nicht wieder reparieren. Sie würde eine anhaltende Unsicherheit verspüren. Ständig wachsam lauern, was er für Signale aussandte. Sie wollte nicht ständig auf der Hut sein. Sie wollte sich sicher fühlen.

Dieses Mal würde sie nicht mehr investieren, als zu verlieren sie ertragen konnte. Eine exzellente Strategie, bei der sie ihre Schutzschilde nicht brauchte, die die Männer zuvor immer abgeschreckt hatten. Sie würde alles nehmen, wie es kam. Wenn Sam sich zurückzog, würde sie nicht darüber nachgrübeln. Nur feststellen, dass es vorbei war, vielleicht ein oder zwei Abende trauern, aber dann einfach weitermachen und ihn als schöne Erinnerung betrachten. Zwei göttliche Nächte hatte sie schon im Gedächtnis. Und selbst wenn es dabei bleiben würde, reichten diese beiden Nächte, um sich die nächsten hundert Jahre daran zu ergötzen.

Carinas Stimme holte sie zurück auf den Waldweg.

»Woran denkst du?«, fragte Carina, während sie gemächlich über Wurzeln und nasses Laub stapften.

»Nichts Besonderes. Wunderbares Wetter für Oktober«, antwortete Isabella und lockerte ihren Schal, bevor sie sich unter einem Ast hinwegbückte, der sonst ihr Auge erwischt hätte. »Und du, was denkst du über all deine Männer?« Sie lachte und tippte Carina auf die Schulter. »Nicht allzu viele Frauen in deinem Alter sind so begehrt. Wie fühlt sich das an?«

»Nicht so lustig, wie man meinen könnte«, antwortete Carina und schnitt eine Grimasse. »Wie soll man bloß Vertrautheit gegen Lust abwägen? Und was weiß ich eigentlich über CG, mal abgesehen davon, dass er richtig gut im Bett ist? Vielleicht hat er überall Frauen, ohne dass die Boulevardpresse es mitbekommen hat. Manchen gelingt es ja, diskret zu sein. Eine kleine Romanze während eines Filmdrehs, und das war's dann, oder was meinst du?«

»Das hört sich mehr nach Herman als nach CG an«, sagte Isabella. »Es ist zwar Jahrzehnte her, dass wir viel miteinander zu tun hatten, aber schon damals war CG anders als die anderen. Nicht so ängstlich. Ich glaube, er ist selbstsicher und mit sich im Reinen, aber ob das noch immer zutrifft, weiß ich natürlich nicht. Er hat nette Eltern, hat Herman mal gesagt. Das ist schon viel wert.«

»Nette Eltern? Da muss ich gleich an die große Neuigkeit des Tages denken. Meine Schwiegermutter ist tot. Eine Frau, die nie nett zu ihrem Sohn gewesen ist«, sagte Carina.

»Ich dachte, er sei der Einzige gewesen, zu dem sie nett war?«

»Es ist nicht besonders nett, die Frau nicht zu akzeptieren, die der Sohn sich ausgesucht hat. Oder die Märtyrerin zu spielen, bis der Sohn völlig gehemmt ist. Weißt du, dass Andrew jede Entscheidung, die er getroffen hat, erst mit seiner Mutter abgesprochen hat? *Mit seiner Mutter*, nicht mit mir. Das erste Haus, das wir kaufen wollten, haben wir schließlich nicht gekauft, weil sie fand, es sei ein schlechtes Geschäft. Als ob es sich um ihr Geld gehandelt hätte! Es war selbstverständlich meins. Aber ich wollte Andrew zu nichts zwingen, und natürlich hat er nicht gesagt, dass das die Meinung seiner Mutter war. Sie hat es mir erzählt. Du hättest ihr Lächeln sehen sollen, als sie mir klargemacht hat, dass ihr Einfluss auf ihren Sohn trotz seiner Heirat ungebrochen geblieben war.« Carina schüttelte den Kopf.

»Und das hat sich nie geändert?«

»Nie. Ein ständiger Machtkampf. Ich hätte mich nie darauf eingelassen, trotzdem hat sie mich als ihre Gegenspielerin ausgewählt. Andrew hat immer für sie Partei ergriffen, was mich viele Jahre lang sehr verletzt hat.«

In Carinas Tasche klingelte es, und als sie das Telefon hervorgeholt hatte, sagte sie: »Wenn man vom Teufel spricht …«

»Liebling, wie geht es dir?«, sagte sie mitleidig und grinste Isabella gleichzeitig schief an. Dann wurde sie still. »O Gott«, stöhnte sie schließlich und wandte sich Isabella zu. »Andrew hatte einen Herzstillstand. Es sieht anscheinend schlimm aus. Das war das Krankenhaus, sie haben mich von Andrews Telefon angerufen.«

37

Sam hatte sein Selbstvertrauen zurückerlangt. Dass sein Körper ihn bei Miss Watts im Stich gelassen hatte, war vergessen. Er fühlte sich wieder wie der He-Man, der er tatsächlich war. Zauberhafte Isabella. Was für eine Frau! Verletzlich und stark zugleich. Es machte ihn an, wenn sie das Kommando übernahm. Er hatte Blitze vor den Augen gesehen, als er gekommen war. Beide Male.

Er wünschte, er könnte bei ihr bleiben, und sobald er seine Geschäfte in London erledigt hatte, würde er zurückkommen. Er fühlte sich beinahe fiebrig vor Lust. Hatte er vorher Anzeichen von Besessenheit an sich wahrgenommen, so war das nichts gewesen gegen das, was er jetzt verspürte. Pass bloß auf, Samuel Duncan, warnte ihn eine innere Stimme. Pass bloß auf, dass du ihr nicht völlig verfällst.

Solange es sich nur um eine Affäre handelte, bestand keine Gefahr. Seit dem Tod seiner Frau hatte er niemanden mehr verloren.

Erst da hatte er den Zusammenhang gesehen.

Beim ersten Mal war er so jung gewesen, dass er nichts hatte verstehen können. Beim zweiten Mal ging er aufs College. Der Skiunfall in Aspen war nicht seine Schuld, er war nicht einmal dabei gewesen, aber er hatte seiner Freundin das Haus seiner Familie überlassen, also fühlte er sich verantwortlich. Beim dritten Mal war es seine geliebte Frau gewesen. Alex' Mama.

Die Frauen, die du liebst, sterben, erinnerte ihn eine innere Stimme. Vergiss das bloß nicht.

Diese Erinnerung war gut. Er hatte nicht vor, sich in Isabella zu verlieben. Das, was zwischen ihnen war, musste er anders nennen. Wie, wusste er noch nicht, er wusste nur, dass er sich jetzt gerade danach sehnte, sie wiederzusehen.

Schnellen Schrittes ging er auf das Maklerbüro zu.

Sein Sohn hatte ausdrücklich gesagt, dass sein Vater sich lieber eine Wohnung in London als in Stockholm zulegen sollte, wenn er schon einen Wohnsitz in Europa haben musste. Ob es Sam nun gefiel oder nicht, Alex war dabei, sich ein eigenes Leben aufzubauen, ohne die Hilfe seines Vaters.

Sam konnte ihn gut verstehen. Er selbst war genauso gewesen. Sein Vater hatte ihm jede Menge lange Vorlesungen gehalten, was ein farbiger junger Mann auf dem New Yorker Immobilienmarkt zu erwarten hatte. Sam wusste, was sein Vater durchgemacht hatte, um dort anzukommen, wo er war. Aber für Sam sah die Sache anders aus. Zwar hatte auch er einiges auszuhalten gehabt, doch das meiste hatte sich dadurch lösen lassen, dass er ganz einfach immer der Beste in allem gewesen war. Er war der beste Football-Spieler, hatte die besten Noten und war am beliebtesten bei den Mädchen. Immer musste er die Nummer eins sein. Seine Eltern hatten viel für ihn getan. Die Privatschulen, die er besucht hatte, waren natürlich die besten von New York gewesen. Sam hatte es ihnen zurückgezahlt, indem er ein exzellenter Schüler und Student wurde, und er wusste, wie stolz sie auf ihn gewesen waren. Als sein Vater starb, war Sam trotz seiner Jugend bereit gewesen, die Firma zu übernehmen.

»Sam, bist du so weit?« Der Makler stand vor ihm und grinste breit. »Ein wunderbarer Tag für Immobiliengeschäfte, findest du nicht?«

Die Wohnung gehörte ihm. Sie war hoffentlich eine gute Investition, und sie würde im Wert steigen, sobald ein Innenarchitekt sich ihrer angenommen hatte. In dem luxuriösen Badezimmer würde er sich nicht wohlfühlen, aber es waren nur kleinere Arbeiten nötig, keine umfassende Renovierung. Sam schickte den Makler nach Hause. Er wollte die Wohnung in Ruhe und allein begutachten. Bei der Einrichtung würde er vielleicht Hilfe benötigen, aber er freute sich darauf, viel selbst zu machen, auch wenn er in Geschmacksfragen gut einen Rat gebrauchen konnte. Mit dem Plan in der Hand ging er von Raum zu Raum. Das Zimmer, das Alex gehören sollte, ging auf einen Innenhof hinaus und hatte einen hübschen kleinen Balkon. Er lächelte, als er sich vorstellte, wie sein Sohn sagen würde, dass Sam alles einrichten konnte, wie er wollte.
Bei der Renovierung ihrer Wohnung in New York war das ganz anders gewesen, da hatte Alex das meiste selbst bestimmt. Sam hatte nichts zu sagen gehabt, und obwohl Alex damals erst fünfzehn gewesen war, hatten die Ideen für sein Zimmer, die er mit seinem Vater besprochen hatte, Stil und Finesse bewiesen. Sam entschied, Alex zumindest zu fragen, ob er irgendwelche bestimmten Wünsche hatte.
Er öffnete die Flügeltüren zu dem großen Schlafzimmer, und ihm wurde ganz warm ums Herz. Dieses Schlafzimmer sollte ein Raum werden, den man nicht

mehr verlassen wollte. Der offene Kamin verbreitete schon jetzt eine gemütliche Atmosphäre. Die hellen Wände würde er streichen müssen, aber das war eigentlich das Einzige. Der Teppichboden schien neu zu sein. Auch wenn heutzutage alle Welt Holzböden verlangte, fand Sam das im Schlafzimmer unpassend. Er wollte lieber, dass seine Füße beim Aufstehen in genau so einem angenehm weichen Teppich versanken.

»Willst du ein Bett, das wie ein Rennwagen aussieht, oder lieber ein Doppelbett?«

Alex lachte. »Nimm einfach, was dir am besten gefällt, Papa.«

Sam saß in einer der Fensternischen in der Küche. Er hatte sich bei Starbucks ein Sandwich und einen Becher Kaffee gekauft und sie mit nach oben in die Wohnung genommen. »Mir würde gefallen, wenn du *irgendwelche* Wünsche hättest«, sagte Sam und nahm einen großen Bissen von dem Schinkenbrot.

»Okay, dann wünsche ich mir, dass du herkommst«, antwortete Alex.

Sam verschluckte sich. Hustend bat er Alex zu warten, bis er ein Glas Wasser getrunken hatte.

»Bist du sicher? Wenn du willst, setze ich mich gleich morgen in ein Flugzeug«, sagte Sam lachend. »Gibt es einen speziellen Grund, weshalb du möchtest, dass ich komme?«

»Darf man nicht einfach mal seinen Vater vermissen?«

Sam merkte, wie sich ihm der Hals zuschnürte. »Natürlich darf man das, und wie gesagt, ich kann kommen, wann immer du willst.«

Drei Tage später landete Sam in Arlanda. »Deine Heimat hat sich kein bisschen verändert«, sagte er zu Isabella, die er aus dem Taxi anrief. »Es ist dunkel und kalt, wie das im Oktober eben so ist.« Als er Atem holte, musste er lächeln. »Vermisst du Stockholm, oder vermisst du mich?«, fragte er.

»Um ehrlich zu sein, bin ich ein bisschen eifersüchtig, dass du auf dem Weg zu meiner Wohnung bist«, antwortete sie.

»Dann komm doch her.«

»Ha. Ich muss mich um ein halbes Schloss und eine Bande von verrückten Schauspielern kümmern.«

»Aber können wir uns treffen, wenn ich zurück bin?«

»Das können wir sicher.«

»Ich vermisse dich«, flüsterte er. Nachdem er aufgelegt hatte.

Sam hatte vor, in Stockholm zu bleiben, bis sein Sohn ihn hinauswarf, was ungefähr eine Woche dauern würde.

38

Carina ließ Isabella fahren, sie selbst zitterte viel zu sehr.

»Er stirbt doch wohl nicht, Isabella?«

»Nein, er stirbt nicht. Aber du vielleicht, wenn du dich nicht anschnallst«, sagte Isabella streng. »Ich fahre nicht besonders gut auf der linken Seite, also bitte, schnall dich an.«

Während Carina tat, wie geheißen, schickte sie ein stilles Gebet zu einem Gott, an den sie nie geglaubt hatte. »Wenn du Andrew überleben lässt, dann verspreche ich, mich mein Leben lang um ihn zu kümmern«, murmelte sie. Sie wurde von Gefühlen überwältigt. Andrew hatte seine Mutter verloren und daraufhin einen Herzinfarkt bekommen. Er brauchte sie mehr als je zuvor, und sie hatte eingesehen, dass auch sie ihn brauchte. Er hatte sie zwar hintergangen und sich für eine andere entschieden, aber er bereute seinen Fehltritt. Und wen hatte das Krankenhaus angerufen? Sie, Carina. Die Andrew am nächsten stand. Sowohl sie als auch er hatten ihre Lektion gelernt. Guter Sex war nicht das Wichtigste. Sobald sie zurück waren, würde sie mit CG sprechen. Sie wollte ihm nichts verheimlichen und mit offenen Karten spielen. Andrew konnte bei ihr und Isabella einziehen, damit Carina ein Auge auf ihn haben konnte.

»Ich will kein Salz in deine Wunden streuen, aber wo ist dein Hund, Carina? Wer kümmert sich um Poppy?«

Carina hatte nicht mehr an Poppy gedacht, seit sie die Nachricht erhalten hatte, dass Andrew im Krankenhaus war. »Himmel, die habe ich ganz vergessen.« Sie konnte die Tränen nicht länger zurückhalten. »Meine Poppy, stell dir vor, wenn sie ihr Herrchen verliert«, schluchzte sie. »Das übersteht sie nicht.«

»Wenn sie eure Trennung überstanden hat, dann übersteht sie auch das.« Isabella war die Ruhe selbst. Genau das brauchte Carina gerade, so hysterisch, wie sie war.

»Glaubst du wirklich?«
»Ja, das glaube ich ganz sicher.«

»Im Moment können wir nicht viel sagen, die nächsten vierundzwanzig Stunden sind entscheidend.« Der Arzt war noch jung. Er hätte ihr Sohn sein können, dachte Carina.

»Warum haben wir keine Kinder, Isabella?« Sie saßen in der Cafeteria, jede hatte einen Pappbecher Kaffee vor sich stehen.

»Ich wollte keine, vor allem nicht mit Herman. Kinder waren mir nie wichtig. Herman wollte natürlich welche. Vor allem, um eine Kopie von sich selbst zu erschaffen, glaube ich. Hoffentlich sind seine Spermien mittlerweile nicht mehr in der Lage dazu, bei ihm weiß man ja nie. Vielleicht glaubt er immer noch, ein Kind wäre eine gute Idee. Ich bin sicher, er wäre ein furchtbarer Vater. Aber du und Andrew habt immerhin darüber gesprochen, oder nicht?« Isabella schnitt eine Grimasse, nachdem sie von dem Kaffee getrunken hatte.

»Ja, aber der richtige Zeitpunkt kam nie, und als wir bereit waren, hatten wir nur noch einmal im Jahr Sex, und so macht man keine Kinder«, antwortete Carina. Sie war darüber sehr traurig gewesen, aber mit ihrer Trauer war sie allein geblieben, denn Andrew fand es nicht wichtig, ihre kleine Familie zu vergrößern. Sie wollte schon sagen, dass Andrew selbst wie ein Kind sein konnte, schluckte aber die Worte hinunter. Wie konnte sie nur so etwas denken, wenn er möglicherweise auf seinem Totenbett lag?

»Und habt ihr nie über Adoption nachgedacht? Ich

kann mich nicht erinnern, dass du das mal erwähnt hättest.«

»Das hätte Andrew mit Mary machen sollen. Er hätte sie adoptieren sollen, statt mit ihr zusammen zu sein.« Carina kicherte, auch wenn sie am liebsten geweint hätte. »Glaubst du, sie kümmert sich um Poppy?«, fragte sie.

»Ich weiß nicht. Sobald Andrew stabil ist, helfe ich dir, Poppy zu finden und nach Hause zu bringen.«

Sie durften nicht zu ihm. Solange er im künstlichen Koma lag und kühl gehalten wurde, mussten sie warten.

»Sie können genauso gut nach Hause fahren«, sagte der Arzt, der ihnen nichts anderes mitteilen konnte als drei Stunden zuvor. »Wir werden ihn nicht vor morgen aufwachen lassen, und dann werden wir wissen, welche Schäden der Herzstillstand verursacht hat, zum Beispiel im Hirn.«

»Was glauben Sie?«

»Ich will keine Spekulationen anstellen. Wir sprechen miteinander, sobald wir ihn aufgeweckt haben.«

Carina schaute bittend zu Isabella. Sie brauchte jemanden, der das Kommando übernahm, der ihr sagte, was sie tun sollte.

»Danke«, sagte Isabella. »Wir wohnen recht weit von hier, deshalb werden wir uns ein Hotelzimmer nehmen. Ich gehe davon aus, dass Sie sich melden, falls sich sein Zustand ändert.« Sie legte den Arm um Carina. »Komm, wir müssen etwas essen und dann ins Bett.«

Als hätte jemand die Luft aus Carina rausgelassen,

ließ sie sich willenlos zum Auto führen. Ihre Gedanken rasten. Wie hatte sie ihre Ehe nur zerbrechen lassen können? Natürlich war es Andrew, der fremdgegangen war, aber dass ihre Ehe nicht mehr funktionierte, war ihrer beider Schuld. Wann hatte sie beschlossen, die Beziehung zu ihrem Mann nicht mehr an die erste Stelle zu setzen? Wenn sie darüber nachdachte, hatten sie sich die letzten zehn Jahre auseinandergelebt, doch dass es mit Scheidung enden könnte, war ihr einfach nicht in den Sinn gekommen. Wie hatte sie so dumm sein können? Wie hatte sie zufrieden sein können mit etwas, das im Nachhinein so falsch erschien? Andrew war mit seiner Mutter in Urlaub gefahren statt mit seiner Frau, aber Carina erinnerte sich nicht daran, dass ihr das etwas ausgemacht hätte. Im Gegenteil.

Auf ihrer letzten gemeinsamen Reise waren sie nach Alassio an der italienischen Riviera gefahren. War das fünf Jahre her? Sie konnte sich nicht genau erinnern. Aber es war schön gewesen. Sie hatten gut gegessen und getrunken. Sich gesonnt. Andrew hatte über die Italiener die Nase gerümpft, während Carina die Aufmerksamkeit jüngerer Männer genossen hatte. Sie hatten kein einziges Mal gestritten. Wann hatten sie bloß aufgehört, Arm in Arm zu gehen? Die Männer hätten ihr wohl kaum hinterhergepfiffen, wenn ihr Ehemann ihr den Arm um die Schulter gelegt hätte.

»Wir nehmen das Erstbeste«, sagte Isabella. »Nicht weit von hier gibt es ein Motel.«

Sie hielt es für ein gutes Zeichen, dass gleich daneben ein McDonald's lag. Isabella kaufte viel mehr zu essen, als sie brauchten. Besser, als hungrig schlafen zu gehen, dachte sie.

»Wir haben keine Zahnbürsten«, sagte Carina beim Aussteigen.

»Ich weiß. Wir müssen uns wohl die Zähne mit dem Handtuch schrubben, wenn sie an der Rezeption keine Zahnbürsten haben«, sagte Isabella, die die vollen Becher, die Tüte mit Essen und ihre Handtasche balancierte, während sie gleichzeitig den Ellbogen ihrer Freundin fest umfasste. »Das haben wir früher auch so gemacht, erinnerst du dich?« Isabella lächelte.

»Als wir per Interrail unterwegs waren?«, fragte Carina und fing an zu weinen.

»Was habe ich denn jetzt bloß gesagt?« Isabella schaute Carina fragend an.

»Unsere Interrailtour war genau ein Jahr und drei Monate bevor ich Andrew getroffen habe«, schluchzte Carina.

»Ja und?«

»Das ist mir gerade eingefallen.«

Egal was Isabella sagte, für Carina hatte alles eine Verbindung zu Andrew. McDonald's. Fast ein Jahr lang hatten sie dort gegessen, bis Carina verraten hatte, dass sie so reich war, dass es für einen eigenen Koch gereicht hätte. Da war sie sicher gewesen, dass er sie wollte und nicht ihr Geld. Jetzt war sie sich dessen nicht mehr sicher, aber gerade war ihr völlig egal, aus welchem Grund er zu ihr zurückkommen wollte. Sie würde ihm gerne all ihr Geld geben, wenn er nur wieder gesund würde. Andererseits hatte er ja das Erbe seiner Mutter. Die Alte war reich gewesen, zumindest glaubte Andrew das. Ihm gegenüber hatte sie sich nie großzügig gezeigt.

Früh am nächsten Morgen saßen sie wieder im Wartezimmer. Mary war ebenfalls dort. Sie sah mitgenommen aus, als sie sie begrüßte, stellte Carina fest und grüßte nicht zurück.

»Mrs Cody?«, rief die Krankenschwester.

Mary und Carina standen gleichzeitig auf.

Carina starrte Mary an. »Jetzt reicht es aber. Soweit ich weiß, gibt es hier nur eine Mrs Cody«, sagte sie und reckte ihr Kinn nach vorn.

»Carina, es tut mir leid, das zu sagen, aber ...«, antwortete die junge Frau, legte ihre Hand auf Carinas Arm und neigte mit einem bekümmerten Blick den Kopf, »aber die Einzige hier, die sich Mrs Cody nennen darf, bin ich. Seit drei Monaten. Wenn du mir deine Nummer gibst, rufe ich dich an und sage dir, wie es Andrew geht. Ich glaube, er würde wollen, dass ich dich informiere.«

39

Elsa hatte zuerst Claes und dann Sam angerufen. Dass die beiden nun am selben Computer in einem Hotelzimmer saßen und mit ihr sprachen, war geradezu unglaublich. Und natürlich war es phantastisch, dass sie sich alle drei sehen und miteinander reden konnten, als säßen sie im selben Zimmer. Sam hatte seinen Besuch bei Alex abgebrochen und war so schnell wie möglich von Stockholm nach London geflogen. Dort hatte er Claes getroffen, und die beiden hatten sich sofort gemocht.

Claes machte einen verwirrten Eindruck. Immer wieder fragte er seine Mutter, was eigentlich passiert war. Hatten sie und Siri nicht eine nette Pauschalreise für Rentner gebucht? Und was machte sie in Bernhards Haus? Wer war er überhaupt, und woher kannte sie ihn? Und Sam, wer war er, und woher kannten *sie* sich? Claes hatte von keinem dieser Männer je gehört.

Elsa war noch nicht so weit, alle Fragen zu beantworten, aber bald würde sie einige Dinge über Claes' Vater erzählen müssen. Das widerstrebte ihr, auch wenn ihr in dieser Situation nichts anderes übrigblieb. Sie wünschte, sie hätte ihren Sohn vor der Wahrheit schützen können, damit das Bild seines Vaters unangetastet bliebe. Aber die Nachricht des Entführers hatte etwas in ihr ausgelöst, und es war ihr nicht länger möglich, sich gegen die Erinnerungen zu wehren.

Sie hatte gedacht, Claes würde sie anrufen und sich nicht vor einen Bildschirm setzen. Fast war es ihr peinlich, ihm solche Umstände zu bereiten.

Aber jetzt hatten er und Sam sich verabredet, so dass sie gemeinsam aus London an dem Gespräch in Indien teilnehmen konnten, und dafür war Elsa unglaublich dankbar. Skype war doch eine großartige Erfindung.

»Himmel, Geld«, sagte Sam, als Elsa von den Forderungen der Erpresser erzählte, »wenn ich mit etwas helfen kann, dann ist es Geld. Vor allem stellt sich die Frage, wie wir das rein praktisch lösen und wie wir herausfinden, wer hinter den Drohungen steckt. Angenommen, wir kaufen Siri frei, woher wissen wir dann, dass sie euch nicht wieder bedrohen, sobald ihr zurück in Schweden seid?«

»Glaubst du etwa, jemand aus Schweden steckt dahinter?«, fragte Elsa. Das, was Sam da sagte, machte ihr Angst, auch wenn ihr der Gedanke selbst schon gekommen war. Würde das etwa nie aufhören? Konnte sie sich in Farsta nicht länger sicher fühlen?

Bernhard strich ihr vorsichtig über den Rücken. Er verstand nicht, was sie sagten, da Sam und Elsa Schwedisch miteinander sprachen.

»Entschuldige, wir sollten vielleicht Englisch sprechen, damit mein indischer Freund uns auch versteht«, sagte Elsa. Sie sah, wie Claes zusammenzuckte, als sie problemlos übersetzte, was bisher gesagt worden war. Wahrscheinlich staunte ihr Sohn jetzt. Hatte sie ihm nie von ihren Abendkursen erzählt? Wohl nicht. Sie hatte nicht geglaubt, dass es ihn interessieren würde. Oder sie hatte gefürchtet, er würde sie genauso herablassend behandeln wie sein Vater. Das musste sie sich jetzt endlich eingestehen. »Ja, ja, geh du ruhig zu deinen Kursen. Solange du nicht vergisst, was du hier zu Hause zu tun hast, kann das nicht schaden.«

Sie hatte genug Zeit zum Nachdenken gehabt. Sie wusste inzwischen, dass ihre plötzliche Wut mit Lennart zu tun hatte. Sie hatte ihn immer als ihre Rettung, als Schutzengel gesehen, als jemanden, der sie so nahm, wie sie war. Aber mittlerweile war sie nicht mehr sicher, ob das der Wahrheit entsprach. Ihr kam es vor, als wäre sie Teil eines Plans gewesen. Von Lennarts Plan, in dem für keinen Willen außer seinem Platz gewesen war.

Vielleicht war es kleinlich und oberflächlich von

ihr, jetzt an verpasste Reisen zu denken. Aber wie oft hatte sie ihm vorgeschlagen, zusammen in Urlaub zu fahren, hatte von ihren Träumen von Mallorca, New York und London erzählt. Eine Reise nach Mallorca und eine nach England, damit hatte er wohl geglaubt, ihr genug entgegengekommen zu sein. Er war es, der bezahlte, und weitere Auslandsreisen kamen nicht in Frage, das war viel zu teuer.

Als ob die Hurtigruten nichts gekostet hätten.

Dabei war es nur um Frau Svensson aus ihrer Straße gegangen. Wenn sie mit den Augen klimperte, begann Lennart mit heraushängender Zunge zu hecheln. Einmal hatte Elsa sie erwischt, und erst jetzt fielen ihr die Einzelheiten wieder ein. Anscheinend hatte sie der Anblick so geschmerzt, dass sie alles verdrängt hatte.

Sie war leise die Treppe zu der Kammer über der Garage hinaufgegangen, weil sie merkwürdige Geräusche von dort gehört hatte. Aber es waren nicht die Nachbarskinder, die Unfug trieben. Sondern Frau Svensson, die auf allen vieren vor Lennart stand.

Elsa erinnerte sich nicht, wie sie die Treppe wieder hinuntergekommen war. Die Garage hatte sie nie mehr betreten, und sie hatte alles getan, damit Lennart sich von dem Ort fernhielt.

Ein paar Jahre später waren die Svenssons fortgezogen, und eine Frau Andersson hatte ihr Haus gekauft. Da war Elsa ihre Fähigkeit, alles zu verdrängen, sehr gelegen gekommen.

»Claes«, sagte sie. »Ich muss dir einige Dinge über deinen Vater erzählen. Ich fürchte, sie sind der Grund, weshalb wir in diese Situation geraten sind.«

Elsa zog aus dem Hotel aus und bei Bernhard ein. In seinem Haus liefen die Fäden zusammen, hier versammelten sich alle, und hier aßen alle.

Elsa hatte nie viele Menschen um sich gehabt. In den letzten Jahren fast niemanden mehr. Das Leben bei Bernhard ermüdete sie, aber gleichzeitig fühlte sie sich befreit. Bernhards Familie zeigte ein reges Interesse an ihr, und anfangs kam es ihr merkwürdig vor, all die Fragen zu beantworten, doch bald hatte sie das Gefühl, diese Menschen schon ewig zu kennen. Sie taten alles, um Elsa aufzumuntern. Wenn sie mit Sam und Claes sprach, machte Bernhard Faxen, so dass sie laut lachen musste. Sie wedelte mit der Hand, damit er aufhörte. Claes' Gesicht auf dem Bildschirm war anzusehen, dass sie sich lieber etwas zusammenreißen sollte.

»Entschuldige, es ist wirklich nicht der richtige Moment, um herumzualbern«, sagte sie zu ihrem Sohn und nickte Bernhard zu, der gefragt hatte, ob sie einen Kaffee wolle.

»Aber Mama, ich finde es großartig, dich so gut gelaunt zu sehen. Das habe ich seit meiner Kindheit nicht mehr erlebt.« Er warf ihr eine Kusshand zu. »Ich habe doch gesehen, wie Papa dich behandelt hat. Deshalb habe ich mich von euch ferngehalten, ich konnte es einfach nicht ertragen. Am liebsten hätte ich ihn verprügelt. Du wurdest immer stiller, aber dein Lächeln wurde immer breiter, und ich habe nie verstanden, was das zu bedeuten hatte.«

Elsa stiegen Tränen in die Augen. Das arme Kind, er hatte gelitten. Das hatte Elsa nicht gewollt, nie im Leben.

»Es tut mir so leid, dass ich dir das angetan habe,

Claes, es tut mir so furchtbar leid.« Sie wischte sich rasch über die Augen und sah, wie Sam aufstand. »Ich muss mir ein wenig die Beine vertreten«, sagte er. »Bin bald wieder zurück.«

»Du solltest dich nicht für etwas entschuldigen, das nicht deine Schuld war«, sagte Claes zu Elsa, als sie allein waren. »Aber vielleicht ist es wichtig für dich, zu wissen, dass er mir nicht lieber war als du. Ich glaube, ich habe auf eine merkwürdige Art versucht, dich zu beschützen. Ich wollte nicht, dass du sahst, was er tat. Verstehst du, was ich meine?«

Elsa verstand. »Aber Papa hatte auch gute Seiten«, sagte sie. »Und er war unglaublich stolz auf dich.«

»Ich habe nichts anderes behauptet. Aber jetzt sprechen wir über dich und darüber, wie er sich in eurer Ehe verhalten hat. Was trieb er eigentlich immer in der Garage? Hat er sich da mit einer anderen getroffen?«

Elsa zuckte zusammen. Woher wusste Claes davon?

»Damals habe ich das nicht verstanden, doch jetzt leuchtet es mir ein. Du warst nur ein einziges Mal richtig sauer auf mich, und zwar, als wir Jungs in der Garage spielen wollten. Ich kann mir gut vorstellen, worum es dabei ging.« Er lächelte, wie um zu sagen, das sei schon in Ordnung. Er wusste, dass sie ihn hatte schützen wollen.

»Und was denkst du jetzt, wo du die Wahrheit über deinen Vater erfahren hast?«, fragte Elsa.

»Ich weiß noch nicht«, antwortete Claes. »Heutzutage ist Untreue nichts Besonderes, bei meiner Arbeit betrügen alle ihre Partner. Mein Vater war nun wirklich nicht der Einzige.« Er lächelte schief. »Aber natürlich wäre es schön gewesen, hätte er sich zusammengerissen. Vor allem deinetwegen, denn du hast ihn doch geliebt?«

»Ja, das habe ich. Es war nicht seine Schuld, dass ich geblieben bin. Ich hätte ihn verlassen können. Stattdessen habe ich die Zähne zusammengebissen und gehofft, dass es das letzte Mal sein würde. Aber das war es nie. Bis er krank wurde. Da gehörte er endlich mir allein.« Sie schüttelte den Kopf.

»Aber warum verlangt der Kidnapper Geld aus Papas Erbe, verstehst du das?«, fragte Claes.

»Noch nicht«, antwortete Elsa. »Aber ich habe einen Verdacht.«

Sam klatschte in die Hände, um die Aufmerksamkeit auf sich zu ziehen. Vor dem Computer in Indien saß Bernhards ganze Familie, inklusive Elsa und Labib. »Hallo, wir haben ein Entführungsdrama zu lösen«, sagte Sam und lächelte, als handelte es sich um das geringste Problem auf der Welt. »Ich bin reich wie Krösus, und ich finde, wir sollten uns langsam darum kümmern, Siri freizubekommen.«

»Du wirst keine Öre bezahlen«, sagte Elsa bestimmt. »Sie fordern hunderttausend Pfund von mir, genauer gesagt von meinem Mann, und die werden sie auch erhalten. Aber du darfst mir gerne einen Rat geben, wie ich es anstelle, das Geld zu überweisen.« Sie schaute Claes an. »Es tut mir wirklich leid, aber das Geld wäre eigentlich ein Teil deines Erbes gewesen«, sagte sie.

Claes hob abwehrend die Hände. »Seit wann interessiere ich mich für Geld? Sieh zu, dass wir Siri so schnell wie möglich freibekommen.«

40

Isabella schob Carina vor sich her, was gar nicht so leicht war, denn die Freundin sträubte sich. »Wir können hier nicht bleiben, Carina«, sagte Isabella mit Nachdruck. »Sie ist seine Frau, egal wie sehr du dir wünschst, dass sie es nicht wäre.«

»Dieser Bigamist«, zischte Carina. »Ich frage mich, ob wir überhaupt schon geschieden waren, als er sie geheiratet hat.« Ihr stand beim Sprechen Schaum vor dem Mund. »Und was sagst du zu ihr? Jetzt hat sie ihr wahres Gesicht gezeigt, findest du nicht?«

»Was meinst du?«

»Sie war nicht mehr so freundlich.«

»Das warst du aber auch nicht, und wenn mich nicht alles täuscht, warst du diejenige, die nicht zurückgegrüßt hat.«

Carina schnaubte. »Findest du das verwunderlich?«

»Nein, aber es war vielleicht auch nicht verwunderlich, dass sie die Krallen ausgefahren hat.«

»Furchtbar, wie du sie verteidigst! Und hör auf, mich zu schieben, ich kann allein gehen.« Sie zog ihre Jacke zurecht und fuhr mit den Fingern durch das rote Haar, das sie offen trug. »Ich werde dieser Lolita schon zeigen, mit wem sie es zu tun hat. Meinen Hund kriegt sie jedenfalls nicht«, sagte Carina und steuerte so schnell zurück Richtung Wartezimmer, dass Isabella nicht mitkam.

Isabella konnte nichts tun, als die Daumen zu drücken. Sie ertrug keine Szenen und blieb deshalb im Flur stehen, wobei sie das vorbeieilende Krankenhauspersonal verlegen anlächelte. Aus dem Wartezimmer war kein Ton zu hören, und sie bekam fast Angst, als die Tür aufging und Carina mit einem Schlüsselbund wedelnd heraustrat.

»Natürlich ist sie bei ihnen. Hab ich es dir nicht gesagt?«

»Also fahren wir jetzt hin und holen Poppy? Hat sie gesagt, wie es Andrew geht?«

Carina schüttelte den Kopf. »Ich bin gerade so wütend, dass er von mir aus in ihren mageren Armen sterben kann.«

Auch Isabella freute sich, Poppy wiederzusehen, aber im Vergleich zu Carinas Jubelschreien fiel ihre Begeisterung eher milde aus. Auf dem Nachhauseweg fuhren sie bei einer Tierhandlung vorbei. Poppy sollte so viele Knochen bekommen, wie sie überhaupt schaffte. Laut Carina eine kleine Wiedergutmachung für das, was sie mitgemacht hatte. »Stell dir vor, erst bei meiner Schwiegermutter ausharren zu müssen und dann bei Andrew und der dummen Gans. Mein armer kleiner Liebling!«, flötete sie und bohrte ihre Nase in Poppys Fell.

Isabella sagte lieber nichts. Poppy sah nicht aus, als wäre ihr übel mitgespielt worden, eher im Gegenteil. Das Fell glänzte, und abgemagert war sie auch nicht, egal was Carina dachte.

»Ich will nicht, dass er stirbt, das nehme ich zurück.«

»Das weiß ich doch«, sagte Isabella, während sie den Wagen aus Andrews Ausfahrt steuerte. »Ich verstehe, dass du wütend bist.«

»Aber du hast sie verteidigt, das darfst du nicht.«

»Noch nicht mal, wenn du dich unhöflich benimmst?«

»Nein, du musst immer auf meiner Seite sein.«

Isabella lächelte, als sie die Autobahnauffahrt hinauffuhr.

»Das verspreche ich dir. Und ich meine ganz ehrlich, dass sie und Andrew Idioten sind.«

»Wirklich?«

»Ja, wirklich. Richtige Vollidioten.«

Carina sah so zufrieden aus, dass Isabella lachen musste, und als sie einmal damit angefangen hatte, konnte sie nicht mehr aufhören. Schließlich erkannte sie die Straße kaum noch, weil ihr die Tränen nur so herunterliefen. »Ich muss anhalten«, schnaufte sie. »Würde Andrew sich nicht in Lebensgefahr befinden ...« Sie krümmte sich vor Lachen. Ihr Magen krampfte sich zusammen. Nie hatte sie so etwas Verrücktes erlebt. »Dieser Herbst mit dir übertrifft wirklich alles«, sagte sie, sobald sie das Auto geparkt und Luft geholt hatte. »Fast zu verrückt, um wahr zu sein.«

Carina hörte nicht zu. Sie schmuste mit Poppy. Als Isabella wieder losfuhr, wusste sie, dass die Verrücktheiten hiermit noch lange kein Ende hatten. Im schlimmsten Fall war das nur die erste Runde von vielen gewesen.

Isabella musste selbst einiges in Angriff nehmen, sobald das Filmteam wieder zurück war. Sie hatte noch immer nicht mit Herman über sein Verhalten gegenüber Sam in der Bibliothek geredet. Sie wollte ihm unbedingt die Meinung sagen, statt so zu tun, als wäre alles in bester Ordnung.

»Wir müssen einkaufen«, sagte sie. »Heute Abend

sind sie alle wieder da. Wir sollten uns vielleicht überlegen, im Internet zu bestellen. Es ist doch Quatsch, mit riesigen Einkaufswagen in Supermärkten herumzurennen, wenn wir uns auch alles liefern lassen können. Was meinst du? Für heute ist es natürlich zu spät, jetzt fahren wir zu Tesco. Aber gleich morgen kümmere ich mich darum.«

»Himmel, das hatte ich ganz vergessen«, sagte Carina, die Isabella anscheinend nicht zugehört hatte. »Was soll ich bloß mit CG machen?«

Isabella lief eilig hin und her, auch wenn das eigentlich nicht nötig war. Sie hatte das meiste erledigt, und die letzte Spülmaschine konnte sie auch am nächsten Morgen ausräumen. Trotzdem beeilte sie sich. Sie wollte noch nach Carina schauen, bevor sie sich hinlegte.

Sie klopfte an und hörte Poppy leise bellen.

»Komm rein«, sagte Carina.

Isabella setzte sich aufs Bett und kraulte den Hund unterm Kinn. »Wie geht es dir?«

»Es geht so. Ich versuche so zu tun, als wäre mir völlig egal, was mit Andrew wird, aber das ist nicht so leicht. Ich bin wütend und mache mir gleichzeitig Sorgen.«

»Ich rufe morgen früh im Krankenhaus an«, versprach Isabella. »Soll ich mit Poppy rausgehen, bevor ich schlafen gehe?«

»Hast du Lust dazu? Danke dir, das ist lieb.« Carina wand sich. »Was hat CG dazu gesagt, dass ich nicht da war?«

»Ich habe ihn heute Abend gar nicht gesehen. Vielleicht ist er auch früh ins Bett gegangen.«

»Ohne bei mir anzuklopfen?«

Isabella lächelte. »Meinst du nicht, du hast im Moment andere Sorgen?«

»Ja, aber ein bisschen Interesse hätte mich vielleicht aufgemuntert.«

»Dazu sage ich lieber nichts. Ich gehe jetzt mit deinem Hund raus.«

Sie nahm die Leine, die an der Tür hing, und Poppy wedelte eifrig mit dem Schwanz, bevor sie auf den Boden sprang.

Isabella sah zum Bett. Ihre beste Freundin sah jämmerlich aus, obwohl ihre Ausstrahlung nicht einmal von einem Flanellpyjama zunichtegemacht werden konnte. Sie wünschte nichts mehr, als dass Carina glücklich würde, sei es mit CG, nach einer zweiten Hochzeit mit Andrew oder als sorgloser Single.

»Ich hab dich lieb, Carina«, sagte Isabella und öffnete die Tür. »Wir sind bald wieder da.«

In der Eingangshalle stand Herman, und als er seine Exfrau die Treppe herunterkommen sah, breitete er die Arme aus.

Anders als ihr Exmann fand Isabella ständige Umarmungen unnötig, und wenn man sich ohnehin jeden Tag sah, waren sie geradezu albern.

»Reiß dich zusammen«, sagte sie. »Ich gehe mit dem Hund raus, willst du mitkommen?«

»Andrew ist krank«, fuhr sie fort, sobald sie aus dem Haus kamen. Es war sicher fünfzehn Jahre her, dass Herman ihn zuletzt gesehen hatte, aber Isabella wollte ihm trotzdem davon erzählen, damit er Carinas Verhalten verstand.

»O weh. Das tut mir leid. Aber ich bin eigentlich mehr an dir interessiert. Wer war der Mann, der aussah, als wollte er dich vernaschen, als ich euch in der Bibliothek überrascht habe?«

Isabella ließ beinahe die Hundeleine fallen. War sie wirklich mit diesem Mann verheiratet gewesen, der sich so offenbar für niemanden außer sich selbst interessierte?

»Du könntest fragen, wie es Carina geht«, schlug sie vor.

»Das muss ich nicht fragen, mir ist klar, dass es ihr schlechtgeht, wenn Andrew krank ist. Überhaupt nicht klar ist mir dagegen, warum wir beide uns haben scheiden lassen. Uns ging es doch richtig gut miteinander, zumindest bevor du so eifersüchtig wurdest. Wer ist er? Erzähl es deinem Mann.«

Sie wusste, dass er versuchte, lustig zu sein. Es war seine Art, zu demonstrieren, dass er das Leben auf die leichte Schulter nahm.

Sie hatte keine Lust, sich darauf einzulassen. Sollte er doch sagen und tun, was er wollte, ihr war es egal. Solange er sie mit seinen Albernheiten in Ruhe ließ.

»Du bist nicht mein Mann. Das war eine Lüge, und keine sehr komische. Ich will nicht, dass du dich noch einmal so bezeichnest, das ist vollkommen respektlos.« Ihn wütend anzuschauen, war sinnlos, dazu war es viel zu dunkel. Aber sie tat es trotzdem.

»Ich habe CG heute Abend gar nicht gesehen«, fuhr sie etwas ruhiger fort, nachdem sie losgeworden war, was sie hatte loswerden wollen. »Ist er früh ins Bett gegangen?«

»Nein, er musste wohl irgendetwas erledigen. Filmstars«, schnaubte er. »Alles Egoisten, wenn du mich fragst.«

41

Sobald sie einmal entschieden hatten, wie sie vorgehen wollten, war alles ganz schnell gegangen. Zuerst mussten sie Siri befreien, danach würden sie versuchen herauszufinden, wer hinter der Entführung steckte und was das Motiv war.

Elsa hatte schreckliche Angst gehabt, während sie vorsichtig durch die schmalen Gassen zwischen den Häusern ging. Die Tasche mit dem Geld hielt sie mit beiden Händen an den Körper gepresst, und als der maskierte Mann sie ihr abnahm und den Inhalt überprüfte, glaubte sie, einen Herzinfarkt zu bekommen.

Aber dann war er verschwunden, und Siri kam ihr entgegen. Elsa brach zusammen.

Die Tränen liefen nur so herunter. Sie schloss die abgemagerte Freundin in die Arme und führte sie zu Bernhards Auto, wo Labib am Steuer saß. Nur Elsa allein hatte zum vereinbarten Treffpunkt kommen dürfen.

Siri weinte. Elsa weinte. Sogar Bernhard wischte verstohlen ein paar Tränen fort, als er sah, wie die beiden Frauen sich umarmten.

Nach anderthalb Wochen war das Drama vorbei.

»Elsa, es war so furchtbar«, sagte Siri im Auto.

»Das weiß ich, und außerdem ist alles meine Schuld, aber das erzähle ich dir, wenn wir nach Hause kommen.«

»Nach Hause?«

»Zu Bernhard nach Hause«, sagte Elsa und lächelte unter Tränen. »Die anderen sind dort und kochen für dich.«

»Kochen für mich?«, wiederholte Siri.

»Hast du überhaupt irgendwas zu essen bekommen in den letzten Tagen?«

»Nicht besonders viel. Wann fahren wir zurück nach Farsta?«

»So bald wie möglich.« Elsa legte die Arme um die Freundin. Siri hatte sich so auf die Reise gefreut und geplant, was sie alles in den drei Wochen unternehmen würden, und dann war das hier passiert. Siri war siebenundsechzig. Was man ihr angetan hatte, war wirklich unverzeihlich. Elsa verstand immer noch nicht, warum man nicht sie entführt hatte, wo man doch offenbar an ihrem Geld interessiert war.

»Du musstest am Leben bleiben, dich brauchten sie noch. Siri hätten sie, wenn nötig, umbringen können«, antwortete Bernhard leise, so dass Siri ihn nicht hören konnte. »Ich bin sicher, die ganze Geschichte hat mit den sexuellen Ausschweifungen deines Mannes zu tun. Glaubst du, er hatte ein Kind mit einer anderen?«

»Darüber habe ich auch nachgedacht«, sagte Elsa und versuchte, die aufsteigende Übelkeit zu unterdrücken. »Wahrscheinlich hatte er viel mehr Liebhaberinnen, als ich ahnte.«

»Und niemand hat euch im Laufe der Jahre kontaktiert?«

»Nicht dass ich wüsste. Aber wenn du so fragst, habe ich das Gefühl, irgendetwas übersehen zu haben. Ich komme nur nicht darauf, was.«

»Vielleicht fällt es dir noch ein?«, sagte Bernhard hoffnungsvoll. »Ich glaube nämlich, wir sind auf der richtigen Spur.«

»Stell dir vor, diese Person, die das hier getan hat, wohnt in Farsta«, sagte Elsa. »Vielleicht hat er mich beobachtet und weiß genau, was ich mache?«

»Du musst Claes von deinem Verdacht erzählen«, meinte Bernhard. »Dein Sohn ist erwachsen, er kann die Wahrheit vertragen.«

Später auf dem Bildschirm lachte Claes über Bernhards Theorien. »Ihr habt zu viele Filme gesehen. Glaubt ihr wirklich, mein möglicherweise existierender Halbbruder hat ein paar Inder beauftragt, Siri während eurer Reise zu entführen anstatt zu Hause?« Er schüttelte den Kopf. »Nicht einmal Mankell fiele so eine verrückte Geschichte ein.«

»Ich weiß. Unsere Theorie hört sich vielleicht etwas extrem an, aber es muss eine Verbindung nach Schweden geben, und vermutlich hat man hier weniger Probleme mit der Polizei.«

»Meinst du das ernst, Mama?«, fragte Claes. »Dann brauchst du Schutz, wenn du wieder zu Hause bist.«

»Kein Problem, darum kümmere ich mich«, sagte Sam, der gerade hereingekommen war und sich in dem Londoner Hotelzimmer neben Claes setzte. »Unter uns gesagt, habe ich in Stockholm ein paar Männer, die meinen Sohn überwachen. Einige von ihnen können Elsa und natürlich Siri beschützen, bis wir herausgefunden haben, wie alles zusammenhängt. Ich lasse sofort ein paar zu euch fliegen, damit sie euch zurück nach Schweden eskortieren.«

»Gibt es dich wirklich?«, fragte Claes lächelnd. »Ich bin sehr froh, dass meine Mama dich kennengelernt hat.« Er lachte. »Du hast nun mal nicht gerade viel Ähnlichkeit mit ihren anderen Bekannten.«

Sam brauchte vierundzwanzig Stunden, um vier Leibwächter herbeizuzaubern, die die beiden Frauen auf Schritt und Tritt bewachen sollten. Siri fühlte sich dadurch so sicher, dass sie trotz allem noch die restliche Zeit in Mumbai bleiben wollte. Mit den Bodyguards hatte sie keine Angst mehr.

»Ich will auch solche Kleider haben wie du«, sagte sie zu Elsa. »Und dann würde ich gerne ein Filmstudio besuchen, wenn du nichts dagegen hast.«

Fünf Stunden später befanden sich Elsa und Siri mitten in einem Bollywood-Drama. Der Fahrer aus dem Hotel und sein Cousin hatten den Besuch organisiert. Elsa wischte heimlich die Tränen ab, die einfach nicht aufhören wollten, über ihre Wangen zu laufen. Sie legte ihrer Freundin den Arm um die Schulter.

»Ich bin so froh, dass du lebst«, flüsterte sie Siri ins Ohr.

Elsa fand es traurig, sich von Bernhard und Labib verabschieden zu müssen. Als alles hoffnungslos ausgesehen hatte, waren sie für sie da gewesen.

»Wie kann ich das bloß wiedergutmachen?«, fragte sie auf dem Flughafen.

»Das Schicksal wollte, dass wir uns wiedersehen«, sagte Bernhard sanft. »Es gibt nichts wiedergutzumachen.«

»Glaubst du an das Schicksal?«, fragte Elsa.

»Ja, du etwa nicht?«, fragte Bernhard erstaunt zurück.

»Nein.«

»Dann muss ich eben für uns beide darauf vertrauen.« Er schloss die Augen. »Jetzt habe ich mir gewünscht, dass wir uns bald wiedersehen«, sagte er lächelnd.

»Lieber Bernhard, du bist ein wirklich guter Mensch«, sagte Elsa und küsste ihn auf beide Wangen, während sie seine Hand hielt. Sie würde ihn vermissen. Sehr vermissen.

Sie waren Freunde geworden. Er hatte ihr beigebracht, indisch zu kochen. Hatte sie zum Lachen gebracht, wenn sie es brauchte. Manchmal streichelte er ihre Wange, was sie erröten ließ. Aber ihre neuen Kleider hatten sie mutiger werden lassen. Manchmal nahm sie seine Hand, was sich ganz selbstverständlich anfühlte. Sie fühlte sich zu Hause, auch wenn sie weiter als je zuvor von Farsta entfernt war. Sie redeten. Manchmal redeten sie fast die ganze Nacht, so dass sie nur ein paar Stunden schlief. Die Wahl zwischen Schlaf und den Gesprächen mit Bernhard fiel ihr nicht schwer.

Sie hatte gedacht, dass sich so Liebe anfühlen musste. Wenn man jung war. Wenn sie noch einmal von vorn hätte anfangen können. Sie fragte sich, ob das in ihrem Alter möglich war.

Er nahm ihr Gesicht in seine Hände. »Und du bist

eine wunderbare Frau«, sagte er und küsste sie auf den Mund.

Die Männer würden schichtweise arbeiten, so dass immer jemand ihre Tür bewachte. Und Siris genauso.

»Edgar ist meiner«, flüsterte Siri, die ein Auge auf den kurz vor dem Rentenalter stehenden Leibwächter geworfen hatte, kaum dass er Bernhards Haus betreten hatte.

Elsa war froh, dass Siri zu ihrer alten Form zurückgefunden hatte, und hätte ja gesagt zu allem, was Siri sich nur wünschte. »Er gehört dir«, sagte sie lächelnd. »Aber pass gut auf ihn auf.«

»Sollte nicht eigentlich er auf mich aufpassen?«, entgegnete Siri.

»Ja, aber ich habe so ein Gefühl, dass der umgekehrte Fall auch eintreffen kann.«

Gegen die Entführer konnten sie vorerst nichts unternehmen. Sie hatten überlegt, die schwedische Polizei einzuschalten, sich dann aber entschieden, erst neue Entwicklungen abzuwarten.

Sam würde nachdenken, Claes genauso. Elsa ließ das Gefühl nicht los, etwas übersehen zu haben. Aber sie kam nicht darauf, was es sein konnte.

»Ziehst du deine normalen Kleider wieder an, wenn wir zu Hause sind?«, fragte Siri.

»Nein, jetzt will ich nichts anderes als das hier mehr anziehen«, antwortete Elsa. »Glaubst du, solche Kleider kriegt man auch in Schweden?«

»Haha, du hast dich doch komplett eingekleidet. Die Sachen reichen bestimmt, bis du hundert bist.«

Als Elsa ihren Koffer zu Hause in die Abstellkammer räumen wollte, fiel ihr plötzlich das kleine Mädchen ein, von dem ihr Lennart einmal Fotos gezeigt und gesagt hatte, es sei ihr Patenkind. Jamila hatte das Mädchen geheißen, wenn Elsa sich richtig erinnerte.

Elsa hatte sich gewundert, aber auch gefreut. So eine Geste hätte sie von ihrem geizigen Mann nicht erwartet. Die Briefe mit Fotos wurden an sein Büro geschickt, und er brachte die Fotos immer mit nach Hause. Die Briefe zeigte er ihr nie, obwohl Elsa ihn darum gebeten hatte.

»Ach, das ist nur dummes Gequatsche«, hatte er gesagt. Was tatsächlich in den Briefen gestanden hatte, wusste sie nach wie vor nicht. Die Frage war, ob er das Geld tatsächlich an eine Hilfsorganisation gezahlt hatte oder an jemand ganz anderen. Elsa machte in der Abstellkammer das Licht an. Sie wusste genau, wonach sie suchen musste.

42

Die paar Tage mit Alex waren phantastisch gewesen, aber sein Sohn hatte gesagt, Sam solle lieber in London bleiben und die Wohnung einrichten, statt zurück nach Stockholm zu kommen. Das nächste Mal würden sie sich länger sehen.

Sam fragte Isabella, ob sie Lust habe, ihm zu helfen.

Sie lachte. »Nein, wenn du jemanden brauchst, der sich mit Einrichtung auskennt, dann frag Carina«, sagte sie. »Das ist übrigens gar keine schlechte Idee. Ihr Ex liegt im Krankenhaus, und sie läuft durchs Haus wie ein Tiger im Käfig. Brauchst du wirklich Hilfe?« Isabella klang begeistert.

»Nun ja, ehrlich gesagt war das eher ein Vorwand, um dich wiederzusehen«, antwortete Sam. »Aber den Rat einer Frau mit gutem Geschmack kann ich durchaus gebrauchen. Gibst du mir Carina?«

Es klingelte ungeduldig an Sams Tür, und er lächelte, als er öffnen ging. Geduld war nicht gerade Carinas Stärke, dachte er.

Kaum war sie aus dem Lift herausgetreten, warf sie sich in Sams Arme. »Oh Sam«, schluchzte sie. »Wie kann ich dir helfen?«

Sam konnte nicht aufhören zu lächeln, auch wenn das nicht ganz angebracht schien. Sie war einfach so herrlich dramatisch. »Die Frage ist wohl eher, wie ich dir helfen kann«, sagte er. »Wie geht es Andrew?« Er legte ihr den Arm um die Schulter.

»Er ist krank.« Carinas Stimme zitterte.

»Ja, ich weiß, das hat mir Isabella erzählt. Wie geht es ihm jetzt?«

»Besser. Ich konnte allerdings nur mit seiner Frau reden, die mir so wenig wie möglich verrät, weil sie vermutlich weiß, dass ihr Mann immer noch mich liebt.«

»Oh. Ich verstehe.«

»Verstehst du das wirklich, Sam?« Carina trat einen Schritt zurück und sah ihn an. »Himmel, du bist ein

Anblick für die Götter. Komm, jetzt kümmern wir uns um deine Wohnung.«

Sam ließ sich nicht anmerken, wie sehr ihn der rasche Wechsel von Drama zu Tatkraft überraschte. »Wunderbar«, sagte er und öffnete die Wohnungstür. »Ich hoffe, mein bescheidenes Domizil gefällt dir.«

Carina begutachtete Zimmer für Zimmer und schnalzte verzückt. Sam folgte ihr. Ab und an murmelte sie etwas vor sich hin.

Als er in Stockholm gewesen war und während er mit Claes im Hotel Sonjas London vor dem Computer gesessen hatte, waren alle Wasserhähne im Badezimmer ausgetauscht worden. Der Eindruck war nun nicht mehr protzig, sondern luftig, dachte Sam. Carina gab ihm recht, nachdem er ihr erzählt hatte, wie das Badezimmer vorher ausgesehen hatte.

»Also. Wenn ich dich richtig verstehe, dann brauchst du alles, von Bettzeug bis Besteck, Fußmatte, Betten, Schere, einfach alles, stimmt's?«

»Stimmt.«

»Wie viel darf von IKEA all inclusive sein?«

»All inclusive?«

»Das gehört zu IKEA, ist aber für Leute, die bereit sind, ein bisschen mehr zu zahlen. Sie haben gerade eröffnet, richtig schick. Fertige Möbel.« Carina lächelte. »Vom Stil her natürlich sehr skandinavisch. Vielleicht willst du ja lieber diese gigantischen amerikanischen Möbel?«

»Nein, um Himmels willen«, antwortete Sam. »Ich bin immerhin Halbschwede, vergiss das nicht«, sagte er lächelnd. »Meine Mutter war ein großer Fan von Svenskt Tenn, gibt es den Laden auch in London?«

Carina hatte ein Maßband aus der Handtasche gezogen, mit dem sie die Fensternischen ausmaß. »Perfekt«, murmelte sie und ließ das Band zurückschnappen. »Svenskt Tenn? Nein, aber die haben einen Webshop.«

Sam sah aus wie ein begossener Pudel. »Ich habe meinen Laptop im Hotel gelassen«, sagte er.

»Das hab ich mir gedacht«, antwortete Carina und griff erneut in ihre Handtasche. »Ich gehe nirgendwohin ohne mein Tablet«, fuhr sie fort, legte das Gerät auf die Fensterbank und holte ihre Lesebrille heraus. »Dann wollen wir mal.«

Isabella hatte per SMS gefragt, wie es liefe, und zu Sams Überraschung lief es wirklich hervorragend. Carina war die Effektivität in Person. Innerhalb von zwei Stunden hatten sie einen Maler beauftragt, der am nächsten Tag das Schlafzimmer streichen würde, und am Tag darauf würden die Betten geliefert werden.

»Ich habe ganz vergessen, wie viel Spaß es macht, eine Wohnung einzurichten. In Isabellas und meinem kleinen Schloss war schon alles fertig und perfekt. Ich habe rein gar nichts verändert«, sagte Carina und nahm einen großen Bissen vom zweiten Cupcake des Tages. »Wie gefällt dir übrigens Isabella, ist sie nicht toll?«

Sam verschluckte sich am Kaffee und hustete. Toll? Am liebsten hätte er gesagt, dass er sie wunderbar fand, einfach großartig. Aber sie hatten entschieden, Carina nicht zu verraten, woher sie einander kannten, zumindest noch nicht. Wenn Sam seinen Willen durchsetzte, dann würde Isabella zeitweise bei ihm in der neuen Wohnung leben, und dann würden sie Carina natürlich alles erzählen, doch noch war es nicht so weit.

»Ja, sie ist nett.«

»Und sie sieht gut aus, oder etwa nicht? In ihrer Jugend war sie ein Filmstar. Das sieht man, findest du nicht?«

»Ein Filmstar? Tatsächlich? Ja, sicher, sie ist hübsch.« Er räusperte sich. »Kennt ihr euch schon lange?«

»Seit Ewigkeiten. Wir wissen alles voneinander«, sagte sie mit einem Lächeln.

Nicht ganz, dachte Sam. Isabella war erstaunt gewesen, dass Sam Carina kannte. Sie hatte nicht gewusst, dass sie einander ein paarmal in New York begegnet waren, zuletzt zusammen mit Elsa. Genauso wenig wusste Carina, dass Sam und Isabella sich in Stockholm kennengelernt hatten.

Freunde glaubten oft, dass sie alles übereinander wussten, aber das taten sie nicht, dachte er. Er hätte sicher jede Menge über Isabella von Carina erfahren können, doch das wollte er nicht. Er wollte sie selbst kennenlernen, so wie er sie sah, nicht durch den Blick eines anderen. Die Sehnsucht nach ihr versetzte ihm Stiche. Je schneller die Wohnung fertig war, desto besser. »Wollen wir die Möbelläden in Angriff nehmen?«

»Ich fahre dich nach Hause«, sagte er.

»Das brauchst du nicht. Isabella hat versprochen, mich abzuholen.«

»So ein Quatsch. Ich fahre dich, das ist ja wohl das

Mindeste.« Sie waren schwer beladen, und weil nichts mehr in den Kofferraum passte, packten sie die restlichen Sachen auf den Rücksitz.

»Ich habe den ganzen Tag nicht an meine Probleme gedacht, und dafür muss ich mich bei dir bedanken«, sagte Carina zufrieden.

»Ein Glück«, sagte Sam. »Du wirst schon sehen, Andrew wird wieder gesund.«

»Das wollen wir hoffen, ich habe nämlich noch ein Hühnchen mit ihm zu rupfen«, antwortete sie und warf die Autotür zu, als wäre die an allem schuld.

»Ihr werdet also nicht wieder zusammenkommen?«

»Ich weiß nicht, Sam«, antwortete sie. »Ich weiß es wirklich nicht.« Sie schwieg einen Moment. »Ich hatte gerade einen anderen getroffen, da meinte Andrew, er wolle zu mir zurückkommen. Einen schwedischen Schauspieler«, sagte sie und lächelte. »Einen alten Bekannten von Isabella. Ist die Welt nicht klein?«

»Ja, das ist sie wirklich, und wenn du mich fragst, dann wird sie immer kleiner.«

»Glaubst du an das Schicksal?«

»Du meinst, dass alles vorherbestimmt ist? Nein, das glaube ich auf keinen Fall. Würde es dann wirklich so vielen Kindern auf der Welt schlechtgehen? Was meinst du?«

»Nein, aber manchmal wünsche ich mir, es wäre so. Nicht der Kinder wegen natürlich, aber meinetwegen. Dann könnte ich mich zurücklehnen und müsste nicht immer um alles kämpfen. Vielleicht soll es ja so sein, vielleicht ist es Schicksal, dass Andrew mit Mary zusammen ist. Dann kann ich nichts daran ändern. Das wäre angenehm, es würde mir einiges ersparen«, sagte sie lächelnd. »Vielleicht könnte ich mit Hilfe einer Wahrsagerin herausfinden, dass ich nie mehr Mrs Cody sein werde.«

»Aber würdest du das denn wirklich wollen?«, fragte Sam.

»Ich glaube, ich hätte gerne die Möglichkeit, zu wählen«, gab Carina zu. »Als er mich von einem Tag auf den anderen ausgetauscht hat, musste ich mich dem einfach fügen. Und als er wieder angekrochen kam, konnte ich die Vor- und Nachteile abwägen. Das hat mir Kraft gegeben.«

»Und dieser Schauspieler, taugt der was?«

»Im Bett auf jeden Fall. Ansonsten – ja, ich glaube schon. CG ist offen, aufrichtig und freundlich, so kommt er mir zumindest vor, nachdem wir uns nun schon eine Weile kennen. Er ist ehrlich und benutzt keine Tricks wie so viele andere, zum Beispiel Isabellas Exmann Herman.«

»Ich bin ihm begegnet, als Isabella mir die Bibliothek gezeigt hat«, sagte Sam und bog in den Kiesweg ein, der zum Bed and Breakfast führte. »Er hat behauptet, sie sei seine Frau.«

»Genau das meine ich mit Tricks. Hör nicht auf ihn.«

Sam parkte vor dem Eingang und stieg aus. »Da sind wir wieder«, sagte er, als er ihre Tür öffnete und ihr beim Aussteigen half.

»Endlich.« CG lehnte sich aus dem Fenster und winkte Carina zu.

»Das ist er. Mein Schauspieler«, sagte sie lächelnd.

Sam starrte den Mann im Fenster an und hielt vor Erstaunen mitten in der Bewegung inne.

»Claes?«, rief er lachend und winkte mit beiden Armen. »Du hast einiges zu erklären.«

»Du auch!«, brüllte Claes-Göran Johansson Svartman zurück.

43

Dass nicht jeder die Spannung in der Luft bemerkte, war doch seltsam, dachte sie. Sam hörte CG und Carina zu, schaute aber keinen der beiden an. Sein Blick war fest auf Isabella gerichtet, die in der Küchentür stand.

»Isabella, komm her«, rief Carina, als sie sie erblickte. »Du wirst nicht glauben, was ich dir jetzt erzähle.«

Sam machte ihr Platz. »Hallo«, flüsterte er.

»Hallo«, antwortete sie und fühlte im gleichen Moment seine Hand auf ihrem Rücken. Sie erschauerte. »Was habe ich verpasst?«

Während CG die unglaubliche Geschichte von seiner Mutter und Indien erzählte, von der Entführung und von Siri, fuhren Sams Finger vorsichtig Isabellas Rücken hinab. Dass niemand sah, was er da trieb, dachte sie. Sie konnte seine Hand nicht wegschieben, zu sehr genoss sie sein Streicheln.

»Eine starke Frau, deine Mama«, sagte Carina.

»Du kennst sie«, sagte Sam grinsend.

»Ich kenne CGs Mutter?«

»Sie ist unsere gemeinsame schwedische Freundin, Elsa.«

Carina schüttelte den Kopf.

»Machst du dich über mich lustig? Ist *Elsa* deine Mutter?«

CG lächelte und nickte.

Am letzten Tag hatte Elsa Claes alles erzählt. Sie wollte keine Geheimnisse mehr haben. Also erfuhr er von ihren Reisen, hörte, wie sie Bernhard in London kennengelernt hatte und Sam in New York begegnet war. Sie hatte ihm von Carina und Isabella erzählt, und als sie so weit gekommen war, hatte CG sie unterbrochen und gesagt, dass er und das ganze Filmteam ausgerechnet bei ihnen wohnten. »Das weiß ich doch«, hatte Elsa geantwortet.

»Mama hat sich an dich erinnert, Isabella. Ich habe ihr erzählt, wer dein Exmann ist. Ob du es glaubst oder nicht, sie war immer ein großer Fan von Herman.« Er lachte.

»Welche Frau war das nicht«, sagte Isabella. Sie erbebte, als sie fühlte, wie Sams Finger unter ihren Hosenbund krochen, was nicht besonders schwer war, denn sie hatte es noch nicht geschafft, etwas anderes als Trainingshosen anzuziehen. Er schloss seine Finger um ihre Pobacke und massierte sie sanft, legte dann die flache Hand auf die andere Backe und ließ ihr dieselbe zärtliche Behandlung zukommen.

»Ich sollte mir etwas Anständiges anziehen«, sagte Isabella. »Entschuldigt ihr mich einen Augenblick?«

Sam zog langsam die Hand aus ihrer Hose, und sie stand auf und verließ die Küche. Sie wusste, dass er ihr folgen würde. Bereits auf der Treppe holte Sam sie ein.

»Du bist einfach so sexy in dieser Hose«, sagte er heiser. »Trotzdem frage ich mich, ob du sie wohl ausziehen könntest?«

Isabella öffnete ihre Zimmertür. Als Sam sie hinter ihnen schloss, zog sie nicht nur die Hose, sondern auch ihre Unterhose, den Pulli und ihren BH aus.

»Oh, Himmel«, stöhnte Sam. »Du weißt wirklich, wie du meinen Puls hochtreibst.«

Isabella legte sich aufs Bett und spreizte die Schenkel. Dass er sie so sehr wollte, machte sie an, und sie wollte ihm zeigen, wie es sie anmachte. Sie war bereit. Das war sie schon gewesen, während er ihr über den Rücken strich. Sie legte ihre Hände um die Brüste und streichelte sie mit den Handflächen, dann rollte sie die harten Brustwarzen zwischen ihren Fingern. Sie konnte ihren Unterkörper nicht mehr stillhalten.

Als ihre Hände sich zu ihren weit gespreizten Beinen hinabbewegten, hatte Sam sich endlich ausgezogen. Er atmete heftig. Seine Finger berührten ihre feuchte Spalte, sie stöhnte auf und fuhr sich mit der Zunge über die Lippen.

»Hilf mir«, flüsterte sie mit halbgeschlossenen Augenlidern, während sie sich immer schneller selbst streichelte. »Komm und hilf mir.«

Sein Mund löste ihre Hände ab, und sie drückte ihre Hüften nach oben. Vorsichtig führte er einen Finger in sie ein. Unerträglich langsam fuhr seine Zunge über ihre Scham. Sie atmete stoßweise, und als er ihre Klitoris in seinen Mund saugte, stöhnte sie laut auf. Je mehr er saugte, desto schneller bewegten sich ihre Hüften. Sie spürte, wie der Orgasmus sich näherte, auf keinen Fall durfte er jetzt aufhören. Sie presste ihre Scham an seinen Mund. »Nicht aufhören, nicht aufhören«, stöhnte sie.

Genau in dem Moment, als er spürte, wie sich ihre Muskeln rhythmisch anspannten, hob er seinen Mund und zog die Finger heraus. Der Orgasmus nahm sie völlig gefangen, und eine Welle nach der anderen überrollte sie, während Sam sie beobachtete.

»Komm in mich hinein, Sam, komm zu mir«, bat sie, und ihre Blicke trafen sich.

Isabella hatte noch nie so ein pures Verlangen nach irgendeinem Mann verspürt. Er konnte mit ihr machen, was er wollte, sie befand sich voll und ganz in seiner Gewalt, und sie musste sich auf die Lippen beißen, um nicht vor Lust laut aufzuschreien, als er in sie glitt. Er war ganz offensichtlich genauso erregt wie sie. Keiner von beiden war auf der Suche nach sanften Zärtlichkeiten, er nahm sie hart, und sie genoss es. Das war primitiv. Sein Schwanz stieß rhythmisch in sie hinein. Er hielt ihre Hände über ihrem Kopf fest, sie hatte keine Chance, sich loszumachen. Das wollte sie auch gar nicht. Sie wollte, dass er weitermachte, sie wie sein Eigentum behandelte. Als er seinen Mund auf ihren hinabsenkte, sie küsste und umarmte, stand diese Zärtlichkeit in einem solchen Kontrast zur vorherigen Rohheit, dass Isabella zu weinen begann.

Sam richtete sich auf. »Bist du traurig?«, fragte er und küsste eine ihrer Tränen fort.

»Nein, im Gegenteil«, sagte sie und bewegte ihre Hüften. »Ganz im Gegenteil.«

Er musste fahren. Wie hätte er auch bleiben können?, dachte Isabella. Sie wollte sich nichts anmerken lassen. Carina würde sich natürlich für sie freuen, aber Isabella hatte keine Lust auf all die Fragen. Außerdem war da noch Herman. Ihm wollte sie nun wirklich nicht ihr Privatleben auf die Nase binden, und das wäre unvermeidbar, solange sie unter einem Dach wohnten und alles so war wie jetzt.

Carina, die wieder völlig von CG gefangen genommen war, sagte, es sei gut, dass Isabella sich um Sam kümmere. CG sagte nichts, aber sein Zwinkern war eindeutig. Sie legte den Finger auf die Lippen, um ihn um Diskretion zu bitten. Sie bekam ein Lächeln zur Antwort. Das fühlte sich nicht sehr vertrauenswürdig an.

Die Zweifel kamen, wenn Sam gerade nicht bei ihr war. So wie jetzt beim Spaziergang mit Poppy. Sie hatte ihr Alleinsein genossen, als wäre sie in ihrem Leben angekommen, als sollte es so sein und nicht anders. Dann hatte sich plötzlich die Möglichkeit aufgetan, ihre Firma zu verkaufen, und gleichzeitig hatte Carina panisch ihre Hilfe gesucht. All das hatte ihr Leben durcheinandergebracht, aber noch lange nicht so sehr, wie Sam es tat.

Mit hundert Männern von Hermans Kragenweite wäre sie leichter fertig geworden als mit einer Romanze mit Sam. Nach ihrer ersten Begegnung in Stockholm hatte sie behauptet, ihn nicht wiedersehen zu wollen, weil er in New York lebte. Diese Ausrede galt nun nicht mehr, jetzt, wo er in London war.

Was vor kurzem in ihrem Schlafzimmer passiert war, machte ihr Angst. Beim letzten Mal hatte sie sich sexuell befreit gefühlt, dieses Mal erschreckte sie ihre eigene Verwundbarkeit.

Sie zog sich die Mütze tief ins Gesicht und betrachtete Poppy, die glücklich und auf leichten Pfoten neben ihr hertrabte.

»Nur damit du's weißt: Rüden bedeuten Schwierigkeiten«, sagte Isabella.

Ein Auto kam ihr entgegen, hupte und hielt mit quietschenden Reifen an. Sam warf die Tür auf.

»Ich habe vergessen, dir etwas zu sagen.« Er legte seine warme Hand an ihre kalte Wange. »Ich hab dich sehr gern.«

44

Jamila. Sie hieß tatsächlich so, Elsa hatte recht gehabt. »1974« stand auf der Rückseite des Fotos. Das Mädchen war vielleicht ein oder zwei Jahre alt. Elsa versuchte, die Umgebung zu erkennen, aber das Bild war drinnen aufgenommen worden. War das eine Kaffeemaschine, dort in der Ecke? Sie brauchte ihre Lupe. Wo hatte sie die gleich wieder hingelegt? In die Kommode im Schlafzimmer vielleicht?

Elsa schaute aus dem Fenster. Ihr Bodyguard saß wie immer vor dem Haus im Auto. Zur Abwechslung, wie er sagte. Den Rest seiner Schicht verbrachte er zusammen mit Elsa.

Sie war nie ohne Schutz, und nachts schlief einer der beiden Wachleute auf ihrem Schlafsofa. Damit musste sie klarkommen, hatte Sam gesagt, wenn sie die Männer nicht im Auto vorm Haus sitzen lassen wollte. Elsas Vorschlag, eine Art Alarmknopf zu benutzen, den sie bei Gefahr drücken würde, kam anscheinend nicht in Frage. Also machte sie Peter jeden Abend das Bett, und morgens frühstückten sie gemeinsam, bis er von dem anderen Mann abgelöst wurde, der gerade im Auto saß.

Die Lupe. Sie war sicher gewesen, sie in der obersten Schublade zu finden. Verflixt noch mal, wo hatte sie sie bloß hingelegt? Elsa versuchte sich zu erinnern, wann sie sie zuletzt benutzt hatte. Sie nahm sie manchmal, wenn die Augen ihr den Dienst verweigerten. Zum Beispiel, wenn sie die Inhaltsangaben auf Lebensmittelverpackungen entziffern wollte. Dass diese Texte auch so winzig gedruckt sein mussten! Viele ältere Menschen konnten sie kaum lesen. Und davon abgesehen ließen sich die Verpackungen schwer öffnen. Damit hatte Elsa bislang noch keine größeren Probleme, aber Frau Thoresson, die ein Stockwerk über ihr wohnte, bekam noch nicht einmal die Milchkartons auf.

Elsa hatte ein neues Ladegerät für ihr Handy gekauft, und die Verpackung ließ sich einfach nicht öffnen. Sie war zurück zum Laden gegangen, und sogar dem jungen Mann bei Kjell & Co. hatte der Karton Probleme bereitet. Aber zum Schluss hatte er es geschafft. An so etwas sollten die Hersteller mal denken. Nur weil man älter wurde, hörte man nicht auf, Dinge zu kaufen, dachte Elsa, während sie die oberste Küchenschublade durchsuchte.

Sie sollte die Schublade endlich mal aufräumen. Darin lag alles Mögliche, von dem sie nicht wusste, wo sie es aufbewahren sollte. Gummibänder, Beutelklammern, Büroklammern und Papiere, die keinen anderen Platz hatten. Und da lag auch die Lupe. Sie hielt sie in die Höhe, als wäre sie ein Goldpokal. Ha, wusste ich's doch, dachte sie. Diese Schublade war unersetzlich. Darin hatte sie auch ihren Pass gefunden, als sie begann, ihre Reisen zu planen. Der Pass war abgelaufen gewesen, ohne dass sie ihn ein einziges Mal benutzt hatte. Ihr neuer war nur fünf Jahre gültig und hatte ihr schon gute Dienste erwiesen. Aber ob sie noch mehr Reisen unternehmen würde? Sam hatte darauf beharrt, dass sie ihn in seiner neuen Londoner Wohnung besuchen müsse. Vielleicht würde sie das tun, wenn alles vorbei war.

Was hatte sie noch gleich durch die Lupe betrachten wollen? Genau, die Kaffeemaschine auf dem Foto.

Bevor sie sich das Foto ansehen konnte, klingelte es an der Tür. Obwohl sie wusste, dass es einer der Sicherheitsleute sein würde, der Lust auf eine Tasse Kaffee und eine ihrer guten Zimtschnecken bekommen hatte, tat sie, wie geheißen, und schaute durch den Spion, bevor sie die Sicherheitskette beiseiteschob und öffnete.

»Komm herein«, sagte sie und nahm ihn beim Arm. »Vielleicht kannst du mir helfen, ein Foto genauer zu untersuchen.«

Sie holte es hervor, als sie am Küchentisch saßen. »Kannst du erkennen, was das in der Ecke da ist?«, fragte sie.

»Sieht aus wie eine Kaffeemaschine«, antwortete er. »Und daneben steht eine rote Büchse. G-e-v-a-l-i-a«, buchstabierte er langsam.

»Machst du Witze?«, sagte Elsa und zog das Foto zu sich herüber. Sie hatte keine Büchse bemerkt. Aber er hatte recht, jetzt, wo sie wusste, wonach sie suchte, sah sie sie auch.

»Da stellt sich die Frage, ob es 1974 in Indien Gevalia gab«, schnaubte sie.

»Was ist denn das?«

»Schwedischer Kaffee, du trinkst ihn gerade«, antwortete sie.

»Vielleicht waren Schweden zu Besuch, als das Foto gemacht wurde. Sie könnten den Kaffee mitgebracht haben«, schlug er vor.

»Oder das Foto wurde in Schweden aufgenommen«, sagte Elsa. »Warte mal, es gibt noch mehr Bilder.«

Im Flur lehnte sie sich an die Wand und holte tief Luft, bevor sie den Karton hochhob, den sie auf den Boden gestellt hatte. Sie schloss die Augen und betete, dass alle anderen Bilder am Ganges gemacht worden waren.

Claes rief an und berichtete ihr lachend von Carinas Reaktion auf die Nachricht, dass Elsa seine Mutter war.

»Warum hast du ihr denn nicht gesagt, dass ich dein Sohn bin, als sie erzählt hat, dass wir kommen würden?«

»Mir war das peinlich, ich wollte mich nicht einmischen. Außerdem sprach sie über den Schauspieler CG, und für mich bist du mein Sohn Claes. Das sind zwei verschiedene Personen für mich. Und wenn wir schon darüber sprechen – Sam hast du dich wohl auch nicht richtig vorgestellt, er war jedenfalls höchst erstaunt, dir bei Carina und Isabella zu begegnen.«

»Ich fand es sehr angenehm, mal einfach nur Claes sein zu können«, sagte er. »Ich konnte doch nicht wissen, dass Sam hier auftauchen würde. Übrigens finde ich, du solltest herkommen«, fuhr er fort. »Platz gibt es genug. Ich würde dich sehr gerne meinen Freunden vorstellen.«

Elsa war gerührt von Claes' Worten und musste sich erst räuspern, bevor sie antworten konnte. »Glaubst du wirklich, es wäre gut, gerade jetzt, wo ich ständig diese Wachmänner dabeihabe?«

»Wenn du herkommst, brauchst du die gar nicht. Hier gibt es nämlich an die fünfzig Sicherheitsleute.«

»Aber ihr dreht doch?«

»Mama, wie oft warst du dabei, wenn ich gedreht habe? Ein einziges Mal, und ich habe in ungefähr vierzig Filmen mitgespielt. Das ist doch ein Skandal!«

Elsa kam sich dumm vor. Sie hatte sich nie zu fragen getraut, ob sie bei einem Dreh zuschauen dürfe, obwohl sie so filmbegeistert war. »Ich wäre unglaublich gerne einmal dabei«, sagte sie. »Aber ich habe Angst, im Weg zu sein.«

»Ich dachte, das interessiert dich überhaupt nicht«, sagte Claes. »Deshalb habe ich dich in den letzten Jahren nicht mehr gefragt.«

»Und ich dachte, du bleibst auf Abstand«, gab Elsa zu. »Weißt du was, Claes, ich überlege mir, ob ich nicht wirklich zu euch komme. Aber dann würde ich gerne Siri mitbringen, falls das in Ordnung ist. Ich will sie nicht alleine hier in Farsta lassen.«

Während Elsa mit Claes telefonierte, sah der Bodyguard die Fotos von Jamila durch. Elsa hatte ihn gebeten, nach Hinweisen zu suchen, dass die Bilder in Indien aufgenommen worden waren. Doch das ließ sich unmöglich sagen, da das Mädchen meistens vor einer neutralen Wand stand. Ein einziges Foto war draußen gemacht worden, und auf diesem Bild war ihm die Kleidung des Mädchens ins Auge gestochen. Nicht dass sie eine Hose anhatte, war die Besonderheit, sondern die Jacke und die Mütze.

»Auch in Indien gibt es Gegenden, in denen es kalt wird«, sagte Elsa und seufzte. »Sonst ist dir nichts aufgefallen?«

Der Mann schüttelte langsam den Kopf.

Mehr verrieten die Bilder nicht. Weder für die eine noch für die andere Möglichkeit hatte Elsa einen Beweis gefunden. Nun konnte sie noch Lennarts gesamte Notizen durchsehen. Soweit sie sich erinnerte, hatte er täglich etwas in seine Notizbücher geschrieben. Er hielt fest, wie das Wetter war, notierte ihre Ausgaben und ob sie etwas Besonderes unternommen hatten. Um die Bücher hatte er kein Geheimnis gemacht, sie lagen offen neben dem Sofa, wo er saß und schrieb. Ihr war es trotzdem nie in den Sinn gekommen, darin zu lesen. Sie konnte sich kaum vorstellen, dass ihr Lennarts Notizen weiterhelfen würden. Was erhoffte sie sich eigentlich? Zu erfahren, dass Lennart unschuldig war und gutherzig ein Mädchen unterstützt hatte oder dass Claes eine Halbschwester hatte, die vermutlich zu den Kidnappern gehörte?

Siri war während ihrer Entführung keiner einzigen Frau begegnet, wie sie sagte, und die Männer, die sie gefangen hielten, hatten ihre Gesichter verhüllt. Die einzigen Anhaltspunkte, die sie hatte, waren das Rauschen von Wasser in der Nähe und der Geruch von Brot in dem Raum. Sie wusste nicht, ob sie sich in einer Wohnung oder einem Haus befunden hatte, hatte jedoch auf Letzteres getippt, da sie nur wenige Autos vorbeifahren hörte, bei denen es sich eher um Lastwagen als um Pkws handelte.

Elsas Bemühungen, das Geheimnis um Siris Entführung zu lösen, waren wohl zum Scheitern verurteilt. Aber sie musste alles versuchen, immerhin war es ihre Schuld. Hätte sie sich von Lennart scheiden lassen, als sie ihn das erste Mal erwischt hatte, wäre das alles nie passiert, dachte sie und schlug sein Notizbuch von 1972 auf. Dem Jahr, seit dem sie die Garage nicht mehr betreten hatte.

45

»Mir ist vollkommen egal, was du sagst. Lass mich jetzt zu Andrew«, brüllte Carina, die zur Feier des Tages einen breitkrempigen pelzbesetzten Hut zu ihrem enganliegenden schwarzen Kleid trug. »Was denkst du denn, was ich vorhabe, ihn aus dem Krankenbett zu entführen?« Sie drückte die Tür auf und stürmte an Andrews Frau vorbei, der es die Sprache verschlagen hatte.

Im Flur zog Carina die Handschuhe aus und gab

sie Mary. »Kannst du die bitte solange halten? Also, wo ist er?«

Mary zeigte auf die Tür direkt neben ihnen, Carina ging hinein und machte die Tür hinter sich zu. Sie fühlte sich überhaupt nicht so stark, wie sie wirkte. Tief im Innern fürchtete sie sich vor dem, was sie zu Gesicht bekommen würde. Sie hatte nicht mit ihm gesprochen. Er hatte sich nicht gemeldet, obwohl er, wie sie wusste, wieder bei sich war und auch essen konnte. Hatte er vergessen, dass er zu ihr zurückkommen wollte, kurz bevor sein Herz aufhörte zu schlagen, kurz bevor seine Mutter starb? Carina wusste, dass er sie nicht mehr im selben Maße brauchte wie zuvor. Andrew war jetzt ein reicher Mann. Früher war er nur der Sohn einer reichen Frau gewesen. Carina hatte einen ihrer wichtigsten Trümpfe verloren. Nur ihre Stärke brauchte er möglicherweise noch immer.

»Du Armer, liegst hier und leidest? Was kann ich für dich tun?«, fragte sie und hoffte, dass ihr der Schock über sein Aussehen nicht anzumerken war. Im Bett lag ein kleiner Krake. Andrews für gewöhnlich rundes, rosiges Gesicht war leichenblass und eingefallen, und offensichtlich hatte ihn niemand rasiert, seit er nach Hause gekommen war. Er blinzelte, als versuchte er zu erkennen, wer Carina war. Sie nahm den Hut ab und trat näher an das Bett heran. Andrew zeigte auf das Glas auf dem Nachttisch.

»Wasser?«, fragte sie und setzte sich auf die Bettkante. Er nickte, sie half ihm, sich aufzusetzen, nahm dann das Glas und führte es an seinen Mund.

»Danke«, flüsterte er.

»Bist du sicher, dass es eine gute Idee war, schon

aus dem Krankenhaus entlassen zu werden? Du siehst noch nicht besonders gesund aus«, sagte Carina und lehnte Andrews mageren Körper nach vorn, um die Kissen zurechtzuschütteln. Dann legte sie ihn zurück. Er wirkte vollkommen kraftlos. Vermutlich hätte sie ihn sich über die Schulter werfen, ihn hinaustragen und in ihr Auto stecken können, ohne dass er protestiert hätte. Dass er völlig einsam hier lag, war skandalös, und das würde sie seiner Frau klipp und klar sagen, wenn sie ging.

»Danke, dass du gekommen bist«, sagte er.

»Ich wäre auch schon früher gekommen, wenn sie mich gelassen hätte«, sagte Carina und nickte in Richtung Tür. »Es tut weh, dich so zu sehen. Willst du nicht lieber solange bei uns wohnen? Es täte dir sicher gut, unter Menschen zu sein, die dich lieben.« Carina ignorierte geflissentlich, dass hier seine Frau bei ihm war. Mary hatte keinen Gedanken an Carina verschwendet, als sie eine Affäre mit Andrew begonnen hatte, warum also sollte Carina Rücksicht auf Mary nehmen? Was auch immer zwischen den beiden war, es konnte sich ganz gewiss nicht mit der engen Bindung messen, die in dreißig Jahren zwischen Andrew und Carina entstanden war.

Was sie mit CG machen würde, wenn Andrew bei ihnen wohnte, wusste sie nicht. Sie war überrascht gewesen, wie sehr sie sich über seine Rückkehr nach einigen Tagen in London gefreut hatte. Sie hatte ein Kribbeln verspürt, allein sein Anblick schien sie glücklich zu machen. Er hatte sie so warm angelächelt, dass sie sich sofort und ohne nachzudenken in seine offenen Arme geworfen hatte. Ein paar Stunden später hatte er an ihre Tür geklopft, und sie hatte ihm geöffnet, als hätte sie nie darüber nachgedacht, die Beziehung mit ihrem Exmann wieder aufzunehmen. In der Nacht hatten sie keinen Sex gehabt, sondern sich nur unterhalten. Und gelacht. Sie hatte den Kopf auf seinen Arm gelegt. Kaum war ihr Lachen verklungen, hatte er sie so fest gehalten, als wollte er sie nie wieder loslassen. In dem Moment hatte sie sich nichts anderes gewünscht.

Aber nun, da sie Andrew so hier liegen sah, gab es keine Zweifel. Vielleicht war es genau das, vielleicht musste sie beide Männer unter einem Dach haben, um zu wissen, ob sie ein sicheres Leben mit Andrew wollte oder Leidenschaft und Glücksgefühle mit CG. Ihr selbst kam das selbstverständlich vor. Aber das war es nicht.

»Man hat meinetwegen die Beerdigung aufgeschoben«, sagte Andrew. »Du kommst doch?«

»Zur Beerdigung von deiner Mutter? Machst du Witze?«

»Sie hat dich mehr geschätzt, als du denkst«, sagte Andrew und hustete. Carina gab ihm Wasser. Zu gerne wollte sie hören, was seine Mutter an ihr geschätzt hatte.

»Sie fand dich sehr hübsch«, sagte er und lächelte sie schwach an. Carina verdrehte die Augen und lächelte zurück.

»Und was noch?«

»Ihr gefiel, dass du dich nie verstellt hast. Dass du du selber geblieben bist. Auch bei ihr, mit der du immer wieder aneinandergeraten bist.«

»Wie seltsam«, entgegnete Carina. »Zu mir hat sie

gesagt, sie wünsche, ich würde die Klappe halten. Und zu der Beerdigung von dieser Frau soll ich gehen? Nie im Leben, Andrew. Da kann dir deine neue Frau die Hand halten.«

»Aber ich brauche dich«, sagte er. »Ich brauche dich mehr als je zuvor.«

Er hätte ihr das Blaue vom Himmel herunter versprechen können.

»Okay, dann machen wir einen Deal. Du ziehst zu uns nach Hause, und ich gehe mit dir zu der Beerdigung.«

»Wie soll ich das bloß Mary sagen?«, fragte er mit Leidensmiene.

»Das ist nicht mein Problem, Liebling. Melde dich doch später bei mir, damit ich mich um den Transport kümmern kann.«

CG erst zu verführen, um ihn dann über ihren Exmann zu unterrichten, war ein billiger Trick. Sie hatte das nicht geplant, aber CGs magische Hände hatten sie bereits in der Eingangshalle halb ausgezogen, und dann war keine Zeit zum Reden gewesen, bevor sie erschöpft nebeneinander auf ihrem Bett lagen.

»Weißt du, ich habe dasselbe zu meiner Mutter gesagt, sie soll lieber herkommen, statt sich in Farsta zu verbarrikadieren und in ständiger Angst vor Entführern zu leben. Hier hat man Menschen um sich. Dein Exmann hat sich wie ein eifersüchtiger Esel aufgeführt, als ich ihm begegnet bin, dabei war damals noch gar nichts zwischen uns passiert«, sagte er und zog ihren nackten Körper an sich. »Was glaubst du, würde er jetzt sagen?«

»Wir sollten Andrew lieber nicht so offen zeigen, was zwischen uns läuft«, sagte sie. »Das macht sein Herz vielleicht nicht mit.«

»Du bist wirklich sehr nett zu ihm, wenn man bedenkt, was er dir angetan hat«, stellte CG fest. »Das mag ich an dir. Und ich verspreche, ihm nichts davon zu erzählen, wenn wir das nächste Mal Sex auf deinem viktorianischen Sofa gehabt haben werden.«

Carina hatte ein schlechtes Gewissen, CG so in ihr Drama miteinzubeziehen. Aber solange sie nur darüber nachdachte, zu Andrew zurückzukehren, und nichts in die Tat umsetzte, war wohl alles verzeihlich. Das Schlimmste, was sie getan hatte, war das Herumgeknutsche in der Vorratskammer gewesen. Und das war wohl nicht allzu schlimm, hoffte sie.

»Dir macht es also nichts aus, wenn er hier wohnt, bis er wieder völlig hergestellt ist?«

»Solange dir meine Mutter auch nichts ausmacht.«

»Oh, ich liebe Elsa«, sagte Carina, die in diesem Moment auch Elsas Sohn liebte. Vor allem, was er mit ihrem Körper anstellte. Denn sie liebte ihn doch wohl nicht, sie liebte ja Andrew. Aber sie wollte nie mehr Sex mit einem anderen Mann als CG haben. Wollte nie mehr andere Hände auf ihrem nackten Körper spüren. Trotzdem liebte sie Andrew, wirklich. Es hieß, Sex und Liebe seien nicht das Gleiche.

Genau.

Sie verstand *genau*, was damit gemeint war.

Mit CG ging es nur um Sex. Er war einer der schönsten Männer Schwedens, kein Wunder, dass sie so außer sich geriet. Und dass sie sein Lächeln vermisst hatte, lag wohl auch an der körperlichen Anziehungskraft, die zwischen ihnen bestand. Und dass er sie zum Lachen brachte. Das Kribbeln, das sie verspürt hatte, als er nach ein paar Tagen in London zurückgekehrt war, war natürlich merkwürdig, aber wenn sie eine Weile darüber nachdächte, käme sie bestimmt auch darauf, dass das mit Sex zusammenhängen musste.

Er drehte ihr Gesicht zu sich und sah ihr in die Augen. »Du machst mich so glücklich«, sagte er.

46

Sam konnte sich nicht zurückhalten. Er musste ihr einfach sagen, dass er sie gern hatte, denn so war es nun einmal. Sobald es heraus war, klingelten gleich alle Alarmglocken in seinem Kopf auf einmal. Sam wusste, dass er es etwas langsamer angehen musste. Aber wie? Sollte er sie etwa nicht sehen? Das hatte er bereits versucht, und da hatte er sich vor Sehnsucht fast verzehrt.

Sein ursprünglicher Plan, nach dem er sie wiedersehen wollte, um sie vergessen zu können, hatte sich als unbrauchbar erwiesen. Das funktionierte vielleicht mit den Frauen, mit denen er in New York ab und an ausgegangen war, aber Isabella war definitiv eine Klasse für sich.

Er war verrückt nach ihr und wusste nicht, wie er damit umgehen sollte. Er war fünfundfünfzig und wusste nicht, wie er damit umgehen sollte, dass er verrückt nach einer Frau war, die ihn ganz offensichtlich auch nicht direkt abstoßend fand. Das war natürlich lächerlich, sofern man seine Geschichte nicht kannte. Dann nämlich sah alles sehr viel ernster aus. Er musste unbedingt mit einem klugen Menschen sprechen.

»Robert, hier ist Samuel Duncan. Ich würde dich gerne heute Abend auf ein Bier einladen, damit du die fertig eingerichtete Wohnung siehst. Hast du Zeit, oder hast du schon etwas vor?«

Sie hatten sich schon vorher nach dem erfolgreich abgeschlossenen Geschäft auf ein Bier getroffen. Robert war ein anständiger Kerl, der sagte, was er dachte, und genau so jemanden brauchte Sam gerade.

Die Firma, die er mit der Einrichtung der Wohnung beauftragt hatte, war wirklich so gut, wie Carina versprochen hatte.

»Sie werden Wunder vollbringen«, hatte sie gesagt, als sie mit den Einkäufen fertig waren. »Sobald die Sachen da sind, brauchen sie nur einen Tag, um alles einzurichten.«

Er hatte eine Nacht im Hotel Sonjas London verbracht, und als er über die Türschwelle trat, wusste er, was Carina gemeint hatte. Die Wohnung hatte sich in ein Zuhause verwandelt.

Er öffnete die Flügeltür zu seinem großen Schlafzimmer und nickte anerkennend. Ein wunderbarer, warmer Raum. Die Bettwäsche und die schweren Vorhänge waren farblich auf die Wände abgestimmt. Er mochte es, wie die Vorhänge fielen, auch wenn er keine Ahnung hatte, was das für ein Stoff war. Das mit Leder bezogene Kopfende am Bett war vielleicht ein bisschen zu viel, aber Carina hatte es abgesegnet, also glaubte er, dass es auch ihrer besten Freundin gefallen würde. Und das war wichtig. Falls er sich weiterhin mit ihr treffen würde.

»Einfach phantastisch, was du aus der Wohnung gemacht hast«, sagte Robert. »Und die Wasserhähne sind verschwunden, wie ich sehe.«

»Ja, genau wie die hellen Wände im Schlafzimmer. Sonst habe ich nichts verändert. Die Bar habe ich noch nicht aufgefüllt, aber im Kühlschrank ist Bier. Willst du eins?«

»Aber gerne«, antwortete Robert.

Sam holte zwei Biergläser aus dem Schrank und goss sie randvoll. Eins reichte er Robert. »Prost und herzlich willkommen, du bist mein erster Gast«, sagte Sam und hob sein Glas.

»Vielen Dank«, antwortete Robert und trank das halbe Glas in einem Zug aus. »Und wann kommt sie zu Besuch, wie heißt sie noch gleich, Isabella?«

Robert hatte Sam am Morgen nach der Autopanne abgeholt, und da hatte Sam ihm von dem zufälligen Wiedersehen mit Isabella berichtet.

»Ich weiß nicht«, antwortete Sam. »Ich hab ein bisschen weiche Knie wegen dieser Sache. Willst du hören, warum?«

Robert nickte. »Aber erst hätte ich gerne noch ein Bier.«

»Klar«, sagte Sam. »Wollen wir das Sofa im Wohnzimmer einweihen, während ich meine traurige Geschichte erzähle?«

Robert schlug ihm leicht auf die Schulter und lächelte aufmunternd. »Immerhin hast du eine schicke Wohnung zum Weinen.«

»Du meinst, es gibt Leute, denen es schlechter geht als mir?« Sam lächelte. »Du bist der richtige Mann für mich, deinen Rat kann ich gebrauchen. Gegen meine alten Kumpels ist nichts einzuwenden, aber seit dem Tod meiner Frau haben sie Mitleid mit mir und sagen deshalb nicht, was sie wirklich denken. Ich brauche eine ehrliche Meinung, falls du dich traust.«

Robert war ein guter Zuhörer, und als Sam fertigerzählt hatte, saßen beide schweigend da. Erstmals hatte Sam seine Bedenken ausgesprochen. Das fühlte sich gut an.

»Was meinst du dazu?«, fragte er Robert schließlich.

»Ich glaube, dass *du* glaubst, Gott zu sein«, antwortete er ruhig. »Und das ist ja gut möglich, ein Glück für mich, wenn es so wäre.« Er grinste. »Aber ich würde das, was dir passiert ist, eher einen schrecklichen Zufall nennen. Du bist nicht auf die Welt gekommen, um die Frauen, die du liebst, zu töten, Sam. Das ist niemand.« Er machte eine ausholende Armbewegung. »Wozu hast du all das hier, wenn du es mit niemandem teilen kannst?«

»Aber wenn sie stirbt?«

»Natürlich wird sie sterben. Früher oder später. Hoffentlich später. Doch wenn du in ständiger Angst lebst, dass deine Liebsten sterben könnten, dann musst du dich irgendwo einsperren und darfst niemanden mehr sehen.«

»Das habe ich ja getan«, murmelte Sam.

»Du musst sehr einsam sein«, sagte Robert, der sich

nicht vorstellen konnte, auch nur einen einzigen Tag ohne seine Frau zu verbringen.

»Nein, nicht solange es niemanden gibt, den ich so sehr mag. Nur im Moment ist es schrecklich«, antwortete Sam. »Aber es wird nicht gut enden. Sollte ich mich da nicht lieber jetzt zurückziehen, wenn ich das doch weiß?«

»Ja, vielleicht. Wenn du vorhast, dein Glück zu zerstören, dann solltest du das tun.«

»Ich habe nicht vor, irgendetwas zu zerstören. Das passiert ganz von selbst«, sagte Sam leise.

»Das nehme ich dir nicht ab. Du entscheidest, was wird.«

»Ich habe nicht entschieden, dass Alex' Mutter krank werden sollte«, sagte Sam. »Aber sie wurde es trotzdem. Wer hat entschieden, dass sie nicht bei ihrem Sohn bleiben konnte?«

»Das weiß ich nicht, aber du vergleichst hier Äpfel mit Birnen. Deine Frau ist krank geworden, weil ihr Körper sie im Stich gelassen hat. Daran bist weder du noch sonst jemand schuld. Bei Isabella liegt die Sache doch ganz anders. Du willst etwas beenden, das dich glücklich macht, weil dir niemand garantiert, dass du glücklich bleiben wirst. Dabei solltest du wissen, dass es so eine Garantie nicht gibt.« Robert hob ratlos die Schultern. »Ich glaube, du bist verrückt, Sam. Gibt es noch Bier?«

Sam hatte sich schon besser gefühlt. Wie viele Bier hatten sie getrunken? Wenn er sich recht erinnerte, war Robert nicht so betrunken gewesen wie er, vielleicht war er mehr Alkohol gewöhnt? Sam trank nur selten. Er konnte sich einen ganzen Abend an einem Glas festhalten, das am Ende des Fests immer noch halb voll war.

Was hatten sie herausgefunden, abgesehen davon, dass Robert glaubte, Sam halte sich für Gott?, fragte er sich, während er vorsichtig aus dem Bett stieg. Sein Kopf schmerzte wie in einen Schraubstock eingezwängt. Hatte er sich über Nacht entschieden? Es fühlte sich so an. Er musste mit Isabella Schluss machen, um sein Gemüt zu beruhigen. Er wusste ohnehin, dass sie auf eine Katastrophe zusteuerten. Sie würde ihm letztlich dankbar sein, davon war er überzeugt. Es war erst halb sieben. Wenn er sie jetzt anrief, würde er sie wecken.

Wie würde sie reagieren? Schwer zu sagen. Wie würde er selbst sich fühlen? Erleichtert und traurig zugleich, dachte er. Erleichtert, weil er den Schmerz nicht zu fürchten brauchte, wenn alles zusammenbrach, und traurig, weil er sie mochte. Er mochte sie wirklich sehr.

»Du bist ein Feigling, Sam«, das hatte Robert zu ihm gesagt, erinnerte er sich jetzt. Vielleicht war er das. Das machte nichts, dachte er. Man musste sich selbst schützen. Er wäre ein schlechter Vater, nähme er sich nicht so gut wie möglich in Acht. Alex und er hatten genug durchgemacht. Dass Sam versuchte, Gefahren vorherzusehen und auszuschalten, war klug, nicht feige, egal was Robert sagte.

Als sie anrief, war es Viertel nach acht. Er musste nichts von dem sagen, was er sich zurechtgelegt hatte, denn sie bat ihn freundlich, aber bestimmt, sich nie wieder bei ihr zu melden.

47

Es war vorbei. Was auch immer zwischen ihnen gewesen war, jetzt war es vorbei. Er hatte es merkwürdig schnell akzeptiert, dachte Isabella, wo er doch neulich noch extra zurückgefahren war, um ihr zu sagen, wie gern er sie habe. Vermutlich hatte er noch einmal nachgedacht. Ein Glück, dass sie die Affäre beendet hatte. Es hätte sie tiefer verletzt, von ihm abserviert zu werden, als selbst den Schlussstrich zu ziehen.

»Heulsuse«, sagte sie laut. »Hör jetzt auf damit.« Sie kniff sich ins Bein, aber so fest kneifen, dass es statt im Herzen dort wehtat, konnte sie gar nicht. Sie weinte fast nie; wenn es hochkam, verdrückte sie alle paar Jahre ein paar Tränchen. Bei ihr bildete sich ein großer Klumpen in der Brust anstelle von Tränen wie bei anderen Leuten.

Als sie Sex mit Sam gehabt hatte, war sie von ihren Tränen überwältigt worden. So eine Verletzlichkeit hatte sie nicht mehr verspürt, seit sie mit Herman zusammengekommen war, und damals war sie noch furchtbar jung gewesen. Diese Verletzlichkeit würde sie meiden, indem sie Sam nicht mehr traf. Wenn sie sich nur auf die Nachteile dieser Romanze konzentrierte, würde sie hoffentlich bald darüber hinweg sein. Und sie erlebte weiß Gott nicht ihren ersten Liebeskummer. Herman und sie kamen inzwischen gut miteinander zurecht, und so würde es eines Tages auch mit Sam sein. Er war ja immerhin mit Carina befreundet.

Leider musste sie Carina nun alles erzählen. Sie hatte ihr am Morgen fröhlich zwitschernd berichtet, dass Elsa zu Besuch kommen würde. »Da muss ich natürlich auch Sam einladen, er kennt ja sowohl Elsa als auch CG«, hatte sie gesagt.

»Willst du mich veräppeln?«, fragte Carina.
Isabella schüttelte den Kopf. »Nein.«
»Mein Gott, das ist doch perfekt! Du und Sam. Darauf hätte ich selber kommen sollen.« Carina grinste von einem Ohr zum anderen und schien überhaupt nicht zuzuhören.
»Ich habe gerade gesagt, dass nichts weiter daraus wird. Du hörst mir nicht zu.«
»Klar höre ich dir zu. Aber deine Gründe sind doch albern. Was spielt denn das für eine Rolle, dass deine Beziehungen bisher immer in die Brüche gegangen sind? Das hier ist ein neuer Mann mit ganz neuen Möglichkeiten.«
»Das musst du gerade sagen, die du Andrew mit herumschleppst. Welche Möglichkeiten siehst du denn bitte in ihm?«
»Netter Versuch, Isabella, aber jetzt reden wir über dich. Später können wir gerne über mich sprechen, wenn dir das ein Bedürfnis ist. Einstweilen bleiben wir bei dir und deiner Romanze mit meinem guten Freund Sam.«
»Deinem *guten* Freund?«, fragte Isabella amüsiert.
»Ja, zumindest hat er das Potential, es zu werden. Hör auf mit der Haarspalterei. Ihr müsst das klären, das verstehst du doch?«
»Wir sind uns völlig einig. Wir wissen, wie alles enden wird, und deshalb gibt es auch nichts zu klären.«
»So ein Quatsch. Du machst mich richtig wütend.

Willst du mir wirklich erzählen, dass ihr beide völlig vernarrt ineinander seid, Sex habt, der euch berührt, und Schluss machen wollt, weil ihr ›wisst, wie das alles enden wird‹? Wie bist du bloß darauf gekommen, nach einem Date? Kannst du nicht ein einziges Mal einer Beziehung eine Chance geben? Immer bist du auf der Flucht«, sagte Carina.

»Das bin ich überhaupt nicht. Er hat kein Interesse mehr an mir. Es ist schon mehrere Tage her, dass er zurückgekommen ist, um mir zu sagen, dass er mich gern hat.«

»Ja, so was vergeht schnell«, schnaubte Carina sarkastisch. »Du Idiotin. Isabella Håkebacken, du bist eine Idiotin.«

Isabella hatte gewusst, dass Carina in etwa so reagieren würde. Das änderte nichts. Es war ihr Leben und ihre Erfahrung. Carina lebte ihr eigenes Leben, auch wenn Isabella fand, dass sie dabei war, die Kontrolle darüber zu verlieren.

»Deshalb bitte ich dich, Sam nicht hierher einzuladen, und wenn du darauf bestehst, werde ich für ein paar Tage verreisen.«

»Du bist hier zu Hause«, seufzte Carina. »Was du willst, hat Vorrang, ob du es glaubst oder nicht.«

»Danke. Vielleicht ist ja in ein paar Tagen alles vorbei, und dann ist es sowieso kein Problem mehr.«

»In ein paar Tagen? Aber meine Liebe, es wird Jahre dauern, bis du über Sam hinweg bist.«

»Und wie lange wirst du brauchen, um über CG hinwegzukommen?«, gab Isabella zurück. »Denn das musst du, wenn du wieder mit Andrew zusammen sein willst.«

»Ich *liiiiebe* Andrew«, sagte Carina mit Nachdruck.

»Das versuchst du, dir einzureden«, sagte Isabella ruhig.

»Wie meinst du das?« Carina riss die Augen auf und starrte Isabella an. »Meinst du etwa, dass ich ihn nicht liebe?«

»Doch, so wie eine Mutter ihr Kind liebt.«

»Ich weiß nicht, was du meinst.« Carina schnaubte.

»Das weißt du ganz genau, hör auf mit diesen Albernheiten. Ich mag CG, und wenn du ihn hintergehst, muss ich ihm das sagen.«

»So ist es also um deine Loyalität bestellt.«

»Bedeutet loyal zu sein, deinen Lügen ein Alibi zu geben?«

»Ich habe CG nicht angelogen.«

»Gut. Dann fang auch nicht damit an. Er hat Besseres verdient.«

Carina stampfte mit dem Fuß auf. »Siehst du, was du gerade machst? Du drehst alles so, dass es um mich geht, statt um dich.« Um dem noch mehr Nachdruck zu verleihen, stampfte sie auch mit dem anderen Fuß auf. »Ist es in Ordnung, wenn ich Sam anrufe, um zu fragen, wie es ihm geht? Siehst du, ich bin so loyal, *dass ich dich zuerst frage, ob es okay ist, dass ich mit ihm spreche.*« Den letzten Satz zischte sie Isabella ins Gesicht.

Isabella ging es abwechselnd schlecht und sehr schlecht. An Essen war nicht zu denken. Und genauso wenig daran, sich von den Küchenaktivitäten fernzuhalten. Als Isabella gefragt hatte, ob Carina allein klarkäme, hatte diese klipp und klar verneint.

Schweigend verrichteten sie Seite an Seite die vertrauten Handgriffe. Die Arbeit lief wie am Schnürchen, auch wenn sie den Laden erst seit ein paar Wochen betrieben.

Montags fuhren sie zusammen nach Farnham Common und kauften ein, die Einkaufsliste hatten sie vor dem Frühstück geschrieben. Um alles andere kümmerte sich die Köchin des Filmteams, auch wenn Isabella und Carina zusahen, dass der Kühlschrank gefüllt war, falls jemand zwischen den Mahlzeiten hungrig wurde. In der Vorratskammer bewahrten sie Lebensmittel wie Kaffee, Tütensuppen, Saft, eingelegten Schinken, Kartoffeln und anderes auf, woraus sich schnell eine Mahlzeit improvisieren ließ. Von der kommenden Woche an brauchten sie nur noch Kleinigkeiten einzukaufen, weil Isabella sich darum gekümmert hatte, dass ihnen die Waren in Zukunft geliefert wurden.

Sie saugten jeden Tag im ganzen Haus Staub, mit Ausnahme der Gästezimmer, darum kümmerten die Gäste sich selbst. Mittwochs wischten sie die Böden, und jede zweite Woche kam eine Putzfirma, die alles gründlich reinigte.

Sie wechselten sich damit ab, die Badezimmer zu putzen, was jeden Tag erledigt werden musste. Nachmittags arbeiteten sie zusammen im Garten oder hielten sich in ihren Zimmern auf. Abends waren sie für die Gäste da, und auch wenn diese allein zurechtkamen, gab es doch immer irgendetwas zu organisieren. Manchmal aßen sie gemeinsam mit dem Filmteam, aber meist saßen sie in der Küche, während die Gäste im Speisesaal zu Abend aßen. Zum Kaffee setzten sie sich zu ihnen, bevor sie das Chaos beseitigten, das die Köchin angerichtet hatte. Da sie ein Abendessen bekamen, ohne selbst kochen zu müssen, ging ihnen die Arbeit relativ leicht von der Hand. Außerdem war das nur vorübergehend. In wenigen Wochen würde das Filmteam zurück nach Schweden fahren, um den restlichen Film im Studio zu drehen.

Herman ging an Isabella vorbei in die Küche, pikte ihr dabei mit dem Zeigefinger in die Taille und pfiff leise, ansonsten war es still. Und eiskalt. Im Haus war der Spätherbst deutlicher zu spüren als draußen. Isabella überlegte, ob Carina wohl mit Sam gesprochen hatte, aber sie fragte nicht danach. Je weniger sie wusste, desto besser, redete sie sich ein. Sie legte noch ein paar Holzscheite in den Kamin in der Küche. Anders als der Gasofen in der Bibliothek spendete er Wärme und gab angenehme Geräusche von sich. Sie hätte gerne den Rest des Abends allein davorgesessen.

Carina brach das beleidigte Schweigen, das zwischen ihnen geherrscht hatte, als sie die Küche betrat.

»Ich mache Andrew ein Bett bei mir im Zimmer«, sagte sie. »Und du brauchst das überhaupt nicht zu kommentieren. Ich weiß genau, was du denkst.« Sie öffnete den Kühlschrank. »Hast du den Schinken gesehen?«, fragte sie.

»Schau im anderen Kühlschrank«, antwortete Isabella, »vielleicht habe ich ihn in den falschen geräumt.«

»Und den Käse?«

»Den auch.«

Als die Gäste kamen, um sich am Kühlschrank zu bedienen, schien niemand außer CG die schlechte

Stimmung zu bemerken. Weil Carina sich verdrückte, musste Isabella ihm Rede und Antwort stehen.

»Es ist nichts.«

»Hör schon auf, was ist los mit euch? Habt ihr euch gestritten?«

»Ja, aber das tun wir so oft, dass man sich darüber keine Sorgen machen muss«, sagte Isabella bemüht heiter.

»Was hältst du davon, dass ihr Exmann herkommt? Ist das nicht ein bisschen seltsam, vor allem weil er eine andere geheiratet hat? Wie kann seine Frau damit einverstanden sein?« Er trat an den Kamin und rieb sich die Hände.

»Vielleicht ist sie froh darüber.« Isabella musste zum ersten Mal seit zwei Tagen kichern. »So wie ich Carina kenne, wird er so gut wie neu sein, wenn sie ihn zurückbekommt.«

»Wenn sie ihn zurückbekommt, dann ja. Aber wer weiß, vielleicht will er lieber hierbleiben?«

»Wir können hier ja wohl kaum wie eine Kommune zusammenwohnen, mit lauter Exmännern und neuen Männern unter einem Dach. Das wird nie im Leben funktionieren.«

»So wäre es doch auch, wenn du Sam öfter hierher einlädst«, sagte CG und sah, wie ein Schatten über Isabellas Gesicht fiel. »Du und Sam?«, fragte er.

»Nein, nicht mehr ich und Sam«, antwortete sie. »Nicht mehr.«

»O weh. Bist du traurig?«

Sie nickte.

»Und er? Vielleicht sollte ich ihn anrufen?«

»Bitte, du wärst nicht der Einzige.«

48

Elsa hatte sich richtig erinnert, in Lennarts Notizen ging es um Alltägliches. Manches verstand sie nicht, aber sie fand auch nichts, was einen Beweis für die Existenz eines außerehelichen Kindes dargestellt hätte. An Mittsommer im Jahr 1972 war das Wetter offenbar schön gewesen. Elsa erinnerte sich wieder daran. Sie waren bei Freunden gewesen, die ziemlich wohlhabend waren. Sie besaßen ein Haus am Meer und ein Boot. Einen eigenen Steg. Sie hatten sogar ein Dienstmädchen, was unglaublich unmodern gewesen war, vor allem, da die Dame des Hauses nicht arbeitete. »Leckeres Essen, zubereitet von Chandi«, hieß es im Notizbuch. Hatte das Mädchen so geheißen? Elsa erinnerte sich nicht daran, ihr begegnet zu sein. Lennart anscheinend schon.

Sie blätterte weiter. Es war ein warmer Sommer gewesen. Ab und an hatte er notiert, was Claes und er gemeinsam unternommen hatten. Aber Ende Juli hatte er sich vertan, denn da war Claes mit seinem besten Freund an der Westküste gewesen. Daran erinnerte sie sich genau, denn in dem Jahr war die Serie *Der Laden im Schärengarten* gedreht worden, in der die filmbegeisterten Jungen als Statisten mitgemacht hatten. Elsa blätterte ein paar Seiten weiter. Lennart hatte wieder notiert, dass er Claes getroffen habe, und auch das konnte nicht stimmen, dachte sie. Wahrscheinlich hatte er sich geirrt. Vielleicht sollte sie besser jemand anderen bitten, die Bücher durchzusehen, sie verlor sich nur in Erinnerungen und war wohl eine ziemlich schlechte Detektivin. Sie hatte nach Informationen über Jamila suchen wollen und keine gefunden.

Sie hatte Lust auf ein Butterbrot. »Willst du auch etwas zu essen?«, rief sie dem Wachmann zu, der im Wohnzimmer saß. Er war wirklich ein netter Kerl, aber Elsa war es leid, keinen Schritt mehr allein tun zu können. Sie hatte mit Siri darüber gesprochen, die jedoch eine ganz andere Meinung vertrat, da sie sich in einen der Bodyguards verguckt hatte.

»Das wird furchtbar, wenn diese Entführungsgeschichte vorbei ist«, sagte Siri. »Natürlich will ich, dass die Täter bestraft werden, andererseits ist es fast eine schlimmere Strafe, Edgar nie mehr wiederzusehen. Wusstest du, dass er in Texas aufgewachsen ist und als Cowboy gearbeitet hat?«

Siri schien das Drama in Indien gut verkraftet zu haben, aber Elsa, die selbst eine Meisterin der Verdrängung war, wusste, dass man selten etwas so leicht verarbeitete. Was Jahre zuvor passiert war, konnte plötzlich wie ein Wirbelsturm über einen kommen und einen völlig umwerfen.

Doch es tat nicht mehr so weh. Und sie wurde nicht mehr so wütend. Dafür konnte sie Indien und Bernhard dankbar sein.

Erst als sie wieder zu Hause angekommen war, war ihr bewusst geworden, wie viel sie mit Bernhard über sich und ihre Erfahrungen gesprochen hatte. Über ihn wusste sie nicht viel mehr, als dass er zwei Geschwister in England und den Bruder in Indien hatte. Und dass er ein kleines Unternehmen in England besaß, an dem er genug verdiente, wenn er auch nicht gerade reich war. Er war unverheiratet, hatte keine Kinder und war siebzig Jahre alt.

Außerdem war er der weichherzigste Mann, dem sie je begegnet war. Wie er sich in Heathrow um sie gekümmert hatte, sagte viel über ihn aus. Dieser Eindruck hatte sich in Mumbai bestätigt, während all ihrer Gespräche, die eigentlich unmöglich hätten sein sollen, bei den unterschiedlichen Welten, aus denen sie kamen.

Sie hatten nur wenig voneinander gehört, seit sie wieder zu Hause war. Elsa schrieb nicht gerne SMS, sie fand die Buchstaben viel zu klein, aber zu ein paar Worten konnte sie sich durchringen. Wie man Fotos schickte, wusste sie auch, also tat sie es. Edgar musste sie und Siri in ihren bunten indischen Kleidern fotografieren. Sie winkten in die Kamera.

»War da was zwischen euch beiden?«, fragte Siri und blinzelte ihr zu.

»Was meinst du?«, fragte Elsa zurück, bevor sie verstand und ihr Gesicht tomatenrot anlief.

Einer der Bodyguards würde Elsa bis nach Heathrow begleiten, wo Sam sie abholen sollte. Der andere Sicherheitsmann würde in ihrer Wohnung bleiben. In England würde sie keinen Schutz brauchen, da sie annahmen, dass die Bedrohung von Stockholm ausging. Andererseits waren Siri und sie auf Reisen gewesen, als man Siri geschnappt hatte, weshalb sie vereinbarten, dass Elsa nie allein sein dürfe. Sam sagte, sie solle sich keine Gedanken machen, er habe die Lage unter Kontrolle.

»Sam kannst du vertrauen«, sagte Siri, die auf keinen

Fall mit nach England hatte kommen wollen. »Richte ihm meine Grüße aus. Und sag ihm vielen Dank für die Bodyguards«, fügte sie lachend hinzu.

Elsa wusste noch nicht, wie lange sie fort sein würde. Jetzt, wo jemand in ihrer Wohnung war, musste sie sich um nichts sorgen. Am meisten freute sie sich auf die Zeit, die sie nach ihrem Besuch bei Sam mit Claes verbringen würde. Zu viel hatte all die Jahre unausgesprochen zwischen ihnen gestanden, es war wirklich an der Zeit, nachzuholen, was sie verpasst hatten. Sie war ihm einiges schuldig. Ihm gegenüber ehrlich zu sein war sicher ein guter Anfang.

»Du darfst ihn nicht mehr wie ein Kind behandeln«, sagte Sam, als sie aus dem Parkhaus fuhren. »Ich glaube, das ist der größte Fehler, den Eltern von erwachsenen Kindern machen. Ich bin ein gutes Beispiel dafür.« Er lächelte. »Aber ich versuche, damit aufzuhören, und ich glaube, eines Tages werde ich es schaffen.«

»Du hast natürlich recht«, sagte sie, während sie ihrem Hirn klarzumachen versuchte, dass sie sich in England befand, wo es richtig war, auf der falschen Seite zu fahren.

»Du bleibst doch ein paar Nächte bei mir, bevor du weiterfährst?«, fragte er. »Ich habe ein sehr hübsches Gästezimmer.«

Elsa hatte noch nie so eine schöne Wohnung gesehen. Das sagte sie Sam, und dabei holte sie eine Tüte mit Zimtschnecken nach der anderen aus ihrem Koffer. Sie hatte ihn mit in die Küche gebracht, nachdem sie ihre Kleidung im Gästezimmer aufgehängt hatte.

»Die hier hab ich gestern Abend gebacken«, sagte sie und wedelte mit einer Tüte Safranbrötchen. »Die kannst du Alex servieren, wenn er kommt, deshalb friere ich sie schnell ein. Sie schmecken am besten, wenn du sie bei Zimmertemperatur auftauen lässt«, sagte sie und öffnete die Kühlschranktür. »Aber du kannst sie auch eine halbe Minute in die Mikrowelle stecken.« Elsa lächelte Sam an. »Während ich Kaffee aufsetze, kannst du mir vielleicht erzählen, weshalb du so trübsinnig bist.«

»Trübsinnig? Ich? Ganz im Gegenteil, ich habe strahlend gute Laune.« Sam machte ein paar Tanzschritte, um zu beweisen, dass sie sich irrte.

Elsa hob eine Augenbraue. »Mir alter Tante, die extra aus Schweden angereist ist, kannst du nichts vormachen. Bei einer Tasse Kaffee und einer Zimtschnecke wirst du mir erzählen, was los ist.«

Sam versuchte alles, um Elsa davon zu überzeugen, dass es ihm blendend ging. Er lachte, scherzte und verdrehte die Augen, sobald er sich die erste Zimtschnecke in den Mund schob. Aber Elsa verdrehte ebenfalls die Augen und sagte, er solle sich zusammenreißen. Schließlich wirkte er, als hätte jemand die Luft aus ihm abgelassen wie aus einem kaputten Fahrradschlauch.

»Sie hat mich verlassen«, sagte er.

»Isabella?«

Er nickte. »Ich dachte, es würde umgekehrt kommen, und ich würde sie verlassen.«

»Und ich habe etwas anderes erwartet, was euch wohl nicht in den Sinn gekommen ist. Nämlich, dass ihr zusammenbleiben würdet.« Elsa lächelte.

»Du weißt doch, was ich gesagt habe«, meinte Sam. »Ich bin völlig beziehungsunfähig.«

»Wusstest du, dass die meisten Schweden sie kannten, als sie noch sehr jung war, gerade erfolgreich in einem bekannten Film mitgespielt hatte und frisch verheiratet war mit Schwedens damals wohl charismatischstem Schauspieler? Ich wusste auch, wer sie war, obwohl ich ihr nie begegnet bin, nur ihrem Exmann.«

»Herman?«

Elsa nickte. »Ich hatte nie etwas gegen Herman, er hat viel für Claes getan, aber seine Frau hat er schlecht behandelt und war ihr notorisch untreu. Daraus hat er überdies nie ein Geheimnis gemacht, so dass Isabella einiges ertragen musste.«

Kurz überlegte sie, ob Herman wohl schlimmer als Lennart gewesen war. Vermutlich nicht.

»Sie hat ihn erst nach vielen Jahren verlassen, und ich weiß genau, wie sehr es einen verletzt, ständig betrogen zu werden. So sehr, dass man schließlich nichts anderes mehr erwartet.«

»Du meinst, sie hat mich verlassen, bevor ich sie verlassen konnte, weil das weniger schmerzhaft war?«

»Ja, das glaube ich zumindest. Was hat sie denn gesagt?«

»Dass sie nicht glaubt, dass wir eine Zukunft haben.«

»Und was hast du ihr geantwortet?«

»Ich habe ihr zugestimmt.«

Elsa stand auf und holte die Kaffeekanne. »Nun, wenn das so ist, dann sind natürlich alle glücklich und zufrieden«, sagte sie säuerlich und betrachtete den

Mann, aus dem man die Luft herausgelassen hatte. »Tanz doch noch ein bisschen, es hat richtig Spaß gemacht, dir dabei zuzusehen.«

49

»Du kannst dich zu mir schleichen, sobald der Patient eingeschlafen ist«, sagte CG, als Carina ihm erzählte, dass sie Andrew in ihrem Zimmer unterbringen wollte. »Aber was sagt denn eigentlich seine Frau dazu?«

»Das weiß ich nicht, ich habe nicht mit ihr gesprochen. Das soll er selber tun.«

»Aber ist es nicht sehr merkwürdig, dass er bei seiner Ex wohnen wird? Was macht denn seine Frau solange?«

»Ich weiß es nicht, und es ist mir ehrlich gesagt völlig gleichgültig.«

»Ich verstehe dich nicht, Carina. Tust du das ihm zuliebe, oder hast du ihm angeboten, bei dir zu wohnen, um seine neue Frau zu ärgern?«

Carina wurde rot. »Eine Mischung aus beidem, glaube ich.«

»Dass er eifersüchtig auf mich war und sie auf dich, ist also ein Spiel. Du hast den Hut auf und mischst dich in das Leben anderer ein, als Rache, weil du verlassen worden bist. Ist es nicht so?«

CG war wütend. Nie zuvor hatte sie ihn so sprechen hören.

»Ich weiß nicht, was ich denke, CG.« Carina seufzte.

»Willst du ihn zurückhaben? Du musst es nur sagen, dann verschwinde ich sofort aus deinem Leben.«

»Ich will nie wieder andere Hände auf meinem Körper spüren als deine. So viel weiß ich.«

»Das ist keine Antwort auf meine Frage«, sagte er und zog sie an sich.

Sich als Krankenschwester zu verkleiden war vielleicht ein wenig übertrieben, aber Carina zog sich immer den Umständen entsprechend an. Jetzt, wo sie sich um einen Kranken zu kümmern hatte, schien ihr ein weißer Kittel mit vielen Taschen passend.

Als der Krankentransport mit Andrew kam, stand sie auf dem Hof, um ihn in Empfang zu nehmen. Sie trug ein Cape über ihrem Krankenschwestern-Outfit und ein Häubchen auf dem Kopf. Sie fühlte sich wie Florence Nightingale. Oder etwas in der Richtung.

CG hatte sie auf die Nasenspitze geküsst, sie verrückt genannt und gesagt, sie dürfe später zu ihm kommen, gerne in diesen Kleidern.

Carina drückte den Rücken durch und rückte ihr Häubchen zurecht. Sie war vielleicht keine Heilige, aber sie verstand es, Kranke zu pflegen. Andrew würde gesünder werden denn je.

»Folgen Sie mir bitte«, sagte sie bestimmt zu den Pflegern, die Andrew auf einer Bahre hinter ihr hertrugen.

Er sah immer noch blass aus, stellte Carina besorgt fest. Sobald es ihm ein bisschen besser ging, würde sie mit ihm spazieren gehen. Bis er wieder selbst laufen konnte, nahmen sie eben den Rollstuhl. Sie hatte bereits Wege ausgesucht, auf denen er fahren konnte. »Er muss sich so viel wie möglich bewegen«, hatte man ihr gesagt, als sie im Krankenhaus angerufen hatte, um sich beraten zu lassen. Aber das schien ihr falsch zu sein. Erst musste er sich doch wohl erholen? Sie würde abwarten und ihn nicht zwingen, selbst zu gehen. Zumindest nicht sofort.

Schon in der ersten Nacht begann er ihr auf die Nerven zu fallen. Warum konnte er nicht bis zum nächsten Morgen warten? Gut, dass er pinkeln musste, verstand sie, aber das lag daran, dass er ständig eiskaltes Mineralwasser verlangte. Das Wasser auf dem Nachttisch war ihm zu warm, weshalb er Carina wecken musste, damit sie ihm frisches Wasser holte.

Als er das dritte Mal »Cariiina« flüsterte, wurde sie ärgerlich.

»Jetzt reicht es aber«, zischte sie. »Wie soll ich dir helfen, wenn du mich nicht schlafen lässt?«

»Ich wusste ja, dass es dir zu viel werden würde, habe ich es nicht gesagt? Oh, ich wünschte, ich könnte mir eine Krankenschwester leisten«, sagte er schwach.

Carina goss ihm Wasser ein und strich ihm über den Kopf. »Sobald du das Testament deiner furchtbaren Mutter angetreten hast, kannst du dir so viele leisten, wie du willst«, sagte sie und gähnte.

»Dann bin ich längst wieder gesund«, antwortete er.

»Ja, du Ärmster«, entgegnete Carina. »Schlaf jetzt, Andrew. Bitte.«

Sie hatte vergessen, wie es sich anfühlte, wenn er sie nicht schlafen ließ, weil er selbst keine Ruhe fand. Jeder andere Mann wäre in ein anderes Zimmer gegangen oder hätte sich aufs Sofa gelegt, um seine Frau nicht zu stören. Nicht so Andrew. Er tat genau das Gegenteil und fand überhaupt nichts dabei. Morgen würde Carina ihn daran erinnern, dass sie nicht länger verheiratet waren und sie ihm einen großen Gefallen tat. Dass sie eigene Motive für ihren heldenhaften Einsatz hatte, übersah sie geflissentlich. Es war immerhin mitten in der Nacht, dachte sie und steckte den Kopf unter ihr Kissen.

Carina hielt Andrew das Telefon hin, damit er die Nachricht lesen konnte.

»Was soll denn das? Hast du sie etwa eingeladen, ohne mich vorher zu fragen?«, sagte sie.

»Sie ist eifersüchtig und glaubt, da liefe etwas zwischen uns. Sie versteht nicht, wie krank ich bin«, sagte er und legte eine Hand auf seine Brust. »Lass sie ruhig herkommen. Ich bin sicher, sie wird wieder fahren, sobald sie gesehen hat, dass ich bei weitem nicht mehr so ein Liebhaber bin wie noch vor ein paar Wochen.« Er sah Carina flehentlich an.

So ein Liebhaber wie noch vor ein paar Wochen. Carina versuchte, ihr Kichern zu unterdrücken. Andrew hatte viele gute Seiten, aber ein hervorragender Liebhaber war er nun wirklich nicht, dachte sie.

Nicht einmal mit der jungen Mary, davon war Carina überzeugt. Doch es war natürlich phantastisch, dass er das selbst glaubte. Sein Selbstvertrauen hatte wohl keinen Schaden genommen, dem kaputten Herzen zum Trotz.

»Ja, in Ordnung, dann soll sie kommen. Aber wir müssen dich woanders unterbringen. Und ich will keine Szenen, sonst fliegt sie sofort raus.«

Im Flur traf sie CG. »Wie läuft's mit dem Ex?«, flüsterte er.

Carina zuckte die Achseln. »Seine bessere Hälfte ist auf dem Weg hierher, er muss raus aus meinem Zimmer«, sagte sie und hielt den großen Schlüsselbund in die Luft. »Was meinst du, soll ich ein Zimmer hier auf dem Flur nehmen oder eins weiter weg?«

»Eins weiter weg. So weit weg wie möglich«, sagte er und streichelte ihre Wange. »Du siehst müde aus. Ist es anstrengend, Florence Nightingale zu sein?«

»Du machst dir ja keine Vorstellung«, antwortete sie seufzend.

»Du bist also zu beschäftigt für eine kleine Massage später?«

Carinas Gesicht hellte sich auf. »Sobald die süße Mary da ist, steht dir mein Rücken zur Verfügung.«

»Das ist aber nett«, sagte CG.

»Ich weiß, ich bin ein Engel.« Sie rasselte mit dem Schlüsselbund. »Um sieben?«

Carina stand am Fenster und beobachtete, wie Mary auf den Hof fuhr und direkt vor dem Eingang parkte. Aus Carinas Perspektive sah es aus, als könnte sie kaum über das Lenkrad gucken. Die Frau, die augenscheinlich stets auf ihren Nachtisch verzichtete, öffnete den Kofferraum und holte eine Tasche heraus, die für eine Übernachtung definitiv zu groß war. Anscheinend hatte das Klappergestell nicht vor, am nächsten Morgen wieder abzureisen, wie Carina gehofft hatte. Seufzend verließ sie ihr Schlafzimmer, aus dem alle Spuren von Andrew verschwunden waren, und ging die Tür öffnen.

»Du hast eine Reisetasche dabei?«, sagte sie.

»Ja, ich hatte vor, ein paar Tage zu bleiben. Hat Andrew das nicht gesagt?«

»Es ist zwar nicht er, der darüber entscheidet, sondern ich. Aber bleib ruhig ein paar Tage, sehr gerne. Dann kannst du dich auch selber um ihn kümmern«, entgegnete Carina.

Mary machte eine abwehrende Handbewegung. »Das ist doch selbstverständlich«, sagte sie. »Ich kümmere mich gerne um ihn.«

Und das soll ich dir glauben?, dachte Carina, als sie die Treppe mit Mary im Schlepptau hochging.

»Hier«, sagte Carina und öffnete die Tür zu Andrews Zimmer.

Sie würden sich das Bett teilen müssen. Besonders breit war es nicht, aber das war sicher kein Problem, frisch verheiratet wie sie waren, dachte Carina, während sie lächelnd die Tür hinter Mary schloss.

Eine Stunde später schlich sie zurück in den Flur. Es klang, als ob die beiden stritten. Carina traute sich nicht, an der Tür zu lauschen. Stattdessen ging sie in das Nachbarzimmer und legte ihr Ohr an die Wand.

»Ich habe alles getan, was ich tun sollte, jetzt bist du dran, Andrew.«

»Vergiss nicht, dass ich krank bin«, sagte er. »Ich strenge mich an, aber es wird nicht so schnell gehen, wie wir gehofft hatten.«

50

»Es ist fast wie damals, als meine Mutter im Topf herumrührte.« Sam saß am Küchentisch und betrachtete Elsa, die am Herd stand.

»Nicht Topf, Sam. Das ist eine Pfanne.«

»Danke. Du bist mindestens eine so gute Schwedischlehrerin wie Köchin.«

Es störte ihn kein bisschen, wenn sie ihn korrigierte.

»Sprichst du mit Isabella schwedisch?«

»Sprachst«, berichtigte er sie mit einem schiefen Grinsen. »Vergangenheit, du weißt schon. Ja, wir sprachen schwedisch miteinander.«

»Ruf sie an, Sam. Erzähl ihr alles, was du mir erzählt hast.«

»Nein, das werde ich nicht tun.«

»Ich werde sie bald wiedersehen. Was, wenn mir etwas rausrutscht?«

Seine Augen verengten sich zu Schlitzen, und er starrte sie an. »Du wirst kein Wort sagen, versprich mir das.«

»Wir werden sehen«, sagte sie und nahm die Schürze ab, um die sie ihn gebeten hatte, damit ihre schönen indischen Kleider keine Fettflecken bekamen. »Bitte sehr. Frikadellen und Kartoffelbrei nach dem Rezept deiner Oma.«

Sie aßen schweigend. Sam merkte, wie Elsa ihn verstohlen ansah, also schloss er die Augen und seufzte genießerisch.

»Willst du mich nicht adoptieren?« Er schenkte ihr

ein warmes Lächeln. »Oder glaubst du, Claes wäre damit nicht einverstanden?«

Elsa musste lachen. »Adoption kommt nicht in Frage, aber natürlich kann ich dir ab und zu etwas kochen.«

»Du wirst mich also in New York besuchen?«, fragte er. »Ich weiß nicht, wann ich das nächste Mal nach Europa komme.«

»Du hast also beschlossen, abzureisen? Schon?«

»Ich fliege am Montag.«

»Und was hast du mit der Wohnung vor? Jetzt, wo du sie so schön eingerichtet hast?«

Sam lächelte traurig. »Ich weiß nicht, was ich mir eingebildet habe, Elsa. Es fühlt sich an, als hätte ich in völliger Verblendung gelebt. Was habe ich mir nur dabei gedacht? Warum habe ich eine Wohnung gekauft für mich und eine Frau, die ich gerade kennengelernt hatte, trotz meiner Angst, mich zu verlieben?« Er schüttelte den Kopf.

Elsa legte ihre schmale Hand auf seine doppelt so große. Am Ringfinger trug sie immer noch ihren Ehering.

»Lässt du niemals los?«

»Wie meinst du das?«

»Immer regelst du alles und organisierst. Hast du nie Lust, mal anderen das Kommando zu überlassen? Einfach anzunehmen, was das Leben dir bringt, statt immer nur alles abzulehnen?«

»Hat das Leben mir Isabella gebracht, meinst du das?«

»Ja, mir scheint, das Leben musste sich ziemlich anstrengen, damit ihr euch überhaupt begegnet seid, und trotzdem wollt ihr in verschiedene Richtungen weitergehen.«

»Es ist ein Zufall, dass wir uns mehrmals begegnet sind.«

»Bernhard würde sagen, es war dein Schicksal.« Sie lächelte.

»Und was sagst du?«, fragte er.

»Es war ein glücklicher Zufall. Und außerdem hast du dem Zufall geholfen, als du nach London gekommen bist, damit die Möglichkeit, dass ihr euch begegnet, überhaupt bestand. Was du Verblendung nennst, ist Liebe.«

Sam lachte laut. »Liebe? Elsa, ich bitte dich, Liebe? Glaubst du, darum geht es hier? Nein, es geht um ein Abenteuer, um Lust, sonst nichts.«

»Du bist einfach unglaublich bescheuert«, sagte Elsa und stand auf. »Macht es dir etwas aus, wenn ich mich ein wenig hinlege?«

Beim letzten Aufruf stand Sam bereits am Gate. Er wollte endlich einsteigen und zurück nach New York. Die Wohnung in London hatte sich kalt und verlassen angefühlt, nachdem Elsa am Abend zuvor zu Claes gefahren war. Für einen alleinstehenden Mann war sie nicht gemacht. Er hatte kein Auge zugetan, stattdessen war er durch die Räume gewandert, hatte eine Runde nach der anderen gedreht und versucht, seine widersprüchlichen Gefühle zu verstehen. Er wollte nur noch nach Hause, um endlich zur Ruhe zu kommen. Außerdem wurde er in der Firma gebraucht. Zumindest hoffte er das.

Die Maschine landete in einem eiskalten New York.

Es lag Schnee. Sam musste an Weihnachten denken, auch wenn es bis dahin noch einige Wochen waren. Vielleicht sollte er Alex fragen, ob er Lust habe, mit ihm in Aspen zu feiern? Sein Sohn fuhr gerne Ski, und frische Luft würde Sams Gedanken reinigen, glaubte er. Frische Luft und ein Gespräch mit seinem Therapeuten. Er hatte ihn seit Jahren nicht mehr aufgesucht. Nach dem Tod seiner Frau hatte Sam einige Sitzungen gehabt und war dann überzeugt gewesen, er habe genug. Der Therapeut hatte gesagt, er könne sich melden, wenn die Trauer ihn übermannte. Das war natürlich albern. Er hatte genug getrauert. Sowohl er als auch Alex hatten die schwere Zeit überstanden, weil Sam nicht zusammengebrochen war. Sein Sohn hatte sich an ihm festhalten können. Aber ein paar Stunden bei einem Psychologen konnten wohl kaum schaden?

Der Aufzug brachte ihn schnell nach oben zu seiner Wohnung. Er machte die Tür hinter sich zu und atmete tief ein. Endlich zu Hause. Jetzt würde alles wieder seinen gewohnten Gang nehmen. Er stellte seine beiden Koffer ab und hängte den Mantel im Flur auf, bevor er ins Wohnzimmer ging und sich umsah. Er fühlte sich den Tränen nahe, obwohl alles genau so war, wie es sein sollte. Zwischen den Fotos auf dem Flügel stand ein Strauß frischer Tulpen. Er trat näher, um sein Lieblingsbild zu betrachten.

Er nahm das Foto in die Hand und sah seiner Frau in die Augen. Der Klumpen in seiner Brust, den er seit Jahren nicht mehr verspürt hatte, wuchs und nahm ihm den Atem. »Es ist so ungerecht«, flüsterte er. »Du solltest Alex sehen, was für ein toller junger Mann aus ihm geworden ist. Du hast nie irgendjemandem etwas

Böses getan. Schicksal, wenn ich das schon höre! War es dein Schicksal, nach langem Warten endlich ein Kind zu bekommen, nur um es dann verlassen zu müssen? Das kann ich nicht glauben. Das wäre so viel ungerechter, als wenn wir dich verloren hätten, weil du zufällig krank geworden bist.«

Er wischte sich die Tränen ab und drückte das Foto an seine Brust, während er zum Fenster hinüberging und auf Manhattan hinabsah. Manche Menschen suchten nach einem tieferen Sinn im Leben, aber Sam gehörte nicht dazu. Sein einziger Sinn im Leben war Alex. Er brauchte nichts anderes.

Vorsichtig stellte er das Foto zurück. »Ich verspreche dir, mich gut um ihn zu kümmern«, sagte er und streichelte seiner Frau über die Wange.

Die Tulpen waren nicht das einzige Anzeichen dafür, dass seine langjährige Hausangestellte Maria da gewesen war und sich um die Wohnung gekümmert hatte. Der Kühlschrank war voller Leckereien, doch obwohl Sam hungrig war, würde er keinen Bissen hinunterbekommen. Stattdessen machte er eine Flasche Bier auf, legte sich aufs Sofa und zappte durchs Fernsehprogramm. Als er bei *Nordic TV* angekommen war, einem Sender mit schwedischen, norwegischen und dänischen Filmen, zuckte er zusammen und setzte sich auf. War das etwa Isabella? Sie musste es sein. Er schaltete den Videotext mit Informationen zum Film ein. Isabella Håkebacken. Natürlich war sie das. Himmel, wie wunderschön sie war, dachte er. Auch wenn dreißig Jahre vergangen waren, hatte sie sich kaum verändert. Ihr Körper war früher schlanker gewesen, aber es war doch derselbe. Und dieser Blick, der sich von einer Sekunde zur nächsten änderte, den hatte sie schon damals gehabt. Er fühlte einen Stich, als er sah, wie sie sich das Haar aus dem Gesicht strich. Sie lächelte. Sie lächelte Herman an.

Während des Filmdrehs waren sie ein Paar geworden, hatte sie ihm erzählt. Hätte Sam das nicht gewusst, wäre ihm diese Szene, die er auf dem Bildschirm sah, womöglich gleichgültig gewesen. Doch jetzt wurde ihm fast übel. Musste die Kamera wirklich so nah an sie herangehen? Es war geradezu ekelhaft, wie Herman Isabellas Körper berührte. Sam schüttelte sich vor Unbehagen und schaltete um. Würde sie ihn nicht einmal in New York in Ruhe lassen?

Sie war in England, zusammen mit Herman, und wer wusste, was die beiden dort gerade trieben, dachte Sam und spürte, wie die Eifersucht an ihm nagte. Sie konnte tun und lassen, was sie wollte, und Herman kannte sie immerhin in- und auswendig. Es war gut möglich, dass er ihr Liebhaber war, ohne dass Sam davon wusste. Sie hatten nie darüber gesprochen, einander treu zu sein. In der Bibliothek hatte Herman sie seine Frau genannt. Vielleicht sah er sie so? Und warum sollte er das tun, wenn zwischen ihnen nicht immer noch etwas liefe?

Als wäre er ein Fakir, schaltete er den Film wieder ein und wimmerte laut auf, als Herman genau in diesem Moment Isabella küsste. Sam musste zusehen, wie sie in Hermans Arme sank, wie er sie hochhob und ins Schlafzimmer trug.

Der Film war von 1978, eine schwedische Produktion. Vermutlich hatte es keine Zensur gegeben. Also schaltete Sam mit klopfendem Herzen den Fernseher aus, stand auf und ging ins Badezimmer. Ihm war schlecht.

51

Isabella glaubte nicht, dass Sam sie vermisste. Vermutlich tröstete er sich mit jeder Menge anderer Frauen. Wären ihre Verhaltensmuster dieselben wie die der meisten Männer, dann hätte sie ihren Schmerz mit jemandem aus dem Filmteam betäuben können – ihr Exmann etwa schien mehr als bereit, sie zu trösten.

»Ich habe Harry Belafonte schon so lange nicht mehr gesehen«, sagte er. »Hast du mit deinem heißen Liebhaber Schluss gemacht?«

»Falls du Sam meinst, ja. Aber ich habe keine Lust, mit dir darüber zu reden«, antwortete sie und versuchte, seinen Armen zu entkommen, die sich um sie legen wollten.

»Ich kenne da einen Trick, wie ich dich früher Raum und Zeit vergessen lassen konnte«, sagte er und zwinkerte ihr zu.

Isabella schüttelte sich. »Hör auf«, sagte sie knapp und verschwand so schnell, dass Herman nicht hinterherkam.

Elsa und sie würden zusammen Kaffee trinken. Das hatte Elsa bereits entschieden, als sie nachmittags angekommen war. Isabella hatte sich dieses Mal auf sie gefreut, auch weil sie sich unbedingt für ihr Verhalten bei Elsas erstem Besuch entschuldigen wollte.

Sie hatte sich verändert, dachte Isabella. Sie war nicht mehr so schüchtern und zögerlich wie beim letzten Mal. Damals hatte allerdings auch dicke Luft zwischen Isabella und Carina geherrscht, und die arme Elsa war mitten in ihren Streit geplatzt.

»Die Entschuldigung ist angenommen.« Elsa lächelte.

»Danke«, sagte Isabella. »Du hast dir ja Löcher in die Ohren stechen lassen«, fuhr sie erstaunt fort.

»Ist es nicht hübsch?«, sagte Elsa zufrieden.

»Sehr! Und du hast ganz andere Kleider an. Frierst du nicht in diesen dünnen Hosen?« Isabella hoffte, dass sie eine Weile in Ruhe in der Küche sitzen konnten. Ein Teil des Filmteams war unterwegs, um zu drehen, der Rest bereitete sich auf den nächsten Tag vor. Es wäre zu schön, wenn sie sich ungestört unterhalten könnten.

Elsa zog die Hosenbeine nach oben und zeigte die Leggings, die sie darunter trug. »Nein.« Sie grinste breit.

»Gute Idee«, antwortete Isabella und grinste zurück. »Nimmst du Zucker oder Milch?«

»Nein danke, keins von beidem.«

»Ein Stück Kuchen?«

»Sehr gerne.«

»Eine fürchterliche Geschichte, die euch in Indien passiert ist«, sagte Isabella und setzte sich Elsa gegenüber. »Wie geht es dir jetzt?«

»Verhältnismäßig gut«, antwortete Elsa. »Ich bin ein bisschen ärmer geworden, ein bisschen klüger und immer noch etwas ängstlich, aber ansonsten geht es mir gut.«

»Und was macht ihr jetzt? Habt ihr die Entführung in Schweden bei der Polizei angezeigt?«

»Nein, was könnte die schon tun? Wenn, dann hätten wir in Indien zur Polizei gehen müssen. Das haben wir aber nicht gewagt, weil die Entführer uns gedroht haben.«

»Und jetzt hast du Bodyguards zu Hause? Aber so kannst du ja nicht auf Dauer leben!«

»Ich weiß. Sam sagt, ich solle mir keine Sorgen machen, doch das mache ich natürlich trotzdem«, sagte Elsa.

Sam. Natürlich. Isabella hatte für einen Augenblick vergessen, dass Elsa mit ihm befreundet war.

»Und was sagt CG?«

»Er sagt, ich solle Sam vertrauen. Aber du tust das nicht, stimmt's?«

»Was tue ich nicht?«, fragte Isabella alarmiert.

»Sam vertrauen?« Elsa lächelte mild und legte ihre Hand auf Isabellas. »Nur damit du's weißt: Ich habe Sam ordentlich ausgeschimpft, und das werde ich auch mit dir tun. Um es deutlich zu sagen: Ich frage mich, was zum Teufel ihr eigentlich vorhabt.«

»Du hast geflucht«, bemerkte Isabella und riss erstaunt die Augen auf.

»Ich weiß. Das mache ich, wenn ich wütend bin«, sagte Elsa. »Ich finde, ihr führt euch wie die reinsten Rotznasen auf.«

»Was hat er gesagt?«

»Mein liebes Kind, er musste gar nichts sagen. Du hast in ihm jede Menge Gefühle geweckt, mit denen er nicht umzugehen weiß. Das ist ganz offensichtlich. Du hast gehört, dass er nach New York zurückgeflogen ist?«

Das versetzte Isabella einen Stich. Er war also wirklich weg. Natürlich machte das nichts, auch wenn der Schmerz in ihrer Brust etwas anderes suggerierte.

Sie schüttelte langsam den Kopf, während Elsa sie bekümmert ansah. »Nein, das wusste ich nicht.« Isabella brach ein Stück von dem Kuchen ab, legte es dann aber auf den Teller zurück. In den letzten Tagen hatte sie kaum etwas gegessen, nur Kaffee getrunken. Sie verstand diese Reaktion ihres Körpers überhaupt nicht, nie zuvor hatte sie ihren Appetit verloren. Kein Wunder, dass sie sich so zitterig fühlte, dachte sie, als sie die Tasse hob und der Kaffee beinahe überschwappte.

»Warum, Isabella?«

»Er macht mir Angst.«

»Macht er dir Angst, oder sind es deine Gefühle für ihn?«

»Sowohl als auch. Wenn ich allein bin, geht es mir am besten. Dann fühle ich mich sicher. Er hätte mich sowieso verlassen, das hat er gesagt, als ich mit ihm Schluss gemacht habe.«

»Das hätte ich auch gesagt, wenn sich jemand von mir trennt.« Elsa lächelte. »Man will sich doch seine Würde bewahren.«

»Glaubst du, deshalb hat er gesagt, er sähe das genauso wie ich?« Isabella schaute Elsa skeptisch an, aber die nickte.

»Genau. Ich glaube, auch Sam denkt, allein gehe es ihm besser. Genau wie du meint er, Einsamkeit schütze einen vor Verletzungen.« Sie trank einen Schluck

Kaffee. »Sam hätte dich nie verlassen, er liebt dich nämlich«, sagte sie ruhig und stellte ihre Tasse ab.

»Verdammt«, murmelte Isabella, die ihren Kaffee verschüttete, als Elsa Liebe erwähnte. »Daran bist du schuld«, sagte sie und warf der lächelnden älteren Frau einen ärgerlichen Blick zu, während sie einen Lappen holte. »Männer lieben mich nicht, wusstest du das etwa nicht? Anfangs mögen sie mich, aber das vergeht bald, und genauso wäre es auch Sam ergangen.«

»Gib mir den Lappen«, sagte Elsa und streckte die Hand aus. »Nicht alle Männer sind wie Herman. Diesmal hast du dir einen echten Mann ausgesucht. Einen ängstlichen, aber echten Mann.«

»Woher willst du das wissen?«

»Er hat mir in Indien geholfen und ist zurück nach London geflogen, obwohl er gerade bei seinem Sohn in Stockholm zu Besuch war. Das hat er *meinetwegen* getan. Wegen einer alten Schachtel, die er bloß ein paarmal gesehen hatte. Das sagt doch viel über diesen Mann. Oder glaubst du, Herman hätte so etwas getan?«

Isabella lachte. »Nein«, antwortete sie. »Herman hätte keinen Finger gerührt. Er hätte vielleicht einen seiner Assistenten angerufen.«

»Na siehst du«, sagte Elsa.

Isabella antwortete nicht. Sie holte sich noch mehr Kaffee.

»Iss schnell ein Stück Kuchen, ich bin sicher, es geht leichter, jetzt, wo du wieder lachen kannst«, meinte Elsa.

»Er ist abgereist und hat nicht um mich gekämpft«, sagte Isabella, als sie sich wieder gesetzt hatte.

»Hättest du das denn gewollt?«

»Ich weiß nicht.«

»Wenn ich eine Sache im Leben gelernt habe, dann, dass man sagen muss, was man will. Wie hätte Sam denn wissen sollen, dass er um dich kämpfen sollte, als du mit ihm Schluss gemacht hast? Du hast ja auch kein bisschen gekämpft, im Gegenteil.«

»Aber das hätte er doch wohl verstehen müssen!«

Elsa schüttelte den Kopf. »Anscheinend nicht. Oder ist er hier irgendwo und kämpft?«

»Du weißt, was ich meine«, sagte Isabella.

»Nein. Ich verstehe überhaupt nichts, wenn jemand das Gegenteil von dem sagt, was er meint. Das habe ich noch nie getan. Und du auch nicht, Isabella, also sei lieber ehrlich zu dir selbst. Wenn du willst, dass jemand um dich kämpft, dann sag es ihm. Sag: ›Ich will, dass du um mich kämpfst!‹ Ich habe das nie gesagt. Habe es nie gewagt, Lennart von meinen Bedürfnissen zu erzählen, und das bereue ich zutiefst. Es hätte zwar nichts geändert, aber ich hätte meinen Stolz nicht verloren, hätte ich es wenigstens gewagt. Allerdings habe ich auch nicht das Gegenteil gesagt von dem, was ich meinte. Ich habe immer nur geschwiegen.«

»Wie war er eigentlich?«

»Lennart? So ähnlich wie Herman, nur nicht ganz so dramatisch.« Elsa lächelte. »Wir suchen gerade nach seinem unehelichen Kind, von dem ich glaube, dass es eine indische Mutter hat.«

»Was? Warum das?«

»Siri wurde in Indien entführt, die Kidnapper wollten einen Teil von Lennarts Erbe, und ich habe Fotos von einem indischen Mädchen und weiß nicht, was Lennart mit ihnen …«

In diesem Moment kam Mary in die Küche. »Oh, entschuldigt«, sagte sie, als sie Elsa und Isabella erblickte. »Ich hole nur schnell Mineralwasser für Andrew.« Sie nahm eine Flasche aus dem Kühlschrank und verließ die Küche so schnell wieder, wie sie sie betreten hatte.

»Andrews neue Frau. Man könnte sagen, in unserem Bed and Breakfast ist einiges los.« Elsas fragender Blick brachte Isabella zum Lächeln.

52

Wollte Carina herausfinden, was Andrew und Mary planten, musste sie clever sein. Wenn sie ihm besonders viel Aufmerksamkeit schenkte, würde sie Andrew sicher kriegen, dachte Carina, bevor sie an seine Tür klopfte. Sie öffnete sie und schaute ins Zimmer. »Störe ich?«, fragte sie.

»Überhaupt nicht, setz dich doch«, antwortete Andrew und klopfte auf sein Bett.

»Wie geht es dir?«

»Nicht besonders.«

Sie hatte gewusst, was er antworten würde. Warum fragte sie überhaupt? Ich muss cleverer sein, dachte sie. »Was kann ich für dich tun?«

»Heirate mich noch einmal«, sagte er. Tränen standen ihm in den Augen.

»Machst du Witze?«

»Ich habe es nie ernster gemeint. Ich bin unglücklich, Carina. Dich zu verlassen war der größte Fehler, den ich je begangen habe.« Er streckte sich nach einem Taschentuch aus und schnäuzte sich lautstark.

»Und wie hast du dir das gedacht? Willst du dich von Mary scheiden lassen?«

»Ja, natürlich.«

»Glaubst du, dazu ist sie bereit?«, fragte Carina.

»Sie hat keine Wahl. Ich will dich.«

»Hast du ihr genau dasselbe gesagt, als du dich von mir hast scheiden lassen? Dass du sie willst und ich keine Wahl habe?«

Carina sah, wie ihm die Tränen über die Wangen liefen. Seine Verletzlichkeit war ihr schwacher Punkt. Sie musste sich sehr zusammenreißen, um ihn nicht in den Arm zu nehmen und zu trösten.

»Ich glaube, du weißt selbst nicht mehr, was du willst«, sagte sie und strich ihm über die Wange, bevor sie aufstand. »Ich höre Marys Schritte im Flur, also verschwinde ich besser.«

»Mama wird morgen beerdigt.«

»Ich weiß«, sagte Carina und öffnete die Tür. »Ich komme mit, das habe ich dir versprochen, und meine Versprechen halte ich.«

Andrew mochte nicht wissen, was er wollte, aber wusste sie es denn? Wollte sie ihn wirklich noch einmal heiraten? Vor ein paar Tagen nur war sie sich dessen sicher gewesen, doch jetzt wünschte sie sich Bedenkzeit. Eine Nacht mit ihm im Zimmer hatte ihr in Erinnerung gerufen, wie viel Aufmerksamkeit er verlangte. Carina fühlte sich hin- und hergerissen zwischen Loyalität ihrer Ehe gegenüber, zwischen den vergangenen dreißig Jahren und einer ungewissen Zukunft. Sie wünschte, jemand anderes könnte ihr diese Entscheidung abnehmen, sie fühlte sich unschlüssiger denn je, vor allem seitdem CG so ruhig auf die Nachricht reagiert hatte, dass Andrew bei ihr im Zimmer schlafen würde. Dieser Mann sammelte mehr und mehr Punkte, dachte sie, ohne zu wissen, ob das nun gut war oder schlecht. Vielleicht würde ihr die Entscheidung leichter fallen, wenn CG etwas anstrengender und nicht einfach nur wunderbar wäre.

Carina winkte Isabella zu, die gerade in ihr Zimmer gehen wollte.

»Warte«, rief sie und sprintete auf ihren hohen Absätzen bis zur Tür der Freundin.

»Immer mit der Ruhe.« Isabella lachte, als Carina sich keuchend aufs Sofa fallen ließ und die Schuhe auszog. »Ich habe nicht vor, irgendwohin zu gehen.« Sie schenkte ein Glas Wasser aus dem Krug ein, der auf ihrem Schreibtisch stand. »Hier, trink das.«

Carina leerte das Glas und stellte es heftig auf dem Tisch ab.

»Hilf mir«, flehte sie. »Andrew will sich scheiden lassen, um mich noch einmal zu heiraten.«

»Aber das wusstest du doch schon?«

»Dass er wieder mit mir zusammen sein wollte, schon, aber nicht, dass er mich heiraten will. Jetzt weiß ich's jedenfalls, und ich bin mir überhaupt nicht mehr so sicher wie vorher, was ich eigentlich will. Woher soll ich das bloß wissen?«

»Wenn du dir nicht sicher bist, dann solltest du lieber nicht ja sagen.«

»Aber es ist doch Andrew. Mein Mann. Dreißig Jahre meines Lebens. Meine Sicherheit.«

Sie musste sich nicht zwischen Andrew und CG entscheiden, sondern zwischen einem altvertrauten Leben und der Freiheit, etwas Neues kennenzulernen.

»Musst du das denn jetzt entscheiden?«, fragte Isabella. »Er hat dir doch wohl kein Ultimatum gestellt?«

»Nein, im Gegenteil. Er weint und fühlt sich elend. Ich glaube, er ist unglücklich mit seiner Frau.«

»Und du willst ihn retten?«

Carina lächelte. »Ja, genau. Und er kennt meine Schwächen und weiß, dass ich einem Mann in der Klemme schwer widerstehen kann.«

Sie streckte die Beine aus und wackelte mit den Zehen. »Ich habe die beiden neulich zufällig belauscht. Anscheinend haben sie eine Vereinbarung getroffen, wobei Andrew seinen Teil noch nicht erbracht hat. Ich frage mich, worum es dabei geht.«

»Ich weiß, worum es geht«, sagte Isabella leise. »Bist du sicher, dass du es hören willst?«

»Ja, sag schon.«

»Sie waren in einer Kinderwunschpraxis. Mary hat schon alle Tests machen lassen, aber Andrew noch nicht. Ihr zufolge wollen sie so schnell wie möglich ein Kind.«

»Das kann doch nicht wahr sein! Woher weißt du das, wann hast du mit ihr darüber gesprochen?«

Isabella zuckte die Achseln.

»Ich war allein in der Küche, da kam sie herein. Sie hatten wohl gerade wieder einmal darüber diskutiert, und sie war ganz aufgebracht. Ich habe nur wiederholt, was Mary gesagt hat, aber es klang sehr glaubwürdig. Anscheinend versuchen sie es schon eine Weile.«

»Ha, ich glaube nicht, dass man ihr trauen kann. Ich werde Andrew darauf ansprechen. In seinem Alter Vater zu werden, so eine Dummheit gibt es doch nicht!«

Doch natürlich gab es die. Männer konnten in alle Ewigkeiten Kinder zeugen, und mit über fünfzig Vater zu werden war wohl heutzutage nichts Besonderes mehr. Carina versetzte es einen Stich. Die ersten zehn Jahre ihrer Beziehung hatten sie zumindest darüber geredet, aber sie war das Gefühl nie losgeworden, dass er gar keine Kinder wollte, auch wenn er es nie direkt ausgesprochen hatte. In seiner neuen Ehe waren Kinder offensichtlich ein wichtiger Punkt. Doch warum hatte er dann zu ihr gesagt, er wolle sie noch einmal heiraten?

Sie nahm die Schuhe in die Hand, als sie zu seinem Zimmer zurückging, trotzdem waren ihre Schritte zu hören. Ärgerlich stampften sie über den Holzboden.

Carina klopfte laut an die Tür.

»Was ist denn?« Mary öffnete. »Oh, hallo, du bist das.«

»Kannst du uns einen Augenblick allein lassen?«, sagte Carina und streckte den Rücken, so dass sie die junge Frau um zehn Zentimeter überragte. »In der Küche gibt es Süßigkeiten«, fügte sie hinzu.

Mary antwortete nicht.

»Mary, bitte, mach keine Szene«, flehte Andrew. »Lass uns einen Moment allein, Liebling.«

Seine Frau warf ihm einen kurzen Blick zu, bevor

sie das Zimmer verließ. Carina sah die Geste, die Andrew gemacht hatte.

»Daumen hoch – das war wohl etwas überflüssig«, sagte sie.

Andrew seufzte. »Ich weiß nicht, wie ich mich verhalten soll. Ich bin in einer merkwürdigen Lage.«

Carina nickte. »Sehr merkwürdig. Und ich finde es noch viel merkwürdiger, dass ihr ein Kind plant, wie ich gehört habe. Wie willst du mir das erklären?«

»Das war, bevor du und ich beschlossen haben, noch einmal zu heiraten. Die Pläne sind jetzt auf Eis gelegt.«

»Und weiß deine Frau das auch? Sie erzählt nämlich dem ganzen Haus von euren Fruchtbarkeitsproblemen, und das erscheint mir doch sehr seltsam, wenn du das Ganze gestoppt hast.«

»Ich habe keine Tests machen lassen. Das sollte doch für sich sprechen?«

»Das spricht eher dafür, dass du ihr nichts gesagt hast.« Carina wurde immer wütender. »Und davon abgesehen, haben wir überhaupt nicht entschieden, es noch einmal miteinander zu versuchen.«

»Aber du hast nie nein gesagt.« Er lächelte sein Lächeln, dem Carina nie hatte widerstehen können.

Doch seltsamerweise ließ es sie nun völlig kalt. »Nein, aber im Moment tendiere ich sehr stark dazu. Wenn wir überhaupt weiter darüber reden sollen, dann musst du Mary die Wahrheit sagen.«

Vielleicht hatte er doch Eier in der Hose, dachte Carina, als sie hörte, wie das Donnerwetter losging. Mary kam schreiend mit ihrer Reisetasche in der Hand aus Andrews Zimmer gerannt. Die Tränen rannen ihr nur so übers Gesicht, und wäre Carina nicht Teil des Dramas gewesen, dann hätte sie sie sofort umarmt und getröstet. So blieb sie oben, während Mary die Treppe hinabrannte.

»Er will mich verlassen«, kreischte sie. »Er verlässt mich, um Carina zu heiraten. Das haben sie hinter meinem Rücken ausgemacht.«

Carina konnte nur tatenlos zusehen, wie CG die wie am Spieß schreiende Mary auffing.

53

Einige Tage nachdem Sam nach New York zurückgekehrt war, hatte sein Anwalt ihn zu einem Termin gebeten. Von seinem Büro aus dauerte der Weg zu Fuß nur wenige Minuten, und als er angekommen war, musste er nicht warten.

»Schön, dich zu sehen«, sagte der Anwalt, der Sam im Foyer entgegenkam. »Es ist eine ganze Weile her.« Er lächelte und streckte ihm die Hand hin. »Ich hoffe, Alexander geht es gut?«

»Sehr sogar, er studiert jetzt in Stockholm und freut sich des Lebens«, antwortete Sam und lächelte zurück. Der Anwalt vertrat Sams Familie schon lange und kannte ihn gut. Worum es bei dem Treffen gehen sollte, wusste Sam jedoch nicht. Vielleicht wollte ihm der Anwalt mitteilen, dass er in Rente ging, er musste schon an die achtzig sein.

Sam klopfte ihm auf die Schulter, und gemeinsam stiegen sie in den Aufzug. Sie sprachen über Nichtigkeiten, während sie in den vierundzwanzigsten Stock hinauffuhren.

»Und wie geht es dir? Du hast doch nicht vor, nun mehr Zeit auf dem Golfplatz zu verbringen?«

»Nein, Gott bewahre«, antwortete der Anwalt und hielt die Tür zu seinem Büro auf. »Bitte sehr.«

»Danke.« Sam setzte sich auf das durchgesessene alte Sofa statt auf den Besucherstuhl am Schreibtisch.

»Möchtest du etwas zu trinken? Wasser? Whiskey?«

»Gerne ein Wasser, ich muss danach zurück ins Büro.« Sam lächelte.

Der Anwalt legte einen Umschlag auf den Tisch, bevor er aus einer Karaffe zwei Gläser Wasser einschenkte und sich in den Sessel gegenüber von Sam setzte.

»Kommen wir am besten gleich zur Sache«, sagte er. »Das hier ist ein Brief von Carol.« Er machte eine Pause, um Sams Reaktion abzuwarten, ehe er fortfuhr: »Ich habe den Auftrag bekommen, dir den Brief zehn Jahre nach ihrem Tod zu überreichen. Und jetzt ist es so weit, Sam. Jetzt ist es so weit.« Er gab ihm den weißen Umschlag.

Sam erkannte sofort die Handschrift seiner Frau.

»Was soll das?«, fragte er. Seine Stimme brach.

Der alte Mann beugte sich vor.

»Ich weiß nicht, ob du dich erinnerst, dass ich vor ihrem Tod einige Male mit Carol gesprochen habe. Bei einem meiner Besuche gab sie mir diesen Umschlag. Ich weiß nicht, was in dem Brief steht, davon hat sie mir nichts gesagt. Sie sagte, ich solle ihn dir geben, falls du keine neue Frau gefunden hast, falls du jedoch verheiratet seist, so solle ich ihn vernichten.«

Sam zitterte. Zehn Jahre waren vergangen. Er hatte genug getrauert, hatte sich verabschiedet. Sie hatten über alles gesprochen, bevor sie starb. Warum hatte sie einen Brief geschrieben, der ihn jetzt erreichte? Das war ja, als wäre sie plötzlich wieder zum Leben erwacht. Er stand auf. »Ich glaube, ich lese den Brief lieber zu Hause«, sagte er.

»Mach das, mein Junge«, sagte der Anwalt und nahm Sams Hand in seine. »Ich hoffe nur, es wird dich nicht zu sehr mitnehmen.«

Sam spürte kaum, wie ihm der Schnee ins Gesicht peitschte oder wie eiskalt seine Hände waren. Er musste sich bewegen, auch wenn er für dieses Winterwetter nicht angemessen gekleidet war. Eigentlich hatte er vorgehabt, mit dem Taxi zurück ins Büro zu fahren, stattdessen ging er direkt nach Hause.

Seine Angestellten waren froh über seine Rückkehr aus London gewesen, und ihm gefiel es, wieder hinter seinem Schreibtisch zu sitzen. Es war nicht gut, keine Beschäftigung zu haben, wenn man etwas zu vergessen versuchte. Also vereinbarte er Termine, sah sich nach Investitionsmöglichkeiten um und ließ sich berichten, welche Immobilien renoviert werden mussten. Er war noch keinen Tag zurück, als er bereits hundert neue Projekte angeleiert hatte und seine Angestellten durch die Korridore rannten wie seit einem Monat nicht mehr.

Hätte er gewusst, weshalb der Anwalt ihn sehen wollte, dann hätte er nicht drei Meetings für den

Nachmittag vereinbart. Er musste im Büro anrufen und Bescheid sagen. Seine Anwesenheit war nicht notwendig, seine Angestellten kamen gut ohne ihn zurecht.

Auf der Fußmatte stampfte er den Schnee von den Schuhen. Verflucht, wie durchgefroren er war. Er blies in seine Hände, um ihnen Leben einzuhauchen. Ein heißes Bad. Sobald er in der Firma angerufen hatte, würde er ein heißes Bad nehmen. Sollte er auch Alex anrufen, um ihm von dem Brief zu erzählen? Oder sollte er ihn lieber allein lesen? Er nahm den Brief aus der Manteltasche und legte ihn ins Flurregal. Erst einmal würde er baden.

Er machte Milch heiß. Seine Mutter hatte ihm immer eine heiße Milch gemacht, wenn er unruhig gewesen war. Und dasselbe hatte er für Alex getan. Er wünschte sich, jemand wäre jetzt bei ihm, während er den Brief las. Er hatte sich noch nie so einsam gefühlt.

Mein lieber, geliebter Sam,
wenn Du diese Zeilen liest, sind zehn Jahre vergangen, seit wir uns voneinander verabschiedet haben, und Du und Alex musstet Euer Leben ohne mich weiterleben. Ich kann mir vorstellen, wie furchtbar das gewesen sein muss. So schrecklich einsam. Alle Last lag auf Deinen Schultern. Du musstest Alex' Trauer auffangen und gleichzeitig mit Deiner eigenen Trauer fertig werden.
Wie ich Dich kenne, hast Du alles andere beiseitegeschoben, um Dich um unseren Sohn zu kümmern. Ich bin sicher, Du hast es so gut gemacht, dass aus Alex

ein wunderbarer junger Mann geworden ist, Dein (unser) ganzer Stolz. Während ich auf meinen Tod warte, mache ich mir keine Sorgen um Alex. Ich mache mir Sorgen um Dich. Du sollst weiterleben, ohne so einsam zu sein.

Unsere Herzen wurden uns aus der Brust gerissen, Sam. Meine Verzweiflung ist abgrundtief, wie ich hier in meinem Krankenbett liege und weiß, dass ich Euch verlassen muss. Ich werde Alex verlassen, der erst acht Jahre alt ist. Ich werde Dich verlassen.

Aber bald werde ich keine Schmerzen mehr spüren, und jetzt, wo das Ende naht, habe ich keine Angst mehr. Ich werde meinen Frieden finden. Doch ich sorge mich um Dich, meinen wunderbaren, warmherzigen und empfindsamen Mann.

Wenn Dich dieser Brief erreicht, wirst Du Dich nicht getraut haben, wieder zu lieben, und der Gedanke tut mir weh. Ich will, dass Du glücklich bist. Du brauchst jemanden, den Du mit Deiner Liebe überhäufen kannst, und Du brauchst jemanden, der Dich liebt.

Ich verstehe Deine Angst nach all dem, was wir durchgemacht haben, aber ich will Dich bitten, mutig zu sein. Sei mutig, Sam. Du musst die Liebe zulassen und mich gehen lassen. Dass ich Dir im Weg stehen könnte, dass Du nicht mehr in der Lage sein könntest zu lieben ... das ist mehr, als ich ertragen kann.

Bitte Sam, lass mich Dein vorheriges Leben sein, nicht Deine Zukunft.
Ich liebe Dich.
Carol

54

Die Musik dröhnte Carina in den Ohren. Sie hatte noch nie besonders viel für Kirchen übriggehabt, und Orgelmusik fand sie unerträglich.

Langsam schob sie Andrew im Rollstuhl hinter den Sargträgern her. Die Kirche war protzig, aber Carina wunderte sich nicht darüber, dass Andrews Mutter sie der schlichteren kleinen Kirche nicht weit von ihrem Zuhause vorgezogen hatte. Nein, prunkvoll und großartig musste das Begräbnis sein, das entsprach dem Selbstbild von Andrews Mutter.

Carina lächelte steif und nickte den Gästen zu, die bereits in den Bänken saßen. Einige hielten Taschentücher in den behandschuhten Händen. Sie war sich sicher, dass sie keine einzige Träne vergießen würde.

Zum Glück war der Sarg geschlossen. Dramatisch, wie Andrew war, hätte sie es ihm durchaus zugetraut, seine tote Mutter zur Schau zu stellen, aber Carina hatte ihm rechtzeitig zu verstehen gegeben, dass er dann nicht mit ihrer Anwesenheit rechnen konnte.

»Ich bin sicher, sie steht von den Toten wieder auf, wenn sie meine Visage über dem Sarg erblickt«, hatte Carina gesagt. »Und das hieße wirklich, das Schicksal herauszufordern, wenn man bedenkt, wie froh ich bin, dass sie tot ist.«

»Du sprichst über meine Mutter«, hatte Andrew geantwortet. Er wirkte nicht besonders traurig darüber, dass seine blutjunge Frau das Haus verlassen hatte. »Du hast es doch so gewollt«, sagte er und lächelte breit. »Jetzt sind wir zwei wieder vereint.«

»Keineswegs«, sagte Carina bestimmt. »Jetzt werde ich über die Sache nachdenken.«

Erstaunlicherweise war die Kirche voll, aber vermutlich war das bei Begräbnissen wohlhabender Menschen immer so. Nach ihrem Tod waren sie plötzlich beliebt, da es etwas zu holen gab. Ein paar Tage nach der Beerdigung sollte Andrew die Anwältin seiner Mutter aufsuchen, und auch Carina war dazu eingeladen. »Wusste die Alte etwa nicht, dass wir geschieden sind?«, fragte sie. »Ich verstehe nicht, was ich da soll. Allerdings kann sie mir wohl nicht mehr schaden, jetzt, wo sie tot ist.«

Die Trauerreden lösten einander ab, und Andrew schluchzte laut. Carina hatte drei Packungen Taschentücher eingesteckt, und am Ende der Beerdigung waren nur noch die Hüllen übrig.

Als sie nach Hause kam, hatte sie selbst Lust, zu weinen. CG weigerte sich, mit ihr zu sprechen, er gab ihr keine Chance, irgendetwas zu erklären.

»Hau ab«, hatte er gesagt, als sie an seine Tür klopfte. Er hatte sogar Isabella gebeten, Carina von ihm fernzuhalten. Carina zog Isabella hinter sich her in die Küche und schloss die Tür.

»Wie hat er es gesagt?«

»Wortwörtlich? Halt Carina fern von mir.«

»War das alles? Hat er traurig gewirkt?«

»Soll ich ehrlich sein?« Weiter kam sie nicht, weil aus der Ferne lautes Gebrüll zu hören war.

»*Cariiiina!*«

»Das ist Andrew, verdammt, ich habe ihn im Rollstuhl vor der Haustür vergessen!«

Das Filmteam würde die Nacht woanders verbringen. Das kam Carina gelegen. War CG im Haus, so konnte sie nicht denken. Normalerweise, weil sie sich sofort in seine zärtlichen Arme werfen wollte. Jetzt, wo er vor lauter Wut nicht mehr mit ihr sprach, war es besser, dass er weg war. Da musste sie nicht darüber nachdenken, wie sie alles wieder in Ordnung bringen sollte, und konnte sich auf ihr eigenes Leben konzentrieren. Ihres, nicht das von Andrew oder CG.

Wie ihr Leben an der Seite von Andrew aussehen würde, wusste sie. Er fragte nicht nach ihren Bedürfnissen, das hatte er nie getan. Aber war das wirklich nur sein Fehler? Hatte sie jemals geäußert, was sie sich wünschte? Als sie heirateten, waren sie so unglaublich jung gewesen, dass Carina außer dem, was ihre Mutter ihr erzählt hatte, nichts über das Leben und die Ehe wusste. »Sei bloß nicht streitsüchtig, Carina. Das gefällt keinem Mann«, hatte ihre Mutter ihr mit auf den Weg gegeben, und das klang plausibel. Carina wollte sich ja auch nicht streiten. Also tat sie alles, um ihr gemeinsames Leben so konfliktfrei wie möglich zu gestalten. Das funktionierte gut, sie war perfekt darin, ihnen beiden das Leben leichtzumachen. Darüber hatte sie in den letzten dreißig Jahren nie nachgedacht. Erst jetzt, als sie einige Zeit voneinander getrennt gewesen waren, erkannte sie, dass Andrew sich nie Gedanken um sie gemacht hatte, immer nur um sich selbst.

»Fragst du dich nie, wie ich eigentlich leben möchte?«, fragte sie ihn abends, als sie zusammen Tee tranken.

»Wie meinst du das?«

»Ich meine, dass du mich nie fragst, was ich denke, was ich brauche oder was ich will.«

Er schaute säuerlich. »Das tue ich doch! Ich habe dich gefragt, ob du mich heiraten willst.«

»Aber hast du dich jemals gefragt, *warum* ich dich noch einmal heiraten sollte?«

»Weil du mich liebst?«, schlug er vor.

»So wie ein Frauchen seinen Hund liebt, wenn man Isabella glaubt«, sagte Carina trocken.

»Das ist ja furchtbar«, sagte er. »Wie gemein. Hat sie mich wirklich mit Poppy verglichen?«

»Ausnahmsweise geht es hier nicht um dich, Andrew, sondern um mich und darum, wie wenig ich eigentlich von einer Ehe erwarte. Ich habe immer geglaubt, nur Sicherheit zu brauchen. Davon abgesehen habe ich im Großen und Ganzen mein eigenes Leben gelebt, und langsam beginne ich zu verstehen, dass das nicht ausreicht. Ich will mehr. Ich will begehrt, respektiert, überrascht werden. Aber vor allem brauche ich Ehrlichkeit. All die Jahre habe ich mich selbst respektiert und mich gemocht, doch jetzt ist es Zeit, dass auch mein Partner mir diese Gefühle entgegenbringt.«

Carina schaute ihren Exmann an. »Und ich muss erst wissen, ob ich all das von dir erwarten kann, bevor ich beginne, über ein gemeinsames Leben nachzudenken.«

»Können wir nicht einfach so weitermachen wie bisher?«, fragte er. »Ich weiß nicht, zu wie viel Veränderung ich in der Lage bin, wo meine Mutter gerade gestorben ist.«

»Es ist deine Entscheidung«, antwortete Carina und stand auf. »Ich gehe jetzt ins Bett.«

»Und was ist, wenn ich etwas brauche?«

»Dann hol es dir«, sagte sie. »Ich will einen Mann, der gehen kann und nicht bei jedem Schritt jammert. Das ist ein weiterer Punkt auf meiner Liste.«

Carina schlief nicht besonders gut. Nicht weil sie gezwungen sein würde zuzuhören, wenn der Advokat das Testament von Andrews Mutter verlas – diese Erniedrigung würde sie verkraften –, sondern weil sie fürchtete, eine Dummheit zu begehen. Sie hatte beschlossen, dass ihre Entscheidung warten konnte, auch wenn Andrew sie drängte. Er hatte ausdrücklich gesagt, dass er mit ihr zusammenleben wollte und dass er schlimmstenfalls in ihr Bed and Breakfast ziehen würde, auch wenn er lieber ein Haus mit ihr gekauft hätte. Aber vor allem wollte er sie heiraten. Aus irgendeinem Grund schien das am wichtigsten zu sein, und das machte Carina Sorgen.

Sie ahnte, dass Andrew sich von Mary scheiden lassen wollte, bevor er Zugriff auf das Geld seiner Mutter bekam. Dafür blieben ihm nur noch wenige Tage. Carina war ihrem Vater dankbar, der auf einen Ehevertrag bestanden hatte. Daran hätte sie damals nie gedacht, jung und frisch verliebt, wie sie war. Wenn Mary und Andrew keinen Vertrag aufgesetzt hatten, dann wäre Mary bald eine sehr reiche junge Dame, wenn sie es nur schaffte, noch ein paar Wochen Andrews Ehefrau zu bleiben. Aber das war nicht Carinas Problem. Sie musste herausfinden, ob sie wirklich ihr Leben mit Andrew verbringen wollte.

Während der Autofahrt nach London zur Rechtsanwältin von Andrews Mutter schwiegen sie. Carina glaubte, Andrew sei beleidigt, weil sie ihn die ganze Nacht sich selbst überlassen hatte, und sie schwieg, weil es nichts zu sagen gab.

Mary wartete schon. Sie war ganz in Schwarz gekleidet und trug Schuhe mit schwindelerregend hohen Absätzen. Carina hatte ein ganz anderes Outfit gewählt. Knallrot schien ihr an einem solchen Tag bestens zu passen, und der Hosenanzug war wie gemacht für ihre Kurven.

»Sieh an, sieh an, hier kommt das glückliche Paar.« Die Anwältin strahlte. »Zuerst unterschreiben Andrew und Mary bitte hier«, sagte sie und schob ein Dokument über den Tisch. Sowohl Andrew als auch Mary unterschrieben, ohne nachzufragen.

»Dann können wir nun zur Trauung übergehen«, sagte die Anwältin und lächelte so glücklich, dass Carina ihr nicht sagen mochte, dass sie Spinatreste zwischen den Vorderzähnen hatte.

»Entschuldige, aber wer soll denn bitte getraut werden?«, fragte Carina an Andrew gewandt.

»Du und ich, mein Liebling, du und ich. Du hast dir doch Überraschungen gewünscht. Ich hoffe, die Überraschung ist gelungen.«

55

Nun war Elsa seit zwei Wochen im Bed and Breakfast der Damen zu Besuch und machte sich Sorgen um die jungen Leute. Um sie alle. Dabei konnte sie sie durchaus verstehen. Es gab Gründe dafür, weshalb sie sich auf Irrwegen befanden, genauso wie es für Elsas Weg Gründe gegeben hatte. Sie war ein unsicheres junges Mädchen gewesen, als Lennart mit all seiner Autorität aufgetaucht war und über ihr Leben bestimmt hatte. Ihr hatte das damals ein Gefühl von Sicherheit verliehen. Aber nach einiger Zeit war die Unsicherheit zurückgekommen. Viele Jahre lang hatte sie Angst gehabt, von heute auf morgen verlassen zu werden.

Sie waren sich so ähnlich; sie selbst, Isabella, Carina und Sam. Zwar äußerte es sich bei jedem anders, aber sie alle teilten Erfahrungen, die sie unsicher gemacht hatten. Elsa erkannte sich in ihnen allen wieder. Vielleicht waren sie deshalb Freunde geworden, auch wenn sie unterschiedlichen Generationen angehörten?

Elsa fühlte sich jetzt sicherer in ihrem Leben, auch wenn sie noch vor ein paar Wochen von Bodyguards bewacht worden war. Sie hatte keine Angst mehr, nicht zu genügen. Viel zu viele Jahre hatte sie damit verschwendet, sich zu verstecken, niemanden in ihr Leben zu lassen, genauso wie Isabella es tat. Und Sam. Elsa hatte einige Male mit ihm telefoniert. Sie war kaum dazu gekommen, etwas zu sagen, hatte ihm nur zugehört. Er war untröstlich und hatte viel geweint.

»Kannst du nicht nach London kommen?«, hatte sie ihm vorgeschlagen.

»Ich fahre in mein Haus in Aspen«, hatte er geantwortet. »Skifahren wird mir guttun.«

»Mit wem fährst du?«

»Allein. Glaub mir, ich muss allein sein«, hatte er kaum hörbar geantwortet.

Auch Claes war nicht glücklich. Er fühlte sich von Carina verraten, die zu Andrew zurückgehen würde, wie er glaubte. Vor allem wollte er weg aus England, hatte er ihr erzählt, bevor das Filmteam das Bed and Breakfast für ein paar weitere Drehtage verlassen hatte. »Wie hast du es bloß ertragen, zu wissen, dass Papa andere Frauen begehrt hat?«, hatte er Elsa gefragt, die darauf keine Antwort geben konnte. Sie war hervorragend darin, Schmerzhaftes zu verdrängen und Positives hervorzuheben, aber wie sie das machte, vermochte sie nicht zu sagen. So war sie einfach, ob sie wollte oder nicht.

Isabella tat, als wäre sie fröhlich, dabei war sie in Wirklichkeit völlig verzweifelt. Wie es Carina ging, konnte niemand sagen, weil sie sich auf den Weg zur Anwältin ihrer Exschwiegermutter gemacht hatte.

Elsa fühlte sich vermutlich am besten, trotz der Entführung und allem anderen, das ihr durch den Kopf ging. Sie hatte Lennarts Notizbücher mit nach England genommen, hatte aber noch nicht die Kraft gehabt, sie durchzugehen.

»Könntest du mir vielleicht dabei helfen?«, fragte sie Isabella.

»Aber natürlich. Ich muss ohnehin auf andere Gedanken kommen. Wie wollen wir vorgehen?«

Elsa hatte keinen konkreten Plan. Sie erklärte Isabella, dass sie auf der Suche nach Namen, Kürzeln oder irgendwelchen Merkwürdigkeiten war.

»In dem Buch, das ich bereits durchgesehen habe, hat er mehrmals Treffen mit C notiert. Ich dachte erst, C bedeute Claes. Aber das kann nicht sein, denn ich weiß, dass Claes an den betreffenden Tagen verreist war. Also muss es sich um jemand anderen handeln.«

Die beiden Frauen saßen nebeneinander und arbeiteten konzentriert. Isabella hatte zwei Packen Post-its geholt, damit sie die Stellen wiederfanden, die ihnen interessant vorkamen. So verteilten sie rosa und gelbe Zettelchen in den Notizbüchern. Sie wollten die Bücher systematisch nacheinander durchgehen. Isabella kümmerte sich um 1974 und Elsa um 1973, die Jahre, in denen Lennart sie angelogen hatte, wie Elsa glaubte. Erst wenn sie fertig waren, würden sie ihre Ergebnisse vergleichen.

Elsa war zuerst so weit. Sie stand auf und trat ans Fenster. Sie dachte an Claes und an Lennart. Seltsam, dass sie immer geglaubt hatte, die beiden stünden sich so nahe, obwohl in Wirklichkeit sie sich von beiden entfernt hatte. Vermutlich aus Angst vor Zurückweisung. Sie würde den Rest ihres Lebens versuchen, das bei Claes wiedergutzumachen. Wie sie das anstellen sollte, wusste sie noch nicht. Sie musste ihn fragen.

Es wurde jetzt früh dunkel. »Glaubst du, es wird schneien?«, fragte sie Isabella, ohne sich umzudrehen.

Isabella nahm ihre Lesebrille ab und legte sie auf den Tisch. Sie rieb sich die Augen. Da sie nur noch selten Mascara auflegte, war das kein Problem.

»Ich weiß nicht, ich glaube, es schneit nicht so oft in England«, antwortete sie und stand auf. Sie reckte sich. »Was meinst du, wollen wir vergleichen, was wir gefunden haben?«

»Das ist nicht mehr nötig«, sagte Elsa leise. »Claes' Halbschwester wurde im Februar 1973 geboren.«

»Oh, Elsa, das tut mir leid. Es ist also so, wie du dachtest. Aber muss das denn unbedingt heißen, dass sie mit Siris Entführung zu tun hatte?«

»Ja, wer sollte es denn sonst sein? Der Entführer wollte einen Teil von Lennarts Erbe. Das kann doch wohl nur sie gewesen sein, oder nicht?« Elsa ließ sich auf den Stuhl fallen. »Auch wenn es besser ist, die Wahrheit zu kennen, ist das hart. Ich muss mit Claes sprechen«, sagte sie. »Wann kommen sie zurück?«

»Morgen Nachmittag.«

»Dann warte ich, bis er wieder hier ist«, sagte sie. »Ich will ihn nicht während des Drehs stören.«

»Was hast du vor?«, fragte Isabella.

»Ich nehme an, wir müssen sie finden. Aus verschiedenen Gründen, nicht zuletzt wegen Claes, aber auch, damit Siri Gerechtigkeit widerfährt. Aber um ehrlich zu sein, würde ich die Bücher am liebsten verbrennen und so tun, als wäre nichts geschehen.«

»Wie hat er es notiert? Oder nein, du brauchst nichts zu sagen.«

Elsa schob ihr das Buch zu. »Ich kann es auswendig: *Tochter geboren. Jamila.*«

»Das ist alles?«, fragte Isabella, während sie die Seite aufschlug.

»Das reicht doch wohl?«

Beide zuckten zusammen, als es an der Haustür klingelte.

»Was habe ich mich erschrocken!«, sagte Isabella und lächelte. »Das ist bestimmt Carina, die ihre

Schlüssel vergessen hat.« Sie ging zur Tür, wobei Poppy ihr um die Beine sprang.

»Ja bitte?«, fragte sie den Mann vor der Tür freundlich. »Wie kann ich Ihnen helfen?«

»Ich suche Elsa«, sagte er und nahm seine Mütze ab. »Ich glaube, sie wohnt hier.«

»Da müssen Sie sich geirrt haben«, antwortete Isabella, wie man sie instruiert hatte. »Hier wohnt leider niemand mit diesem Namen.«

Als der Mann die Hand in seine Innentasche schob, bekam Isabella solche Angst, dass sie die Tür zuwarf und die Sicherheitskette vorschob.

»Hallo, haben Sie keine Angst«, rief der Mann von draußen. »Ich heiße Bernhard und bin Elsas Freund, ich wollte Ihnen nur meinen Ausweis geben, damit Sie ihn Elsa zeigen können.«

»Schieben Sie ihn unter der Tür durch«, rief Isabella zurück. Sie hörte immer noch ihr Herz klopfen.

Eine Minute später öffnete Elsa die Tür. »Oh, Bernhard, so eine Überraschung! So eine wunderbare Überraschung«, sagte sie und brach in Tränen aus.

»So wunderbar scheint sie ja nicht zu sein.« Er lächelte, trat in den Flur und legte Jacke und Schal ab. »Geht es dir nicht gut?« Er streichelte ihre Wange und fing mit dem Daumen eine ihrer Tränen auf.

Elsa nickte und zog ein Taschentuch hervor. »Ja, oje, lass uns über etwas anderes sprechen. Ich habe dir am Telefon schon genug vorgejammert. Aber was machst du hier überhaupt mitten im Winter, solltest du nicht bis Ende April in Indien sein?« Sie trocknete sich die Augen ab.

»Ich hatte das Gefühl, euch im Stich zu lassen, als

ihr abgeflogen seid, und nachdem ich mit Sam gesprochen hatte, habe ich beschlossen, herzukommen.«

»Du hast mit ihm gesprochen? Sehr gut. Ich habe mir gedacht, das würde ihm guttun, deshalb habe ich ihm vorgeschlagen, dich anzurufen. Ich hoffe, ihr habt euch verstanden?« Bernhard nickte, und Elsa fuhr fort: »Er greift nach jedem Strohhalm, um nicht zusammenzubrechen. Wusstest du, dass er aus England abgereist ist? Ich habe versucht, ihn zurückzulocken, aber das scheint unmöglich zu sein.« Elsa machte eine hilflose Geste. »Sam war so nett zu mir, ich würde gerne etwas für ihn tun.«

»Ich weiß, der Junge hat es nicht leicht«, sagte Bernhard. Er senkte die Stimme. »War das Isabella, die mir die Tür aufgemacht hat?«

Elsa nickte. »Sie ist genauso traurig wie Sam, nur besser darin, es zu verstecken«, sagte sie.

Bernhard machte die Haustür wieder auf. Er schob Daumen und Zeigefinger in den Mund und ließ einen schrillen Pfiff ertönen. Elsa hörte, wie sich eine Autotür öffnete, und schaute Bernhard verwundert an.

Sie hörte die Schritte auf dem Kies, aber erst als er in den Lichtkegel trat, erkannte sie, wer der Mann war.

Sie hörte, wie hinter ihr eine Tür zuknallte, und musste sich nicht umdrehen, um zu wissen, dass Isabella in der Bibliothek Zuflucht gesucht hatte, als sie Sam in der Tür stehen sah.

56

»Nein!«, brüllte Mary. »Nein, du kannst sie nicht heiraten!«

»Ausnahmsweise sind deine Frau und ich einer Meinung«, sagte Carina. »Hast du den Verstand verloren?«

Andrew machte ein beleidigtes Gesicht. »Ich hab das alles hier organisiert, und du sagst einfach nein, obwohl du es vor einer Woche noch wolltest? Und Mary, hör auf zu schreien.« Er stampfte mit dem Fuß auf und starrte Mary an, die sofort verstummte. Carina schaute verstohlen zu ihr hinüber und fand, dass sie zufrieden aussah. In was für ein Theater war sie hier geraten?

»Also, was wollen Sie denn jetzt?«, fragte die Anwältin. »Alle Papiere liegen unterschrieben hier, wir können sofort anfangen. Wie sieht es aus?«

»Das ist völlig unmöglich, ich habe nichts unterschrieben«, widersprach Carina. »Andrew muss meine Unterschrift gefälscht haben.« Sie holte tief Luft und schämte sich ein wenig, dass sie vor nicht einmal drei Monaten selbst einfach mit Isabellas Namen unterschrieben hatte. »Ich bin nicht sicher, was hier eigentlich gespielt wird, aber wenn ich nicht mehr gebraucht werde, fahre ich jetzt nach Hause.«

»Oh doch, wir brauchen Sie noch«, sagte die Anwältin und warf Andrew einen ärgerlichen Blick zu. »Bevor Sie sich verabschieden, werde ich Mrs Codys Testament verlesen.«

»Dann beeilen Sie sich«, sagte Carina. »Mir reicht

es.« Sie setzte sich neben Mary. »Und du setzt dich auch hin«, fauchte sie Andrew an.

Die beiden hatten etwas ausgeheckt, davon war Carina überzeugt. Die Frage war nur, was.

Die Anwältin räusperte sich. »Dann wollen wir mal«, sagte sie und nahm eine blaue Plastikmappe aus ihrer Tasche. »Ich lese das Testament jetzt vor, eventuelle Fragen können wir danach besprechen.«

Liebe Erben.

Lieber Andrew. Ich liebe Dich mehr als alles andere auf der Welt, und es ist wohl leider meine Schuld, dass Du nie auch nur einen Finger rühren musstest. Jetzt endlich habe ich es eingesehen. Deshalb wird mein Testament sicher ein Schock für Dich sein, aber glaub mir, ich meine es nur gut.

Carina. Du hast mich immer gehasst und mit Deiner Meinung nie hinterm Berg gehalten. So offen war niemand sonst zu mir, und auch wenn Du Dich kleidest wie eine Hure und schon genug Geld hast, so vermache ich Dir alles. Nichts ist schlimmer als Speichelleckerei, und das kann man Dir nun wirklich nicht vorwerfen. Dafür danke ich Dir.

Was die neue Frau anbelangt, so verzichte ich auf jeglichen Kommentar.

Mein Erbe umfasst ...

Carina hörte nicht länger zu und musste das Lachen unterdrücken, das in ihr aufstieg. Eins zu null für dich, du alte Hexe, dachte sie.

Andrew musste natürlich entsetzt gewesen sein. Deshalb hatte er sich so schnell von Mary scheiden lassen, und deshalb wollte er Carina umgehend und ohne einen Ehevertrag heiraten. War es überhaupt erlaubt, sich innerhalb von einer Stunde scheiden zu lassen und zu heiraten?

Sie hob eine Hand, um die Anwältin zu unterbrechen. »Sie können sich gerne wegen der Details mit mir in Verbindung setzen«, sagte Carina und stand auf. »Und ihr zwei holt bitte Andrews Sachen ab. Sagen wir morgen früh um zehn?«

Sie schnupperte. Lag da Schnee in der Luft? Jeder sagte ihr, sie irre sich und Schnee könne man nicht riechen, doch bislang hatte sie immer recht behalten. Der Winter würde hereinbrechen, aber erst am nächsten Tag. Summend ging sie über den Hof auf die Haustür zu. Sie fühlte sich leicht. Wie befreit.

»Hallo, ist jemand zu Hause?«, rief sie und streichelte ihren Hund, der ihr um die Beine sprang. »Isabella, bist du da? Ich habe Neuigkeiten!« Die Filmleute waren noch nicht zurück, sie würden erst am nächsten Tag wiederkommen. Elsa und Isabella allerdings sollten zu Hause sein.

Carina zog die Schuhe aus und hängte ihren Mantel auf. »Wo seid ihr denn? Elsa! Isabella! Halloooo!«, rief sie. »Komm, sie sitzen bestimmt in der Küche«, sagte sie zu Poppy.

Drei Minuten später sah sie in der Bibliothek nach. Sam und Isabella standen sich in dem großen Raum gegenüber, so weit wie möglich voneinander entfernt.

Carina kreischte vor Freude, als sie Sam erblickte. Sie warf sich ihm an den Hals. »Oh, endlich seid ihr zur Vernunft gekommen«, sagte sie. »Gut gemacht.«

Sie ließ Sam los, der ihre Umarmung kaum erwidert hatte, und schaute von einem zum anderen. »Aha, ihr seid noch dabei, zur Vernunft zu kommen, verstehe. Dann will ich euch nicht stören«, sagte sie und drehte sich zur Tür um. »Ich bin übrigens *Weltmeisterin* im Lösen von Konflikten«, fügte sie hinzu. »Ihr wisst, wo ihr mich findet.«

Im Flur traf sie auf Elsa und einen Mann, den sie nur von Fotos kannte. »Bernhard?«, fragte sie lächelnd und streckte ihm die Hand entgegen. »Herzlich willkommen. Dieser Tag wird immer besser. Bitte, trinkt eine Tasse Tee mit mir. Ich platze, wenn ich nicht endlich jemandem alles erzähle.«

»Warum bist du hierher zurückgekommen?«, fragte Isabella.

»Alle haben mir dazu geraten«, antwortete Sam. »Und schließlich kam es auch mir so vor, als sei es das einzig Richtige.«

»Warum?«

»Weil ich das Gefühl habe, nie wieder glücklich sein zu können. Ich fühle mich völlig verlassen; von meiner Frau, von Alex und dann auch noch von dir. Soll ich ehrlich zu dir sein? Ich bin, wie du hörst, voll von Selbstmitleid. Glücklich war ich zuletzt, wenn ich mit dir zusammen war. Froh, vorfreudig, voller Energie. Und all das bin ich jetzt nicht mehr.« Er grinste schief. »Deshalb bin ich das Risiko eingegangen, herzukommen, als ich gehört habe, dass du auch nicht rundum glücklich bist.«

»Du machst mir Angst«, antwortete Isabella ehrlich. »Mir geht es am besten, wenn ich allein bin. In

Beziehungen wird es schwierig mit mir. So kommt es mir jedenfalls vor.«

»Du warst also nicht glücklich, als du mit mir zusammen warst?«

»Doch, das war ich. Aber sobald wir nicht zusammen waren, kamen mir Zweifel. Dann habe ich geglaubt, dass du nicht mehr zurückkämest.«

Sie standen immer noch weit voneinander entfernt. Sam lehnte an einem Fensterbrett, und Isabella hielt sich an einem Stuhlrücken fest. Sie wagte nicht, ihm in die Augen zu sehen. Am liebsten hätte sie sich übergeben, ihn geschlagen und geküsst – alles zugleich. Ihren Gefühlen sollte sie im Augenblick also besser nicht folgen.

»Können wir uns nicht setzen?«, fragte Sam und ging auf die Sitzgruppe aus antiken Möbeln zu.

Isabella wartete ab, wohin er sich setzte, bevor sie einen Platz wählte. Sie nahm den Sessel ganz außen.

Er beugte sich vor, die Ellbogen auf die Schenkel gestützt und die Hände gefaltet. Sie konnte seinem Blick nicht ausweichen, wenn sie sitzen blieb, also stand sie auf. Sam schwieg. Isabella probierte einen anderen Sessel. Das war genauso schlimm. Sein Blick änderte sich nicht. Er sagte noch immer kein Wort.

»Ich kann mich nicht setzen, solange du mich so anstarrst«, sagte sie wütend.

»Darf ich dich nicht anschauen, während wir sprechen?«

»Du machst mich nervös«, antwortete sie und trommelte mit den Fingern auf ihrem Bein herum.

Sam stand hastig auf. »Weißt du was, Isabella, ich bin um die halbe Welt geflogen, zumindest über den

Atlantik, nur um dich zu treffen. Es ist mir scheißegal, ob du nervös bist. Was glaubst du denn, was ich bin? Völlig cool? Ich werde es dir sagen. Ich bin verwirrt. Ich habe schreckliche Angst. Ich bin traurig. Und *außerdem* fühle ich mich zutiefst verletzt. Und weißt du, was das Schlimmste ist? Dass ich in dich verliebt bin. Bis über beide Ohren in dich verliebt. Entschuldige, dass ich dich anstarre, aber ich kann nicht anders. Verstehst du?« Er stapfte im Zimmer auf und ab.

»Verstehst du?« Er baute sich vor ihr auf, und sie kniff die Augen zusammen und hielt sich die Ohren zu. Als sie unter den Lidern hervorblinzelte, sah sie, dass er vor ihr kniete.

»Hab keine Angst vor mir, bitte, hab keine Angst.« Er streckte die Hand aus und strich ihr eine Haarsträhne hinters Ohr.

»Wenn du dich nur fürchtest, solange wir *nicht* zusammen sind, können wir doch einfach immer zusammen sein, und dann ist das Problem gelöst. So könnte ich auch gleich darauf achten, dass du am Leben bleibst.« Er fasste ihr unters Kinn und zwang sie, ihn anzusehen.

Als sie seine Tränen sah, ließ sie los. Langsam glitt sie von ihrem Stuhl auf seine Knie und umarmte ihn.

»Wenn du mich verlässt«, flüsterte sie ihm ins Ohr, »darf ich dich dann töten?« Sie küsste seinen Hals.

»Darfst du«, flüsterte er zurück. »Aber hier wird niemand verlassen, wir werden uns lieben. Und zwar jetzt sofort, wenn du nicht aufhörst mit dem, was du da tust«, sagte er und fiel lachend auf den antiken Teppich, wobei Isabella auf ihm landete.

57

Carina stand schon seit einer Viertelstunde am Fenster, als Andrews Auto auf den Hof fuhr. Sie schaute auf die Uhr. Zehn nach zehn.

Sie fragte sich, wie er in Zukunft über die Runden kommen wollte. Vermutlich würde er sich eine Arbeit suchen müssen. Er hatte über die Jahre durchaus gearbeitet, aber nur selten etwas verdient. Ehrenamtliche Tätigkeiten lagen ihm, das hatte er wohl von seiner Mutter, dachte sie. Die Alte hatte im Laufe der Zeit großzügig für wohltätige Zwecke gespendet.

Carina fuhr sich durchs Haar und zog ihren Lippenstift nach. Sie wollte die Sache in Würde beenden. Auch wenn er versucht hatte, sie hinters Licht zu führen, würde sie sich nicht auf sein Niveau begeben.

Als es klingelte, stand sie bereits an der Tür.

»Kommt herein«, sagte sie. »Darf ich euch die Mäntel abnehmen? Wollt ihr eine Tasse Kaffee, bevor ihr zum allerletzten Mal von hier wegfahrt?«

»Danke, das ist sehr nett, vielen Dank«, antwortete Andrew und machte Anstalten, sich zu verbeugen. »Aber es ist wohl besser, wenn wir meine Sachen holen und sofort wieder fahren.«

Er schämt sich, stellte Carina fest und merkte, dass es ihr vollkommen gleichgültig war, wie Andrew den Rest seines Lebens zu verbringen gedachte. Endlich war sie frei.

Als Siri aus Schweden anrief, saßen sie noch immer in der Küche. Elsa musste die anderen zum Schweigen bringen, um zu verstehen, was die Freundin sagte. Sie unterbrach Siri kein einziges Mal, weil sie Angst hatte, die Freundin könnte sonst die Details vergessen.

»Das war's«, beendete Siri ihren Bericht. »Edgar lässt dich übrigens grüßen.«

Elsa legte den Hörer auf dem Küchentisch ab. »Das Rätsel ist also gelöst«, sagte sie tonlos. »Claes' Schwester arbeitet bei Resia in Farsta. Da, wo wir unsere Indienreise gebucht haben.«

Sie schüttelte den Kopf. Die junge Frau, die sie so nett und hilfsbereit gefunden hatte und die sie unzählige Male gegrüßt hatte. Wie wenig man doch über die Menschen wusste. Natürlich war Jamila unendlich enttäuscht gewesen darüber, dass Lennart sie in seinem Testament nicht berücksichtigt hatte. Dafür hatte Elsa fast Verständnis. Hatte er sich jemals für das Mädchen interessiert? Vielleicht waren Geburtstage und Weihnachten vergangen, ohne dass Jamila auch nur ein Wort von ihrem Vater gehört hatte.

Der Gedanke, dass Elsa ihr Leben an der Seite eines Mannes verbracht hatte, den sie in vielerlei Hinsicht gar nicht kannte, bereitete ihr Unbehagen. Wie konnte man sein eigenes Kind bloß so im Stich lassen, wie Lennart es offensichtlich getan hatte?

Aber wie schlecht es dem Mädchen auch ging, Siri zu entführen war falsch gewesen. Man durfte einer alten Frau, die noch dazu gar nichts mit der Sache zu tun hatte, nicht solche Angst einjagen. Jamila hätte Elsa oder Claes kontaktieren können, statt zu solchen Mitteln zu greifen.

Elsa berichtete den anderen, dass sie es Edgar zu

verdanken hatten, dass sie nun alle Zusammenhänge kannten.

Um sich zu versichern, dass Siri zu Hause keine Gefahr drohte, hatte er ihre Nachbarn ausgehorcht, darunter auch den jungen Mann, der im Stockwerk unter ihr wohnte. Der routinierte ehemalige Agent brauchte nicht lange, um herauszufinden, dass der junge Mann kürzlich zu Geld gekommen war. Und außerdem konnte er den Mund nicht halten und erzählte, dass er und seine Freundin einen Coup gelandet hätten, mit Hilfe ihrer Cousins in Indien, denen sie einen Teil des Geldes versprochen hatten.

Nachdem er so viel verraten hatte, hatte Edgar ihn an die Wand gedrückt und ihn gezwungen, mit der ganzen Wahrheit herauszurücken. Der junge Mann sagte, Jamila hätte akzeptiert, dass ihr Vater sich nie bei ihr meldete. Erst als sie erfahren hatte, dass es noch einen Halbbruder gab, brach die Enttäuschung über sie herein. Sie hatte seit langem gewusst, wer Elsa war, und die Indienreise hatte ihr die Möglichkeit geboten, an einen Teil des Erbes zu kommen. Die Höhe der Summe hatte sie geschätzt, weil ihre Mutter stets gesagt hatte, dass es Lennart nicht an Geld mangele.

Dass sein Entführungsopfer direkt über ihm wohnte, hatte der Mann nicht gewusst. Sie hatten das Geld bekommen und konnten es auf den Kopf hauen, nichts anderes interessierte ihn. Seine Freundin aber war anscheinend nicht so glücklich über ihre Rache, wie sie erwartet hatte.

Bald waren sie wieder allein in der Küche, und Elsa lehnte vorsichtig den Kopf an Bernhards Schulter.

»Ich weiß nicht, was ich mit all dem anfangen soll. Jetzt weiß ich, wie alles zusammenhängt. Siri ist froh, dass es vorbei ist, also bleibt eigentlich nur noch Claes übrig, der gerade eine Schwester bekommen hat.«

Sie legte ihre Hand auf seine und suchte seinen Blick. »Wir haben es uns schon seit Indien nicht mehr zu zweit gemütlich gemacht. Was meinst du? Später können wir weiterreden.«

Mit der Ruhe war es vorbei. Alle Mitglieder des Filmteams kamen gleichzeitig zurück, und von überallher war Geplapper zu hören, Türen gingen auf und wieder zu.

Carina hatte sich in ihr Zimmer verkrochen und sich im Bett zusammengerollt. Sie hatte an diesem Abend frei, weil Elsa ihre Hilfe angeboten hatte. Da die einzige Person, mit der sie gern den Abend verbracht hätte, nichts von ihr wissen wollte, versuchte sie lieber zu schlafen.

Als die Tür aufgerissen wurde, glaubte sie, sterben zu müssen, solche Angst bekam sie.

CG kam hereinmarschiert und stellte sich breitbeinig und mit verschränkten Armen mitten im Zimmer auf. Er trug Reithosen und kniehohe Stiefel, sein Hemd unter den Hosenträgern war hübsch zugeknöpft.

Himmel, wie sexy er war! Und furchteinflößend. Sie machte sich so klein, wie sie nur konnte in dem breiten Bett, und wagte es nicht, ihn aus den Augen zu lassen. Sie fühlte sich nackt in ihrem dünnen Nachthemd und wünschte, sie könnte ihren Frotteebademantel zu fassen kriegen, der am Fußende lag.

»Wag es nicht!«, brüllte er, als er sah, was ihre Füße zu greifen versuchten. »Du bleibst schön still liegen, damit ich dich ansehen kann.« Er ließ seinen Blick über ihren Körper gleiten, und hätte sie ihn nicht vor sich stehen sehen, hätte sie geglaubt, dass seine Hände wirklich ihren Bauch berührten, so durchdringend war sein Blick.

»Entschuldige«, piepste sie.

CG trat einen Schritt nach vorn.

»Andrew ist also weg?«, fragte er und stellte mit Nachdruck einen Fuß auf die Bettkante. Er beugte sich vor und durchbohrte sie mit seinem Blick.

»Weit weg, ganz weit weg«, antwortete sie und wedelte mit der Hand. »Er kommt nie mehr zurück.«

»Du redest zu viel. Ja oder nein reicht völlig.« Er zog sein Hemd aus der Hose und begann es aufzuknöpfen. Ein Knopf nach dem anderen, ganz langsam, während seine Augen sie nicht losließen.

»Es ist warm hier«, sagte er leise, als er schließlich sein Hemd aufs Bett warf. Sein Brustkorb glänzte, und als er sich durchs Haar fuhr, sah sie, wie sich seine Armmuskeln anspannten.

Carinas Mund war so trocken, dass sie unmöglich antworten konnte. In ihrem ganzen Körper pochte es wie wild.

CG stellte den Fuß auf den Boden zurück, setzte sich auf die Bettkante und nahm lächelnd sein Hemd in die Hand.

»Diese Szene filmen wir morgen«, sagte er munter. »Wie findest du mich als He-Man?«

Carina räusperte sich.

»Und du spielst die Szene zusammen mit Lina

Thompson?«, sagte sie heiser. Bisher hatte sie noch keinen Gedanken an diese Frau verschwendet, aber dass sie CG so zu sehen bekommen würde, war mehr, als Carina gerade verkraftete.

Er hatte sein Hemd wieder zugeknöpft und es in die Hose gesteckt.

»Ja, genau. Mit der hübschen Lina«, antwortete er und stand auf.

»Findest du sie hübsch?«

CG drehte sich auf dem Weg zur Tür zu ihr um.

Er schüttelte langsam den Kopf.

»Du bist schöner als alle anderen.«

Epilog

Elsa hielt Bernhards Hand so fest sie konnte. Das Kinofoyer war voller unbekannter Menschen, aber Elsa sah nur ihre Freunde.

Sam und Isabella waren zusammen mit Alex gekommen, der gerade als Carinas Kavalier eingesprungen war, solange Claes von den Fotografen in Beschlag genommen wurde. Siri hatte sich bei Edgar untergehakt. Er hatte ihr einen Heiratsantrag gemacht und vorgeschlagen, dass sie zusammen nach Amerika ziehen sollten. Siri hatte ihn ausgelacht. Aber er durfte sie in Farsta besuchen, wann immer er wollte, und jetzt war er extra nach Schweden gekommen, um Siri zu Claes' Filmpremiere zu begleiten. Elsa musste lächeln, als sie sah, wie glücklich seine Gesellschaft ihre Freundin machte.

Claes und Siri hatten gemeinsam entschieden, die Entführung nicht anzuzeigen, weil Jamila Elsa das Geld reuevoll bis zur letzten Öre zurückgezahlt hatte. Noch vor ein paar Jahren hätte Elsa Jamila sicher an ihren Küchentisch eingeladen und ihr Zimtschnecken serviert, mochte sie auch die Tochter von einer von Lennarts Liebhaberinnen sein. Aber eines hatte Elsa im Laufe des vergangenen Jahres gelernt: Keine Rücksicht auf die eigenen Gefühle zu nehmen, tat weh.

Nach langem Nachdenken hatte Elsa deshalb entschieden, sich nicht mit Jamila zu treffen. An diese Seite von Lennart wollte sie nicht erinnert werden. Sie wusste jedoch, dass Claes und seine Halbschwester sich ab und zu sahen. Ihr Sohn konnte wirklich verzeihen. Das war eine positive Eigenschaft, ohne die aus ihm und Carina womöglich nichts geworden wäre, obwohl die beiden mittlerweile so glücklich miteinander waren.

Elsa machte Herman im Gewimmel aus, mit einer Frau an jeder Seite. Er schien kein bisschen traurig darüber zu sein, dass seine Exfrau inzwischen mit einem Amerikaner verlobt war. Isabella strahlte, Sam hatte seinen Arm um ihre Schultern gelegt. Auch wenn sie nicht immer am selben Ort wohnen konnten, waren sie ganz augenscheinlich glücklich miteinander.

Es war doch wirklich gut gewesen, dass sie sich *genau in dem Moment* an die Kreuzung vor dem Hauptbahnhof gestellt hatte, als Isabella herbeigeeilt kam. Da hatte sie eine großartige Idee gehabt, die ihr neue Freunde beschert hatte, einen indischen Ehemann und die Erkenntnis, dass es nie zu spät war, um sein Leben zu ändern.

Die beiden Frauen verließen untergehakt und fröhlich plappernd den Flughafen Heathrow. Sie waren nur für eine Nacht in Stockholm geblieben.

Draußen hielt Isabella inne.

»Danke«, sagte sie.

Carina schaute sie erstaunt an. »Wofür?«

»Dafür, dass du meine beste Freundin bist, und dafür, dass du nicht aufgegeben hast, als ich alles hinschmeißen wollte.«

Carina lächelte. »Gern geschehen, keine Ursache. Können wir jetzt nach Hause fahren?« Sie winkte ein Taxi herbei.

»Was glaubst du, hätte Andrews Mutter gesagt,

wenn sie gewusst hätte, dass ihr Geld dafür draufgehen würde, ein Bed and Breakfast zu kaufen?« Isabella setzte sich auf den Rücksitz, während der Taxifahrer ihr Gepäck in den Kofferraum lud.

»Tja, darüber wäre sie vermutlich nicht besonders glücklich gewesen«, antwortete Carina, während sie sich anschnallte. »Aber ich bin es.« Sie drehte sich zu Isabella um und lächelte strahlend.

Danksagung

Diese Danksagung könnte lang werden … Zuerst und zuletzt gilt mein Dank wie immer Jonathan Hellberg. Deine Unterstützung und dein Enthusiasmus sind unschätzbar wertvoll. Ohne dich unter Druck setzen zu wollen, aber vielleicht bist du der beste Neunzehnjährige auf der ganzen Welt. Ich liebe dich.

Ich danke meiner Verlegerin Teresa Knochenhauer. Ich hatte das Glück, sie bei einer Lesung kennenzulernen, sie wollte gerne meine Bücher lesen und brachte *Herzensschwestern* heraus. Mein Dank gilt auch meiner Lektorin Kerstin Ödeen. Du hattest mit all deinen Einwänden recht!
Vielen Dank, Forum Verlag. Besonders für den schönen Umschlag, danke, Anna Käll, die alles arrangiert hat, Sofia Scheutz fürs Design und Anna-Lena Ahlström fürs Fotografieren. Danke, du meine heimliche Carina-Kopie, und danke, Dogge, der du so brav alles getan hast, was man dir sagte.
Und vielen Dank an Jessica Wahlgren, die mich *stundenlang* zurechtgemacht hat. So sah ich *nicht* aus, als ich an dem Morgen aus dem Bett stieg.

Mein ganz herzlicher Dank gilt der phantastischen, enthusiastischen Maria Enberg und der Grand Agency. Während *Herzensschwestern* in Schweden erscheint, werden meine ersten Bücher dank eurer unermüdlichen Arbeit auch im Ausland veröffentlicht.

Sehr herzlich will ich mich auch bei meinen schreibenden Freunden bedanken: Simon Ahrnstedt, Pernilla Alm, Pamela Andersson, Carina Bergfeldt, Susanne Boll, Suzanna Dilber, Anna Fredriksson und Sandra Gustavsson. Eure Hilfe ist unersetzlich.

Mein besonderer Dank gilt Simona. Du bist eine richtige Freundin.

Vielen Dank auch an Maria Bettinsoli und Mats Liedholm, die mir bei der Recherche geholfen haben.

Tausend Dank euch allen, die ihr meine früheren Bücher über Sonja gelesen habt und per Mail, auf Blogs, über Twitter und Facebook davon erzählt habt. Ihr seid wirklich phantastisch!

Auch meinen Blog-Freunden möchte ich danken. Ihr seid schon lange dabei, und das macht mich ungeheuer froh.

Jein Falk und Helen Hedström Johansson. Meine liebsten Freundinnen. Danke! Anders Bernhard danke ich dafür, dass er mir seinen Nachnamen ausgeliehen hat. Danke, Mama Jörel, Sverker, Sofie, Arvid, Klara und Vidar Thoresson. Tausend Dank für alle Hilfe und Aufmunterung. Ich liebe euch alle. Am meisten Arvid, Klara und Vidar.

Im letzten Jahr ist unser kleiner Clan gewachsen, deshalb will ich mich auch bei zwei neuen Mädchen bedanken und sie in der Familie willkommen heißen. Alva Mörner und Linnea Orvegård. Ich bin so froh, dass ich mit euch ab und an Zeit verbringen darf.

Nisse Mörner. Ich danke dir ganz einfach für *alles*. Ich liebe dich.

Und ganz zum Schluss bedanke ich mich bei dir, die du bis zum allerletzten Satz gelesen hast. Vielen, vielen Dank! Wie immer ist alles nur erfunden, auch wenn das meiste jedem von uns passieren könnte. Zumindest können wir uns alle verlieben. Ist das nicht wunderbar?

Mögliche Fehler in *Herzensschwestern* sind ganz und gar mir geschuldet.

Ich habe ein Blog. Dort kann man Lob und Kritik loswerden. Sehen wir uns dort?

asahellberg.blogspot.se

Stockholm 2014, Åsa Hellberg

Åsa Hellberg

Sommer-
freundinnen

Roman.
Aus dem Schwedischen von
Sarah Houtermans.
Taschenbuch.
Auch als E-Book erhältlich.
www.list-taschenbuch.de

Es ist nie zu spät fürs Leben

Mehr als dreißig Jahre lang waren die vier beste Freundinnen. Dann stirbt Sonja ganz überraschend. Ein letztes Mal verblüfft sie ihre Freundinnen Susanne, Maggan und Rebecka: Mit dem Wunsch »Ich will, dass ihr glücklich werdet« schickt sie die drei auf eine abenteuerliche Reise zu ihren ganz privaten Orten des Glücks. Zunächst zögern die drei. Sollen sie ihr bequemes Leben wirklich so einfach für einen mutigen Neuanfang hinter sich lassen? Doch Sonja hat nichts dem Zufall überlassen und zeigt den Freundinnen, wie viel das Leben an Freundschaft, Glück und Liebe noch zu bieten hat.

»Eine warmherzige Geschichte, die mitten ins Herz trifft.«
LitteraturMagazinet

List

Julia MacDonnell

Ich bin zu alt für diesen Scheiß

Roman.
Aus dem Amerikanischen von
Elfriede Peschel.
Taschenbuch.
Auch als E-Book erhältlich.
www.ullstein-buchverlage.de

Hier kommt Mimi Malloy: 67 Jahre, 6 Töchter,
1 geheimnisvolle Schwester und 1 neuer Liebhaber

Mimi Malloy, patent und frisch im Ruhestand, lebt gerne in den Tag hinein. Weder von ihren sechs Töchtern noch von ihren Schwestern lässt sie sich ins Leben reden. Schon gar nicht, wenn es darum geht, Frank Sinatra zu hören und Martinis zu genießen. Wären da nur nicht diese Aussetzer, kleine Erinnerungslöcher. Für Mimi ist das normal, schließlich wird sie alt, und wer sich zuviel erinnert, verschläft das Heute. Ihre Familie aber findet, es ist höchste Zeit, ein paar der dunklen Flecken in der Familiengeschichte aufzufüllen. Und noch während Mimi und ihre Töchter nachforschen, was denn damals wirklich mit Mimis frühverstorbener Schwester geschah, entdeckt sie, nur wer sich an die Liebe erinnert, kann sein Herz ein zweites Mal verlieren ...

Wollen Sie mehr von den Ullstein Buchverlagen lesen?

Erhalten Sie jetzt regelmäßig
den Ullstein-Newsletter
mit spannenden Leseempfehlungen,
aktuellen Infos zu Autoren und
exklusiven Gewinnspielen.

www.ullstein-buchverlage.de/newsletter